中世文芸の地方史

川添昭二

本書は、一九八二年一月八日、平凡社から刊行された。

目次

中世文芸の地方史

序章　政治・宗教・文芸

文芸（国文学）研究には、それ自体固有の研究目的・方法があり、歴史研究もまた同じである。よく、両研究を総合して高い学的理解を得る、ということがいわれるが、しかし、安易かつ不用意に接近しても成果はそんなに期待できない。両研究それぞれに、固有の研究目的・方法をぎりぎりに深めつつ、しかもおのずからその限界を克服しようという内的要請が真に自覚的に高まったところで接近がなされれば、両研究は質的な相互媒介を果たすであろう。本書はそのようなことを理想としながら、九州を単位に、中世文芸の史的展開を、歴史研究の立場から考察してみたものである。

使用する史料からいうと、文芸作品の利用はいうまでもない。歴史研究では常道であって取立てていうまでのこともないのであるが、同時に文書史料を利用した。わざわざ断るのは、中世文芸史の研究に文書史料が利用されることはあまりないからである。作家・作品に直接関係する文書の利用は文芸（国文学）研究の領域でかなり行われている。しかし個別的に存在する文書を収集して文芸の内外両面にわたる理解に資そうとする研究方向は、そんなに多いものではない。これは歴史研究固有の立場から文芸（国文学）研究に接近する方法として、いちばん明瞭なものである。歴史の正確な理解――大変に難しいことで、絶えず相対的な段階に止まるが――の中に作家・作品を定置するよう試みること、これが、文芸の史的研究にあって、歴史研究の側の果たすべき究極の責務であろう。

本書で取扱った素材を時代別・階層別にみてみると、平安時代から戦国時代までを通じて大宰府天満宮安楽寺を主な素材にしながら、平安時代では大宰府官人、鎌倉時代では鎮西探題、南北朝時代では九州探題、室町・戦国時代では大内氏を、それぞれ主題にすえた。九州の古代―中世文芸展開の枠組みを作るには不可欠だからである。民衆（名主以下）の文芸享受について、どこまで追えるか、その点の配慮もしているつもりであるが、それを史料的に検証することは、中世九州の場合、大変困難である。今後の課題とせざるをえない。

大宰府天満宮安楽寺を一貫して主な素材にしたのは、同宮寺が古代―中世九州文教の、いわば淵叢的役割を果たしていたからである。同宮寺が関係史料に恵まれているのは、当然のことである。同宮寺に対する大宰府官人・九州探題・大内氏等の文化的・政治的なかかわりの中で、その文芸状況の推移をみてみた。広い意味での「政治」の文芸に与える規定性がどのようなものであるかを具体的に追究してみた。このような方向は、中世文芸の史的研究にあって、必ずしも的はずれだとは思わない。作品の内実を規定する因子の摘出にかかる、むしろ重要な視点だと考える。宗祇の『筑紫道記』など、そのような視点での解明が期待される典型的な素材である。更に、『野守鏡』などにみられる、和歌は治国の要とするような中世文芸特有の理世撫民体は、九州においては九州探題や守護の領域的支配を、文芸の面から、いわば内面的に支えた。和歌・連歌は陀羅尼（心敬『ささめごと』）、あるいは狂言綺語の類はすべて讃仏乗の縁、つまり文芸は宗教へ昇化すべきものであるという中世文芸の理念は、譬喩的にいえば、九州探題や筑前守護大内氏の支配の維持・拡充のための法楽となった。宗教性を媒介とする文芸と政治の一体化がみられるのである。

天満宮安楽寺文芸の展開にあって特徴的なことは右以外幾つかあるが、その中の宗教的側面に即して、宮寺側の神託連歌・神託和歌、それらの注進をうけての京都における同宮寺神託詩歌など、神託文芸が主調音になっていたことを挙げておきたい。社寺として、当然といえば当然であるが、社寺としてはその永続・繁栄の祈りの文芸的表現であったといえる。神託連歌は連歌説話として増幅し、飛梅伝説などを含みつつ天神信仰を拡大していった。連歌説話形成史の研究は、中世文芸研究の一つの課題となろう。総じて、天満宮安楽寺の文芸が神祇文芸研究の主要素材の一つになることは、いうまでもない。

第一章では、平安時代天満宮安楽寺における年中行事・宗教行事の始行・展開を考え、大宰府長官による宮廷貴族文化の直接移入であったことを述べた。大宰府官人たちは大宰府赴任に伴う京洛喪失を同宮寺において回復していた、といえよう。在地文芸の自生的展開は、ほとんど検証できない。第二章では鎌倉時代の九州文芸をみてみた。鎌倉時代九州の文芸資料の大半は天満宮安楽寺関係であり、鎌倉末期には鎮西探題府を中心とする歌壇など、文芸の自生的展開がみられる。鎌倉時代の天満宮安楽寺文芸資料で顕著なことの一つは、説話作品に同宮寺関係記事がみられることである。前述の神託文芸に関連して考えてよかろう。

蒙古襲来の文芸史的な考察はほとんどないので、第三章として立ててみた。鎌倉末期における社寺をとおしての中世日本人の意識―信仰構造は、異国降伏のことによって規定されたといっても過言ではない。全国的規模で行われた異国降伏にまつわる社伝・寺伝は祈禱ならびに唱導行為等を通じて民衆の意識に内在化していった。その文字化されたものの一つが『八幡愚童訓』である。本文で述べるように天満宮安楽寺にも蒙古襲来関係の文芸的所伝がある。蒙古襲来を契機として九州の政治的世界は大きな変化をみせる。鎮西探題の成立によって政治の中心が博多に移され、大宰府は天満宮安楽寺を核とする伝統的な文教の側面が残された感が強い。南北朝時代に入って征西将軍懐良親王や九州探題今川了俊によって政治的権威の復権が行われる。博多は政治的には北条氏による九州支配の拠点としての性格を強め、文化的には対外交渉と不離な関係に立つ禅寺文化の色彩を濃厚にしていった。鎌倉後期以降の中世北部九州の文化は大宰府と博多を中心とする二元的性格を明らかにしていった。これが、以後の中世九州文芸展開の規定軸となる。鎮西探題北条英時を代表とする鎮西歌壇は、鎌倉後期九州文芸の中心的役割を果たし、鎌倉歌壇・下野宇都宮歌壇・京都六波羅（探題）歌壇とともに、当時の武家歌壇の代表的位置を占めた。

南北朝時代九州探題今川了俊の活動は、政治・文化両面にわたって、ことにぬきんでている。第四章で、今川了俊の九州探題赴任以前における文芸教養修得の過程について述べ、第五章の考察の前提とした。

今川了俊当時、室町幕府が全き政権たりうるには、ただ一つ南朝方の隆盛を許している九州を制圧しなければならなかった。今川了俊は九州経営に従うこと四半世紀、その内容と経緯については種々問題もあるが、宮方を制圧し、九州経営の側面から室町幕府権力の確立を推進した。今川了俊は和歌・連歌・故実等にすぐれ、武家でありながら冷泉歌学についての体系的な諸著を残している。九州探題在任中、明日をも知れない軍陣行旅の間にあって「真実すき（数奇）人などはいくさの中、嘆の中にも、よむげに候」（『了俊一子伝』）と、きびしい作歌態度と研究精神を堅持し、あわせて九州の文芸愛好の士に不断の指導を行って著作活動もし、晩年における旺盛な文芸活動の基盤を整えた。九州中世の文芸の型を、かりに、下向・移入型と在地・自生型とに分けるならば、今川了俊は前者の型でありながら後者と不可分であったといえよう。今川了俊は、広義の政治を媒介としながら南北朝動乱の状況にあって京都文芸（文化）と九州文芸（文化）の諸関係を典型的な形で示している。以上のことを第五章で詳述した。

第六章で取扱った朝山梵灯（師綱）は、離俗法体、西行の規矩を追う漂泊の連歌師と目されているが、将軍足利義満近習としての属性あるいは前歴と不離のものであった。朝山梵灯が将軍派遣の使節として九州に下向したこと、それが朝山梵灯の連歌に与えた影響、朝山梵灯・朝山重綱の九州連歌に与えた影響などをみ、梵灯の伝統的文芸政教観を「近習」に即して述べてみた。

第七～第十章は、主として筑前・豊前守護ないし大宰大弐大内氏と九州文芸の展開との関係の究明を中心にしている。この四章の主眼とするところは、端的にいえば、大内氏を主な素材とする守護領国文化の解明にある。守護の領国支配における、文化に対する規定性の追究である。追究の主柱として次の二点をあげる。(1)守護の領国支配、とくに社寺に対する保護と統制の問題である。これは逆にいえば、社寺にとって守護は何であったのかという問題である。(2)守護の領国支配に対抗的に内包されている国人領主制の文化的側面

（国人文化）の究明である。四章にわたる叙述は、これらを索引として室町期守護・国人文化の特質を明らかにしようとしたものである。従って、ここでは具体的な事例はあげないが、(1)に関していえば、大内氏の筑前支配に画期をなす大内教弘期に「祈禱連歌」（太宰府天満宮文書「宝徳弐年」〈一四五〇〉二月廿三日筑前守護代仁保加賀守盛安宛大鳥居信顕書状）なる用語が初見することは象徴的である。寛正五年（一四六四）、大内教弘に招かれ、大宰府天満宮参詣を主目的とする歌人正広の事例に具象的にみられるように、京都文化の九州への移入は大内氏の拠点山口を媒介にしており、大内氏の在京性―京都志向は分国筑前の経済的・文化的拠点である博多の小京都化を推し進めていった。いっぽう、在京十年、大内義興が管領代として幕政に実権を振っていた永正年間から京都貴族と九州国人との文化的―経済的交流が高まっていく。その理由について解明の展望を十分にはもっていないが、(2)に関連することで、国人領主制理解に不可欠な側面であることは確かである。

京都文化の九州への移入、京都・九州文化の交流等、つまり京都貴族と九州の守護・国人との文化的・経済的交流の媒介項になったのが、守護の保護を背景とする正広・宗祇・兼載・宗碩等、著名な歌人・連歌師の九州下向である。文化の型でいえば、典型的な中央（京都）文化の移入、下向型である。彼らの九州下向は、文芸プロパーでいえば、文道の神・連歌の神菅原道真を祀る大宰府天満宮安楽寺への参詣を主目的としており、旅のもつ自照性を通して文芸人としての自己形成をはかることにあった。そして、彼等は、結果的にいえば、文芸（文化）の地方伝播に大きな役割を果たしたのであり、各地域（直接的には国人）の文芸（文化）にかかわる志向を結集し、高めたのである。地方文芸の自生的展開に対する彼等の触発度は、現在からの想像をはるかに超えるものがあったろう。

彼等は、それぞれの旅を紀行文・歌集・句集等の形にまとめており、そこでは各地域での国人との文芸交歓が詳しく記されている。報告をうけた守護（大内氏）は、文芸面での喜悦にのみひたっていたわけではなかろう。それらは、一種の政情報告書だといってよい。そのような意味で政治と文芸は一如であった。前述の(1)、(2)を、合わせた形で典型的に示しているのが、小鳥居文書天文四年（一五三五）十月七日月次連歌人数注文である。これはつまり、筑前守護大内義隆による国人支配の神祇・文芸的表現であった。

注

（1）大宰府天満宮安楽寺の古代・中世文芸資料は編年整理し、注解と研究を加えておおやけにしている（『太宰府天満宮連歌史資料と研究』Ⅰ・Ⅱ、一九八〇年三月・一九八一年三月、太宰府天満宮文化研究所）。

第一章　大宰府の宮廷文化

一　大宰府官人と天満宮安楽寺

大宰府は「悉く朝廷に同じ」[1]といわれ、八世紀万葉時代における九州の文化―文芸の淵叢であった。九州におもむいた万葉時代のみやこ人は、ひなとしてのつくしを万葉の世界に創造した。[2]防人の歎きを代償にしていることはいうまでもない。九世紀における大宰府は、概して内政・外交に忙しく、文芸面での事績には、みるべきものが少ない。十世紀に入ると、菅原道真終焉の地が祠廟・御墓寺として天満宮安楽寺となると、それまで大宰府が担ってきた文化的機能は、大宰府官人自らの手によって天満宮安楽寺に移行されていった。[3]

本章では、平安期十〜十二世紀を対象に、大宰府官人と大宰府天満宮安楽寺との関係を中心として、平安期地方文化の性格について若干の考察をしてみたい。ここでいう大宰府官人は、主として大宰府に赴任してきた権帥・大弐以下、監・典までを指すが、実体としては権帥・大弐級の長官—中央貴族について述べることが多い。また、天満宮安楽寺は、安楽寺天満宮あるいは安楽寺聖廟などといい、天満宮と安楽寺とは密接不可分の関係にある。菅原道真の没後、延喜五年（九〇五）をさかのぼらぬ延喜年間、[4]味酒安行によって建立された菅原道真の祠廟・御墓寺である。現在の天満宮境内から奈良時代の様式をもつ古瓦が出土していて、天満宮より以前に寺院が存在していたと推測されるが、菅原道真の御墓寺としての安楽寺は右に始まる。安楽寺は明治初年の神仏分離・廃仏毀釈で神仏混淆の祭典が廃止・整理され、神社—（新）天満宮となるまで（旧）天満宮と同体であった。天満宮安楽寺は、古代における史料的表現としては、主に安楽寺としてあらわれる。本章では、一般的には天満宮安楽寺と記し、その都度史料的表現に従って表記する。

天満宮安楽寺は菅原氏の私廟・私寺（氏寺）として出発し、安楽寺初代別当職は菅原道真の子孫から氏牒をもって選ばれた。[5]これ以降同寺別当は代々菅原氏から選ばれるが、二代別当鎮延は天徳三年（九五九）太政官符をもって補任され、[6]安楽寺は早くも官寺的性格をもつに至った。安楽寺は宇佐八幡宮などと異なって、十世紀に入ってから建立された新興の私的寺院であり、その発展のためには大宰府との結び付きが強く望まれた。安楽寺が官寺的性格をもつに至ったことは、大宰府の保護を得るのに好都合であり、天神信仰の普遍化—隆盛と相まち、大宰府官人として赴任してきた中央貴族達は堂塔を整備・建立し庄園を寄進するなどして天満宮安楽寺に厚い保護を加えた。(7) また、永観二年(九八四)、円融天皇の御願によって常行堂が建立されたのを始めとして、朝廷の保護も加えられる。寺領は大宰府官人たちの相次ぐ寄進等によって急速に拡大し、数十町から百数十町に及ぶ庄園三十余箇所、末寺・末社も数箇所に及び、宇佐八幡宮・弥勒寺とともに九州の庄園領主として双璧をなした。(8) 安楽寺領は、九州管内のほぼ全域にわたる寄進地系庄園であるところにその特色がある。観世音寺が大宰府に依存し過ぎたために衰運に向かったのに比べ、天満宮安楽寺は同じく大宰府の保護を受けながらも、十一世紀に入ると自らの力で急速に発展していった。(9)

大宰府官人と天満宮安楽寺との関係については、前者の保護による後者の発展という性格から、とくに、宗教施設—経済的基盤—寺官機構の拡充・整備等の面に即して、これまでに幾つかの研究がなされているので、(10) それらの点についてはふれない。本稿では、関係史料がきわめて少ないためあまり深くはふれられていない大宰府官人達による中央諸行事の移入ならびに宗教行事の始行について論述し、平安期地方文化の性格を考察したい。史料の検索については、主として竹内理三氏編『大宰府・太宰府天満宮史料』巻二〜巻七の恩恵に浴した。

二　年中行事の移入

大宰府官人による中央貴族文化の天満宮安楽寺への移入としてもっとも典型的なものは年中行事である。それは「天満宮安楽寺草創日記」[11]（以下「草創日記」と略記する）の、いわゆる「四度宴」として知られる。貝原益軒は、『太宰府天満宮故実』巻之下[12]や『筑前国続風土記』巻之七・御笠郡中[13]で、四度宴についてほぼ同文の記事を載せているが[14]、『太宰府天満宮故実』には次のように記している。

また古へ、此御神の為、年毎に、四度の宴を行はる、内宴正月二十一日、曲水、七夕、残菊十月五日是なり、凡此日は、別当以下社人悉く一所に集り、歌を詠じ、文人詩を献じて、詩歌管絃の会ありとかや、此御神は、きわめて風雅におはしましければ、神の御心をなぐさめ参らせん為成るべし、〇中略中比、乱世と成しより以来、四度の宴も絶て久敷行はれず、今は只、七夕の和歌会のみぞ残り侍る[15]、

「草創日記」によると、その始行の年次と始行者は分かるが、具体的内容に至ってはほとんど不明である。始行年次に従って四度宴がどのようなものであったかを考えていきたい[16]。

天徳二年（九五八）三月三日、大宰大弐小野好古が安楽寺に曲水宴を始めた。菅原道真没後、大宰府官人が安楽寺と直接関係をもった明証の初めであり、鎮延が太政官符をもって二代目別当に補任される前年のことである。曲水宴は、中国では水の精霊に対する祭の一つで、不祥を流水に託して除去することから始まったといわれ、水辺に出て穢れをはらう日本の思想と結合したものである。顕宗天皇紀元年の条にみえ、令にも規定された公の儀で、平城天皇のとき一時中絶したがすぐ復活し、平安期に入ると、清涼殿の庭に設けた曲水の水溝に盃を浮かべて盃が自分の前を流れ過ぎぬうちに歌を詠むという風流な宴になり、貴族の間でもてはやされた。

天満宮安楽寺に移植された曲水宴の規模もこのようなものであったろう。ただ、民間で行われていた水の精霊祭としての三月三日の祭がこれとどうかかわっていたかは、一般的にも不明であるが、天満宮安楽寺の場合はさらに分からない。おそらく官人・神官・僧侶等の範囲内での貴族的遊宴であったろう。小野好古は承平・天慶の乱に追捕使として藤原純友を敗り武名が高かったが、詩人として著名な篁の孫で、三蹟の一人道風の兄であり、和歌をよくし『後撰和歌集』に四首、『拾遺和歌集』に一首入っており、『大和物語』にもその歌が見える。安楽寺への曲水宴の移入も、その文人受領的側面からみるべきであろう。小野好古の曲水宴始行を始めとして、これ以降かつての大宰府がもった文化的機能は天満宮安楽寺に移行するが、曲水宴の始行が承平・天慶の乱後の大宰府再建とほぼ期を一にしている点注目される。大宰府から天満宮安楽寺への文化的機能の移行と承平・天慶の乱後における大宰府再建とは無関係ではないように思われる。菅原道真に曲水宴関係の詩があることはいうまでもない[17]。

長元九年（一〇三六）三月、大宰権帥藤原実成と安楽寺との間に闘乱が起こっているが、この事件は丁度曲水宴の日に行われている。曲水宴が闘乱を惹起するほど盛大に行われていたともいえよう。大江匡房は、康和四年（一一〇二）正月、交替を得て大宰権帥を解任されるが、帰京を前にしての三月三日、安楽寺聖廟に曲水宴を行っている。『本朝続文粋』巻第八に収める大江匡房の「七言、三月三日陪安楽寺聖廟、同賦縈流叶勝遊詩一首以多為韻、并序、」がそれであり、大江匡房のころの曲水宴が活写されている。以上のように、曲水宴は、承平・天慶の乱後、天満宮安楽寺の基礎ができ、大宰府の再建がなされたころ、大宰大弐小野好古によって始行され、碩学の大宰権帥の大江匡房によって張行された。ただ、大江匡房以後の曲水宴については、少なくとも平安期においてはこれを語る史料には恵まれない。

三月三日の曲水宴とかかわりのあるものに花宴があった。花宴については『大弐高遠集』にみえる。藤原高遠は寛弘元年（一〇〇四）十二月大宰大弐に任じ[18]、翌年六月十四日に着任している[19]。書陵部所蔵『大弐高遠集』に、

三月三日、安楽寺花宴、僧都元真のもとにいひやりし

みちとせにはなさくもの丶けふことにあひくるきみをためしにぞみる

返

こ丶の空けふやかぎりとおもふ身をきみがいのりにおなじくやへむ

とある。安楽寺別当元真は寛弘五年（一〇〇八）十二月に八十歳で没しているから、[20]この歌は寛弘三年か同四年、死没直前の、まさに「けふやかぎり」というときのものである。ふつう花宴というときは、『日本後紀』嵯峨天皇の弘仁三年（八一二）二月十二日の条に、

幸神泉苑覧花樹、令文人賦詩、賜禄有差、花宴之節始於此矣、

とあるのを起源とする。つまり二月の行事で、花は桜である。しかし『大弐高遠集』にいう花は、詞書に三月三日とあり、歌に「みちとせに」とあるところから、明らかに桃の花である。「みちとせに」は、三千年に一度花を開き実を結ぶ桃という意味を踏まえたものである。安楽寺の花宴は三月三日の曲水宴と抱合した形で行われたものであろう。『全唐詩』（『王右丞集』）に収める王維の「桃源行」――春来遍是桃花水、不弁仙源何処尋――以下三月の桃李に関する詩が『和漢朗詠集』巻上に収められて広く愛唱されていることは冗説するまでもあるまい。安楽寺の花宴もこの一般的風潮をうけ、おそらくは大宰府官人[21]（大弐高遠を擬することも可能）によって始められた、桃花を賞翫する宴であったろう。[22]三

月三日桃花酒を飲むと病を除き長寿が得られるという中国の風習をうけ、桃酒を飲むことを交えた詩歌の宴ではなかったろうか。『大弐高遠集』からみて、和歌の贈答が行われていたことは明らかである。元真は、祈雨の法験がなかったため、長徳二年（九九六）権少僧都を辞任し、出自が菅原氏であるところから、[23] 安楽寺の別当になっていた。真言宗小野流・東大寺の僧侶（元杲の弟子）である。筑紫僧都とも鎮西僧都とも呼ばれた。元真にとって、この花宴は敗亡のそれであったことが、返しの歌によっても如実にうかがえる。なお、桂宮本『江帥集』に、

廟前桃花　安楽寺宴

みづかきにくれなゐにほふもゝのはなひかりもいとゞまされとぞおもふ

とあるのは花宴の折の歌であろう。廟前で行われた宴であることがはっきりする。これ以後、花宴に関する史料は管見に入らない。

康保元年（九六四）十月、大宰大弐小野好古は、さきの曲水宴に引続き安楽寺に残菊宴を創始した。[24]「草創日記」は、

四度宴　席内　内宴

（中略）

残菊

曲水壇（檀）那（小野好古）始之、御供、人供、酒殿役、請僧四十人、供料土師庄立用、文人廿人

と伝えている。酒殿は筑前国粕屋郡（現在、粕屋町）にある。安楽寺領のほとんどが寄進地系であるなかで、ひとり安楽寺自らによって長寛二年（一一六四）に開発された所領である。だから残菊宴が酒殿役となったのはこれ以後である。供料を立用する筑前土師庄は万寿元年（一〇二四）大弐藤原惟憲が往生院を建立してその維持のために寄進した安楽寺領である。だから「草創日記」の記述は、小野好古創始当時の状況を伝えるものではなく、長寛二年（一一六四）以後の状況を記したものである。その段階での人的規模でいえば、請僧四十人・文人[25]二十人で、大宰府長官の主催により天満宮安楽寺の神官・僧侶達の参加があったことが知られる。

源相規[26]は『本朝文粋』巻第十一・序丁詩序四・草で「初冬、陪菅丞相（道具）廟、同賦籬菊有残花」と題して文を成している。その中で「元年（康保）十月都督（小野好古）相公率一府之群僚、命合宴於其下、蓋改彼仲春射鵠之礼、以展初冬玩菊之筵也」と述べているから、小野好古が大宰府官人を率いて安楽寺に行ったことが知られるが、同時に、それまで行われていた射策の儀[27]を改めて残菊宴が創始されたことが判明する。残菊宴は延暦十六年（七九七）十月十一日を初見とし（『類聚国史』七十五歳時六）[28]、その後約百五十年、文献にみえず、天暦四年（九五〇）十月になってそのことがみえる。『本朝文粋』巻第二・詔によれば、その儀式は重陽に準ずると

あるから、文人をして詩を賦せしめ、賜宴があったのである。安楽寺の場合もほぼ同様で、源相規の詩・文が残っているのである。『菅家文草』には残菊詩が巻第一3、第二153、第四305、第五356、第六451・461、第七542等にみられる。『文草』にこのように多く残菊詩があることが、射策の儀を改めて残菊宴を創始するに至った一つの原因になっているかも知れない。

長徳元年（九九五）正月二十一日、安楽寺に内宴が始められた。「草創日記」は「大弐有国卿始之」としているが、この年次が正しいとすれば、大宰大弐は藤原佐理の在任中である。佐理は宇佐宮神人と闘乱して、長徳元年十月十八日に大弐を罷め、勘解由長官藤原有国がこれに替り、翌年八月二日赴任している。「草創日記」の有国創始説が正しいのであれば、この時以後、長保三年（一〇〇一）二月十九日京都に召されたときまでの間ということになる。いずれとも、にわかには決し難い。長徳元年というのは、長徳三年を誤ったものかとも考えられなくもない。三は元のくずしとまぎらわしいので誤写しやすい。また、藤原有国の大弐在任中の長保元年と考えることも可能である。つまり長保元年を長徳元年と誤ったのかもしれないのである。藤原有国は長徳元年二月十七日には、藤原道兼の長男兼隆の元服の儀に列しており、少なくとも、長徳元年正月に九州で内宴をはじめることは無理である。藤原有国については今井源衛「勘解由相公藤原有国伝」（『文学研究』七一輯、一九七四年三月）にくわしい。

内宴は内裏で行われた宮中の私宴で、仁寿殿で正月二十一日・二十二日・二十三日中に行う。『河海抄』は弘仁四年（八一三）唐太宗の旧風をうけて創始されたとするが、『年中行事秘抄』では弘仁三年に行われたと記しており、弘仁四年より以前にすでに行われていたらしい。正月の公の儀式が一段落ついたところで、天皇が群臣を慰労する意味で開く私的な宴会であった。天皇は仁寿殿で文人に詩を賦せしめ、御前においてその詩を披露し、饗応となる。長元（一〇二八―三六）以後中絶、『平治物語』によれば藤原通憲によって再興されたというが、まもなく廃絶している。藤原有国（あるいは藤原佐理）は宮廷での右の内宴を、ほぼそのままの形で天満宮安楽寺に移したものであろう。『菅家文草』にみえる内宴関係の詩は、他の曲水宴・残菊宴・七夕宴関係の詩に比べると断然多い。巻第一27、第二83・85・148、第三183・216、第四285、第五364、第六430・446・453・468、第七530・535・537等がそれである。藤原有国の内宴創始の原因を考える上に無視できない比重である。

内宴の状況をもっともよく伝えるのは『本朝続文粋』巻第八に収める大江匡房の「七言、早春内宴陪安楽寺聖廟、同賦春来悦者多詩一首以心為韻、並序、」である。康和三年（一一〇一）の作である。安楽寺は菅原道真の聖廟で形勝四海に冠絶し、菅原道真は社稷の昔臣であり、大江匡房は「累葉（菅家）廊下の末弟」だとして、菅原道真崇拝の主な担い手が大江家自らであることを示し、末尾を「仰ぎ望むに神眷顧みて郷心を動かすというのみ」と望郷の思いで結んでいる[29]。四度宴は京都貴族にとって京都と西府との精神的な通い路であったわけである。『江談抄』には、右の詩序を作るとき、近くに人の詠ずるような声を聞き、その中の句を府官等が見聞していると書いている。大江匡房の菅原道真崇敬は只ならぬものがあり、それは自らの学才詩才を誇示することでもあったが、その神秘的な性格と相まち、しばしば、自己の詩作が天神に感応することを述べている。右の話もそうである。菅原道真の文神としての神格化は、大江匡房に負うところがきわめて多い。

永承元年（一〇四六）七月、大宰権帥藤原経通が安楽寺に七夕宴を始め、同年、二季勧学会（後述）と五節供を始めた。七夕はいうまでもなく、七月七日の夜、牽牛・織女の二星が、天の河を渡って一年一度の逢瀬を楽しむという漢代の伝説から二星を祭るという風習が始まり、日本古来の棚機姫の信仰と結合して星祭となったものである。中国の二星会合の説話が渡来する以前から日本では七月七日の日に宴や相撲を行っており、七夕は季節祭としての第一次収穫感謝祭ないし第二次予祝行事に淵源して成立したといわれる[30]。『延喜式』によれば、七月七日織女祭は神祭的な行事である。平安期に入るとこの織女祭が唐の乞巧奠の儀と結合して乞巧奠が主となり作詩文が末となったといわれる[31]。安楽寺の七夕宴の規模を考える場合の参考になる。ちなみに菅原道真は寛平三年（八九一）、同五年七月七日の七夕宴に応製の詩を賦していて『菅家文草』巻第五346・427に収める。

藤原経通は七夕宴を始めるとともに、それを含めて五節供を始めた。「草創日記」には、

五節供、永承元、経通始之、御供、人供者五綱所司役、七月七日御節供、別当調備也、

とある。五節供は人日正月七日、上巳三月三日、端午五月五日、七夕七月七日、重陽九月九日である。しかし右以外関係史料がなく、具体的なことは不明。ただ、これで年中行事の重要なものは、ほぼ形を整えたのである。

三　宗教行事の移入

社寺の隆盛は外的・経済的には堂塔の整備・建立あるいは庄園の拡大などによって表示されるが、その隆盛を内的に支えるのは、何よりも神官・僧侶の宗教心である。それは形としては一応宗教行事の執行などに顕現される。もちろん、宗教行事（神官・僧侶の宗教行為）が庄園からの収取に支えられていることはいうまでもない。このような意味で、宗教者でない貴族たちが主体的に宗教行事にかかわることは原則的なことではないし、また事例として多いものではない。しかし、天満宮安楽寺の場合、大宰府官人の主導によって重要な宗教行事が始行されている。たとえば後述の六庚申・二季勧学会・神幸祭など、そ

うである。ここでは大宰府官人の主導による宗教行事を天満宮安楽寺全体の宗教行事の中で位置付けるために、まず、社寺側の主体的な宗教行事についてふれておきたい。しかし史料的には、年中行事の場合と同様、「草創日記」以外見るべきものがない。

天元二年（九七九）十月十三日、安楽寺別当松寿は、同寺に法華会を始めた。「草創日記」によれば、その規模・経済的基盤について、

請僧四十人、供料四十八斛、口別壱石二斗、布施紙四百帖、人別十帖、諸庄之立用、火桶火筋者、小中庄役、料米十二斛

と記している。請僧四十人、その費用は安楽寺庄園諸庄の立用である。小中庄は筑前国粕屋郡にあり、延喜十九年（九一九）、崇尼観算によって寄進された庄園で、安楽寺領としてはもっとも早い成立である。法華会は天台系寺院では、中核をなす法会である。その性格については明らかでないが、他の法華会の場合から推して、(32) 大宰府管内—安楽寺庄園を具体的な地域対象とする鎮護国家性に裏付けられた法会であったと思われる。また法会が、具体的には八講か十講か三十講か長講か、あるいはそれ以外か、なども全く不明である。なお、菅原道真が貞観十一年（八六九）九月二十五日、従五位下安倍宗行の亡母のために法華会の願文を作っており、『菅家文草』巻第十一願文上642に収まっていることを付記しておく。また、菅原道真は貞観十八年（八七六）四月二十三日、前陸奥守安倍貞行のため

に山階の華山寺（元慶寺）において法華八講の願文を草している。[33] 時代は下るが、「草創日記」によると、建永元年（一二〇六）四月十四日、安楽寺に一夏九旬の法華講が行われており、結衆は三十人、薩摩鹿児島の所当二十六石が供料として寄進されている。

十一世紀後半における安楽寺別当の中では寺門派に属する基円の宗教活動が顕著である。「草創日記」によれば、延久四年（一〇七二）安楽寺に食堂を建立、承暦元年（一〇七七）一切経蔵を建立し、同年十月二十七日、一切経供養を行っている。また同年には温室を始めている。[34] 温室は温堂・浴堂・浴堂院とも呼び、僧尼の潔斎と保健衛生のために設けられたものである。

「草創日記」によれば、応徳元年（一〇八四）五月十二日、基円は安楽寺に示現五時講を始めた。五時は天台教門において釈尊一代の化導を華厳時・鹿苑時（阿含時）・方等時・般若時・法華涅槃時の五時期に分けることをいい、天台の基本教理である。『三宝絵詞』中巻・法宝の巻の冒頭に記され、『梁塵秘抄』の法歌類聚が天台五時教によることなど著聞するところである。五時講は『日本紀略』や『本朝文粋』巻第十三大江匡衡の「為仁康上人修五時講願文」によって知られるように、正暦二年（九九一）三月、仁康が京都河原院ではじめてこれを興したといわれ、それ以後広く行われた講会である。大江匡衡の願文によれば、釈尊在世の日に値わず、正法の時に生れなかったことを悲しみ、釈尊在世の昔をあこがれ、金色丈六の釈尊像を造り、五時所説の経典を写し供養演暢して釈尊一代の五時説教の旧儀を移し、これを今の世に再現して衆生の見仏聞法の便りにしようとするものであった。つまり、当時広く受容されていた天台五時教を基礎に末法思想を媒介とした講会である。[35] 天満宮安楽寺の場合も、ほぼ右の信仰規模に則ったものであろう。平安期九州における五時講実施の例として貴重である。仁康の例を追うものであるならば、造仏写経が行われ、六日の大会が設けられたことと思われる。史料には全く見えないが、会衆の法悦を類想することは許されよう。

寛治五年（一〇九一）三月二十三日、安楽寺別当定快は、同寺に大乗講を始めた。その具体的内容は明らかでない。定快は山門派であるから、その系統を負うものであろう。

「草創日記」によれば、応保二年（一一六二）三月六日、法華千部会が始行された。願主は天台山住侶宰相法印相実。法華経千部ならびに開結二経は平清盛の施入であり、清盛は会料として肥前牛島庄の別当分六十石を寄進している。法華千部会としては、貞観八年（八六六）七月十四日、延暦寺総持院で行われた千部法華の供養など早い例である。[36] 法華経のみならず他の経典を千部供養する例はしばしば見うけられる。

仁安三年（一一六八）正月朔日、極楽寺別当安能は、同寺に日別供を始めた。筑前国早良郡入部庄所済五十二石をもってこれに充て、御菜菓子は諸庄の備進とした。『太宰府天

満宮故実』下には、

六条院仁安三年、初て神前に日別の神食を備ふ、今に至て毎日怠る事なし、今も其法、大成神器に、斗米の御饌をうづ高く盛り、色々の供物御酒など備へ奉り、凡十五饌、三十六器、御厨在て是をとゝのへ、烏帽子白張着たる役夫是を荷ふ、朝毎に、祭祀の行はるゝ事かくの如し、(37)

と日別供を具体的に記述している。

以上、天満宮安楽寺側の主体的な宗教行事の始行について述べてきた。以下、大宰府官人の主導による宗教行事の始行について述べよう。

康保元年（九六四）、藤原佐忠は安楽寺に六庚申を始めた。「草創日記」によると、

六庚申、昔者国衙幷府役、季別三ヶ度宛、康保元年大弐佐忠始之(38)

とある。藤原佐忠が大宰大弐に任じたのは康保三年正月で、赴任したのが同年十月であるから、(39)右の所伝には若干疑問の余地がある。京に召されたのは天禄元年（九七〇）三月のことである。(40)六庚申というのは、庚申の日は、六十一日めに廻ってくるので一年に六回（多くても七回）であるからというのであろう。菅原道真は『菅家文草』巻第四、詩四318に「庚申夜、述所懐」と題して、寛平元年（八八九）讃岐守の時、

故人詩友苦相思　霜月臨窓独詠時

己酉年終冬日少　　庚申夜半暁光遅
灯前反覆家消息　　酒後平高世嶮夷
為客以来不安寝　　眼開豈只守三尸

と詠じており、三・四句は『和漢朗詠集』巻下・庚申にも採られて広く愛唱されている。菅原道真に即していっても、天満宮安楽寺で庚申待を行事化するいわれはあったのである。管見の限り、九州での庚申待に関する最古の所見である。ところで、六庚申を宗教行事の範疇で律するには問題があろう。後述のような、その遊宴性・定期的執行などを考えると年中行事の項に入れてもよいものであるが、庚申を守る信仰性や官寺的執行に重点をおき宗教行事の範疇で扱うこととする。

すでに指摘されているように、円仁の『入唐求法巡礼行記』承和五年（八三八）十一月二十六日の記事に「夜、人は咸く睡らず、本国の正月、庚申の夜と同じきなり」とあるのが、日本で庚申待が行われていた初見である。[41] 窪徳忠氏は、『続日本紀』神亀元年（七二四）十一月庚申の条にみえる行事は庚申の御遊ではなく、『続日本後紀』承和元年（八三四）七月庚申の条の行事は庚申の御遊であろうと述べ、『文徳実録』天安元年（八五七）正月庚申の条に「内宴を行い、楽を命じて詩をふすこと旧儀のごとし」とあるのは、この庚申の御遊が宮中の定例行事の一つになっていた証であるとし、日本では平安時代の初めごろ、八世紀の末か九世紀の初めごろから庚申待が行われていたであろうとしている。[42] 宮廷における庚申待の状況は、『侍中群要』や『西宮記』の「御庚申」「御庚申御遊」、『新儀式』の「御庚申事」に詳しいが、三尸虫を守ることを中心に、終夜詩歌を作り歌合せを行い、碁・すごろくをし、管絃・舞楽を奏し、飲酒する、文字通りの「御遊」であった。

天満宮安楽寺で始められた六庚申も、宮廷における庚申待を引移したものであろう。府・国の役で季別三ヶ度という課役の性質・規模から、この六庚申の「公」的性格（官寺的執行）・宮廷的模倣性と規模の大きさが推測される。それは天満宮安楽寺周辺の、農時の大切な日に精進して夜を徹し、謹慎して祭祀を行うという農民の信仰を直接に摂取したものではなく、宮廷の遊宴的宗教文化の直接移入であった。六庚申の頻度・規模とその文芸的営為は、大宰府を中心とする文芸的素材の収集・撰択・京都への移出にとって、こよなき場となったことと推察される。数多くはないが、往生伝類にみられる大宰府周辺の宗教説話の伝存などを考えるとき、安楽寺六庚申はとくに九州説話のプールの役割を果たしたように思えてならない。なお、『重之集』上に、

八月十五日夜、かむしん（庚申）にて、大弐（佐理）のみたちにて、さうのことにかりの心ある歌よみていだされたるに、

ことのうへにひきつらねたるかり金のをのが声〲めづらしき哉

とあり、大宰大弐藤原佐理の御館で庚申待が行われていたことを付記しておく。

永承元年（一〇四六）二月、大宰権帥藤原重尹が府官及び管国の愁いによって罷めたあと、権中納言正二位藤原経通が大宰権帥となり、(43)同年七月、経通が安楽寺に七夕宴を始行したことは前に述べた。同年、着任早々に藤原経通は安楽寺に二季勧学会と五節供を始めた。「草創日記」によると、二季勧学会の饗膳は筑後楽得別符の役で、給人は大鳥居氏の先祖大輔法橋信快であり、人的規模は文人二十人、請僧二十人である。勧学会の創始については、『扶桑略記』や『三宝絵詞』に明らかである。康保元年（九六四）三月十五日、大学堂北堂学生等が叡山僧とはかって西坂本で始めたものである。その内容は、毎年三月・九月の二季の十五日に共に相会して（全体としては十四日の夕から十六日の暁にわたる）、僧がまず『法華経』を講じ、ついで学生等が『法華経』の中の一句を題して讃歎の詩文を作り、夕に念仏をする、というものであった。つまり、講経と念仏と作詩歌とから成るものである。

勧学会の盛衰については、桃裕行氏の『上代学制の研究』（一九四七年五月、目黒書店）第三章第四節にくわしい。桃氏に従えば、第一期は康保元年から寛和二年（九八六）頃まで、第二期は長保四年（一〇〇二）から寛弘八年（一〇一一）頃まで、なかんずく寛弘元年前後、第三期は長元（一〇二八―三六）頃から永久（一一一三―一七）頃までの、三期約百五十年間に分けられる。安楽寺の場合は、もちろん第三期に属する。桃氏の指摘のように、藤原経通は文人としてはあらわれず、[44]また勧学会の結衆であったとも考えられないが、第三期の長元末年、尊重寺の勧学会の詩序を書いた菅原定義は延久三年（一〇七一）安楽寺別当になった基円の兄であり、藤原経通とも何かの関係があったようであるから、安楽寺に勧学会を創始するに至ったのであろう。『本朝文粋』による第一期メンバーの大江以言は伊予国司に任ずるや、その地の楠本寺で勧学会を行い、地方における勧学会の先蹤をなしているが、今ここに九州の地においても、見仏聞法の宗教性と白楽天の後を追う狂言綺語―讃仏乗の文芸性との融合した勧学会が創始されるに至ったのである。康和二年（一一〇〇）八月、大宰権帥大江匡房は安楽寺に詣で、「参安楽寺詩」と題する詩を賦した。[45]その中に「二季勧学会、結縁極素緇、九秋念仏筵、利生待僧祇」とある。匡房の時にも引続き行われていたことが判明する。二季勧学会は長官主催であるから、このときも匡房の主導によって行われていたと思われる。

康和三年八月二十一日、大江匡房は、夢想によって安楽寺の神幸式を始めた。『古今著聞集』四・文学によれば、同日、「天神の御車をとゞめられし地」ということで、天満宮の神輿を浄妙寺（榎寺）に駐めて翠花をめぐらし二十三日に天満宮に還御する。[46]この間、僚官・社司はみな騎馬で供奉。廟院の南の頓宮旅所に神輿をやすめ、その前で神事を行い、翌日詩宴を張り、「神徳契遐年」の詩序を披講している。この詩序は『本朝続文粋』巻第八・詩序上・廟社に収める「七言、秋日陪安楽寺聖廟、同賦神徳契遐年詩一首幷序」である。同詩序の末尾に「匡房五稔の秩已に満ち、春を待ちて漸く江湖の舟を艤いせむとす、再観の期知り難し、何れの日かまた廟内の籍に列ならん」と述べているように、大江匡房は権帥の秩満を前にして、菅原道真に寄せる深甚な崇敬を祭礼化してそのしめくくりとしたのである。この、大江匡房による浄妙寺への御神幸が、周知のように、現在太宰府天満宮でもっとも大きな祭典として営まれる、秋九月二十二日からの神幸祭である。(47)

四　平安貴族の道真崇拝

大宰府官人によって、何故、天満宮安楽寺に手厚い保護が加えられ、京都貴族文化が移入されたのか。その前提としては、摂関家藤原氏及び学者文人――一般貴族の北野信仰を考えねばならない。北野信仰の成立過程、菅原道真の雷神信仰との結び付き、怨霊信仰から学問の神への変化などについてはすでに多くの指摘がなされているので今はふれない。

延長元年（九二三）四月二十日、故大宰権帥従二位菅原道真は本官右大臣に復し正二位を贈られ、大宰権帥に左遷したときの詔書は焼却された。(48)正暦四年（九九三）六月二十五日、菅原道真に左大臣正一位が贈られ[49]、閏十月二十日には太政大臣を贈られている[50]。天満宮安楽寺に曲水宴・残菊宴・六庚申等が始められ、大宰府官人の保護によって堂塔が整備され庄園が拡大するのはこの間のことである。

天徳三年（九五九）二月、右大臣師輔が北野の神殿を増築して形観を整えた[51]のを契機として、北野の性格は「摂籙の家」の守護神に変化していく[52]。しかもそれは藤原忠平が菅原道真左遷の謀計に与さなかったから、その子孫は摂政として続いていくという内容のものであるが、その画期をなしたのは天満宮安楽寺の発展に一時期を画した菅原道真四世の子孫菅原輔正の大弐在任中における永観二年（九八四）六月の安楽寺託宣[53]、ことには正暦三年（九九二）十二月の安楽寺天満天神の託宣[54]であった。その結果が菅原道真への太政大臣追贈である。

次に、学者文人―一般貴族の間における菅原道真崇拝について述べよう。高階積善は『本朝麗藻』巻下、七言、九月尽日侍北野廟各分一字詩一首探得□字幷序において、菅原道真は「兼佩将相之印、末葉作鑒、忝顕詩書之功、況乎文学争鋒之初」と述べ、慶滋保胤は『本朝文粋』巻第十三・願文上・神祠修善賽菅丞相廟願文において、天神は「文道之祖、詩境之主」であるといい、同巻第十三・祭文北野天神供御幣幷種々物文において大江匡衡は天満自在天神は「或塩梅於天下、輔導一人、或日月於天上、昭臨万民、就中文道之大祖、風月之本主也」[55]と鑽仰している。大江以言に至っては菅原道真を孔子に比し、『菅家後集』を『春秋』に比しており、その詩は『和漢朗詠集』巻下・文詞に収められて広くもてはやされた。こうして、北野や吉祥院の菅廟で法楽の作文会が催されて菅霊が慰められたのである。ここで次の二点を注意しておきたい。

(1) 菅原道真崇拝が京都の北野社を中心に、京都における学者文人—貴族によって支持されていること。

(2) これらの学者文人—貴族は主に受領層であり[56]、菅原道真が「兼ねて将相の印を佩び」「天下を塩梅し、一人を輔導」した、文道の祖・詩境の主であることが彼等の菅原道真崇拝の根源である。つまり政治と文教を理想的に一身に具現したものとして菅原道真は崇拝されているのである。その悲劇的終末が受領層の政治的不安定性に重なって、彼等の菅原道真崇拝の念はいっそう高まったのである。

京都から西府に赴任してくる大宰府官人の、菅原道真終焉の地天満宮安楽寺への保護ないし京都貴族文化の移入を考えるには、やはり右のような摂関家藤原氏及び学者文人—一般貴族の北野信仰—菅原道真崇拝を考慮しなければならない。小野好古による曲水宴の始行が前述の右大臣藤原師輔のときであるのも偶然ではない。中央貴族の対外貿易の利を媒介とする天満宮安楽寺保護の面についてはすでにしばしば指摘されているので今はふれない。さらに、いちいちの挙例は避けるが、権帥・大弐等にすぐれた学者文人が相次いで任ぜられ赴任してきたことは、天満宮安楽寺の文化的機能を確立させることに作用した。文化的にすぐれた歴代官人（長官）の文道の神菅原道真に対する追慕崇拝が天満宮安楽寺をして十〜十二世紀の九州文化の淵叢たらしめたのである。[57]また、天満宮安楽寺の形勝がすぐれていることは、その崇敬をいっそう深いものにしていた。[58]本章では、その大宰府官人の天満宮安楽寺に対する文化的なかかわり合いを年中行事・宗教行事を通じて考察してきた。

両者、とくに天満宮安楽寺に対する文化的なかかわり合いと年中行事の始行を通じていえる特色は、それがまさに宮廷貴族文化の大宰府長官による直接移入であり、しかも文芸的色彩のきわめて濃厚なものであったことである。そしてそれらは何れも菅原道真が宮廷（あるいは地方国衙）における年中行事として参加し詩に賦していたものばかりであった。さらに、宮廷—中央貴族の行事が次々に天満宮安楽寺に移入された理由は、朝野にわたる菅原道真崇拝を背景とする安楽寺の官寺的繁栄によるものであるが、大宰府官人たちが菅原道真崇拝を媒介として僻辺の地において小宮廷を再現し、しばし僻地に居ることを忘れ、京洛に遊ぶ観念にひたる場を設定した側面も看過できない。いわば、任大宰府官人にともなう京洛喪失を天満宮安楽寺において回復しようというのである。大江匡房においてこのことを事例的に指摘したが、これは匡房一人に止まることではあるまい。なお、曲水宴に付随して花宴があり、残菊宴が始行されるまで射策の儀があり、あるいは五節供が行われていたことを述べたが、すでに現在では知られなくなったいくつかの年中行事が、かつて行われていたのであり、年中行事の移入は単に四度宴に尽きるものではないことを注意しておきたい。

いっぽう宗教行事の形成は、大別すると二つの系譜を引いている。一つは天満宮安楽寺側を主体とする宗教行事の形成で、それは多分に山門・寺門の系譜を引くものであり、天台系寺院としてむしろ当然であったろう。他の一つは大宰府官人の主導によるそれで、年中行事と同様、京都貴族文化の直接移入の色彩が濃厚である。両行事が九州の文芸展開に占める意義は高いが、六庚申の場合について、九州の説話文芸の集約―伝播（とくに京都への移出）の結節点になったのではないかとの推測を立ててみた。これは民衆文化との交流を考えていく上に一つの手掛りにはなろう。京都の御霊会は「会集の男女幾千人なるを知らず、幣帛を捧ぐる者、老少街衢に満てり」[59]といわれたが、天満宮安楽寺の宗教行事（とくに神幸祭）における民衆の参加を史料的に検証し得ないのは残念である。

長元九年（一〇三六）曲水宴最中における大宰権帥実成と安楽寺との乱闘事件あたりを転機として、大宰府と天満宮安楽寺との関係は漸次変化していく。天満宮安楽寺はいよいよ経済的基盤を拡充し、あるいは武力をたくわえ、自らの力で急速な発展をとげていき、それまで最大の外護者であった大宰府は最大の干渉者へと変化する。(60)両者の文化的側面における交渉も、単純な保護・被保護の関係では律せられない状況をみせはじめる。そのこまかな検討は別の機会を期さなくてはならない。また、『太宰府天満宮故実』は「中比、乱世と成しより以来、四度宴も絶て久敷行はれず」というが、四度宴衰退の過程を如実に示す史料には恵まれない。

注

(1) 赤星文書長保六年(一〇〇四)十一月十九日大宰府牒案(『平安遺文』四三〇号)に「当府是悉同朝廷、名忝外朝京洛」として小京都視されていた。また、都督の政は朝廷に同じともいわれている(調所氏文書天喜二年〈一〇五四〉二月廿七日大宰府符案。『平安遺文』七一二号)。

(2) 高木市之助「天ざかるひな―九州万葉ところ〴〵―」(『にぎたま』一九四七年一月号以後数回連載、『古文芸の論』に再録、一九五二年五月、岩波書店)参照。

(3) 長沼賢海『邪馬台と大宰府』第三編第十三章(一九六八年九月、太宰府天満宮文化研究所)参照。

(4) 小田富士雄「筑前安楽寺史―古代末期まで―」(『九州史学』一二号、一九五九年五月、

『九州考古学研究歴史時代篇』第七章に再録、一九七七年一月、学生社)。

(5) 初代別当平忠は、菅原道真の子淳茂の二男(「菅原氏系図」)、天暦元年(九四七)八月十一日、氏牒をもって補任された(東寺文書・太宰府天満宮文書)。

(6) 東寺文書甲号外、安楽寺別当次第『最鎮記文』官符。もちろん氏人の言上が前提にある。

(7) 恵良宏「大宰府安楽寺の寺官機構について」(『宇部工業高等専門学校研究報告』6、一九六七年六月)。

(8) 恵良宏「安楽寺領について」(『史創』九、一九六六年三月)。なお、安楽寺領については片山直義氏の先駆的業績「古代末期における安楽寺領」(『福岡学芸大学紀要』五、一九五五年)があり、参照した。

(9) 注(7)(8)恵良論文。

(10) 注(4)(7)(8)の各論文。

(11) 「草創日記」は太宰府天満宮所蔵。その史料的性格について注(7)恵良論文に「安楽寺草創の経過乃至古代末期における寺領成立の事情などを知る唯一の史料で、宇佐宮の所謂「宇佐大鏡」や観世音寺における「資財帳」に相当するのであるが、二者に比して、この史料より、寺領個々の成立事情、在地の情勢、構造などは窺えない。現在は、永禄二年(一五五九)天満宮留守大鳥居信渠によって写し改められたものしか伝っていない。元来の成立はその記載によって鎌倉時代中期頃と推定される。異本や古断簡があるところより、そのもととなる史料が存したのであろう」と説明されている。大要従ってよいが、書写者は大鳥居信渠ではなく角東北院信順である（田鍋美智子氏教示）。

（12）『益軒全集』巻之五所収。

（13）『益軒全集』巻之四、『福岡県史資料』続第四輯所収。

（14）天満宮に関する両書の記述は、ほとんど同じであるが、『筑前国続風土記』の方にあって『太宰府天満宮故実』にみえない重要な記事がままある。

（15）『益軒全集』巻之五、八四九―八五〇頁。

（16）以下四度宴については、和歌森太郎『年中行事』（一九五七年三月、至文堂）、山中裕『平安朝の年中行事』（一九七二年六月、塙書房）、とくに後者を参照した。

（17）『菅家文草』巻第四324、同巻第五342。『菅家文草』は岩波書店『日本古典文学大系』72（川口久雄校注）による。

（18）『日本紀略』『公卿補任』『御堂関白記』『権記』『二中歴』『扶桑略記』『百錬抄』『中古歌仙三十六人伝』。

（19）『小右記』『権記』『中古歌仙三十六人伝』『大弐高遠集』『夫木和歌抄』。

（20）『僧綱補任』乾、『密宗血脈抄』中、『血脈類集記』三、『真言伝法灌頂師資相承血脈』上、『醍醐報恩院血脈』『尊卑分脈』菅原氏。

（21）注(17)所掲書五六頁以下。

（22）花に即していえば、三月三日越中守大伴家持が詠んだ『万葉集』巻第十九（四一五三）の歌が想起される。本文にいう花宴と、民間における春山の行事、とくに「花見」との関係など知りたいところである。いわゆる「花祭」（十二月〜一月）とは違う。
（23）『僧綱補任』は和気氏と伝えるが、誤りであろう。
（24）『本朝文粋』巻第十一・序丁・詩序四・草、『江談抄』六長句事、「天満宮安楽寺草創日記」。
（25）文人（もんにん）は『宇津保物語』『源氏物語』など平安期の文芸作品には多くみられ、漢詩文を作る者、文章生などを指すが、ここでいう文人がそのような意味なのか、天満宮安楽寺の神官・僧侶の漢詩文を作る者を指したのか、不明。文人の名称は天満宮祠官小野氏に伝わっており、後に祠官の一職名になったことは明らかである。ここでいう文人が職掌化したものであろう。なお、注(7)所掲論文参照。
（26）源相規については、柿村重松『本朝文粋註釈』下、付録二一一頁（冨山房、一九二二年四月初版、一九六八年九月新修版）。
（27）注(26)柿村重松著五五八頁による。射策の語は『日本後紀』弘仁六年（八一五）六月丙寅（廿七日）条にみえる。
（28）『九条殿記』そのほか。注(16)山中前掲書二四七—二四九頁参照。
（29）川口久雄『大江匡房』二三七頁参照（一九六八年五月、吉川弘文館・人物叢書）。
（30）注(16)和歌森前掲書一五二頁。
（31）注(16)山中前掲書二一三頁。
（32）法華会については高木豊『平安時代法華仏教史研究』（一九七三年六月、平楽寺書店）第四章に詳しい。

(33)『菅家文草』巻第十一願文上647。
(34)武田勝蔵『風呂と湯の話』(一九六七年四月、塙書房)。
(35)五時講については硲慈弘『日本仏教の開展とその基調』(上)三三六―四四四頁参照(一九五八年一一月、三省堂)。
(36)『慈覚大師伝』『山門堂舎記』『九院仏閣抄』(『日本天台宗年表』)。
(37)『益軒全集』巻之五、八四九頁。
(38)『二中歴』二・都督歴。
(39)『西宮記』臨時八・大宰帥大弐赴任事。
(40)『類聚符宣抄』八・召大弐事、安和三年(九七〇)三月二十三日太政官符。
(41)窪徳忠『庚申信仰』一二五頁(一九五六年一一月、山川出版社)、なお同『庚申信仰の研究』年譜篇(一九六一年、日本学術振興会)。
(42)注(41)所掲『庚申信仰』一二五―一二六頁。庚申信仰の成立については柳田国男『年中行事覚書』以来、庚申信仰日本固有説があり、多くの人々によって継承されている。
(43)『扶桑略記』『公卿補任』『二中歴』二・都督歴。
(44)藤原経通は、永承元年(一〇四六)二月大宰権帥に任じ、同五年五月辞して上京。時に六十九歳。
(45)『本朝続文粋』巻第一・雑詩・古調詩。
(46)翠花とは翡翠(かわせみ)の羽で飾った天子の旗をいう。このところは大江匡房の詩序を踏まえている。

(47) 大江匡房の『続本朝往生伝』によって知られる。平安時代大宰府周辺の宗教状況については別に述べたい。

(48)『日本紀略』『政事要略』二十二・八月上、『扶桑略記』。

(49)『小右記』『日本紀略』『公卿補任』『帝王編年記』『政事要略』二十二・八月上。

(50)『日本紀略』『扶桑略記』『本朝世紀』『小右記』『百錬抄』『帝王編年記』「江見左織氏所蔵文書」『北野縁起』下『北野天神御縁起』『菅家御伝記』『江談抄』四。

(51)『菅家伝記』『年中行事抄』『最鎮記』『荏柄天神縁起』『元亨釈書』。

(52)『愚管抄』三、笠井昌昭『天神縁起の歴史』一〇八頁（一九七三年一〇月、雄山閣）。

(53)『百錬抄』『天満宮託宣記』。なお、『本朝麗藻』下・神祇部、北野廟に侍しての高階積善の詩序に「今之吏部相公（菅原輔正）是其四葉孫也、○中略、昔受任於海西之府、誠求拝其先霊之神、今設宴於城北之祠」とあるのは、この託宣と菅原輔正との関係を考える上に注目される。

(54)『扶桑略記』『江談抄』四『帝王編年記』『天満宮託宣記』。

(55)『北野天神根本縁起』に引かれる。

(56) もちろん、北野信仰の支持層を受領層のみにもとめているのではない。ここでは受領層に支持された北野信仰を問題にしているのである。学者文人の中でも大江匡衡のように、菅原氏と並ぶ紀伝道の大江氏が菅原道真崇拝を強く推進しているのは笠井昌昭氏の指摘のとおりである（注(52)所掲書一〇六—一〇七頁）。

(57) ただし、そのような崇敬・保護が『古今著聞集』巻第三政道忠臣第三―八二「大江匡房道非道の物を各一艘の船に積む事」で象徴されているような収奪の面と不可分であることも見逃せない。
(58) 『本朝続文粋』巻第八・詩序時節に収める大江匡房の安楽寺聖廟に陪しての詩序など。
(59) 『本朝世紀』正暦五年(九九四)六月二十七日条。
(60) 注(7)に同じ。

第二章　神祇文芸と鎮西探題歌壇

一　法楽連歌と託宣連歌

鎌倉時代九州の文芸資料を整理してみると、その大半が大宰府天満宮安楽寺関係であることと、それ以外の九州における文学の自生的展開に関するものが主として鎌倉後期からみられること、の二点に気が付く。前者について、まず源平合戦期の資料から述べていこう。

安徳天皇を奉じた平宗盛ら平家一門は京都を出て西海に赴き、寿永二年（一一八三）八月十七日、大宰府に至った。この間の状況は『平家物語』巻第八名虎・『源平盛衰記』賦巻第三十二平家大宰府に著く付北野天神飛梅の事に詳しい。安楽寺に参詣した平家一門は法楽のために和歌連歌を詠んだことを伝え、本三位中将重衡の「すみなれしふるき宮この恋しさは神もむかしにおもひしるらむ」という歌を掲げ「人々是をきいてみな涙をながされけり」と記している。平重衡は清盛の四男、『玉葉』では「堪武勇器量」と記されているが、語り本系『平家物語』では虜囚の人としての印象が強く出されている。平家悲運の滅びを平知盛とともに象徴させられている人物である。南都焼打ちが因で、最後に高声に十念を唱えつつ斬られるが、この箇所も滅びに至る平家の悲運をきわだたせている叙述の一つである。ただこの歌は『平家物語』『玉葉和歌集』巻第八では平重衡の歌とするが、『源平盛衰記』では皇后宮亮経正の歌としている。平経正は経盛の嫡男、『新勅撰和歌集』『新拾遺和歌集』入集の歌人で、家集に『経正朝臣集』がある。『平家物語』では琵琶の名手として描かれ、それが平家一門の悲劇的運命と結び付けて描かれている。一谷の戦いで河越小太郎重房に討たれたという。

このあと『平家物語』は豊前宇佐宮への行幸を記して夢想の告げの歌を掲げ、大宰府還幸の後の平忠度・経盛・経正らの歌を掲げている。安楽寺別当安能・宇佐大宮司公通らは九州における平家の有力支柱であり、大宰府、豊前国衙等は平家の支配下にあったから『平家物語』の如上の記事は史的事実にそむくものではない。つづいて寿永二年十月二十日、豊後の緒方惟義等が兵を発して大宰府を侵したため、平家は安徳天皇を奉じ、筥崎を経て遠賀川川口の山鹿城に遷り、ついで豊前柳浦から西海に浮かび、讃岐の屋島に至るのである。

鎌倉幕府開創後間もなくの天満宮安楽寺関係の文事としては以下のようなことが知られる。

㈠『新古今和歌集』巻第十九・『沙石集』巻第五末に「なさけなく折る人つらしわが宿のあるじ忘れぬ梅の立枝を」という歌が掲げられており、前者は「この歌は、建久二年の春の頃筑紫へ罷りけるものの、安楽寺の梅を折りて侍りける夜の夢に見えけるとなむ」と左注し、後者は「安楽寺ノ飛梅ヲ、或武士、子細モ不知シテ、枝ヲヲリタリケル其夜ノ夢ニ、ケダカゲナル上﨟ノ、彼殿ノ挺ニテ詠ジ給ケリ」という前説明をしている。どうしてこのような説明の相違が出てきたのかは分からないが、この二資料や『北野天神縁起』『源平盛衰記』賦巻第三十二・『十訓抄』第六・『古今著聞集』六七一等によって、鎌倉時代に飛梅伝説が流布していたことが知られる。[1]

㈡『菟玖波集』巻第七神祇連歌に大宰府安楽寺関係とみられる次のような連歌が収められている。

建久五年夏の頃、安楽寺破損して侍りけれども、修造の沙汰なかりけるに、彼寺へ参りたる人の夢に束帯したる人のけだかげにてのたまひける

天の御くつとも誰かあはれまん

その後また一人の所司通夜したりけるに、空に声ありてのたまはせける

世をみな知れる君にあらでは

此両句宰府より奏聞し侍りければ、年頃は寺家の沙汰にて侍りけるを、はじめて

公家より彼寺を造営せられ侍りけるとなん

『菟玖波集』は、いうまでもなく二条良基と救済によって編まれた連歌集で、文和五年（一三五六）二月の成立。神祇連歌は全部で五十八句あり、そのうち北野関係が十句ある。これは同集の一つの特色であり、北野信仰と連歌が強く結合した時代の状況を反映している。本句は巻第七の巻頭に掲げられており、同巻の巻軸は撰者二条良基自身の北野の句で押さえるという排列がとられている。北野信仰強調の意図は明らかである。大宰府安楽寺が建久五年（一一九四）夏の頃破損して修造の沙汰が無かったということは、この記事以外に史料的所見がない。安楽寺に早くから伝承されていたものらしい。安楽寺託宣連歌の意味は、天下を治める君以外には、天神の宮居の荒廃を憐れむものはいないということで、天神の宮居を修造する者こそ天下を統治する者だ、ということにもなるのである。(2)

㈢天台座主・歌人として有名な慈円（一一五五—一二二五）の歌集『拾玉集』第三冊に「送佐州親康也」と題する百首歌が収められている。前佐渡守親康が鎮西に下向するときの無事再会を祈念しての歌である。その最後に「いにしへの光にもなをまさるらし鎮むる西の宮のたまかき」と大宰府天満宮を詠んだ歌があり、早く『筑前国続風土記』にも引用さ

れている。前佐渡守親康は鎮西に下向し、おそらく慈円歌のように天満宮に参詣したのであろう。親康の鎮西下向は「旅泊」「斗藪」と書かれているが、目的は明白でない。親康は「随分歌人也」といわれるが、その伝は必ずしも明らかでなく、『尊卑分脈』『明月記』等にもみえない。『玉葉』建久二年（一一九一）六月二十五日条に無官として「藤原親康忠弘男、中宮侍一臈也、」とあるが、同一人であろうか。『吾妻鏡』建暦二年（一二一二）五月七日条によると、北条（名越）朝時が女の事で勘気を蒙っているが、その女とは佐渡守親康の女で、源実朝の御台所（坊門信清の女）の官女であった。同書同年十二月二十一日条によると、去る十日の除目で藤親康は従五位上となっている。

㈣『十訓抄』第十に、菅原長貞が宇佐使(3)として下向の途次大宰府安楽寺に詣で、作文の序を書いたことが次のようにみえている。

近くは建保の比、菅長貞、うさの勅使として下向の時、安楽寺にまうでゝ、作文の序をのべけるに、みづから其序はかきたりけり、

青雲入手　遥持使節於百万里之西
玄風染心　泣拝祖廟於十一代之後

此句詠吟のあひだ、文人につらなる祠官等、涙をおとしけり、神もさだめて御納受ありけんかし、

菅原長貞は『尊卑分脈』によれば為長の子、「侍読後深草・亀山、大内記、従四位下、東宮学士、越前権大掾、長門守、早世、母中原師茂女」とある。宇佐使は伊勢神宮における公卿勅使に次ぐ国家的な官使である。『西宮記』臨時六進発宇佐使事によれば、天皇一代に一度発遣する一代一度奉幣使、天皇が即位の後にそれを奉告する勅使、二年あるいは三年毎に発遣される恒例使、その他ことにふれて発遣する臨時の奉幣があった。天平三年（七三一）の奉幣以降鎌倉末期の元亨元年（一三二一）で中絶。『仁和寺日次記』建保四年（一二一六）十二月七日条によれば、宇佐勅使として大内記菅原長貞が発遣されている。文人は『宇津保物語』『源氏物語』など平安時代の文芸作品には多くみられ、漢詩文を作る者、文章生などを指している。ここでは天満宮安楽寺の祠官の漢詩文を作る者を指している。「草創日記」によると、康保元年（九六四）十月、大宰大弐小野好古が曲水宴に引続き安楽寺に残菊宴を創始したとき、請僧四十人・文人二十人と定めている。文人の名称は天満宮祠官小野氏に伝わっており、後に祠官の一職名になっている。その職掌化の過程は天満宮文芸の展開にとって重要な意味をもっている。今後の解明に期したい。

以上、鎌倉前期における天満宮安楽寺関係の文芸事例をみてきた。(二)は、建久五年云々の年次はともかく、神託連歌で、修造等に関する寺社側から公家（武家）へ向けての神託和歌・神託連歌の系脈に属するものである。天満宮安楽寺では後述するように、いくつかの事例が知られる。神託文芸であるが、あえていえば、一種の在地型文芸である。㈢㈣は京都からの鎮西下向―天満宮安楽寺参詣に関するもので、㈠も『新古今集』の方に従えば明らかにこの系列に属する。下向型文芸とでもいうべきもので、鎌倉初期の九州の文芸は、やはりこの型が優勢である。

二　菅公説話と大江匡房

鎌倉時代の天満宮安楽寺文芸関係資料で顕著なことの一つは、先述の『平家物語』などの軍記物語につづいて、『十訓抄』第十・『古今著聞集』第一・第四・『沙石集』巻五などの説話作品に同宮寺関係記事がみられることである。説話作品に九州がどのように取り扱われているかをまず検討せねばならぬが、やや多岐にわたるので、それは後日を期する。『沙石集』は無住（一二二六―一三一二）の著になる仏教説話集、弘安二年（一二七九）起筆、同六年成、内容は広本系と略本系とで差があるが、巻五までの構成はほぼ共通している。すでに同書に飛梅伝説がみられることは前述した。前述の『菟玖波集』巻七神祇連歌にみられる安楽寺修造関係の神託連歌も連歌説話形成史のなかで検討してよい素材である。また前述の『十訓抄』第十の宇佐使菅原長貞の作文序のことのように、いわゆる実録に類するものもある。

右以外の鎌倉時代の説話作品にみられる天満宮安楽寺関係について、語られている内容の古いものから順に事例をあげてみよう。

『古今著聞集』巻第一神祇第一に「北野宰相輔正安楽寺に塔婆を造営の時聖廟託宣の事」がみえる。天神四世の苗裔、円融院の侍読として文道の名誉高かった菅原輔正が、天元四年（九八一）大宰大弐に任じて同五年九月大宰府につき、安楽寺を巡礼し、塔婆のないのをみて多宝塔一基を建て胎蔵界の五仏を安じ法華経千部を納め東の御塔と名付け禅侶を置いて不退の勤行をさせた、輔正在府の間、寺家仏神事の儀式、寺務のあるべき次第などを詳記して三巻書と名付け宝蔵に納め、今に伝わっている云々というものである。菅原輔正は在躬の子、円融・花山の侍読で天元四年正月大宰大弐となり、任中安楽寺の興隆をはかり、「草創日記」によると永観二年（九八四）常行堂・宝塔院及び中門廊・廻廊等を建てている。右文中に、安楽寺別当松寿が記した永観二年六月廿九日の、菅原輔正の造塔写経発願のことを記した「天満宮託宣記」を引いている。『本朝麗藻』下神祇部の高積善の詩序に「今之吏部相公（菅原輔正）是其四葉孫也、〇中略昔受任於海西之府、誠求拝其先霊之神、今設宴於城北之祠」とあり、天満宮託宣に果たした菅原輔正の役割を示している。

『古今著聞集』は序・跋文によって建長六年（一二五四）十月橘成季によって編まれたこ

とが知られる。古きよき時代を百科全書的博識で描きなしている。この記事も尚古的傾向の中での叙述である。同じく『古今著聞集』の巻第四文学第五には「源相規安楽寺作文序を書し天神御感の事」の条がみえる。源相規が安楽寺作文序を書いたが、その中の句「王子晋之昇仙、後人立祠於緱嶺之月、羊太傅之早世、行客墮涙於峴山之雲」がことにすぐれていたので、後に月の明るいとき安楽寺で直衣の人がこれを詠じたが、それは天神が感服のあまり現われたのだ、というのである。菅原道真の文道の神としての属性がいや増しに高まっていく過程での説話であるが、源相規の『本朝文粋』巻第十一詩序所収の、この「初冬、陪菅丞相廟、同賦籬菊残花」(5)中の句は広くもてはやされ、『和漢朗詠集』巻下には「安楽寺序相規」として引かれている。『古今著聞集』のここの箇所は、『江談抄』第六長句事の該当条の和訳(漢詩は原文のまま)である。『江談抄』は大江匡房の談話を筆記した説話集で、筆録者は『今鏡』第十敷島のうちぎきの文によって藤原実兼(通憲の父)と目されている。成立は長治・嘉承(一一〇四―〇七)の頃といわれる。菅原道真の文神としての神格化は大江匡房によって大きく推進されるが、この説話もその一例である。加うるに大江匡房の神秘的傾向もうかがいうる説話である。菅原道真の文神化は鎌倉時代にも継承されさらに広められていったのである。

大江匡房(一〇四一―一一一一)は、いうまでもなく平安後期の代表的学者。成衡の子、永長二年（一〇九七）三月大宰権帥となり、康和四年（一一〇二）六月帰京。長治三年（一一〇六）三月大宰権帥に再任したが赴任しなかった。『本朝神仙伝』『続本朝往生伝』『江家次第』などの著がある。家集に『江帥集』（桂宮本叢書三）があり、なかに「廟前桃花　安楽寺宴」と題する、「みづかきにくれなゐにほふも、のはなひかりもいとゞまされとぞおもふ」という歌がある。初度の大宰権帥在任中、天満宮安楽寺関係を始め、その文化的活動は著しく、平安後期の九州文化をみる際、まさに不可欠の存在である。(6) 承徳二年（一〇九八）十月大宰府に下向、翌年二月二十九日宇佐御許山で法華三昧を営んだ。康和二年（一一〇〇）九月安楽寺内に満願院を建立して庄園を寄進し供養。この前後「参安楽寺詩」「西府作」の大作を詠んだ。「西府作」古調一千言の五言長篇は、赴任して間もなくの作であろう。

鎌倉時代の説話作品中、天満宮安楽寺と大江匡房との説話としては次の例がある。現在、太宰府天満宮でもっとも大きな祭典として営まれている神幸式は康和三年（一一〇一）八月二十一日、大江匡房が夢想によって始めたものである。その経緯は『古今著聞集』巻第四文学第五大江匡房夢想によりて安楽寺祭を始むる事に記されている。鎌倉時代の説話作品中、天満宮安楽寺と大江匡房との関係を語ることもっとも詳密であるので、岩波書店『日本古典文学大系』84一二七―一二九頁により、次に引用しよう。

江中納言匡房卿、承徳二年都督に任じてくだりけるに、同康和三年に都督夢想の事ありて、安楽寺の御祭をはじめて、八月廿一日、翠華を浄妙寺にめぐらす、此寺は天神の御車をとゞめし地也、治安の都督惟憲卿、彼跡をかなしみて、一伽藍を其跡に修復して、法花三昧を修す、同廿三日、宰府に還御、僚官・社司みな馬にのりて供奉、廟院の南に頓宮あり、神輿をその内にやすめて、神事をその前におこなふ、翼日に宴をはりて、夜に入て才子ひきて宴席をのぶ、これをまつりの竟宴といふ也、神徳契遐年、といふ題を、はじめて講ぜられける、序を都督かゝれけるに、「桑田縦変、日祭月祀之儀長伝、芥城縦空、配天掃地之信無絶、況亦崐崘万歳三宝之桃矣、便充枌楡之珍羞、崆峒一劫一熟之瓜焉、更代蘋蘩之綺饌」とかゝれて侍る故にや、此祭礼としをへてたゆるなく、いよ〳〵脂粉をぞそへられ侍る、同序云、「社稷之臣、政化雖高、朝闕万機、未必光姫霍、風月之主、才名雖富、夜台一掩、未必類祖宗、彼蕭之暮雨、花尽巫女之台、嫋々秋風、人下伍子之廟、古今相隔、幽奇惟同、匡房五稔之秩已満、待春漸艤江湖之舟、抃観之期難知、何日復列廟門之籍」と、かゝれたりける、詩にいはく、「蒼茫雲雨知吾否、其奈将帰於帝京」となん作られたり、この序を講じける時、この中の句を、御殿のかたに人の詠ずるこゑのきこえけるは、うたがひなく、神感のあまりに、天神御詠吟ありけるにこそ、と人〴〵申ける、今年都督秩満のとしにあたれり、明春帰洛せんずる事を、神もなごりおほくおぼしめして、かく倡吟ありけるにや、同四年、都督すでに花洛におもむくとて、曲水宴にまいりて序をかゝれけるに、夢の中に人来てつげけるは、「この序の中にあやまりあり、なをすべし」といふとみてさめぬ、そのゝち件序を沉思ありけるに、「柳中之景色暮、花前之飲欲罷」といふ句ありけり、柳中は秋の事也、春の時にあらずと覚悟して、すなはちなをされにけり、同序に、「潘江陸海、玄之又玄也、暗引巴字之水、洛妃漢如、夢而非夢也、自動魏年之塵、堯女廟荒、春竹染一掬之涙、徐君墓古、秋松懸三尺之霜、右軍既酔、蘭台之席稍巻、左驂頻顧、桃浦之駕欲帰」、かやうの秀句どもを、かきいだされたりけるに、尊廟のふかくめでさせ給にけるにこそ、講ぜらるゝ時、御殿の戸のなりたりけるは、満座の府官僚管(ママ)、一人ものこらずみなこれをきゝけり、そのこゑ雷のごとくになん侍ける、此卿、嘉承二年、又都督になりたりける、これも神の御計にこそ、かたじけなき事也、

文中引くところの詩序は『本朝続文粋』所収のものである。ただ「蒼茫雲雨知吾否、其奈将帰於帝京」は『本朝続文粋』中にはみえない。曲水宴にかかわる話柄はすでに『江談抄』第六長句事の「江都督安楽寺序間事」にみえ、同条はさらに大江匡房が内宴序を作ったとき感応して人の詠があったことを伝えている。「蒼茫雲雨知吾否」の詩について「神感のあまりに、天神御詠吟ありけるにこそ」というのも『江談抄』の右の記事を踏まえて

いるようである。大江匡房は天神との感応のなかで天神の文神としての神格を高め、自分が天神の文道の後継者であることを闡明しているのである。大江匡房の神秘的性格は、それをさらに有効ならしめた。

前引『古今著聞集』後半の曲水宴にかかる話の後半に引く句は、もとより『本朝続文粋』巻第八詩序上所収の「七言、三月三日陪安楽寺聖廟同賦槃流叶勝遊詩一首」中のものである。これは『江談抄』第五詩事の「都督自讃事」に引かれており、さらに『十訓抄』第十に右の中の「堯女廟荒、春竹染一掬之涙、徐君墓古、秋松懸三尺之霜」を掲げて「披講のとき、御廟ひらきなれりけり」と記している。『江談抄』の影響下に書かれたものであろう。『十訓抄』は十の教訓徳目に従って様々の説話を集めたものである。建長四年（一二五二）十月半ばの成立。作者として橘成季・六波羅二郎左衛門（湯浅宗業）・菅原為長があげられているが、未詳。大江匡房に関する右の記事は、教訓と説話の間で王朝世界を描くという『十訓抄』の基調に根ざすものである。

なお『十訓抄』には、菅原道真をとりあげている箇所が次のようにある。橘広相（八三七―八九〇）が草した藤原基経を関白に任ずる勅書にからんで藤原佐世が広相の失脚をもくろんだ阿衡事件について菅原道真が橘広相にはあやまりなしとしたこと（第四）。昌泰三年（九〇〇）九月十日の宴で「君富春秋臣漸老」の詩で叡感をうけ、のち大宰権帥に左遷されたこと（第六）。大宰府に赴くときに詠んだ、飛梅伝説のもととなった「こちふかば」の歌などのこと（第六）、である。

三　天満宮安楽寺と蒙古襲来

鎌倉時代天満宮安楽寺の文芸関係で逸することができないのは蒙古襲来との関係である。史料的には次の二例を検出することができた。

一つは、鎌倉末期の成立と目される『関東評定伝』の「文永六年九月、蒙古高麗重牒状到来、牒使金有成・高柔二人也、還対馬人答二郎・弥二郎、高柔依霊夢、献所持毛冠於安楽寺、即叙其由呈詩」という記事である。同書は、鎌倉幕府の執権・連署・評定衆・引付衆の各伝で、評定衆設置の嘉禄元年（一二二五）から北条時宗卒去の弘安七年（一二八四）に及ぶ期間を叙している。北条時村の嘉元三年（一三〇五）四月二十三日の討死のことなどをも記しているから、成立は鎌倉末期であろう。本条は蒙古の日本遠征すなわち蒙古襲来（元寇）における日蒙交渉の一こまを示すものでもある。蒙古の命をうけた高麗が金有成・高柔を使者に立て、蒙古の国書に高麗の国書を添え、対馬から連れ去っていた二人の日本人を伴って日本招諭を試みたのである。金有成一行は、文永六年（一二六九）九月大宰府に到着。大宰府守護所（少弐資能）は国書を鎌倉幕府に報告し、幕府はこれを朝廷に進達した。大宰府に来た使者の高柔は霊夢によって自分の持っていた毛冠を大宰府の安楽寺に奉献し、そのいわれを詩にして同寺に納めた。詩そのものが、どのようなものであったかは不明。

京都正伝寺開山の東巌慧安は蒙古降伏の熱禱を行ったことで知られる禅宗僧侶であるが、文永六年十二月二十七日から翌年三月一日まで六十三日間にわたって蒙古降伏の祈願をこらした。その結願の日、夢に蒙古の使者が現われて神国日本の君臣上下に対し和親を強く希望して蒙古の毛冠を献じよう、といった。慧安は蒙古が降伏するまえぶれだとよろこび、使僧を石清水八幡宮に参詣させて祈願文を奉った。これは正伝寺所蔵文永八年大歳辛未九月三五酉時慧安祈願開白文の記するところであり、『関東評定伝』の本条と符節を合する。ともあれ日本─高麗の文化交渉史上における安楽寺の位置をみるのに興味深い事実である。高麗人高柔の文神菅公に対する崇敬が背景にあったことはいうまでもなかろう。

他の一つは、太宰府天満宮所蔵の「天満宮縁起」中の次の箇所である。

弘安四年、蒙古国より軍兵数万人、兵船六万艘にて、はかた・平戸に来りて、たゝかひあり、これにより諸社にて御祈あり、宰府天満宮にては大般若経を転読し、又連歌を興行し奉る時、童とも白沙にあつまり、連歌とて、木葉をあつめあそびけるに、虚

空に声有て、

大般若是も道はありながら木葉連歌にひくこゝろかな

と御託宣あり、連歌の席、初め八日本武尊の御影を懸奉りけるか、これより菅神の尊像をかけ奉るとなり、

「天満宮縁起」は、原本三巻、元禄六年（一六九三）九月廿五日高辻前大納言菅原豊長の奥書があり、安楽寺への奉納の経緯が知られる。すなわち菅神の縁起は昔からあるが、筑前国主黒田綱政の年来の願望によって今度追加をし菅原長義が書功を遂げて安楽寺に奉納する、というのである。小鳥居権宮司家には天明頃の執行坊第三十世信誠の写本があり、追加・奉納の経緯をさらに詳しく記している。元禄六年国君綱政の命により、安楽寺宮司検校坊快慎（延宝四年〈一六七六〉に天満宮文庫を創設）と亀井戸天満宮別当大鳥居信祐とが上洛し、幕府の連歌宗匠里村昌陸や松下見林などと相議し、従来の天神御縁起に追加して本書を成し、高辻前大納言豊長が周覧し、菅原長義が染筆したものだ、というのである。ここに掲げたものは『筑前国続風土記拾遺』巻之八御笠郡天満宮付安楽寺の条にも収めている。同書の編者青柳種信は本書を披閲・利用しているのである。

以上のように本史料は近世初頭のものであり、蒙古合戦の折のこととしてそのまま信ずるわけにはいかない。しかし古来からの縁起を踏まえたものであり、蒙古襲来時における

祈禱のあり方から考え、筑前の大社寺である天満宮安楽寺で異国降伏の祈禱がなされたことは間違いあるまい。ところが、現在、太宰府天満宮にはそのことを証する直接史料は残っていない。小鳥居文書（応永二十五年〈一四一八〉七月十三日松梅院宛菅原在宣書状）によって正応三年（一二九〇）筑前国衙職が天満宮安楽寺に寄進されたことが知られ、あるいは同宮寺の異国降伏祈禱に対する報賽かもしれないが、明確なことはいえない。本縁起は蒙古襲来時における天満宮安楽寺の異国降伏の祈禱を、間接的ではあるが、推知させるものである。大般若経の転読は当然として、同祈禱に勝軍連歌をしたこともあり得ることだと思われる。木葉連歌のことは、前述の『菟玖波集』巻第七神祇連歌にみえる建久五年（一一九四）の安楽寺修造関係の連歌とともに天満宮安楽寺の維持・発展にかかわる連歌説話であるが、同宮寺内だけでなく広く連歌説話展開に関する資料としても注目しておいてよいものであろう。

前述の『平家物語』巻第八や右の二資料などを参照し、天満宮安楽寺では平安末―鎌倉初期から連歌が行われていたとみられるが、いつからどのような形で行われ始めたのか、今一つはっきりしない。確かな材料を得たいところである。このことに関連する資料として金子金治郎氏が紹介された太田武夫氏所蔵『連証集』がある。(7) 始めに「去ぬるながの月のすゑに、安楽寺にまうでゝ、廟院のかたはらに通夜をし侍しに、まぢかきほどに都より下たる好士とて、黒衣の僧ひとり、同かたはらにねんじゆして侍あいだ」云々で始まる長文の序がある。つづく本文は、寄合のことばを掲げて、それの典拠となる本歌を引き、それを寄合とする例句をあげる、という三要素で、連歌の寄合を一六八項集め、いろは別に類集排列したものである。著者は不明だが、連歌に関心の強い公卿歌人だろうという。寄合の発達史をみる上から重要な資料であり、例句は鎌倉期の作品として貴重である。島津忠夫氏は、『連証集』は冷泉為相の著で、右の序文は二条良基・救済のあたりで作られ、後から付されたものではないかと推測している。(8) 鏡物風の叙述で、北野信仰と連歌との結び付きを示す早期の資料である。北野信仰の原点たる大宰府安楽寺を舞台としている点注目すべきであり、鎌倉時代の天満宮安楽寺における連歌を推知させる関係資料としても重要である。

鎌倉時代九州のなまの連歌資料としては、鹿児島県川内市の新田神社の元応二年（一三二〇）六月十一日の「何目百韻連歌懐紙」、元亨三年（一三二三）正月五日の「何人百韻連歌懐紙」が知られるぐらいである。これは一九六五年二月の『語文研究』十二号に大内初夫氏が「薩摩新田神社所蔵の鎌倉末期連歌懐紙」として紹介し、鹿児島県史料刊行会『薩摩国新田神社文書』（一九六三年二月）、川内市郷土史編さん委員会『薩摩国新田神社文書㈠』（一九七二年一〇月）に収められている。鎌倉末期―南北朝期に活躍した日蓮宗富士門流の日叡の五箇条の制誡（日向・定善寺所蔵、『富士宗学要集』第八巻史料類聚㈠所収）のうちに「一、月に三度連歌有るべき事」と規制しているのは、同時期九州の寺社等における連歌盛行の一端を示しているものであろう。

鎌倉時代天満宮安楽寺の文芸関係として、次の二つのことを付け加えてこの項を終りたい。

一つは、南山士雲（一二五四—一三三五）の事績である。南山士雲は円爾弁円・大休正念・無学祖元に参じ、永仁六年（一二九八）三月博多承天寺に出世し、延慶三年（一三一〇）北条貞時の推挙により東福寺に住した。その後、寿福寺・円覚寺・建長寺等に住し、上洛して荘厳蔵院に憩し、元亨三年（一三二三）の春博多承天寺に再住し、閑居十一年、元弘三年（一三三三）八月上洛し荘厳蔵院に帰り、翌二年十月七日卒した。承天寺再住の元亨三年癸亥春「遊安楽寺」長篇をものしている。「南山和尚行実」の伝えるところである[9]。ただし、詩そのものは残っていない。このような事例は外にもかなりあったのであろうが、僅かに知り得る一例である。無準師範の法を嗣いだ円爾弁円に学んだ南山士雲が安楽寺に遊んで作詩していることは、渡唐天神信仰の展開を考える上でも注意しておいてよいことであろう。

いま一つは、元徳三年（一三三一）三月—九月の間に成ったとみられる『臨永和歌集』

巻第五神祇（『群書類従』七）に、

安楽寺にたてまつりける百首歌中に読人しらず

跡たれし北野の宮のひとよ松ちもとは君が万代のかず

とみえることである。百首歌は、あらかじめ題を定め、または時を限って百首の和歌を詠作するものであり、歌道修練その他の動機によるが、この場合は法楽百首歌であろう。安楽寺は、後述のことから大宰府安楽寺とみてよい。『臨永和歌集』は二条系歌人によって編まれたとみられる私撰集[10]で、当時の現存歌人と思われる一八〇名の作七七〇首を四季・神祇・恋・雑に部類したもの。二条派の平淡な歌風で、鎌倉最末期の歌壇状況を知り得る好箇の資料である。大覚寺統・二条派の人の歌が多く、とくに鎮西探題北条（赤橋）英時をはじめ九州在住者の歌が多い点注目される。後述のことから、この百首歌には九州に下向していた浄弁がかかわっていたのかもしれない。大宰府安楽寺に百首歌が奉納されたという事実も、そのような北九州の歌壇状況を背景にして理解できることである。それらを含め、次項において鎌倉後半期九州の文芸状況をみてみたい。

四　鎮西探題歌壇の形成

次に中央（京都）の有名文（歌）人・実力ある文（歌）人の九州下向を軸にした京都文芸の九州文芸への影響をみてみよう。

京都の貴顕・文人の九州下向にはさまざまな場合がある。藤原（葉室）光俊[11]（一二〇三―七六）のような配流の例もある。父光親は後鳥羽院無双の寵臣で、承久の乱において京方謀議の中心とみられて斬罪され、光俊は連座して流刑となった。『吾妻鏡』承久三年（一二二一）七月二十五日条によれば阿波宰相中将信成（母経子の妹の夫）とともに配所に赴いている。その配所が筑紫であったことが『藤原光経集』（『群書類従』九・桂宮本叢書第六巻所収）によって分かる。桂宮本を引こう。

前右少弁光俊、筑紫に配流後、文遣し侍しつゐでに

月のいるそなたの空を詠（ながめ）てもきみゆへ袖のぬれぬよぞなき

返事

月影の山のはいでしよな〳〵はかはきやはせじふぢのたもとも

右の光俊の歌は光俊の現存歌中の初出である。光経は光俊より約十歳年長の叔父で、お

そらく光俊の和歌の手引きをした人物であろう。光俊が筑紫のどこに配流されたのか分からないし、光俊は承久以前に和歌を詠んでいる形跡もなく、配流も一年足らずであり、光俊の九州配流が九州の文芸に影響を及ぼしたなどとはいえない。ただ光俊は、その後、御子左派に拮抗して数々の歌業を残し、清新な空気を歌壇に与え、とくに源実朝なきあと宗尊親王の和歌師範として鎌倉歌壇の発展を大きく推進した。法名真観の名において鎌倉時代歌壇史上の逸材として知られる。光俊十九歳の折の九州配流は、鎌倉時代史の一挿話にすぎないかもしれないが、光俊の精神形成にとっては大きな意味をもったろう。九州が配流地として、鎌倉時代の代表的歌人となる人物の精神形成に影響を与えたのではないかという意味で、ここであえてとりあげてみたのである。承久の乱という運命への悲傷、政治から文芸・宗教への晶華の決意等。これは推測にすぎないが、かりにこれを影響と呼んでおこう。三十四歳で出家することとも無縁ではない。

京都の著名な歌人で九州に下向していることが知られるのは鎌倉最末期における能誉・浄弁の場合である。

『了俊歌学書』によると、二条為世門の四天王として浄弁・頓阿・能与（誉）・兼好をあげている。『正徹物語』では能与に代って慶運が入っているが、鎌倉最末期の段階では能誉はいわゆる和歌四天王の一人として当代を代表する歌人と目されていた。『井蛙抄』に

「能誉は故宗匠（二条為世）の被執し歌よみなり、故香隆寺僧正（守誉）の愛弟の児なり」とある。仁和寺の僧で二条為世が嘱目した地下の法体歌人である。井上宗雄氏は「高雅な数奇者で、何物をも残さぬ、純粋な気持の法体歌人であったとみえる[12]」と評している。同じく『井蛙抄』によれば、鎌倉末、頓阿が東山にいたころ、能誉は頓阿を訪ね、物語などして筑紫へ下っている。九州下向の目的も理由も、下向後の状況も一切分からない。和歌数奇者の懇請によるものかもしれないし、仁和寺系の寺院や庄園を縁として下ったのかもしれない。いずれにせよ、能誉の九州下向は九州数寄者の文芸愛好と無関係であったとは思われない。九州における二条系歌風の伝播に一役買ったことと思われる。

京都歌人の九州下向が九州の文芸に意味をもったことが確かに知られるのは鎌倉末期の浄弁の場合である。浄弁の九州下向については、『続草庵集』巻三雑㋑と『兼好法師家集』㋺に次のようにみえる。

㋑　法印浄弁、老後につくしへ下侍し時、名残惜て人々歌読侍しに、祝の心を、
　　末とをくいきの松原ありてへばけふ別とも又ぞあひみん

㋺　浄弁法師つくしへまかり侍しに火うちつかはすとて
　　うちすてゝわかるゝみちのはるけきにしたふおもひをたぐへてぞやる

浄弁は前述のように、二条為世門四天王の一人で鎌倉末―南北朝期の代表的歌人である。

尊経閣所蔵の浄弁筆『後撰和歌集』『拾遺和歌集』奥書によると、浄弁は嘉暦二年（一三二七）四月・五月は京都にいて両集を書写し、その後九州に下って鎮西探題匠作（北条英時）と大友江州禅門（貞宗）に三代集を相伝している。この、九州での事績を伝える尊経閣所蔵浄弁筆『拾遺和歌集』奥書は次のとおりである。(13)

嘉暦二年五月三日申出師之御本、於河東霊山藤本庵拭七十有余老眼終数十ケ日書功

権律師浄弁（花押）

此集於宗匠御流者当世委細相伝之人稀者歟、傍若無人之由所存也、世間又無其隠乎、爰云稽古云機根抜群之間、不残一事所伝授運尋也、何況乎鎮西探題匠作幷大友江州禅門三代集伝受之時、読手度々勤仕、諸人不可貽疑之状如件、

正慶二年正月十五日

浄弁（花押）

北条（赤橋）英時は最後の鎮西探題として鎌倉幕府滅亡とともに博多で誅滅された。武家歌人として相当に高く評価されていたらしく、勅撰集への入集は、『後拾遺和歌集』二・『風雅和歌集』一・『新拾遺和歌集』一・『新後拾遺和歌集』二という数である。私撰集では『続現葉和歌集』一・『臨永和歌集』九・『松花和歌集』三（内閣文庫賜蘆拾葉巻四・国文学研究資料館・福岡市住吉神社、各一首）が知られる。

大友貞宗は大友氏第六代の当主で豊後守護。鎮西探題の評定衆及び三番引付頭人。官途

は左近大夫将監を経て元亨三年（一三二三）頃近江守に任じ、嘉暦元年（一三二六）頃出家し具簡と称した。また道庵と号する。平姓を称していた。『続現葉和歌集』一一・『臨永和歌集』六の歌が知られる。『明極和尚語録』[14]によれば宋朝風の公案禅に理解があり、かつ中国の儀礼に習熟していたことが知られる。禅宗を外護し、筑前国粕屋郡多々良に顕孝寺を建立し闡提正具を開山としている。当時、武士としては第一級の文化人であった。浄弁の九州下向は、北条英時・大友貞宗らが三代集の伝受、和歌指導等のために招いたのかもしれない。

大友氏の文芸に関して、井上宗雄氏紹介[15]の次のことを付言しておきたい。井上氏は、『歌学大系』の解題に『和歌大概』（『近代秀歌』）の奥に、文永三年（一二六六）十一月為顕は大友太郎時親にこの書を授けた、とあることを引き、『和歌大概』がしばしば『和歌肝要』・『和歌口伝抄』と一括されて伝わることを述べ、上田図書館本（「歌書雑幷藤川百首」の内）の『和歌口伝抄』にその奥書があることを、次のように紹介されている。

奥書は沢山ある。まず

文永三年十一月日依器量之仁書授大友太郎時親畢

勅撰作者十五代後胤五代撰者　末葉為顕判

及び為顕・時親の贈答歌（以上、年時はとにかくとして為顕のものとして認められよう）、

次に

正応元年七月二十七日雖為相伝秘本、依此道志深授理達法師了、更々勿他人一見
而已

沙弥道恵判

とあって贈答歌を記す。

として、道恵につき、「丹鶴本日本紀奥書嘉元二年六月写にみえる釈道恵か。櫛田良洪氏の『真言密教成立過程の研究』によると同書奥書にみえる「源羽林」ではないかという」と記されている。大友太郎時親は「北条時貞男、続古今・夫木作者か、或は続千載の藤原時親か、何れにしろ武士であろう」とされている。筆者は、この『和歌口伝抄』をみていないので、確かなことはいえないが、井上氏の紹介の範囲内でいえば、大友太郎時親は、豊後大友氏の庶流戸次時親ではないかと推測する。田北学編『増補訂正編年大友史料』三二諸家系図所収の入江家蔵本「大友戸次氏系図」によると、大友第二代の親秀から重秀—時親となっており、時親について「太郎、法名道恵、相模守時宗加元服、正応三年（一二九〇）四月三日於箱崎執行所死去畢」と割注されている。従って前掲奥書の道恵も戸次時親の法名ということになる。ただ、戸次時親に関する史料はほとんどなく[16]、系図の記述が年次・排行・実名・法名等において符合するというのが推測の根拠であるから、さらに精査を期さねばならない。もし

戸次時親と認められるならば、時親は冷泉為相の異母兄為顕から歌道を伝授されていることになる。場所は鎌倉か京都か、定かでない。

さらに、さきの浄弁につづいていえば、権律師浄弁は日本大学図書館所蔵『古今和歌集』奥書によると、元徳二年（一三三〇）二月二十二日『古今和歌集』相伝の説を大蔵丞藤原貞千に伝えている。[17]井上宗雄氏は貞千を『臨永和歌集』第十雑下の歌人藤原貞千（群書類従本は藤原貞子とする）と同一人物で、少弐の一族か被官であろうとしている。少弐氏の一族あたりが近かろう。浄弁の九州下向は、以上のように、九州在地における自生的な文芸愛好を幇助指導するものであった。その、自生的・主体的な文芸活動の主流は、博多におかれていた鎮西探題を中心とするものであった。その指標となるのは『臨永和歌集』と『松花和歌集』である。両集は、成立もほぼ同時期で、作者も当代現存歌人でしかも共通するものが多く、二条派の浄弁が両集に関係していたとみられる。

『臨永和歌集』については前に少し述べているので、ここでは武家歌人の入集状況についてみてみたい。すでに井上宗雄氏が触れておられるが、参照しながら述べていく。北条英時・同守時女（英時妹）各八、大友貞宗六、東氏村五、斎藤基明・二階堂行朝・島津忠秀・安東重綱・斎藤基夏・足利高氏各三というような状況である。全体的にみて、武家歌人は、北条氏一門・得宗被官・有力御家人・法曹系御家人等であるが、とくに九州関係者が多いことが注目される。平（北条）英時・平（北条）守時朝臣女・平（大友）貞宗・宗像氏長・平（下広田）久義・平（渋谷）重棟・藤原（斎藤）利尚・藤原（少弐）貞経・平（渋谷）重雄・藤原光章・藤原（飯河）光兼・藤原光政・平（渋谷）重棟女・藤原（少弐カ）貞千など、そうである。これらのうち宗像神社の宗像氏長を除くと他はすべて鎮西探題関係者である。

そのうち少弐貞経は、大宰少弐、筑後守、筑前・壱岐・対馬の守護[18]、鎮西探題の評定衆で二番引付頭人。藤原貞千も少弐氏かとしておく。他は平守時女・平重棟女を除き、いずれも鎮西探題の職員である[19]。鎮西探題は、蒙古合戦後、九州の御家人を異国防禦に専念させるため鎌倉幕府が博多に設けた裁判機関である。約四十年間、鎌倉幕府の九州支配の出先機関としての役割を果たす。鎮西探題には好学をもって知られた金沢氏一門の実政・政顕らがいるが、文化的側面はほとんど知られない。最後の赤橋英時に至って文芸面の事績が知られるのである。赤橋家は北条氏のなかでも文事にすぐれた家柄であり、前述のように、英時自身勅撰集の作者である。『臨永和歌集』においても、鎮西探題府の武家歌人中鎮西探題の北条英時とその妹の歌数が抜群に多い。武家としての家格の高さによるところもあろうが、やはり力量のしからしむるところでもある。『新拾遺和歌集』一八七七によれば、英時の妹は九州に下ってきていた。

以上のことから、九州においては鎮西探題歌壇ともいうべき状況が形成されていたといってよい。しかも勅撰集作者としての実力をもつ鎮西探題北条（赤橋）英時が自らその指導的地位にあった。鎌倉幕府の二大地方統治機関である六波羅探題と鎮西探題は、それぞれ歌壇を形成していたのである。ただ、鎮西探題の場合、六波羅探題のように探題奉行人が勅撰集作者であることはみえない。入集系路の問題もあろうが、やはり力量の差があったのであろう。鎌倉幕府が京極・冷泉派の色彩が濃厚であったのに対し、鎮西探題は奉行人の人事面で六波羅探題からの出向に多く仰いでいること、地理的に近いこと、京都の文化伝統の影響等が相乗してであろうか、下野の宇都宮歌壇とともに京都歌壇の影響下に二条派の歌圏にあった。だから歌風としては二条派の平明な歌風で、別にとりたてていうほどのことはない。なお、宴曲（早歌）に「袖湊」や「背振山霊験」などがあるが、その製作過程に鎮西探題の媒介は考えられないであろうか。

『松花和歌集』についてもすでに先学の研究があり、[20] 今それらに付け加えるものはない。『臨永和歌集』と同じく十巻であったらしく、歌数はそれを下廻り、元徳三年（一三三一）四～七月の間に成立したといわれ、撰者が二条派歌人であることは確かで、島津忠夫氏は浄弁を擬定しておられる。浄弁の九州下向、同集に九州関係者が目立つことなどを考えると、島津氏の擬定は確度が高いと思う。少なくとも、『臨永和歌集』『松花和歌集』の形成に浄弁の九州下向は大きく影響している。『松花和歌集』の九州関係者としては、平（北条）英時・藤原〔少弐〕貞経・平〔渋谷〕重棟・平〔北条〕守時朝臣女らがみえる。いずれも鎮西探題関係で、『臨永和歌集』について述べたことが同集についてもいえる。

鎌倉時代九州の和歌・連歌に即していえば、その中心は大宰府の天満宮安楽寺であった。蒙古合戦を契機として博多に鎮西探題が設けられ、政治の中心は博多に移った。博多の禅宗文化と抱合する鎮西探題は文化的にも大宰府と対峙するようになり、和歌の面でも鎮西探題歌壇と称してよい勢力を有するに至った。九州―筑前の文化圏は大宰府と博多の二元的要素を明瞭にした。南北朝以降も、この二元的傾向が引継がれていくのである。

注

（1）田鍋美智子「飛梅伝説について」（「第十四回福岡県地方史研究協議大会報告」一九八〇年九月）。

（2）安楽寺託宣連歌については金子金治郎『菟玖波集の研究』第二編第一章三を参照（一九六五年一二月、風間書房）。

（3）宇佐使については、宮崎道生「宇佐和気使小考」（『史学雑誌』五六―二、一九四五年二月）、高瀬重雄「宇佐和気使に関する考察」（『富山史壇』三五・三六、一九六六年一〇月・一九六七年二月）、恵良宏「宇佐使についての一考察」（『史淵』九八、一九六七年三月）等がある。

（4）『尊卑分脈』。

（5）この詩については柿村重松『本朝文粋註釈』五五七―五六〇頁（一九六八年三月復刊、冨山房）に詳しい注釈がある。

（6）川口久雄『大江匡房』（吉川弘文館・人物叢書、一九六八年五月）。

（7）以下、金子金治郎「連証集について」（『国文学攷』三一、一九六三年六月）、及び同『莵玖波集の研究』を参照。『連証集』の本文は広島中世文芸研究会の中世文芸叢書4『鎌倉末期連歌学書』一九六五年一一月に翻刻されている。

（8）『大宰府天満宮連歌史資料と研究』Ⅱ一一五頁（一九八一年三月、太宰府天満宮文化研究所）。

（9）南山士雲に対する北条氏得宗貞時・高時の帰依厚く、承天寺再住はそのことを背景として北条氏一門の鎮西探題（赤橋英時）を補佐すること、肥前国彼杵庄など東福寺領経営とも関係があったのかもしれない（広渡正利『博多承天寺史』四三八頁参照、一九七七年三月、文献出版）。さらに推測をめぐらせば、鎮西探題滅亡直前の博多合戦の経緯を詳記している「博多日記」の成立にも、南山士雲が何程か関係があったのではあるまいか。

（10）富倉二郎「続現葉和歌集と臨永和歌集」（『国語国文』六―六、一九二七年九月）、『群書解題』七「臨永和歌集」（福田秀一氏執筆）、（一九六一年七月、続群書類従完成会）、井上宗雄『中世歌壇史の研究南北朝期』三一六―三二一頁、（一九六五年一一月、明治書院）。

（11）以下、安井久善『藤原光俊の研究』（一九七三年一一月、笠間書院）を参照。

（12）注(10)井上前掲書三〇六頁。

(13)この奥書は松田武夫『勅撰和歌集の研究』一七五―一七六頁（一九四四年一一月、日本電報通信社出版部）、注(10)井上前掲書三一五頁に紹介。
(14)玉村竹二『五山文学』七二頁（一九五五年五月、至文堂）。
(15)注(10)井上前掲書八二―八三頁。
(16)戸次時親については、弘安八年（一二八五）十月の後藤碩田本「豊後国図田帳」に、「速見郡由布院六十町　戸次太郎時頼、大分郡戸次荘九十町　本家宜秋門院御跡　地頭職　戸次太郎時頼」とある戸次太郎時頼は、本文にいう戸次時親とする他本があり、それがよいのではないかと思われる。戸次時親については今のところ他に史料的所見を得ない。時親の子貞直は鎮西探題の評定衆・引付衆であり、使節としての活動も知られる（川添昭二「鎮西評定衆及び同引付衆・引付奉行人」川添昭二編『九州中世史研究』第一輯、一九七八年一一月、文献出版）。
(17)注(10)井上前掲書三一五頁・三一九頁。
(18)川添昭二「鎌倉時代の筑前守護」（『日本歴史』二七四、一九七一年三月）。
(19)そのいちいちについては注(16)所引川添論文に考証を加えている。
(20)佐々木信綱『竹柏園蔵書志』（一九三九年一月、慶松堂書店）。安井久善「松花和歌集攷」（『古典論叢』七、一九五七年三月、『続中世私撰和歌集攷』に再録、一九五八年五月、自家版）、島津忠夫「松花和歌集続攷」（『和歌文学研究』一四、一九六二年一〇月）、注(10)井上前掲書三二一―三二三頁。

第三章　蒙古襲来と中世文芸

中世の画期をなす内乱及び外寇として、源平争乱・承久の乱・南北朝の内乱及び蒙古襲来がある。それぞれの内乱は、全国的規模に及ぶ変革性を背景として、それぞれ『平家物語』『承久記』『太平記』等のいわゆる軍記物を生んでいる。『承久記』の文芸的評価は決して高いとはいえないが、『平家物語』『太平記』については今更喋々するまでもない。これら各作品の成立・諸本・伝来・享受等については精緻な研究が進められ、『平家物語』と『承久記』、あるいは『平家物語』と『太平記』との影響関係等についてもすでにいくつかの研究がある。三者それぞれの成立・諸本等については、まだ研究者の間にかなり相違がみられ、三者間の相関関係の究明や文芸史的位置付けについては多くの困難が横たわっているが、各作品の即自的な研究を土台にしただけでも、総体的な把握の可能性は出てきている。

各内乱に見合って各軍記物が生まれたように、蒙古襲来(1)についてもその規模・影響に見合う文芸作品―軍記物が、まさになかるべからずである。太平洋戦争にかかわる、いわば太平洋戦争文芸とでもいってよいほどの数多くの戦争文芸作品をもつ現在の我々の感覚からすれば、かなりの、いわば蒙古襲来文芸―元寇文芸とでもいうべき作品群が予想される。しかし、周知のように、我々の手許には、質量ともに『平家物語』『太平記』に匹敵するような作品はおろか、『承久記』と比較できるような「軍記物」もない。たとえば、「蒙古合戦記」とでもいうべき、同時代の文芸作品は現実には残っていないのである。しいてあげれば、『八幡愚童訓』があるが、この作品の系列なり評価なりについては、量はともかく、『平家物語』や『太平記』と同一基準で論じることはできない。その点については後で述べよう。まことに素朴な疑問であるが、右の疑問をいくらかでも解消すべく、蒙古襲来が中世文芸の世界にどのようにかかわったか、広くいえば蒙古襲来を媒介とする中世の文芸状況はどうであったか、ということを問題としたいのである。そのことの究明をとおして鎌倉後期文化の性格の一端に迫り得れば幸いである。そこでまず、蒙古襲来が直接に中世文芸の素材・対象として、いかに取扱われたか、形の上から直ちにそれと理解できるものについての検出作業から始めてみたい。それは数的に検討しやすい和歌から手掛けてみるのが得策であろう。

一　蒙古襲来に取材した文芸作品

蒙古襲来当時の蒙古襲来関係の和歌として著名なのは、山城国西賀茂正伝寺住持東巌慧安の文永八年（一二七一）九月十五日の蒙古降伏の祈願文の奥の余白に記された次の和歌であるが、慧安の和歌かどうかは分からない。

すへのよの末の末までわが国はよろづの国にすぐれたる国

弘安四年（一二八一）蒙古の再度の来襲が大風のためについえ去った直後のことを叙した『増鏡』第十老のなみに載せる伊勢公卿勅使藤原為氏の和歌、

勅として祈しるしの神かぜによせくる浪はかつくだけつゝ

も有名である。この作者は、「弘安四年日記抄」から、為氏ではなく中御門経任だといわれている。従来伊勢にかかる歌語として使われた「神風」の語が弘安蒙古合戦の現実の神風として歌い込まれていることは注意しておいてよい。[2] また、『八幡愚童訓』の文永蒙古合戦のときの少弐入道覚恵（資能）と大友頼泰との臆病や敗北、筥崎社の留守の子のことを歌った落首三首もよく知られている。さらに嘉元三年（一三〇五）十二月、醍醐寺報恩院の二人の児の手によって成った『続門葉和歌集』[3] に、異国降伏のための公卿勅使発遣に関する前権僧正通海の和歌が一首収められている。蒙古襲来関係の和歌として現在管見に入るのは、実は右に亀山上皇の和歌を加えた程度である。勅撰集には全く見えない。

永仁三年（一二九五）九月に成った『野守鏡』(4)には、

和歌よく礼楽をととのふるが故に、国おさまりて、異敵の為にやぶられず

とあって、和歌は治国のかなめと認められていたのに、まさに「異国の為にやぶら」れようとしていたとき、和歌による異国降伏の祈りがほとんどみられないのはどうしたことであろう。宮廷貴族等は、蒙古襲来について一過性的認識しかもっていなかったから、それを詠歌の素材にすることは少なかったとしても、異国降伏の祈禱を長期間にわたって担った神官・僧侶にそれがほとんどないということは何としたことであろうか。国家の凶事として和歌の題材になりにくかった、ともいえまい。私的感懐を或る程度自由に吐露できるはずの私撰集にほとんどみえないのは不可解である。和歌資料残存の問題に、主として帰因するのであろうか。ともあれ右の程度では和歌を素材として蒙古襲来と中世文芸とのかかわり合いを云々するのは無理である(5)。

正安三年（一三〇一）八月を第一回として次々に編まれていった中世歌謡の宴曲（早歌）については、外村久江氏や乾克己氏によって、蒙古襲来との関係が明らかにされている(6)。その成果を要約しておきたい。「真曲抄」の祝に、

藻塩草掻てふ文字の関の外、西戎は浪路の末の、泡と消えては跡無沫、

と歌われ、「宴曲抄」中の文武に、

凡北闕いよいよ安全に、東関ますますおさまりて、武威おもく、文道すなを成ければ、

四夷又おこる事なく、この三韓はやくしたがはむ、

と歌われているのは、すでに指摘されているように、ともに蒙古降伏の祈禱を背景にして歌われたものである。石清水八幡宮の由来と霊験を歌った「石清水霊験」には、本曲の中心ともいうべき「三韓征伐」を歌った部分に「蒙古はるかに是をみて」云々の歌詞があり、はしなくも、作者が蒙古襲来を念頭において本曲を作ったことを明らかにしている。本曲の「三韓征伐」を歌った箇所は、蒙古襲来の重要な資料として知られる『八幡愚童訓』にその素材を得ており、本曲の作者は鎌倉幕府讃美の姿勢をもとに、三韓を指して蒙古としたのである。「同社壇砌」「鶴岡霊威」その他「宇都宮叢祠霊瑞」「諏訪効験」「鹿島霊験」「補陀落霊瑞」等、関係史料からみて、蒙古襲来を機とする異国降伏の祈りを背景として作られたことについては、すでに乾克己氏の研究がある。

ともあれ、宴曲では蒙古襲来だけを素材・対象として直叙した曲はないが、「三韓征伐」に八幡神の加護があった佳例を述べた歌詞が多くみえ、社寺の霊威・霊瑞を期待することを主題とした曲が多く、これらは、「三韓征伐」の佳例と蒙古降伏の祈りとが重ね合わさ

れたところに生まれたものである。(7) このことは、蒙古襲来と中世文芸とのかかわり合いを考える場合、何よりも神仏を媒介として考えを進めなければならないことを示唆している。

ところで、蒙古襲来が国の存亡にかかわる重大事件であったという事柄の性質上、蒙古襲来が中世文芸の素材・対象となるならば、おのずから歴史物語かあるいは軍記物の形をとるのではないか、と想定される。純然たる軍記物が残っていないことは頭初述べたとおりであるから、ここでは歴史物語についてみてみたい。

もちろん蒙古襲来だけを素材・対象として完結している歴史物語はない。蒙古襲来を取扱っている著作に『五代帝王物語』がある。同書は永仁六年(一二九八)以降嘉暦二年(一三二七)に至る間に成立したと目され、内容は『六代勝事記』に続く時代を扱っている。承久三年(一二二一)の後堀河天皇の践祚から筆をおこし、四条・後嵯峨・後深草を経て亀山天皇の文永九年(一二七二)における後嵯峨法皇の崩御とその百箇日の仏事までの間の事蹟を編年的に記している。しかし純然たる編年体史書ではなく、物語的要素を多分にもっている。記述はおおむね正確である。史書的性格が強いが物語性もあるので、ここではいちおう歴史物語に準ずるものとして取扱っておこう。

同書が扱っている蒙古襲来関係記事は次のとおりである。文永五年(一二六八)閏正月、蒙古の牒状が来て御賀が止められたこと。それにともなう仙洞の評定、大神宮への公卿勅使の発遣等を記し、菅原長成が返牒の草案を書いたが、武家によって止められたこと。文永六年、蒙古の使者が対馬に着き島人二人を蒙古へ連れ去り、のち帰国させたこと。同八年、趙良弼が筑前今津に来着し、牒状の案を書いて差し出したこと、蒙古が国号を元と改めたこと、などにふれている。関係記事を「されば始終いかなるべきにかと、恐しく覚侍」と結んで、文永の役にも弘安の役にもふれていない。記事そのものは簡潔正確で、文永の役以前の日蒙交渉を記した史料としても有用であるが、文芸性には乏しい。

歴史物語として蒙古襲来を取上げているのは『増鏡』である。同書は、その記事が終っている元弘三年（一三三三）六—七月ごろから蓬左文庫本奥書にみえる永和二年（一三七六）卯月十五日までの間に成立したとみられる。内容は治承四年（一一八〇）後鳥羽天皇の誕生から元弘三年後醍醐天皇の隠岐からの還幸まで、十五代百五十四年間の記事を十七帖に分けて記したものである。この期間中には種々の重要な歴史的事件があるが、『増鏡』はとくに承久の乱と元弘の変について詳しい記述をしており、一篇は両事件を軸にして「見事な構成」をとっているといわれる。(8)

『増鏡』にみえる蒙古襲来関係記事は、㈠第八あすか川。むくりの軍によって後嵯峨院が御賀を止められ、軍はほどなくしずまったという記事（『一代要記』にもみえる）。㈡第九草枕。文永十一年（一二七四）十一月十九日の官の庁への行幸が蒙古のことで止まったこと。㈢第十老のなみ。蒙古のことによって後深草・亀山両院が関東へ下られるとの風聞があること。伊勢への公卿勅使発遣のこと。亀山院のいわゆる殉国の祈願。建治元年（一二七五）の蒙古来牒のこと。弘安の役で蒙古軍が潰滅したこと。そのとき石清水社で霊威があったこと。クビライが日本の帝王に生まれかわって日本を滅ぼすといって死んだ……と。以上である。

㈠蒙古来牒のことは『五代帝王物語』ではかなり詳細に書いているが、『増鏡』第八あすか川では「むくりのいくさといふ事おこりて御賀とどまりぬ」と極めて簡単に記している。『増鏡』の作者がこの箇所を記すに当たって、『五代帝王物語』の記事を簡略化し、意を取るという形で引用したのか、参照せずに記したのかは、はっきりしないが、『増鏡』の性格から、前者としても不可はない(9)。㈢のうちの亀山院の祈願のことは、本書にのみ見える記事である(10)。また、クビライの死にまつわる話は、当代の他の史料には見えない(11)。

蒙古襲来のことを記した歴史物語は(12)、『五代帝王物語』は文永の役以前の日蒙交渉を簡潔正確に記し、『増鏡』は、事件の推移については蒙古来牒から弘安の役の結末まで、いちおう要領よく記述している。しかしこれらの書は、宮廷のことを中心に、表面的に書いたものであり、この事件を一過性的な認識のもとに記述しているにすぎない。直接には合戦の場に立たず、長期間にわたる異国警固の負担を担わなかった貴族の手になる作品に、蒙古襲来がもたらした日本社会の構造的矛盾が文芸的に形象化されることはむずかしかったろう。とくに『増鏡』は二条良基（元応二年一三二〇―嘉慶二年一三八八）作者説がもっとも有力であり、作者の身分からいっても、同時代的な危機の共感をもって蒙古襲来を文芸的にえがききることはできなかったろう。蒙古襲来が直接に素材・対象として取扱われた中世文芸作品から蒙古襲来を媒介とする中世文芸状況をさぐることは、結局、当を得たものではなかった。宴曲のところで指摘したように、神仏の問題を媒介として考えを進めざるをえない。それは、潜在的・基層的なもの―中世日本人の思考様式そのものを追求することを基調とする。

二　神　戦

神仏の問題を介して広く蒙古襲来の文化史的意義を考えるばあい、その理解の前提となるのは、異国降伏の祈禱に関する問題である。蒙古の侵略に対して日本がとった防御の態勢は、大別すると二様になる。神仏に対する祈禱と軍事力の動員による防御である。後者に属する異国警固番役は鎌倉幕府末期になるに従って多少のゆるみをみせたが、少なくとも幕府倒壊まで続けられた。防御態勢としてそれに表裏する異国降伏の祈禱も、幕府倒壊まで続いたと考えられるが、史料的には、京都における朝廷中心の祈禱は永仁元年（一二九三）以降はみられず[13]、幕府の祈禱は延慶四年（一三一一）六月以降はみられない。異国降伏に関する史料は、現在のところ、延慶四年六月以降はみられないのである[14]。

異国降伏の祈禱については周知のように相田二郎氏の精細な研究がある。相田氏が明らかにされた事実の中でとくに重要なことは、幕府による異国降伏の祈禱について、守護の各国一宮・国分寺及び管内主要社寺に対する命令権の存在が論証され、地方国政の統治機能が国司から守護へ移ったことを明らかにされたことである[15]。同時にそのことは、少なくとも文永五年（一二六八）から延慶四年（一三一一）に至るまで、約半世紀にわたって官制的に全国社寺に異国降伏の祈禱が行われたことを意味する[16]。この時代における、社寺をとおしての中世日本人の意識―信仰構造は、異国降伏のことによって規定されたといっても過言ではない。

全国規模での異国降伏の祈禱を通じて、各国の一宮・国分寺をはじめ各主要社寺は、異国降伏にまつわる社伝・寺伝を再成・再編（ないし新生）させ、その歴史と効験を強調して眼前の異国降伏の祈禱の効験をきわだたせた。それは直接には社寺興行に資するものであった。同時に、再生・再編（ないし新生）された異国降伏にまつわる社伝・寺伝は祈禱ならびに唱導行為等を通じて民衆の意識に内在化していった。その祈禱・唱導等の形象化が問題である。とくに祈禱は造形的なものを要請し、唱導は文字化を随伴することがある。

つまり、蒙古襲来に触発されて祈禱対象――神像等が造形され、縁起・縁起絵・説話等が作成されなかったか、ということである。

蒙古襲来に媒介されての祈禱・唱導等の形象化の問題を明らかにするためには、蒙古襲来に媒介されて形成された中世日本人の思考様式についての究明が先行する。それに迫る方法と素材は多様であろうが、ここではその一つとして、著名な「神風」という用語をはじめ、それと不可分な関係にある「神軍」(「神兵」)・「神戦」・「神国」等の用語の意味内容の検討から始めてみたい。

文永の役の結末を告げた「逆風」について『兼仲卿記』は文永十一年(一二七四)十一月六日の条で「神明の御加被」といい、河上神社文書乾元二年(一三〇三)四月の河上社座主弁髪解状は文永・弘安両役に「風雨の神変」があったといっている。国分寺文書建治元年(一二七五)十二月三日の官宣旨案・翌年正月の大宰府庁下文案には、文永の役に「神風が荒れ吹」いたといっており、文永の役の直後から、それまでのような歌語的用法ではない、現実に神の加護によって幾多の賊船を波濤に摧いた「神風」という用法がみられるのである。中世日本人にとって、この「神風」の「風」は、「神」が物理的に吹かした風ではなく、「神」の働きそのものであった。そのことを端的に示すのが「神軍」「神戦」という用語である。『八幡愚童訓』(筑紫本)に、

去文永ニモ味方已落ハテ、万死一生ニ責被成タリシニ、八幡大菩薩之神軍ヲ率シ給テ降伏速也

とあるのは、「神軍」用語の直接の典拠である。文永八年（一二七一）九月の慧安の蒙古降伏の祈願文は、神功皇后の事績を蒙古襲来の危機迫るなかで回想し[17]その威徳を仰いで異敵の降伏を祈った直接史料として早期のものであるが、その中で、国中の一切の神祇が神功皇后の志念を知り皆悉く随従したと述べている。これは神が悉く兵（神兵）として戦ったという「神戦」の信仰形式を典型的に示すものである。ではその「神戦」とは、どのような意味をもつ用語であろうか。直接の典拠を示そう。国分寺文書元亨元年（一三二一）七月日薩摩国天満宮国分寺所司神官等申状がそれである。

去る文永中蒙古の凶賊等、鎮西に襲来せしむと雖も、神戦に堪えざるにより、或いは乗船を捨てて海底に沈む、希には存命せしむる凶賊有りと雖も、遂に合戦の本意を遂げず空しく帰り畢んぬ（原漢文）

これは日本から一方的に神が出兵して戦い、勝利を得たということではない。少なくとも神祇信仰の管理者たちにとっては蒙古合戦は蒙古の神々と日本の神々の戦いであり、祈禱・唱導等を通じてこの認識を民衆に内在化させることに努めた[18]。次に述べる中村令三郎氏所蔵文書永仁元年（一二九三）八月十五日の他宝坊願文は干支記載を誤っているので若

干検討を要する史料であるが、傍証になる。

正応五年（一二九二）十月、高麗からの来牒をきっかけとして、日本は、蒙古からの初度の来牒を受けた文永五年（一二六八）当時とほぼ変りないような極度の緊張を示し、全国的に異国降伏の祈禱が行われた。他宝坊は、「他国より調伏をおこないて日本を傾けんとする」ものと解し、諏訪大明神・鹿島大明神・三島大明神・厳島大明神・出雲の社・筥崎八幡・住吉大明神・河上淀姫・高良大菩薩・八大竜王・海竜王等、もろともに「他国の調伏をかへすべし」という熊野権現の夢想をうけ、これを関東に申し上げた。関東から得宗被官・肥後守護代の長崎氏の手を経て、肥後国の石築地築造・警固番役の分担地区である生の松原に熊野神を勧請することになり、軍装束の肥後国御家人を従えて他宝坊は勧請を行い「日本国息災延命」を祈った。すなわち、他国の調伏に対して、神勧請により異国警固の現場で調伏を返すことをはかったのである。宗教的には呪術的効験を期待する他神観を典型的に示すものである。それは幕府の共鳴を得たものであり、御家人の神祇信仰を対外危機に即して強化することとなった。他宝坊の御師的教線拡張は、まさに自利利他の宗教行為であったといわねばならない。

『増鏡』第十老のなみが伝える、蒙古王が日本の王に生まれ替って日本を滅ぼそう、というのも、また『八幡愚童訓』が伝える、西大寺思円上人（叡尊）が異国の王子に生まれ替って王位を継ぎ日本遠征を止めさせた、というのも、ともに「神戦」と同一の思考に発するものである。当時においては祈禱もまさしく戦闘行為であったのだ[19]。異国防御における神仏への祈りの意味がおしはかられよう。この「神戦」をさらに中世日本人の基層的な場面で今少し掘り下げてみたい。

『花園天皇宸記』正和三年（一三一四）閏三月十九日の条を素材とする。如円上人が花園天皇に次のようなことを語った。住吉社の第三の御殿の宝殿の扉が開いて鏁が切れていた。その鏁は鉄で廻りは六寸もあり、たやすく人が折（わ）ることのできないものだった。そこで如円上人は自ら住吉社に赴いて、これを見てみた。事実だったのだ。この話を聞いた天皇は、まことに不思議なことだ、これは異国降伏のためである、先々の蒙古襲来の時にも、住吉社では同様な奇瑞があった、と書きとめている。そこに神意の発現を感得している。夜に入って茂長がやって来て、天皇に次のような話をした。筑前国青木庄[20]は北野社を勧請しているが、その社の中に疵ついた蛇が一疋出てきたが、人々は驚かなかった。北野社が巫女に神託していうには、異国がすでに襲来してきたので、香椎・筥崎・高良が北野神等とともに合戦し、香椎はすでに半死半生になっている。北野神は大自在の徳により、人に告げ知らせんために蛇身を現じたのだ、また祈禱があれば重ねて発向し異国を征伐する、と。このことは、「鎌倉年代記裏書」（「北条九代記」下）に「今年（正和三）五月のころ神々異賊に対して合戦有るの由、鎮西よりこれを注進す」とあるのと何等かの関係があろう。

また、花園天皇は正和六年（一三一七）正月二十二日の日記に隆有の語った次の話を書きつけている。去る三日の夜、石清水八幡宮において、宮籠りと号して千松女が託宣して、蒙古が競い来るので、諸神はこれに向かい、大菩薩は明暁進発する、地震があるだろう、小神等は三月に向かう、といった。託宣の中、頗る信用されないことがあるので、奏聞しなかった、と隆有は述べているが、天皇は「但し事の様頗る厳重か」と書きつけ、二十六日に同宮に行幸をすると書きそえている。

ところで、薩摩新田神社（鹿児島県川内市宮内）関係の史料をみてみると、同社に神王面とよぶ仮面が、少なくとも承久元年（一二一九）以前から暦応元年（一三三八）十一月まであり、同面の破損・奪取等に関する事実が知られる。現在も十面の仮面があり、右の年代範囲にいう仮面そのものではないが、なかには元文五年（一七四〇）十一月に古い仮面を模して作成したという刻銘をもつものもあり、技法的にも製作精神としても中世仮面の系列に属するものである。[21] この神王面は新田八幡神社にまつられている八幡大菩薩の御躰＝変化（化身）と考えられており、[22] この年代で仮面を神とする具体的な民間史料は珍しいという。[23]『薩隅日地理纂考』の新田神社の摂社二十四所神社の条によると、五体の神王面は天孫降臨の時に随従した五神そのものであり、別に大王（猿田彦）面があった、というのである。

ここで取上げたいのは、神王面に関する「神代三陵志」所収の文永十二年(一二七五)二月の新田宮所司神官等解文である。[24]大王(猿田彦)面の虫損と蒙古人叛逆と新田宮炎上廃亡とが一連の因果関係で把握されている。同時に、「悪魔降伏変化所作神」である神王が、蒙古人降伏のために悉く闘戦におもむくということが「諸人の口に乗り、或は夢想の告げが有り」、蒙古人征伐は疑いないものと信ぜられ、新田八幡神社の鎮護国家性—厳重の奇特が仰がれているのである。神王面を中心として執行される蒙古降伏の神事—ないし神事芸能[25]を媒介として右様の信仰はいよいよ深まっていったことであろう。この信仰が前述の『花園天皇宸記』の記述と軌を一にするものであることが注目される。新田神社のみならず、香椎でも筥崎でも高良でも、あるいは筑前青木庄の北野社でも、ともかくもろもろの神社で同様な事態が進展していたのである。この事態が「諸人の口に乗り」、唱導化・説話化の好箇の素材となったことはいうまでもない。

以上述べてきた、「神軍」によって「神戦」が行われ、「神風」によってわが国土が守られたというのは、[26]「神明擁護の国」「神明の在す国」として日本国土を神聖視する土俗的・日常的な神祇信仰を内実とする「神国」思想が、外寇の危機を契機として、宗教的信念として高揚されたものである。先の他宝坊願文からも分かるが、武士の神祇信仰もこの埒外に出るものではなかった。この思想―信仰の管理者・喧伝者が社寺側にあることはもちろんである。[27]いっぽう、日蒙交渉の開始以後、朝廷では、元に対して外交的に対等な立場を確保する必要上、天照大神以来、その神孫が日嗣を継承しているとの「神孫君臨」の神国思想を高く掲げるに至った。[28]

このように、神社・朝廷・貴族等によって喧伝・管理・再編された神国思想は、少なくとも結果的には、武家に対する抵抗の宗教的観念形態となった。蒙古合戦に即していえば武士の軍功を凌駕する効験が神仏に期待されたのである。『八幡愚童訓』が弘安の役を叙した段に「神明仏陀之御助ニ不非ヨリ外ハ人力武術ハ尽絶ヌ」と述べ、正安三年（一三〇一）、薩摩国甑島に異国の兵船（元船）が一艘来着し、海上に二百艘ばかり見えたということで、すわ異国襲来と、朝野が深い危機感につつまれたとき、『吉続記』の筆者は十二月十日の条で「国家の重事何か之にしかんや」と述べ、その対策として「異国の事、内に徳を治め、外神に祈るの外、他有るべからず」（原漢文、右同十一日）と述べているのは、右のことを端的に表明している。

三　軍忠状としての『八幡愚童訓』

以上述べてきたような、蒙古襲来を媒介とした神仏にかかわる思想・信仰の展開とその形象化―唱導化の道筋によって生まれ現在残っているのが『八幡大菩薩愚童訓』である。[29]そのような意味で、以下『八幡愚童訓』を指標として、同書が成立した蒙古襲来以後の鎌倉後期の文化史的位置付けについていくらかの試見を述べてみたい。

『八幡愚童訓』の内容は、神功皇后の「三韓征伐」から八幡大菩薩のいわれ、宇佐八幡のこと、文永・弘安の役のことを述べ、さらには武内宿禰や神功皇后のことに及んでおり、八幡の威徳、とくに石清水八幡及びその別宮である筥崎八幡の異国降伏の神威を愚童にも分かるように説き示したものである。とくに神風が西大寺思円上人（叡尊）の祈禱の結果であることが強調されている。[30]また、神の威徳を説くために、神の加護がなかった歴史的な諸事例が説明されており、それは承久の乱（後鳥羽上皇の謀叛）批判を中心としている。

『八幡愚童訓』の成立は、蒙古合戦以後における社寺・武士等の幕府に対する恩賞要求とその実施を背景にして考えるべきである。同書の原形は異国降伏祈禱の報賽を期待（あるいは要求）したところに成立したものであったろう。同書の唱導的性格もこの事実と分離して理解してはならない。蒙古合戦勲功賞配分が実施された伏見天皇の正応元年（一二八八）・同二年・同三年・後二条天皇の嘉元三年（一三〇五）・徳治二年（一三〇七）等は、同書の成立を考える際の重要な目安になろう。同書の成立と内的な関連性をもつ『八幡宇佐宮御託宣集』が、宇佐宮の異国降伏の祈禱に対する報賽としての正和の神領興行法実施を背景にして成立していることは、この意味で注目されねばならぬ。だから、蒙古降伏祈禱のことのみえる『諏訪大明神』『宇都宮大明神代々奇瑞之事』『伊予三島社縁起』等の成立にも、蒙古襲来に際しての霊験を書き上げ、幕府に注進して恩賞に与ろうとした事情が介在していよう。

いっぽう、蒙古合戦に関する武士の勲功賞要求の事実はよく知られており、そのために幕府に提出した申状＝軍忠状は弘安の役の直後からみえている[31]。著名な『蒙古襲来絵詞』成立の基調も、蒙古合戦における竹崎季長の武功を幕府に認めさせることにあった。いってみれば、『蒙古襲来絵詞』は、絵巻物様式をかりた軍忠状である。また、異国警固番役勤仕の忠は、各国守護（守護代または守護所関係者）が出す覆勘状によって立証された[32]。軍忠状が軍忠者の自己立証だとすれば（もちろん他者の見知、その起請文提出による立証を伴うが）、覆勘状は軍事指揮者側からの軍忠者に対する立証である。合戦における討死・分捕・手負等の軍忠と、長期間にわたる異国警固番役勤仕の忠とは、忠であることにおいて、本質的な相違はなかった。ともあれ、軍忠状―覆勘状は、現実の「忠」行為に見合う報償を認めさせる精神の発現形態である。

『八幡愚童訓』は八幡の神威を歴史的に広範に説示しているが、とくに蒙古襲来時におけるその神威を説くことが眼目であった。神功皇后の「三韓征伐」、とくにその戦闘場面の叙述も、蒙古合戦の投影だといってよかろう。同書は、とくに文永の役の対馬・壱岐の戦闘過程に関する史料としてはほとんど唯一のものである。同書を成すにあたって原著者が、少なからず蒙古襲来関係の当時の記録類や見聞をもとにしたであろうことは推察に難くない。

『八幡愚童訓』が「三韓征伐」や、なかんずく文永の役・弘安の役等の合戦を叙述し、その叙述にあたって説話的手法を駆使し、「語り」の性格をもっていることは、同書を軍記物あるいは歴史物語の系列でとらえ得る可能性を示すものである。しかし、同書にあっては、蒙古合戦は八幡の霊威を説くための素材で、説話的手法も「語り」の性格も、その方向において理解すべきものなのである。しかも同書は、異国降伏の霊威に対する報賽を期待する精神が基調になって作成されたものである[33]。同書が相応に備えている実録性もこの観点から理解される。『八幡愚童訓』を内面から本質的に規定しているのは軍記物あるいは歴史物語としての属性ではなかった。

いってみれば、『八幡愚童訓』は異国降伏祈禱の軍忠状であった。そのために説示される神々の霊威と、霊威の具体的な現象としての軍・合戦の叙述とは、一応止揚され、叙述は均衡を得ており、そこに一定度の文芸的達成が認められる。他の蒙古降伏祈禱に因由する社寺の諸縁起とは類を異にしている。『八幡愚童訓』を文芸的作品としての側面からみるならば、軍記物への傾斜や歴史物語的傾向性を不可分なものとして把握せねばならないが、右のような意味から、本質的には宗教文芸の範疇[34]でみるべきで、やはり本地物の本流である。

以上述べてきたように、鎌倉後期の時代精神を特色付けるものは、かりに便宜的・譬喩的な表現でいえば、軍忠状的精神であったといえよう。そして、『八幡愚童訓』は神の側からそのことを如実に具象する作品であったといえよう。ところで、全国的規模での異国降伏祈禱の長期的な実施、神戦によって国土が守られたとする神国思想の横溢等は、社寺側にとり、在地領主制の進展に伴って喪失していた精神的・物質的基盤の回復にこよなき利器となった。朝廷・幕府は相次いで社寺の興行を保証する立法を行った[35]。蒙古襲来に対する軍忠的事実のうち、実際に応戦の場に立ち、長期間異国警固番役を担った武士（基底的には農民）の軍忠は、僅かばかりの恩賞の孔子配分と覆勘状の受給として報いられたにすぎない。それに比べ、社寺の興行に寄せられた朝廷とくに幕府の保証は、武士がそれまでに築いてきた領主制の破壊を引き当てにするほど大きなものであった。

鎌倉後期における軍忠状的精神は、主として社寺と武士によって形成されたが、右のような事情で、武士の軍忠的事実は社寺の興行によっておおわれた。鎌倉後期はそのような意味で神仏の世紀であった。そのような神仏の霊威を荘厳し説示する形象化のうち、鎌倉後期の時代精神を具象化した文字的遺産として『八幡愚童訓』は我々の眼前にある。このようにして、蒙古襲来がもたらした日本社会の構造的変化の多様性を総合的・統一的に形象化する作品が生まれる可能性はなかった。以上のことは蒙古襲来が『平家物語』や『太平記』のような文芸作品を生まなかったのは何故か、という冒頭の疑問に対する応答の一つにはなろう。

武士たちは軍忠事実に見合う報償が約束される世界の実現を強く期待した。南北朝時代はまさにそのようなものとして現われた。このことは、軍忠状の広範な出現と、『難太平記』が語る『太平記』成立の事情をふりかえるだけでも理解できよう[37]。このようなもろもろの事情をふまえた上で、『太平記』出現の前提的時代として、『八幡愚童訓』を指標とする鎌倉後期文化はさまざまな検討が試みられねばならない[38]。

注

（1）「蒙古襲来」という語義の含む年代は、蒙古国書の到来、蒙古合戦を経て、異国警固番役がついに解除されなかった鎌倉幕府倒壊までの期間をさす。

（2）井上宗雄「『歌語』としての神風」（『歴史読本』一九七二年一一月号）参照。

（3）『群書類従』七和歌部。

（4）『群書類従』十七雑部。

（5）蒙古襲来前後の歌人として著名な京極為兼は正応六年（一二九三）七月には公卿勅使として伊勢に赴き異敵の撃攘を祈っているから、和歌の一首でも残していてよさそうであるが、その関係資料のどこにも蒙古襲来に言及した箇所を見出すことができない。この点すでに土岐善麿『新修京極為兼』（一九六八年六月、角川書店）、同『京極為兼』（一九七一年二月、筑摩書房・日本詩人選15）に指摘されている。

（6）外村久江『早歌の研究』（一九六五年八月、至文堂）・乾克己『宴曲の研究』（一九七二年三月、桜楓社）。「背振山霊験」（玉林苑下）に「神功皇后の以往(そのかみ)、新羅を責給しに、祈誓のために草創」と歌い、同山扦（同）に「源氏将軍の白旗を、あらたにたてまつりて、三所の御殿に納めらる、末代までのしるしも、げに有難き山なれば、山万歳と喚て、君をぞ祈たてまつる」とあるのを、外村氏は「この詞章からみて、新に設置された異国防御の鎮西探題と関係のある作品と考えられる」としておられ（右同書一七八頁）、源家将軍を惟康親王だと推定しておられる（右同書一八二頁）。神功皇后云々が、いわゆる「三韓征伐」の佳例を歌っているのは事実であるが、源家将軍の白旗云々の将軍は、惟康親王ではなく源頼朝であろう。修学院文書一六号長享三年（一四八九）正月廿二日背振山上宮東門寺文書紛失状案（『佐賀県史料集成』第五巻所収）に「建久年中為奥州凶徒征伐御祈禱、御寄進一流」とあるのに対応するもので、源頼朝が奥州征伐の祈禱のために寄進した白旗のことをいっている。だから鎮西探題と直接関係のある作品ではない。

（7）『八幡愚童訓』や『前田家本水鏡』その他にみられる神功皇后の「三韓征伐」の説話が、建治元年（一二七五）末同二年初め及び弘安四年（一二八一）に計画された異国征伐（高麗征伐）に触発されていることは、すでに指摘されているとおりであるが〈後注(12)〉、それには歴史的前提として、それまでの日本からの倭寇行為があったろう。また、改めて逆進攻しようという発想には、神功皇后の「異国征罰」（『八幡愚童訓』）が働いていたのではあるまいか。

（8）『日本古典文学大系』87二三二頁、木藤才蔵氏執筆（一九六五年二月、岩波書店）。

（9）木藤才蔵「五代帝王物語と増鏡」（『日本女子大学紀要』一五号、一九六六年三月）参照。

（10）和田英松「増鏡の研究」（『国史説苑』三九〇頁、一九三九年三月、明治書院）。

（11）和田英松・佐藤球『重修増鏡詳解』三八二頁（一九二五年七月、明治書院）には、南北朝時代の『体源抄』に載せる聖徳太子瑪瑙石記文に同様のことを記していることが指摘されている。

（12）平田俊春氏は、『水鏡』における流布本と前田家本との関係について、後者を前者の増幅本とし、その増幅の著しい部分のうち、神功皇后の高麗征伐のことにふれて、そこに激烈な敵愾心が溢れていることに注目し、蒙古襲来当時の高麗征伐の反映だとしておられる(『日本古典の成立の研究』四二四頁、一九五九年一〇月、日本書院)。

(13) 相田二郎『蒙古襲来の研究』七七頁(一九五八年二月、吉川弘文館)。

(14) 右同書一二二頁。

(15) 右同書、佐藤進一氏補訂記、三四二—三四三頁。

(16) 蒙古襲来を機として「さがみのかうの殿のいのり」(前田家所蔵文書正応四年〈一二九一〉二月十七日清水谷禅尼置文案)「かまくらのいのり」(右同元応二年〈一三二〇〉十月廿日某置文案)をなす関東御祈禱所が増加することは注意せねばならぬ。鎮西関係では、筑前—雷山千如寺、筑後—浄土寺、肥前—東妙寺・正法寺・水上寺・高城寺・仁比山神社・武雄神社、肥後—大慈寺、大隅—台明寺等が管見に入る。肥前に多いのは、肥前守護職が北条氏一門、及び北条氏一門の鎮西探題の手中にあったことと関係していよう。関東御祈禱所は、原則的には関東下知状を以て認定し(高城寺文書)、御家人に準じた取扱いをし(台明寺文書)、同時に朝廷の勅願寺である例があり、得宗の鎮西支配の精神的支柱をなしていた(関東御祈禱所については別稿を期するつもりでいたが、最近精緻な研究が相次ぎ、その必要はなくなった)。

(17) 蒙古襲来を契機として神功皇后の威徳に対する敬仰の念が日本人一般に強くよみがえり定着していった事情については、久保田収「中世における神功皇后観」(神功皇后論文集刊行会編『神功皇后』、一九七二年五月、皇学館大学出版部）に詳しい。本文に説く薩摩新田神社の神王面とも関連するが、神功皇后崇拝の状況の中で、神功皇后の神像が造られていったのではないかと推察される。時代はやや降るが、福岡県久留米市高良神社所蔵の聖母神像（西田長男『古代文学の周辺』第一章第二節の二に紹介、一九六四年一一月、南雲堂桜楓社）、福岡県筑上郡吉富町・八幡古表神社所蔵の木造女神騎牛像（社伝神功皇后像、浜田耕作、平井武夫、筑紫豊の各氏によって調査・報告がなされている）等、蒙古襲来を契機とする神功皇后崇拝の状況を究明する資料となろう。

(18) 豊後柞原八幡宮文書四五号に弘安四年（一二八一）七月十五日の探題持範注進状写がある（『大分県史料』(9)）。「合戦最中奇特神変不思議の事一篇ならず」ということを注進したものであるが、このような仮託の文書は、八幡の神威を説く際のテキストになったものであろう。この文書は広く流布したのではないかと思われる。応永二十六年（一四一九）六月、朝鮮の兵が対馬を襲撃したとき（応永の外寇）、蒙古襲来に次ぐ外寇として騒がれたが、このとき右の注進状が取沙汰されていることは（『看聞御記』同年八月十三日条）、よく知られている。同状の史料的価値については、三浦周行『日本史の研究』第二輯一一〇四頁以下（一九三〇年四月、岩波書店）に触れている。

(19) 長沼賢海『日本文化史の研究』三五一頁（一九三七年七月、教育研究会）。

(20) 『荘園志料』は下座郡青木荘をあげ、「和名鈔下座郡青木郷の地なり、今郡中其の地名を存せず」として「安楽寺草創日記」を徴証にあげている（下巻二一二九頁）。改正原田記付録応永五年（一三九八）卯月十五日源頼秀安堵状に筑前国青木庄がみえる。

(21) 後藤淑『民間の仮面』九九頁（一九六九年一二月、木耳社）。

(22) 新田神社原蔵文書宝治元年（一二四七）十月廿五日関東下知状。

(23) 前注(21)所掲書九七頁。

(24) 『鹿児島県史料集』(Ⅲ) 所収。

(25) 神功皇后の「三韓征伐」の伝説に伴う干珠・満珠の説話及び安曇の磯良にまつわる細男の舞楽は、蒙古襲来を機とする神功皇后崇拝を活力として再編したと思われる。

(26) 蒙古問題を軸として自己の教説を社会化した日蓮の神祇観は、本文に説いた一般の神祇観と対照的である。日蓮は法華経至上主義の折伏門の立場から蒙古襲来を謗法日本に対する宗教的天譴だとし、善神捨国論を展開している。川添昭二『日蓮』（一九七一年九月、清水書院）・同「日蓮と文永の役」（『日蓮聖人研究』一九七二年一〇月、平楽寺書店）。これに近い発想が『野守鏡』『八幡愚童訓』にもみえるが、バトゥの蒙古軍接近の噂がヨーロッパに達したとき、人々は「破戒者」を懲らしめるために「天罰」が近づいていると語っていて（佐口透編『モンゴル帝国と西洋』五〇頁、一九七〇年一〇月、平凡社）、日蓮と全く同じことをいっている。蒙古襲来の宗教的意味を問いつづけ、説きつづけた日蓮の遺文は、蒙古襲来がもたらした新文体の創造という面からも注目される。道行文の形式で、異国警固の任に赴く武士の労苦を表現している点については、川添前掲書『日蓮』一七五―一七九頁で触れている。日蓮の道行文は、宴曲における道行ものとの連関で考えるべきものがある。

(27) 黒田俊雄「中世国家と神国思想」(『日本宗教史講座』第一巻、一九五九年六月、三一書房、『日本中世の国家と宗教』、一九七五年七月、岩波書店に再録)参照。

(28) 田村圓澄「神国思想の系譜」(『史淵』七六輯、一九五七年七月、『日本仏教思想史研究』、一九五九年一一月、平楽寺書店に再録)。

(29) 本来ならば、これまでにあげてきた事実や話柄と『八幡愚童訓』のそれとを逐一比較検討し、その前後関係・影響の度合等をこまかく測らねばならないが、今は精神構造史的連関性の位相のもとに、大摑みな把握で述べている。『八幡愚童訓』の書誌学的な検討は別に試みたい。

(30) 日蓮遺文の弘安四年(一二八一)一〇月のものといわれる『富城入道殿御返事』にもみえ、当時のいわば通念であった。

(31) 弘安五年二月、薩摩国御家人比志島時範が前年六月二十九日の壱岐島の防御戦、閏七月七日の鷹島合戦における軍忠を上申した申状が軍忠状の初見であり、これ以後蒙古合戦におけるこの種の申状=軍忠状はかなり残っている。

(32) 川添昭二「覆勘状について」(『史淵』一〇五・一〇六合輯号、一九七一年八月)。

(33) 『八幡愚童訓』撰述の目的について池内宏氏は「戦陣の間に功を立てた武人と同様、鎌倉幕府に向って要求する勧賞其のものであったらう」(『元寇の新研究』一三三頁)と述べているが、朝野へ向けての八幡の効験を説く唱導性を看過してはなるまい。

(34) 狭義の仏教文芸あるいは神祇文芸の枠を取払い、中世日本人の信仰状況に即して、その文芸的形象性の特質を追究していく「宗教文芸」研究の立場が要請される。

(35) 川添昭二「鎮西探題と神領興行法」(『社会経済史学』二八巻三号、一九六三年二月)、薗田香融「託宣集の成立―思想史的試論―」(『仏教史学』一一巻三・四合併号、一九六四年七月)。

(36) 異国防御体制維持のために設けられた鎮西探題を中心にして、鎮西探題歌壇とでもいうべきものの存在が想定され(川添昭二「九州探題今川了俊の文学活動」『九州文化史研究所紀要』一〇号、一九六三年一〇月、井上宗雄『中世歌壇史の研究南北朝期』一九六五年一一月、明治書院)、いわば元寇文芸の一分枝として理解される。

(37) 軍忠状を指標とする時代精神は、通例いわれているような、元弘以後ではなく、本文で述べてきたように蒙古襲来を画期とすべきである。『太平記』成立の精神史的要因としての軍忠状的精神については、論証を要するが、ここでは『太平記』成立について、今川了俊が『難太平記』で、父・兄・一族の武功忠節を、太平記に正確かつ十分に記入すべきであると再三強調している事例を、典型的なものとして引用しておくに止める。

(38) 『太平記』巻第三十九「神功皇后攻新羅給事」は、蒙古襲来を契機に高揚された神功皇后崇拝の遺産を継承するもので、『八幡愚童訓』から『太平記』への理解の架橋的素材たるを失わない。

〔補注〕『八幡愚童訓』関係の論文として、同書が『八幡宮寺巡拝記』をうけて成立したことを論じた新城敏男「中世八幡信仰の一考察―八幡愚童訓の成立と性格―」(『日本歴史』三二一号、一九七五年二月)がある。同論は、『八幡愚童訓』は群書類従系統の本(甲種)と続群書類従系統の本(乙種)とをセットにして総合的に理解すべきであるとして、甲種の系統を類別し、甲乙の関係を検討して、乙種から甲種へ連続したのではなく、独自性をもつ甲種の撰述につづいて乙種の撰述がなされたとする。川添らの論は甲種だけによってなされていると批判している。それらの点については別の機会に考えたい。

第四章　今川了俊の教養形成

今川了俊（嘉暦元年一三二六―？）の全生涯とその文芸活動は、応安四年（一三七一）四十六歳から応永二年（一三九五）七十歳までの九州探題時代を中心に、出生から九州下向迄、探題離任後没年までの三期に区分することができる。

今川了俊は足利一門として侍所頭人・内談頭人の要職を経、細川頼之の推薦によって九州探題となり、九州南軍を制圧して足利政権の基礎を作った武将であるが、また同時に、冷泉派歌人として九州探題離任後、二条派攻撃のため活発な歌論[1]を展開し、二条良基の正風連歌の継承者として沈滞期にあった応永連歌壇を朝山梵灯と共に支えた文学者でもあった。

武将として政治思想の面でも注目すべきものがあり[2]、文芸の指導啓蒙を通じて一箇の教育思想家の風貌も具えており、後世における今川状の夥しい流伝はそのことを立証している。また武家故実家としても当代の第一人者であった。

このようにきわめて多面的な文化的個性がいかにして形成されたか、まず、今川了俊の父及び師友との関係をさぐることによってその形成過程を考察したい。

つづいて、このようにすぐれた文化的個性が、一般的にみて文化の面では京都に比べ低位にあったと思われる九州の地に移入された場合の、今川了俊の指導啓蒙を通じてみられる中央―地方文化の相互媒介、及び受入側の文化的変容、了俊自体の、文化的低位という否定的契機を自己の文化的成長にいかに取り込んだか、などの諸問題は、中世文化全体の問題に直接関連するものとして、重要な研究課題となろう。それらの点については次章で検討したい。

今川了俊の文化的活動はいうまでもなく文芸活動を主軸としているが、和歌や連歌の論を通して九州中世の文芸乃至文化一般を考えようとするのは、一つには史料的制約もあるが、また中世の和歌・連歌論がその「論」の形式を通して、中世における文芸の普遍的問題をとりあげており、文芸及び文化一般を考察する際便でもあるからである(3)。

なお、今川了俊の九州探題としての政治的諸活動については、ここでも次章でも詳しくはふれない。別著『九州探題の研究』で詳説するつもりである。

一　父・今川範国

今川了俊の『難太平記』にはその父範国（法名心省）の幼時について、

基氏御在世の時より故入道殿をば、兄弟の中には一跡可相続と被仰けり、故香雲院殿の語給ひし也、御童名松丸、五郎範国と申き

と述べている。了俊の祖父基氏やその室香雲院[4]の愛情を一身にうけ、他の兄弟をさしおいて今川家を継ぐべく予定されていたようである。幼時の教育も今川家の棟梁たるべき意図を以ておこなわれたことであろう。

香雲院が、孫の了俊の十二、三歳の時、歌をよむべきことをさとした言葉の中で、自分が子息範国にほどこした歌の教導について、

君達の様なる御身は、歌と云物を不詠してはあさましき事也、かまへてよくもあしくもよませ給へよ、歌よまぬ人は、面をかきにしてたてらんがごとしと申也、よまず数寄給はでは（過し給はば）恥にて候べきぞとよ、父御れうも七八歳より、あまがをしへ申てよませ給候ぞ（『了俊一子伝』、日本歌学大系第五巻所収、『了俊弁要抄』として『群書類従』十に収む）

といっており、今川範国は七、八歳の時から母香雲院に和歌の手ほどきを受けていたのである。

和歌の師承関係については、

取たてゝ是を先達にも不被申合、用捨の分もおはしまさで過給ひし也（『了俊一子伝』）

と伝えているけれども、貞和二年（一三四六）、春部の成った『風雅和歌集』撰集の折、冷泉為秀や京極為兼の養子為基入道玄誓（玄哲）が、今川範国の作品の仲介をしてやろうとしたりしているから、冷泉・京極派の圏内にいた事は明らかで、和歌に関する所論もこのことを裏付ける。

母香雲院の歌風も恐らく冷泉派風のものであったろう。冷泉為秀の父為相が関東祇候の廷臣としてその生涯の多くを鎌倉で過ごし、関東武士の和歌指導の中心であったことを考えると、香雲院・範国の歌風を冷泉派としてとらえることにさしたる難はなかろう。

今川了俊の歌人・武将としての生涯の性格を基本的に決定したのは、何といっても父範国であった。今川了俊の著作から父の人となりや作歌精神をうかがい、父の言説・性格が了俊にどのような形で影響を与えたかを探ってみよう。

今川範国が子息了俊に語っているところによると、「人は必ず才のあるべきなり、万事不知ものは、木石よりもつたなし」（『落書露顕』）という、研学精神の堅持が、親の教えとしての根本であった。今川範国自身の学習態度は、「道辻の口伝もえつれば、稽古のひろく成るなり」といって、一切の事を聞書と号して、古反古の裏を大草子にこしらえ、知らないことは誰にでも尋ね問い、その説々を書付けていたのである（『落書露顕』『師説自見集』下）。今川範国の知識探求欲は多方面にきわめて旺盛であった。今川了俊が「学問は道の辻」（『了俊日記』）といって、謙虚に広く誰にでも尋ね問うところに学問の形成と成就とがあることを指摘し、後年歌句についての諸説を挙げ煩わしいまでの注解を施した歌論をものしているのは、父範国のこのような研究的性向を多分に受けていたからであろう。

『了俊一子伝』にみえる今川範国の和歌習作の基本的態度は、朝な夕なに心に浮ぶ事を詞に表現し、いつわらず、かざらず、一切のてらいを排して、対象を素直に詠いこむことにあった。だからつきつめていえば、どの風どの師にとらわれるということはなかった。この自己の詩心に忠実であろうとする態度は、母香雲院から受け継ぎ、子の了俊へと伝え相続した道統である。自己の詩心に忠実である限り、詠草をえらび残していたずらな形骸を堆積することを拒むのは当然であろうし、勅撰集に採択されて声誉を獲得しようという、詩以外の世界を望まないのも、また当然である。範国の詠歌が現在わずか五首(5)しか見出されない理由の一斑はこの辺にあろう。また精神史的には、撰歌の望みをもたなかった西行の在り方に追随するものである。範国は名聞づくことを嫌って『風雅和歌集』への詠進を謝絶し、初歩的な意味で、名聞にひかれ数寄の心のつくこともあればとの配慮で、代りに了俊を推薦した。

今川範国にあって、歌を詠むということは、「ただ心を養ふ」ことに帰結するものであった。「心省」の法号は、今川範国にもっともふさわしいものであった。範国における〝無冠の帝王〟は「歌をよくよまんと存給はば、必定うたよまぬ人になり給べきなり」(『了俊一子伝』)という境涯に住するものをいうのである。

今川範国は悪念に支えられて獲得された「名聞」は嫌ったが、「数寄」の心から、おのずから詠み出された歌の「名聞」については肯定的であった。範国における一歌人としての「名聞」は、武人としてのそれにも相即するものであった。『落書露顕』に今川了俊は亡父の教えとして、「福徳はねがはざれ、名聞はのぞむべし、先祖までの名をかゞやかす事なり、且弓矢の家にむまれぬれば、名を不存者、いふがひなきなり」という言葉を引いている。

作為や技術だけに裏打ちされた悪念名聞を排する精神が、次元を高くした「名聞」として肯定され、弓矢の家の名聞を願う決意へと翻転している。この庭訓は、今川了俊にとって絵の無い額縁にはならずに、武将としての生涯の心理と行動に生き生きとした内容を与え、豊かな肉付けを施した。名を存ずることは武将としての当為であるが、それは規範の形式と内容とのおのずからなる止揚の上に現われるものである。形式的側面にのみ終始するならば、それは単なる虚名に過ぎない。内容のみに屈折するならば、それはたかだか自己満足の限界を出ない。「名聞はのぞむべし」とは、いかにも張りと内容のある宣言である。『今川家譜』のいう、「武ニ於テハ只誠ヲ本ト可存事也」という言葉は、平板かつ常識的であるようであるけれども、今川範国・了俊父子の武の本質をついている。

今川範国は武家故実にも詳しかった。『了俊大草子』には、範国が矢口開を足利義詮に教え、自ら勧めたことを記している。「故御所（義満）の御時は、亡父の蒙仰奉行仕き」というような了俊の実力は父範国によって培われたものであろう。今川範国は了俊から「尤弓は、亡父上手にて、更に物を射はづさざりし」（同上）といわれている程、射芸には熟達しており、その故実にも通暁していた。

『了俊大草子』の「弓を握様」の条には、「我々は亡父のまますするなり、当摩源三入道と云し上手も、亡父の申ごとく教し也」、同じく「主人の的場にたたせ給て」の条には、「其（直義）相手に畠山大蔵少輔、一色宮内大輔、愚身勤し間、亡父教られし也」といっており、また犬追物、笠懸についての故事などもつねに了俊に語りきかせていたようで、射芸の故実に関し、今川範国が了俊に対し、巨細にわたって教授していたであろうことをうかがわせる。今川了俊の故実学は父範国によってその基礎がつくられたとみてよい。

同書の兵法の条に「亡父が申ししは、兵法と云は仁義礼智信也」と伝えているところからすれば、今川範国の武家故実に関する態度は、末端の技術的成果だけを目的にしていたものではなく、種々の規範の格守や技術的練磨を通じて高め統一される精神態様をこそ最も問題にしていたのであり、儒教倫理的形式を借りることによってそれを表現していたとみるべきである。

今川範国の和歌・兵法に関する所説に共通にいえることは、儒教宋学の人格主義の影響がみえることで、範国の兄仏満禅師の存在などは、この方向を誘導・助長せしめたことと思われる。

二　師・京極為基

今川了俊は祖母香雲院の「歌と云物を不詠してはあさましき事也」という教えを念頭におきながら三、四年を過した頃、一種文芸的回心ともいうべき心理現象を自覚している。

昔十六歳の時にて侍しにふしぎの幻をみて侍しに、人は必哥をよむべき事ぞとをしへられたりしより、すき初て四五年やらむの後、おもわざるに風雅集に名をとゞめて侍しかば、誰も〳〵すくべきぞとおぼえ侍る（『了俊日記』）

というのがそれである。ふしぎの幻をみたというのは源経信のことであった。

十六歳にて侍りし時やらん、経信卿をまぼろしに見奉しに、歌をば必人のよむべき事也とほのかに被仰しを、夢ともまぼろし共なくて見聞しより、いとゞ心をはげましき

という、符節を合する回想を『言塵集』で述べている。祖母香雲院の訓戒が「歌をば必人のよむべき事也」という幻覚上の源経信の教えとなって緊張を得たことは明らかである。今川了俊十六歳、暦応四年（一三四一）のことであった。

十二、三歳頃から十六歳に至る間に今川了俊は源経信の歌風に傾倒していたのであり、源経信の幻覚上の励ましが、いわば了俊の文芸的出発の決意となったのである。源経信については同時代の中御門宗忠が『中右記』永長二年（一〇九七）閏正月二十七日の条で、

今年閏正月六日於鎮西府薨、兼倭漢之学、長詩歌之道、加之管絃文芸、法令之事、能極源底、誠是朝家之重臣也、

と称賛しており、その才学の程がしのばれる。源経信の作風については、『後鳥羽院御口伝』の「大納言経信、殊にたけもあり、うるはしくて、しかも心たくみにみゆ」という評語がもっとも要を得ていよう。しかし、今川了俊は、後年、詠歌のすがた、心むけは源俊頼の歌ざまを根本に学ぶべきである（『了俊一子伝』）、と強調している。経信から俊頼へと傾倒を移していったのである。今川了俊歌論の全体系からいえば、経信の影響よりも、む

しろその子俊頼の与えた影響の方が大きい。

このようにして今川了俊の本格的な歌道精進が始まる。今川了俊十六、七歳の和歌の上の直接の指導者は京極為基であった。「風雅集あつめし時、冷泉為秀卿、言誓僧執申し候よし申され」(『了俊一子伝』)た、というように、玄誓入道為基と今川了俊の父範国とは早くから歌の上での交渉があり、そのようなことから京極為基は今川了俊の和歌の指導をするようになったものであろう。その指導振りの一端を示す挿話が『了俊歌学書』にみえている。

> 愚老が十六、七歳の時、為兼卿の養子為基入道殿は僧に成給て、立誓(玄カ)と云し人のかたり給しは、故為兼卿の哥を教られしに、都より伏見殿に馬にて参られしに、馬ねぶりして法性寺の三橋のあなたにて、小家の竹垣にてかたをつきかゝれたりける時、道の辺のしづか垣ねのさし(き)出て肩つきかきぬ馬あゆみよりてと詠たりし也、歌をば如此たゞ有のまゝを可詠也との給しとかたられしを、心に納得して其比は稽古せし也。

京極為基は為兼から師承した作歌の基本的態度を、為兼の逸話に即して了俊に教えているわけで、それは結局「歌をば如此たゞ有のまゝを可詠也」というところに帰着する。今川了俊はそれを心に納得して稽古に励んでいたのである。

「有のまゝを詠ずる」というのは、言葉のつづけがら(花)だけを偏重して対象を固定化することではなく、自己の詩心（心・風情）にあくまでも誠実であろうとする事である。境に従って生きた感性を躍動させ自己の実感をたしかめる事である。

花にても、月にても、夜の明け、日の暮るゝ景色にても、事にむきては、その事になりかへり、そのまことをあらはし、其の有様を思ひとめ、それにむきて我が心のはたらくやうをも、心に深くあづけて、心に詞をまかするに、有興おもしろき事、色をのみ添ふるは、心をやるばかりなるは、人のいろひ、あながちに憎むべきにもあらぬ事也、こと葉にて心を詠まむとすると、心のまゝに詞の匂ひゆくとは、かはれる所あるにこそ（『為兼卿和歌抄』）

という万葉的素朴美を歌の理想としたといわれる為兼の教えは、為基を通し十六、七歳の今川了俊の詩心の基盤となった。「我々ハ為秀の門弟、又為兼のながれも伺候之間」（『今川了俊書札礼』）といっているのは、この間の事情をもっとも雄弁に物語るものであろう。

しかし、「心のまゝに詞の匂ひゆく」ところまで表現をたかめるには絶ゆまざる努力が必要である。今川了俊はその努力の過程を次のように回顧している。

愚老が此道に入そめしには、よみたけれども、そのてうはふ更になかりしかば、只八代集を日夜朝暮目ならして、歌の心言のおもむきを、心に入て見もてゆき、心をもたどる〳〵味行候程に、不審もおほく又さとりけりとわづかに納得の事も侍しかば、不審をば歌よむ人々に問聞、又わづかによむ歌も、古歌の口まねのごとくによみもて行し事十七八歳迄也（『了俊一子伝』）

「よみたけれども、その調法、更にな」し、という、了俊の心のはたらきの詩型化に随伴する苦渋の感懐は、さこそとうなずける。その打開法を八代集披見という、もっとも基本的な学習方法にもとめたのである。

『了俊歌学書』に京極為兼の養子としている為基について『尊卑分脈』を検すると、為兼の条下には直接出てこないが、二条為世の弟為言の条を見ると俊言の子に為基があり、正四下、内蔵頭、法名玄哲、遁世などと出ている。ただし俊言の子とあるのは、その活動年代から考えて無理であり、『公卿補任』俊言の条の尻付けに照して、俊言の弟とすべきかと思われる。俊言、為基は二条家庶流の出身でありながら宗家に対しては批判的であり、京極派に与同していた。

京極為兼の事によって解官になっているが、正安元年（一二九九）か正和四年（一三一五）の事件、恐らくは後者に連座したものであろう。『風雅和歌集』巻第十七雑歌下に、

文保の比つかさ解けて籠り居て侍りける比、山里にて　　藤原為基朝臣

心とは住み果てられぬ奥山に我が跡うづめ八重のしら雲

と詠んでいるのはこれを裏書きしている。文保元年（一三一七）は正和四年の翌々年である。今川了俊の出生を嘉暦元年（一三二六）にとると、十一年前の事になる。今川了俊の十六、七歳の頃といえば、京極為基は相当な年配であったろう。法名は『了俊歌学書』『了俊一子伝』では玄誓とあり、『尊卑分脈』では玄哲となっている。

出家したのは、『風雅和歌集』巻第十七雑歌下に収むる永陽門院左京大夫と為基の応答歌によって、正慶二年（一三三三・元弘三）、今川了俊八歳の時と知れる。同集巻第十五雑歌上に、

世を背きて後、山里に住み侍りける年のくれて、いほりの前の道を樵夫どものいそがしげに過ぎ侍りければ

という詞書をもつ歌を収めていて、京極為基の隠棲後の生活の一端がしのばれる。『了俊歌学書』以外に、京極為基が今川了俊に対して直接に何を指導したかを知る材料はほとんど無いが、『西公談抄』（四、五種の諸本がある）の奥書は、間接ながらこのことをうかがうに足るもののようである。右奥書によると、西行の弟子蓮阿（保安元年一一二〇―？）の自筆本を為基が写し、元亨三年（一三二三）の何人かの転写を経て、それが今川了俊に相伝されている。

同抄は歌学思想を表明する事の少なかった西行の直話を伝える書として珍重されている

作者	歌数
永福門院	71
伏見院	68
為兼	52
花園院	46
定家	36
後伏見院	34
進子内親王	32
光厳院	30
従二位為子	30
俊成	29
貫之	27
為家	26
永福門院内侍	25
後鳥羽院	24
徽安門院	24
儀子内親王	24
公蔭	24
為基	22

風雅和歌集作者の入撰歌数
（『日本文学大辞典』風雅和歌集の項による。二十首以上）

が、京都大学平松家旧蔵本『西行上人談抄』には、応永十二年（一四〇五）十二月日尊明宛満八十徳翁了俊の識語があり、数寄なき人々には伝えないようにと断っていて、今川了俊の同抄に対する敬意と愛着には並々ならぬものがある。『了俊一子伝』には同抄を引用している。ともかく、今川了俊が西行に深く傾倒するようになったのは、[6]為基の手引きによるものといえよう。しかし了俊は西行に対して深い関心を示していたが、西行の歌を芸術性において尊敬するよりも、その歌を通じて表現された西行の生活、人間への深い同感と尊敬を基調とするもののようである。[7]

『風雅和歌集』について歌人の入撰歌数をみると、京極為基のそれは上表のように偶像視された先人等と並んで数的にも遜色がないし、家隆、良経、順徳院、俊頼、西行、慈鎮、阿仏尼、式子内親王など、当代にあって一種の意味的存在にまでなっていた名手よりも数多くの歌が採録され、同集中の有の歌人であったことが知られる。

同集は康永三年（一三四四）十一月頃から、花園院の監修で光厳院が中心となり、編集撰進が開始された。冷泉為秀とともに公蔭・為基が寄人として参与しており、同集撰進における為基の権限は相当に強かったと思われる。

『風雅和歌集』編集開始の頃が、今川了俊二十余歳で、冷泉為秀の門に入った頃に相当する。了俊は為基の斡旋で同集に「散る花をせめて袂に吹きとめよそをだに風の情と思はむ」の一首を採択され、「すき初て四五年やらむの後、おもわざるに風雅集に名をとゞめて侍しかば、誰も〳〵すくべきぞとおぼえ侍る」（『了俊日記』）と望外の栄に感激し、さらに一層数寄の心を深めていっている。

『風雅和歌集』入集が今川了俊の歌歴上まさに画期的なことであったことは明白であり、この頃、これまでの了俊の作歌上の指導者であった為基は同じ寄人で同一歌系に属する為秀に了俊指導の後事を依頼したのではないかと考えられる。今川了俊の側における師をえらぶ主体性は十分に考えられるけれども、歌壇に占める為秀の地位向上とその力量に着目した京極為基の仲介も考慮に入れてよかろう。

三　兼好、師・冷泉為秀

この前後の今川了俊の文芸的環境で興味をひくのは、『徒然草』の著者兼好との交わりである。宮内庁書陵部所蔵の『源氏物語』第一巻桐壺の巻末によると、同書は、延元元年（一三三六）三月藤原定家筆の青表紙本によって書写し、康永二年（一三四三）七月に校合を加えた兼好本に、後さらに句点・指声（をこと点）のある今川了俊本を、日下部忠説をして校合せしめたものの転写本である。(8) 天理図書館本『師説自見集』第六（及び書陵部所蔵『源氏六帖抄』）に、兼好が堀川俊房の黄表紙本に藤原定家自筆の青表紙本をもって対校したとき、今川了俊はその青表紙本を一見した、(9) という記事があって、前記『源氏物語』第一巻巻末の記事と符合する。校合のとき一見したというのは今川了俊十八歳のときである。兼好の校合は京都で行われたであろうから、康永二年頃今川了俊は京都にいたのであろう。

今川了俊が兼好と交渉をもつようになった直接の縁由は定かでない。兼好が足利尊氏・直義や高師直ら武家方の間に、歌僧として、また有職故実通として出入りしていたことや、今川了俊の和歌の師京極為基と兼好の間に交友関係があったらしいこと（書陵部所蔵『歌晴御会』合綴「玄恵追悼詩歌」)、などがおおまかに考えられる。今川了俊が直接に兼好のことについて述べているのは、和歌の師冷泉為秀を通してである。今川了俊によると、頓阿も慶雲も冷泉為秀の門弟になったというが(『二言抄』)、東山御文庫所蔵の『了俊歌学書』で、兼好は為秀の家をことの外に信じ、為秀家本の『後撰集』・『拾遺集』等を兼好が書写するのを実際に見ていた、といっている。右の事実は今川了俊が冷泉為秀の門に入ったときから兼好死没までの間であろうから、了俊の為秀入門をかりに貞和二年(一三四六)二十一歳頃(『了俊一子伝』)とすると、それから観応元年(一三五〇、一説観応三年なお生存)了俊二十五歳の頃、あるいはそれから少しあとぐらいまでの間の出来事である。とにかく兼好の冷泉家への出入りは今川了俊との交わりを深くしたものと思われる。兼好晩年の貞和の頃は、京都では毎月三度の月次百首会が催され、冷泉為秀や兼好はその定衆で(二条良基『近来風体抄』、頓阿『草庵和歌集』第十神祇部)、冷泉為秀を介する今川了俊・兼好の和歌の上の交わりも、浅くはなかったろう。

今川了俊と兼好との交渉で古くから言い伝えられているものに、了俊が兼好の『徒然草』成立に関係があった、という所伝がある。すなわち、兼好の従者命松丸が兼好の死後今川了俊とともに家集や『徒然草』を整理したというのである(三条西実枝『崑玉集』)。頓阿の『草庵和歌集』には、兼好法師の忌日に命松丸が追善供養を営み三十首の歌を催し

たことがみえる。『塵塚物語』巻一、命松丸物語事には、

いにしへ命松丸といふもの歌よみにて兼好の弟子也けるが、兼好をはりて後、今川伊予入道のもとにふかくあはれみてつね〴〵歌の物がたりなどせられけるとなん

とあって、兼好の没後、弟子命松丸が今川了俊のもとに引取られていたと伝えている。事実、了俊自身『落書露顕』に、鎮西にいたとき、「二条家の門弟、兼好法師が弟子命松丸とて童形の侍りしかば」といっており、命松丸は今川了俊の九州下向に随行し近侍していたのである。

以上のような兼好と今川了俊の交わり、命松丸の存在を媒介とする兼好—了俊の関係、及び正徹が了俊に和歌の指導を受けていた事実などを併せ考えると、了俊が兼好の遺稿『徒然草』（兼好自筆本もしくは第一次編集本系正徹本の祖本）を整理した、ということは、考えられないことはない。近時、『徒然草』正徹本の研究からこのことを積極的に肯定する論稿も出ている。[10] もとより確証はなく、さらに今後の検討にまたねばならない。

二十余歳の頃になって、今川了俊は冷泉派歌人としてのはっきりした師承関係をとることになった（『了俊一子伝』）。冷泉為秀[11]の門弟となったのである。了俊みずから「いかさまにも一切の能は相構て明師に逢てまなぶべし」（『今川了俊歌学書』）といっているように、師をえらぶことは、自己を決定することである。了俊が「子孫までも、此御門弟にてとを

るべきよし、ふかく思をき候」(『二言抄』)とまで、思い切って、冷泉為秀の門に深く自己を没入させたのは、為秀の、

なさけある友こそかたき世なりけれ、ひとり雨きくあきの夜すがら

(『正徹物語』では初句が「哀れしる」になっている。)

という佳什に出合って感動したからだという。このことは了俊の自著『落書露顕』や『了俊一子伝』にみえているから、正徹は直接了俊から聞いたものであろう。この歌の気持は、正徹の解釈を通すと、

哀れしるともの有るならば、さそはれて、いづちへも行きて、語りもあかさば、かく雨をば聞くべからず、いかんともせぬ所が殊勝におぼえ侍る也、独り雨聞く秋の夜半哉ともあらば、はつべきが、秋の夜すがらといひ捨て丶はてざる所が肝要也、独り雨聞く秋のよすがらおもひたるはと云ふ心を残してよすがらとはいへる也、されば独り雨聞く秋のよすがらが上句にてある也、ひとり雨きくが下の句ならば、させるふしも無き哥にて有るべき也、(『正徹物語』)

ということになる。ともあれ、今川了俊の歌の好尚が、当初からしみじみとした心にしみ入る歌にあったことが知られる。了俊の幼時からの冷泉派的環境、冷泉為秀の歌壇における地位の向上、為秀の作歌技量、及び京極為基の仲介などを背景として、為秀と了俊の出

合いは必然であったといえる。

今川了俊は冷泉為秀の指導を受けるようになってから言葉の続きようが容易になり、風情も心にうかぶに任せて、その体を適確に表現できるようになった。その際の作歌の基本的訓練として為秀が教えたのは「替詞」ということであった（『了俊一子伝』）。替詞というのは『落書露顕』を引けば、次のようなことである。

歌にも連歌にも、替詞は干用なり、かへことばとは、其の歌、其の句の心風情はかへずして、言のわろきをきゝ、よきに取りかふるを、かへことばといふなり（『師説自見集』上にも同意の文あり）

「替詞」というのは作歌上の技術論であるが、歌形式において、心風情はそのままにして歌語に反省を加え、究極においてただ一つのことばに選びつくす、ということである。初学の学びであると同時に、歌の淵底を究むべき厳しい指導である。これは、エドガー・アラン・ポオの詩論などにも同様のことがみえており、詩における根本的な問題である。今川了俊がその諸著作で、詳しい歌詞の注を書いているのも、用語の取捨撰択や句の配置に資するためのもので、「替詞」論の基礎資料をととのえたのである。了俊はこの師の教えを積極的に主張して歌論体系の重要部分とした。「替詞」論は他の歌論にみられない了俊歌論の特徴である。(12)

今川了俊はこのようにして、本格的に歌人として作歌活動に入ったのであるが、晩年の回想に従えば、二、三十歳以来、自分で良い歌だと思って書き集めていた詠歌を、晩年の今になってみると、一首も良い歌は無いので、皆破り棄てて火中にした、という。そして今もはかばかしい歌は詠み得ないけれども、他人の詠歌のよしあし、わが歌のよしあしは分明にわきまえられる、と付言している（『了俊日記』）。青空を求めて大地を掘ったと思われる悔悟の堆積の中にも、詩の真贋に対する眼はおのずから冴えていった。歌一首も残すまいとする、歌人としての自己否定と、「真実の数寄のあはれ」を弁別し得る鑑賞批評眼とは、今川了俊の詩精神の楯の両面であった。詩は志なりとして、詠草全部を破り棄てるまで、詩の形式と真実との一致を求めてやまなかった武家歌人が中世文芸世界の一隅にいたことだけを確認して、冷泉為秀に焦点を合わせ、当代「歌壇」の実態について少しばかり述べておこう。

『風雅和歌集』は、京極派の勝利、冷泉家の優位、二条家の敗退、武家歌人の優遇ということを示しており、建武三年（一三三六）から貞和（一三四五―四九）末に至る十余年の京都歌壇は京極派の指導下にあったが、康永（一三四二―四四）頃から二条家は武家と結合してその地盤を回復してきた。しかし貞治（一三六二―六七）末から、二条為遠に代って歌壇の中心人物となったのが冷泉為秀であり、その没する応安五年（一三七二）までは冷泉家復活の時代であった[13]。

『兼熙卿記』を見ると、冷泉為秀を中心として、しきりに活発な作歌活動が行われ、『河海抄』の著者で源氏学者として著名な四辻善成や、松殿大納言入道観意（忠嗣）、卜部兼熙らの宅で月次和歌会が催され、二条良基も参会している。貞治五年（一三六六）十月十四日の条によると、武藤楽阿の宅でその和歌会があり、参会者には冷泉為秀、同為邦、今川伊予守貞世、同中務大輔氏家（了俊の兄範氏の子）、渋谷遠江守重基、頓阿、経賢僧都、行経法眼、卜部兼熙、町野遠江守信方ら当代一流の歌人が名を列ねている。この会は、たまには「人数冷然」のこともあるが、百首終夜、暁鐘に及んで披講を終るような熱心さで営会され、紅葉合せや『平家物語』を聴くなどの清興も行われた。頭役を勤める者は料足百疋程度を使っていたようである。

冷泉為秀を中心とする、この和歌の集いは、和歌の世界だけでその交わりが終っているのではない。たとえば吉田神社の卜部兼熙の場合はこうである。

卜部兼熙は吉田社領の維持に苦慮しており、若狭守護一色範光の亭に自ら出向いて、直接、若狭神領を押妨しないように申し込み、侍所頭人今川貞世（了俊）の斡旋方も依頼して、その対策を補強している[14]。しかし、武藤楽阿が代官職である能登国富来院も守護一色範光が一円押領しているとの報を受け、維持策が必ずしも成功しないので狼狽を重ねている。[15]

そこで和歌の師匠である冷泉為秀を仲介とし、二条良基を動かして、佐々木高氏へ働きかけるなど八方手を尽くしている。[16]

兼熙が冷泉為秀に対し八朔の贈物を厚くしておるのも、[17]あるいは、為秀の命によって『日本書紀』の歌を全部注出してこれに釈をつけた『日本書紀和歌決釈』一巻を不本意ながら書き出しておるのも、[18]為秀が単に「和歌之師匠」であるからばかりとはいえないようである。

このように冷泉為秀を中心とする文芸サロンの実態は、政治的にも経済的にも微妙な形で相互扶助の体制を形成していたのであるが、この時侍所頭人今川貞世（了俊）がその重要なメンバーの一人であったということの意味はきわめて象徴的である。侍所は洛中の治安・警察を担当する事によって王朝側の市政権に深く交渉し、特定の商業組織をもその支配下に収める傾向を有しており、公家・寺社の利害関係には常にじかにふれる存在であった。[19]公武混合のこのサロンが政治的にも経済的にも強く依り合う所以であろう。

ところで、今川了俊の勅撰集入集は、先の『風雅和歌集』を最初として、『新拾遺和歌集』がこれに次いでいる。同集は貞治二年（一三六三）後光厳院の綸旨で、二条為明が撰進したが、同三年十月為明が没したので、頓阿がその後をつぎ、同年十二月に成ったものである。今川了俊の歌は巻十三恋歌三・巻十四恋歌四に「題しらず」として二首入っている。

佗びぬれば今宵も独ぬるが内に見えつる夢や強て頼まむ

追風にまかぢしげぬきゆく舟の早くぞ人は遠ざかりぬる

続いて永徳三年(一三八三)に撰集の功を終えた『新後拾遺和歌集』巻六冬「鷹狩」に、永享十一年(一四三九)に完成した『新続古今和歌集』巻四秋歌上に、それぞれ一首、源貞世の名で入集している。

はし鷹のと返る山の木の下にやどり取るまで狩暮しつゝ

秋きぬと荻の葉ならす風の音に心おかるゝ露のうへかな

貞治五年(一三六六)十二月、冷泉為秀が二条良基に勧めて行わさせ、自ら判者となった「年中行事歌合」に今川了俊は六首出詠し、二十六番「御灯」の、

手向する星のひかりにまがふかな峰にかくるゝ秋のともしびは

は、「歌ざま優に侍よし一同に称し侍り」と称讃を得ている。いささか過褒の嫌いがあるようで、当時の「歌壇」の社交状況からみて、また故なしとしない。了俊ときに四十一歳、歌人としてすでに円熟の境に入っていたことは確かである。

貞治六年という年は、今川了俊の歌歴上重要な年であった。この年には新玉津島社歌合

や中殿御会のような歌会の盛事が行われた。

三月二十三日の新玉津島社歌合の番数は九十九、出詠者は六十六人である。今川了俊は前伊予守貞世として、浦霞、尋花、神祇の三題に出詠した。

春の色のいまひとしほやこれならむみどりに霞わかの浦まつ

けうも猶うはのそらにやまよはまし花みて帰る人しあかずば

九重にちかきまもりと玉津島光をわけて神やすむらん

最後のやや類型的な詠歌を除いて、前二者は構成の安定した格調ある作歌といえよう。

三月二十九日の中殿御会は将軍足利義詮の発議によるものであり、義詮の冷泉為秀に対する深い傾倒は、この歌会の御製講師として宮中で始めに予定していた二条為遠を、三宝院光済を使者として為秀に変更せしめてしまうことになった。

この時宮中から、先例なきによって変改し難い旨の沙汰があったが、義詮から、冷泉為秀は自分の歌の師範であり、師範が面目を失うとき弟子が出仕することはできない、と圧力を加え、中止になるかと思われるばかりの悶着を起こし、結局、日野時光の挙用でようやく事態が収拾されたものである（『愚管記』『後愚昧記』）。頓阿の、

人ならばはかなくぞ見む八十まで和歌の浦波立ちまじる身を（『続草庵和歌集』巻二）

という深いなげきも、このような歌壇の情勢の中にかもし出されたのである。

中殿御会は典拠を建保六年（一二一八）御会にとり、三月二十九日夜挙行され、冷泉為秀は別勅を以て講頌となり、今川了俊は侍所としてその全警固に当たり「一場之偉観」を守った[20]。

頓阿の『続草庵和歌集』巻第二秋、巻第三恋・雑などの詞書によると、このころ今川了俊は京都の自邸でしばしば歌会を開いている。将軍足利義詮の信任厚い冷泉為秀の優れた門下の一人として、冷泉派内部だけでなく、広く当代の京都歌壇にその力量を認められ、九州探題としての在任中、とくに晩年における縦横の活動を行う基盤を固めていたのである。

四　師・二条良基

今川了俊は、その回想によると、三十歳頃から連歌を学び始めている（『了俊日記』『了俊歌学書』『下草』）。了俊が本格的に連歌を学ぶようになったきっかけは、恐らく了俊三十一歳の延文元年（一三五六）、二条良基が『菟玖波集』二十巻を撰集したことにあろう。同集は、初め二条良基と救済との私的な企画として、「勅撰に非ず、自由の沙汰」（『園太暦』延文元年八月廿日条）といわれていたが、足利政権の大立者で当代の風流人といわれた佐々木道誉（高氏）のとりなしで「武家奏聞」という形をとり、翌年閏七月准勅撰の綸旨を得たものである。連歌の広範な流行と、その文芸性確立の機運をつかみ、関白執柄の撰集、武家執奏の重みで准勅撰の権威を得、和歌勅撰と比肩するだけの立場を確立したのであるから、同集の撰集が、文芸愛好の士をいやが上にも連歌へ吸引したであろうことは否めない。今川了俊が「形の如く数寄初めて」と述懐しているのも、この一般的風潮に従ったからである。

今川了俊の連歌歴を師に即していえば、地下連歌の巨匠から、地下連歌をふまえた堂上連歌の総師二条良基へと遍歴している（『了俊日記』）。了俊は連歌の大様を、まず善阿の門下である順覚に学んだ。善阿は、「ことを広く心得んとて万葉を好んで口伝あり」（『古今連談抄』）と伝えられ、法輪寺千句の名吟「見し花の面影うづむ青葉かな」で知られた。並びなき上手（『筑波問答』）で、鎌倉末期花下連歌界の先達である（『さゝめごと』）。『建治式目』に由って新式目を作ったといわれている（書陵部所蔵『連歌初学抄』古写本）。

善阿門下には救済・信照・順覚・良阿・十仏など、一時期を画するに足る俊足が揃っており（『密伝抄』）、「堂上にも少々名誉の人々侍れども、いかにも当時は地下の中に達者はある也」（『僻連抄』『僻連秘抄』）といわれた。今川了俊は順覚を柿本人麻呂や山部赤人のような万葉歌人に伍して高く評価している（『了俊一子伝』）。二条良基は順覚の句風について「かゝり幽玄なりき、其もたゞ付たるを本意として、一句をもむ事はなし」(『十問最秘抄』)と評し、心敬はその「寒く痩せた風姿」を称揚している。今川了俊三十一歳のとき、順覚は八十一歳の高齢であった。了俊はつづいて救済に連歌を学んだが、たち入って習ったわけではない。句作上の指導を長く深く受けたとは思えないが、受けた指導内容について「救済は只和歌の心言のかかりを仕て、前句を和歌の題を心えてせよとばかりをしへき」(『了俊歌学書』)と述べている。救済は古今に冠絶する当代随一の名手といわれ(『九州問答』)、「大成の将聖」(『下草』)「此道の聖」(『密伝抄』『さゝめごと』)と仰がれた連歌師で、「天下の師」(『了俊歌学書』)として、二条良基を弟子とし『応安新式』『菟玖波集』撰成の助成をした人であるから、この時点では今川了俊への影響は稀薄であったかもしれないが、晩年には二条良基を通し、了俊はむしろその後継者的な地位に立ったといえよう。

今川了俊がもっとも親炙したのは救済の弟子の周阿であった。「ひたすらにかれが風躰を如形まなび得て侍き」(『了俊日記』)といっている。周阿は「坂の小二郎と云しより上手也」(『密伝抄』)といわれ、文和四年(一三五五)の二条殿千句あたりから頭角を現わし、応安五年(一三七二)の『連歌新式』制定には師の救済とともに二条良基の相談を受けている。この前後から周阿の句風が盛んに行われるようになった。応安七年末にその草案が成った『知連抄』で、二条良基は周阿の句風の流行を、近日人〳〵の吉体と思は、大略周阿が意地を学也、されば此十ケ年が間の連歌、諸方より点を乞ひしをみて吉連歌と思は、皆周阿が風体也、

と述べている。周阿は救済・二条良基と並んで三賢とよばれたが（『梵灯庵返答書』『初心求詠集』）、後二者とは句風を異にし、その性向にもより、師救済とは「心ソバソバシ」（『長短抄』）といわれ、「風体ハ各別」（『連歌十様』）であった。周阿の句作は「コマカニクダキタル」を好み（『連歌十様』）、「毎度一句に心を作り入れ」（『十問最秘抄』）、一句の仕立てにも彫心鏤骨し、会席に臨む前にかねて作句をしておき、その席上では、ただ「てにをは」だけを修正して出句するという（『九州問答』）、技巧による華麗な表現を得意とし、その着想の新奇さと相俟ってまさに一世を風靡した。「侍公は道にあひ、周阿は人にあふ、愚老（良基）はたゞ面白きにあふ」（『梵灯庵返答書』）といわれているように、周阿は世人の意を迎えるのにも積極的であり、その句風は地下連歌の特色である寄合中心の傾向に一段と拍車をかけることになった。

二条良基は救済・周阿両者の句風の相違について、救済は天性の躰であり、周阿は稽古の躰であるといっている（『下草』）。周阿の影響を受けた連歌師たちは、当時流行の勝負連歌に勝つために、寄合中心に句作し、確実に点を取ろうとして、亜流化していった。宗祇の『吾妻問答』は、周阿の影響とその亜流化を適確に指摘している。このようにして救

済没後応永（一三九四—一四二七）末頃まで、周阿の流風が地下連歌を席捲していたのである。

こうして、今川了俊は連歌の大様を順覚に学び、ついで周阿に「ひたすらに」（『了俊日記』）学んだのであるが、その内容は「寄合を第一に存て、其内にて我一句の理を云あらはせと申き」（『了俊歌学書』）とあるように、寄合第一主義をモットーとしたもので、「心風情を第二」（『下草』）としていた。今川了俊が周阿について寄合第一主義の指導を受けたのは、康暦二年（一三八〇）了俊五十五歳のときの『下草』の回想から逆算して、了俊三十七、八歳、貞治元（一三六二）、二年頃のことであった。

周阿の寄合主義を克服していく機縁になったのは、周阿の行き方に批判的で（『落書露顕』）、「我風躰は寄合をもあながちもとめず、さながら心を第一に付也、句のすがた花やかにさゞめきて興のある様を存也」（『了俊日記』）という風情主義をとる二条良基について学んだことにある。二条良基は初期の連歌学書において、すでに寄合第一の行き方には次のように批判的であった。

心を第一とすべし、骨のある人は意地によりて句がらの面白き也、只寄合ばかりを多く覚て、古材木をさし合はせて取り立てたるばかりにて、我が力の入ぬは、返々面白き所のなき也、連歌には小宛といふ事あり、それを心得ぬ人は只寄合ばかりを覚えて、幾度も古物をくさりたるまでにてある也（『僻連抄』『連理秘抄』『僻連秘抄』）

康暦二年（一三八〇）、足利義満（十八歳）に進遣したといわれる『連歌十様』には、当代流行の周阿の風体について、「心キハメテ正体ナクシテ、人ヲ威サントワ、シクシタル計也」と、厳しくきめつけている。

二条良基について連歌を学び、今川了俊の連歌内容は大きく旋回したのであるが、その変化の質が問題である。『落書露顕』に、この間のことを次のように述べている。

愚老も、連歌道の事は、周阿を信じてまなびしかば、寄合も一句のかざりも、如此まなびえて侍ると存ぜしを、摂政殿より蒙仰しに付けて、歌に仕るべき心風情を、さながら連歌に仕りし後、摂政の仰せに、はやおのれが連歌は至りたるぞと承りき、

今川了俊は、周阿の秀句・縁語で巧緻をつくす寄合主義から出発し、結局連歌を純粋に文芸として考えようとして、和歌的風尚でそれを克服したのである。詩の本質を錬金術師的な表現技巧の絢爛さよりも、詩を支える心情そのものにおいた冷泉派歌人今川了俊の本来辿り帰るべき道であった。しかしこれには、連歌文芸としていえば若干問題がある。このような、いわゆる和歌連歌は、一座の運行よりも個人的な一句の文芸性に力点をおくのであって、共同意識にもとづく連歌の文芸的本質に対しては否定的な方向を内包しているといえよう。九州における今川了俊の連歌活動が、このような方向において一定の成果を

収め、しかし本質的には孤高な行き方であったことについては次章で述べよう。

今川了俊がいつ頃から二条良基について本格的に連歌を学び始めたのか、はっきりはしないが、貞治五年（一三六六）頃が一応の目安になろう。『兼熙卿記』によると、貞治五年四十一歳の了俊は、しきりに公家の月次和歌会に出席し、二条良基との交渉が密接になっているようである。すでに『菟玖波集』を編み、『僻連抄』『連理秘抄』『撃蒙抄』等の連歌学書を公けにし、地下連歌と堂上連歌とを統一集大成した、連歌に酔える風流関白の影響を受けぬ筈はない。今川了俊が二条良基に本格的に連歌を学び始めたのは、この貞治五年頃であろう。『下草』にみられる周阿についての連歌学習の時期、貞治元、二年頃につづく時期として年代的にも矛盾しない。

ところで、連歌において今川了俊が二条良基に対し、師弟関係をとった理由には、良基が連歌界乃至公家文化の世界においてもっとも高い地位にあり、政治的には関白の最高栄誉の座にあったこと、ことに了俊の連歌に対する関心の高まり、ということが動機になっているのはいうまでもないが、二条良基の側からの理由もあろう。二条良基の連歌活動は、北朝方公家としての地位を動乱のさ中においても揺ぎないものに保持していくという立場と不可分の関係にあった。『菟玖波集』に北朝方武家の句を数多く撰入させていることなど、その一例である。足利一門で、幕府部内に枢要な地位を占め、歌壇的にも一応の地位を築いていた了俊に対し、師の立場をとることは、二条良基の政治的・文芸的立場を決して不利にするものではなかった。

このことは、今川了俊の公家的・伝統的教養の摂取を著しく速やかなものにしたであろうし、反面また二条良基は今川了俊のもつ武士的活力を吸収することによって、その連歌内容を「歌ニモ連歌ニモイマダナカラン風情コソ大切ニ侍レ」(『九州問答』)と、さらに清新なものになし得たであろう。当代における連歌の会席は、公家武家両者の、このような相互影響をもち合うのに恰好の社交の場でもあった。

今川了俊は冷泉為秀に和歌を学びつつ、二条良基の門に入って正風連歌を本格的に学んだのであるが、このころ、和歌の師冷泉為秀は、今川了俊が連歌の道におもむいたのを、歌心がいかになるか、ということで心配し、二条良基にこの旨を問うている。「此の仁(了俊)が事は、歌と連歌とのけぢめを、はやよく納得して侍るなり、いづれも無相違なり」(『落書露顕』)というのが、冷泉為秀に対する二条良基の返答であった。冷泉為秀の、連歌学習によって今川了俊の歌心が損われはしないかという危惧、つまり冷泉歌学の総師としての冷泉為秀の連歌観、今川了俊の和歌・連歌に対する二条良基の観察などを物語るものとして興味深い。今川了俊にとって、和歌と連歌とは文芸上の形式上の相違であって、その区別さえはっきりさせておけば本質においては同じものであると把握されていたのである。

貞治五年（一三六六）という年は、今川了俊の『万葉集』研究の深化についても特筆すべき年であった。このころ、二条良基は冷泉為秀を使いとして由阿を相模の藤沢から上洛せしめて『万葉集』を講義させている（『詞林采葉抄』）。今川了俊は、藤原俊成が『万葉集』の成立年代を論じた『万葉時代考』の冷泉為秀自筆本を所持していて、後に弟子の正徹に与えているから（『正徹物語』）、了俊が為秀から『万葉集』に関する諸説を学んでいるのは事実である。由阿の上洛が今川了俊の万葉研究に一つの画期となっていることは認めてよかろう。今川了俊の周辺には、文芸上・宗教上の交友として、また了俊の使僧として多くの時衆が存在し、応永の乱の時、時宗の本拠である藤沢に隠遁しているのは、由阿及び時宗教団と今川了俊との関係の深さを示すものである。今川了俊の文芸形成と信仰生活に与えた時宗の影響の強さは、決して看過できない。当時、万葉談義が連歌会の席上でよく行われているが、これは連歌や和漢連句の制作に資するためのもので、今川了俊の連歌学びとその万葉研究は不可分のものであった。今川了俊は九州探題在任中、肥前のひれふり山に登って、松浦佐用姫に関する『万葉集』五の八七四の歌に寄せ、「雪ぞちるはらふ袖ふる山おろし」という発句をよみ、二条良基から称賛されているが（『師説自見集』）、今川了俊の連歌制作と万葉研究との一体化を示すものである。

今川了俊は和歌の才覚に「万葉の説」を挙げ、自分の万葉研究の学系が、仙覚―由阿のそれであること、仙覚新点の万葉研究史上に占める意義の大きいこと、及びその流布の時期や、連歌の寄合に誰しもがこれを用いることなどを述べている(『落書露顕』『了俊歌学書』)。今川了俊当時、仙覚―由阿の説は京都ではすでに一般化していたのであるが、了俊は九州探題在任中、この説を九州の数寄の人々に自由に開陳して、その一般化を推し進めている。『師説自見集』料簡言の項についてみると、転戦した先々で歌枕を尋ねており、それもとくに『万葉集』を中心にしている。今川了俊は万葉研究を連歌制作の資としたばかりでなく、積極的に和歌制作上の資とすべきことを強調し、実作し、九州の歌よむ人々を啓蒙している。

注

(1) 今川了俊の歌論については、小島吉雄「了俊の歌論に関する覚書」(『国語国文の研究』二五号、一九二八年一〇月)、児山敬一『今川了俊』(一九三四年六月、三省堂)、荒木尚『今川了俊の研究』(一九七七年三月、笠間書院)、水上甲子三『中世歌論と連歌』(一九七七年八月、全通企画出版)等があるので、今川了俊の歌学体系全体についてこまかくふれることはしない。

（2）川添昭二「室町幕府成立期における政治思想―今川了俊の場合―」（『史学雑誌』六八編一二号、一九五九年一二月）。

（3）釘本久春「中世歌学の問題」（『文学』九巻九号）。

（4）今川基氏については『難太平記』にみえ、「無徳の人」であったらしい。香雲院清菴については『無涯仁浩禅師語録』に、今川範国が駿河興津承元寺で延文三年（一三五八）二月十三日、その三回忌を修したことがみえ、延文元年に死去したことが知られる以外、所見がない。時に今川了俊は三十一歳であるから、祖母も相当高齢であったろう。

（5）今川範国の歌として現在管見に入っているのは次の五首である。

(1)四方の人君になびけと松の尾の神もすすむる山(大和)と言の葉（観応二年九月十一日近江醍醐寺にて、東文書二）

(2)うら風の吹上のはまもなのみして霞にこもる春のあけぼの（貞治六年三月廿三日「新玉津島歌合」二十九番左）

(3)けふも猶なにはなくていたづらに雲のみわくる春のやま道（右同六十二番左）

(4)おろかなる我ことのはもたまつ島みがくひかりをたのむ計に（右同九十五番左）

(5)朝な夕なそれよ〳〵と眺むれば花もときはの峰の白雲（『了俊一子伝』故定光寺殿の詠歌）

（6）『二言抄』中の「珍しく見え候古歌」の項（五八首）のうち「水草まじる菱のうきつるとにかくに乱れて夏の池さびにけり」は、西行の歌として新加されるものであり（窪田章一郎『西行の研究』八四―八五頁、一九六一年一月、東京堂出版）、今川了俊の西行傾倒を示す資料としても意義がある。
（7）渡部保「西行の歌の評価について―中世歌論書を中心として―」（『佐賀龍谷学会紀要』3号）。
（8）『図書寮典籍解題文学篇』一四三頁参照。
（9）本文に述べているように、延元元年（一三三六）頃には青表紙本『源氏物語』は全揃いが伝わっていたのであるが、応永十五年（一四〇八）五月の『源氏六帖抄』では今川了俊は「青表紙と申正本今は世に絶たる歟」といっている。青表紙本に対する了俊の評価は「如何様にも詞は青表紙の本、猶面白く存也」というところに要約できよう。
（10）小山敦子「徒然草の編集とその背景―現存各系統諸本の発生と伝承―」（『文学』二六巻九号、一九五八年九月）。
（11）冷泉為秀の伝については井上宗雄「南北朝歌壇の推移と冷泉為秀」（『和歌文学研究』七号）。
（12）水上甲子三『中世歌論と連歌』、さらに荒木尚『今川了俊の研究』に詳説されている。
（13）井上宗雄『中世歌壇史の研究室町前期』二二一―二二四頁（一九六一年二月、風間書房）。
（14）『兼熙卿記』（『吉田家日次記』）貞治五年十月廿日、廿一日条。
（15）同記十一月三日条。
（16）同記十一月二十一日条。
（17）同記八月一日条。

(18) 同記十二月五日条。

(19) 佐藤進一「室町幕府論」(岩波講座『日本歴史』7中世3、一九六三年五月)。

(20) 『貞治六年中殿御会記』『太平記』巻第四十中殿御会の事、古懐紙。『太平記』巻第四十中殿御会の事は、後藤丹治『太平記の研究』前編第三章、平田俊春『吉野時代の研究』第三部太平記の成立、の指摘のように、二条良基の『貞治六年中殿御会記』〈雲井の花〉をその資料に仰いでいる。

第五章　九州探題今川了俊の文芸活動

一　南北朝期の大宰府と文芸

南北朝期に入ってからの九州の文芸関係で中心的な役割を占めるのは、やはり大宰府天満宮安楽寺である。その最初に、鎮西管領一色範氏[1]の天満宮安楽寺和歌所に対する寄進行為が知られる。建武四年（一三三七）九月十三日夜、大宰府原山で厳重の瑞夢を被った鎮西管領一色範氏は、筑後国御原郡岩田庄内田地三十町を天満宮安楽寺和歌所に寄進した[2]。暦応三年（一三四〇）五月十二日、鎮西管領としての任務につき一色範氏が幕府に注進した条々の中にみえる「天満宮安楽寺和歌所寄進地事」はこれに関するものであろう[3]。貞和二年（一三四六）十一月十六日、一色範氏は筑後国岩田庄の替りとして筑後国三瀦庄内安武村南北内田地幷びに豊後国日田郡大肥庄内吉武小犬丸田地を天満宮安楽寺和歌所に寄進している[4]。岩田庄の本主が一色範氏方にでもついたのであろうか。ところが、またもって相違したので、観応元年（一三五〇）六月五日、岩光七郎入道跡肥前国鳥屋村内田地八町・同国山浦村内田地五町・古庄下野権守跡豊後国球珠郡飯田郷内賀伊曲村田地十町・同国大肥庄吉武小犬丸名田地七町地頭職を替りとして寄進している。[5] この寄進状をうけて、肥前の松浦飯田左近将監集が肥前国鳥屋村内田地八町岩光七郎入道跡内同国山浦内田地五町を天満宮安楽寺和歌所料所として、その下地を同宮寺雑掌に渡付している。[6] 大鳥居文書によると、さらに文和三年（一三五四）十二月十七日、一色範氏は豊後国球珠郡書曲村の替りとして筑前国穂波郡国次名田地十町地頭職を天満宮安楽寺和歌所に寄進している。寄進地が替っているのは、おそらく寄進地の本主の南北の政治的向背にかかわるものであろう。

右の間の文和元年（一三五二）十二月十三日、豊後国日田郡の日田永敏は、天長地久・国土安穏・将軍家繁昌・心中所願のため天満宮安楽寺に和歌料所として田地十町を寄進している。[7] 一色範氏は足利氏の一門で室町幕府成立期の鎮西管領（九州探題）である。建武三年（一三三六）六月から文和四年（一三五五）十月にかけて、九州幕府軍の最高指揮者として各地の国人を指揮し、宮方と各所に戦っている。その間、天満宮安楽寺をはじめ肥前武雄神社・河上神社等に祈願・報賽のために田地等を寄進している。和歌所は、元来勅撰集の撰集に際して設ける役所である。ここではもちろん天満宮安楽寺の私設の和歌所を指している。大鳥居文書観応元年（一三五〇）六月五日一色範氏寄進状・太宰府天満宮文書応安六年（一三七三）九月廿一日今川了俊施行状等によると月次講会を営んでいたことは明らかである。後述の和歌会所につながっていくものであろう。一色範氏には外に文事に関する史料は見当たらないが、和歌の嗜みがあったことは確かで、そのあらわれがこの寄進行為となっているのであろう。社寺への寄進は、一種の恩賞であるから、和歌所に寄進しているからといって、文芸的側面だけで割り切ってよいものではあるまい。宮方討滅の祈願と報賽を含んでいたのである。ともあれ、天満宮安楽寺の文芸的営みの核に対して、内戦当初、まず鎮西管領が保護を加えている点に注目しておきたい。日田永敏の寄進は政治的目的がもろに表出しているが[8]、またその反面、同宮寺に対する文事的求心性をみせている点も見逃せない。

ところで現在、『太宰府天満宮蔵書目録』（一九七〇年四月）が編まれており、所蔵の連歌資料として、太宰府天満宮文庫蔵七十九点、西高辻家蔵六十四点、小鳥居家蔵百三点が知られ、その他若干の未整理分がある。天満宮には伝来の中世連歌懐紙が数多く蔵されていたと思われるが、現存最古の原懐紙は慶長三年（一五九八）九月朔日、近江水口の城主山中長俊が天満宮福部社に奉納した百韻連歌である。天満宮には「湯山三吟」「連歌新式追加并新式今案等」「長六文」等、著名な中世連歌資料を蔵しているが、南北朝期関係では「文和千句」（小鳥居寛二郎氏蔵、室町末写）がことに知られており、近世末の写しではあるが「灯庵主袖集」は『梵灯庵袖下集』の異本のうち一番ととのった形をもっているものとして注目されている。[9]

「文和千句」[10]は、文和四年（一三五五）四月―五月の間に、時の関白二条良基の第で、彼の側近（藤原親長・同家尹・菅原長綱・大江成種）と連歌師救済とその門人たち（周阿・永運・素阿、暁阿・木鎮もか）とが会合して興行したものである。この年は二条良基が救済の協力を得て『菟玖波集』を編む前年に当たっており、同集に「文和千句」現存五百句中の八句が入集している。この千句が『菟玖波集』の撰集資料となっていること、十一名の連衆がいずれも同集に入集された当代の代表的な連歌作者であることなど、この作品の価値の高さを示している。

「文和千句」は一句を一行に書いていて普通の連歌懐紙と異なっている。懐紙の表裏を示す「一ウ」「二」「名」の記号があることとあいまって、転写本であることを示している。もとは袋綴の草子本ではなかったかと推測されている。[11] 転写者・伝来の経緯等は不明であるが、連衆に菅原長綱がいて二句出句していることは、「至徳二年石山百韻」[12]に菅原長遠（長綱の孫）が三句出句していることと、あわせて注目される。[13] この二人は二条良基の側近である。二条良基が連歌に酔える風流関白として地下連歌と堂上連歌を集大成し、連歌史上に輝く存在であることはいうまでもない。二条良基側近公家で連歌作者として知られるのは、藤原家尹及びその子秀忠・藤原（鷹司）宗平及びその子忠頼、藤原（法性寺中将）親忠・大江成種などであるが、菅原（東坊城）氏としては長綱―秀長―長遠の三代が歴代相次いで知られる。二条良基の側近公家に菅原氏・大江氏など文道関係者がいるのは当然であろう。とくに菅原氏は歴代天皇の侍読、大学頭、文章博士で、二条良基譜代の側近である。菅原長綱は『菟玖波集』に四句、菅原秀長は同集に一句入集している[14]。菅原氏ゆかりの天満宮小鳥居家に「文和千句」が伝来しているのは故なしとしない。後述するように当代の九州―大宰府連歌は間接的にではあるが二条良基側近の連歌師周阿や今川了俊などを介して二条良基の影響がみられる。それと関連して天満宮ゆかりの菅原氏の影響があったろうことも推測されるところである。その事実関係は、南北朝期における京都文化の九州に対する影響という視野から発掘されねばなるまい。その際、南北朝期において菅原道真が連歌神として広く信仰されるようになったことは忘れられない。

　京都と大宰府天満宮安楽寺との文芸的交渉で逸することができないのは『後愚昧記』貞治二年（一三六三）六月八日・十六日・廿一日条にみえる安楽寺神託詩歌の一件である。大宰府安楽寺から神託詩歌が足利二代将軍義詮の許に注進され、義詮は法楽のために親王執柄大臣家等に詩歌奉納を勧進し、頓阿がその意をうけて人々に触れた、というのである。

勧進の題は「社頭祝」であった。頓阿は鎌倉末には二条為世門の四天王の一人とうたわれ、足利尊氏・義詮・二条良基・後光厳院など権貴の信任が厚く「当時第一歌人也」（『後愚昧記』）といわれ、死後、偶像視された。『草庵集』その他の作品がある。『後愚昧記』には、記主の三条公忠が足利義詮の勧進に応じて北野奉納歌を頓阿の許に送ったことが記されており、『新拾遺和歌集』十六・神祇歌には「権大納言義詮北野の社に奉りける歌に、社頭歌」とする源（土岐）直氏の和歌が入っている。大宰府安楽寺神託詩歌の注進に応じて北野社奉納歌の勧進が行われたものなのか、北野社奉納歌勧進が安楽寺神託詩歌と別個に同時に行われたものなのか、不明であるが、ここでは前者に解しておこう。大宰府安楽寺に奉納されていず、北野社に奉納されているのである。いずれも菅神であり、北野神に対する京都人士の信仰の深さを考えれば、当然といえよう。また当時九州では鎮西管領斯波氏経が九州経営を放棄して中国に遁れた頃で幕府方が劣勢であったことも背景にあろう。貞治二年（一三六三）頃は、大宰府天満宮安楽寺は征西将軍懐良親王の支配下にあった。神託詩歌がなぜ幕府方に注進されたのか分からないが、大鳥居文書によると同年三月二十五日、北朝方の高辻国長が法印大鳥居信高を筑前国衙目代職に補しており、高辻家あたりを通じてのことかもしれない。

貞治二年には二条家の中心人物である為明によって『新拾遺和歌集』の撰進が開始され

ており、この時期は京極派の指導性が崩れ、二条派が武家と接近してその歌壇勢力を盛り返していた時である。安楽寺神託詩歌が、二条派勢力の回復を背景とする頓阿の手によって結縁詠進の勧誘がなされているということは、安楽寺神託詩歌を中心として、今川了俊下向直前の大宰府歌圏が、少なくとも二条派とのつながりを強くもっていたことを示していよう。九州―安楽寺がまさに宮方に統属されたかに思えた時に、歌壇的には武家―二条派的なものが希求されていたのである。

二　九州下向前後

救済・周阿の九州下向

一色範氏のあと、九州探題で大宰府天満宮安楽寺の文事関係が知られるのは今川了俊ぐらいである。一色氏のあとの九州探題である斯波氏経は勅撰歌人（『新千載』『新拾遺』『新後拾遺』）で『草庵集』により二条派の頓阿との交わりも知られるが、九州での文事は知られない。天満宮安楽寺関係ではないが、足利直冬に筑前国大悲王院文書観応弐年（一三五一）七月十三日の和歌詠進状[16]があって祈雨報賽の和歌がわずかに知られる程度である。直冬は観応政変の折九州にあり、足利尊氏と弟直義との一時的和平の産物として「鎮西探題」になっていた。南北朝期九州文芸の展開にあって、もっとも高い峰を示しているのは九州探題今川了俊である。今川了俊の九州における文化的活動は、南北朝期における京都文化の九州への移入影響と、それに伴う九州文化の地域的展開を典型的に示すものである。

九州下向以前、今川了俊がどのようにして文芸教養を身につけたかということについては前章で詳しく述べた。了俊は、歌人としてようやく円熟期に入り、指導的立場での作歌活動が期待されていたとき、九州探題に任命されたのである。了俊自身の文芸的達成にとって、これは大きな問題であった。狭くは冷泉派、広くは当代京都歌壇にとって少なからぬ打撃であったろう。二条派では中心人物為定・為明の没後は、地下歌人頓阿が長老として事実上二条派を代表していたが、今川了俊の九州下向の翌年、応安五年（一三七二）三月に没した。為明の後を継いで二条家の嫡流となった為遠は、性格は粗放怠惰で、しかも大酒飲みであり、この為遠に代って歌壇の中心人物となっていたのが、今川了俊の師冷泉為秀であった。しかし、為秀も頓阿の後を追うようにして、応安五年六月に没した。京都歌壇は沈滞を続けることになる。今川了俊が遠く九州の地に在ったことも、その一因に数えてよいであろう。冷泉歌学は、ほかならぬ今川了俊によって伝えられるが、了俊の文芸的達成に即していえば、九州の地に在ったことは、それに多くの内容的加算をしている。辺境にあるという負の面ばかりではなかったのである。以下、天満宮安楽寺の文事と今川了俊との関係を明らかにし、さらに次節で、九州における今川了俊の和歌・連歌に関する研究と指導との面を明らかにしてみたい。

今川了俊が応安五年（一三七二）八月、九州南朝軍の総帥懐良親王を大宰府から追い落して以来、大宰府は今川了俊の九州経営上重要な役割を果たした。大宰府天満宮安楽寺は文道の神を祀る所であり、その保護は筑前―九州の精神的結節点を掌握することを意味し、とくに筑前経営の中心的位置を占めていた。今川了俊は文芸を嗜む者として北野信仰に厚かった[17]。今川了俊が同信仰の根元たる大宰府天満宮安楽寺を崇敬し厚い保護を加えたこと[18]はいうまでもない。大鳥居文書六月十八日今河（了俊）宛菅氏長者菅原長衡書状によって長衡が将軍家文道師範であったことが知られるが、長衡は天満宮安楽寺領の維持について今川了俊に深く依頼しており、文事に堪能な今川了俊が将軍家文道師範の意向に添うよう努力したことはいうまでもない。一般的にいって今川了俊に天満天神の冥鑒を仰ぎ借ることによって九州経営を円滑に進めようという、信仰と政策との共存[19]がみられるのは確かであろう。太宰府天満宮中世文書中に占める今川了俊文書の比率は高く、同宮文書の一つの特色をなしているが、このことを端的に示すものである。大宰府天満宮安楽寺の和歌・連歌が今川了俊を媒介にして興隆をみたことは、推察に難くない。ところが数ある今川了俊文書のうちに天満宮安楽寺の和歌・連歌に直接関係していることを示す文書はほとんどない。その意味で、大宰少弐冬資をして天満宮安楽寺修理少別当信哲に大宰府本屋敷を還補し月次講演を勤行せしめるように命じた太宰府天満宮文書応安六年九月廿一日今川了俊書下は貴重である。

月次講演（会）については前述のように大鳥居文書観応元年（一三五〇）六月五日一色範氏寄進状にみえる。実情について具体的に述べた中世史料は見当たらない。一般に天満宮では菅原道真の卒去（延喜三年〈九〇三〉二月二十五日）にちなむ毎月二十五日、文道上達その他諸種の祈願をし天神講を行って天神礼讃の祭を営み、法楽のために詩歌や連歌の会席を催す。貝原益軒も『太宰府天満宮故実』巻之下で「二十五日には、歌の会所に社司集り、月次の連歌ありて、年々月々に怠る事なし」と書いている。近世初期のことを書いているのであるが、中世にさかのぼってもいえることである。今川了俊当時、菅神は連歌の神として広く深く崇敬されており、詩歌・連歌が月次講演（会）の中心的役割を果たしていたことは確かであろう。そのような意味で、右文書は、今川了俊が政治的側面から天満宮安楽寺の和歌・連歌の興隆を推進していたことを示す貴重な史料だといえる。

今川了俊の天満宮安楽寺に対する政治的・経済的・文化的な保護によって有名・無名の歌人・連歌師の同宮寺への参詣が頻繁になったことと思われる。南北朝時代における連歌師の同宮寺への参詣事例をみてみよう。『菟玖波集』巻第二十に「安楽寺社頭にて連歌し侍りける」という詞書をもつ救済法師の句「紅を忘れぬ梅のもみぢかな」が入れてある。金子金治郎氏は救済の生涯のうち北野と連歌との結合を重視し、『菟玖波集』撰集予祝の文和四年（一三五五）北野千句興行以前に救済が大宰府安楽寺に詣でたとしている[20]。伊地知鐵男氏は京都大文字山麓鹿ヶ谷の安楽寺かもしれないとして大宰府安楽寺と決め込んでしまうことを留保しているが[21]、大宰府安楽寺としてよかろう。二条良基の『撃蒙抄』ではこの句のあとに「安楽寺の宝前にて、其便あり、句がら尋常也」と注記しており、『梵灯庵返答書』にもこの句を収めている。心敬・智蘊等と並んで中世連歌師の七賢と呼ばれた高山宗砌の『古今連談集』に、

其句のたけの高き事、天暦の帝の御時、五人の撰者の歌（○中略）侍公の句躰は、此おもかげを残さるゝとしるし給へり、愚意にも此内に入給ふと覚えたり、安楽寺にて、

松ふりて見ぬ秋のこす嵐哉

九州の人〴〵めずらしとて、ざゞめき、一同にほめり、

とあり、大阪天満宮文庫本『古今連談集抜書』には、ここのところを「救済(キウセイ)は貴之(ママ)・躬恒・西行・俊成・定家ノ道ヲ可継としるし玉ふ」として摂家へ初参の時の句をあげ「安楽寺にて、松ふりて見ぬ秋残す嵐哉」

としている。救済が九州下向の折に大宰府安楽寺で詠んだものであることは明らかである。この句をめずらしとてざゞめき一同にほめた「九州の人〴〵」の存在には注意しておかねばならない。さらに『菟玖波集』巻第十二には佐々木道誉の月次連歌で「八幡にますもかの国のぬし」に付けた「箱崎や明けのこる月のにしの海」という筑前の筥崎八幡宮を詠み込んだ救済の句がある。救済が大宰府安楽寺に詣でた一支証としてよいのではあるまいか。また同集巻十三の「唐土舟の旅の夜とまり」に付けた「風かはる春と秋との時を得て」という救済の句は西海の対外交渉についての認識が背景にあるようで、救済の九州下向を考える際の傍証になろう。下向の年次については金子氏の前述の意見がある。今川了俊が大宰府を手中にした以後という意見が出てくる余地が全くないわけではないが、救済は九十歳代の高齢になるから、(22)今川了俊の九州下向以前とみる方が無難で、金子氏の意見に従ってよかろう。

救済は普通「ぐさい」と呼んでいるが、室町末期写の『和歌集心躰抄抽肝要』に「救済（キウ）」とあり、江戸期書写の『古今連談集』には「きうせい」と仮名書きされている。(23)侍公・侍従公などとも号している。二条良基とともに『菟玖波集』を撰んだ。地下連歌と堂上連歌の統一をはかり、(24)「天下の師」（『了俊歌学書』）「此道の聖」（『密伝抄』『さゝめごと』）と仰がれた連歌史上の偉材である。和歌を冷泉為相に、(25)連歌を善阿に学んだ。(26)救済の句風について二条良基は『僻連抄(へきれん)』（康永四年〈一三四五〉二月成立・長谷寺蔵、『連理秘抄』の草案本）で「救済は十方より付て、如何なる風躰を執すともいひがたし、幽玄に巧みに余情妖艶の恣（姿ヵ）あり、生得の上手ならびなしと見えたり、詞細やかにして当座の感を催す事最上也」と評している。救済の大宰府安楽寺参詣が北九州の連歌好士に少なからぬ刺激を与えたことは前掲の『古今連談集』によっても明らかである。

救済の天満宮安楽寺参詣は今川了俊の下向以前であったと考えられるが、今川了俊が大宰府を陥落させて間もなく、周阿が九州に下ってきたことは確かである。今川了俊の『落書露顕』には、

周阿法師身まからんとての前の年、鎮西にくだりて侍りしに、語りていはく、年来、老僧が連歌のかゝり浦山しく存じて候へども、更におよびがたく候、今度、下向の時分一句仕り候、是やもし老僧が句ざまに似て候や、御意如何といひし句、

故郷の松や野かぜに成りぬらむ

となり、老僧とは、救済が事なり、（前後略）

とあり、周阿が没する前年に九州に下向していることが知られる。書陵部本『知連抄』奥書には、

抑此御抄者、去応安第七、二条大閤依当関白殿御所望、抽和歌肝要被遣之、周阿九州

下向之時、最初計御草案時分申下令所持云々、但上洛之後、被召返於御前以焼失了、とあり、「和歌肝要」を抽出した応安七年（一三七四）二条良基作の『知連抄』草案を携えて周阿が九州に下り今川了俊を訪ねていることが知られる。[27] それがいつであったかが問題である。二、三の意見があるが、永和元年（一三七五）九州へ向けて発ち、同年冬周防にあって大内義弘に『知連抄』を相伝し、翌二年夏大宰府にあり、この前後に今川了俊を尋ね、ついで筥崎宮に詣で、同年五月末頃帰洛した、とする、木藤才蔵氏の説を踏まえた米原正義氏の意見[28]に従っておきたい。この間の周阿の句をあげておこう。

(1)筑紫神功皇后ニテ、干珠満珠ノ心ヲ

浪ヤチルシホノ満干ノ玉アラレ（『九州問答』、『梵灯庵主返答書』下にも収む）

(2)安楽寺法楽ニ

ハレニケリ花ノナキ名ノ梅ノ花（『九州問答』）

(3)安楽寺にて

五月きぬ神の真菅の御笠山（『初心求詠集』）

(4)宰府ノ山ノ井ニテ

山ノ井ノ陰サヘシゲル木ズヱ哉（『九州問答』、『初心求詠集』に「奥州浅香にて」とあるは誤り）

(5)筑紫箱崎ノ宮ニテ

箱崎ノマツ夜ハアケヌ不如鳥（『九州問答』、『梵灯庵主返答書』下にも収む）

宗砌の『初心求詠集』がいうように、周阿は二条良基・救済と並んで連歌の三賢ともてはやされた連歌師で、救済晩年の貞治（一三六二—六七）以降その作風は、まさに一世を風靡した。[29] 周阿が九州に下ったのは、連歌の門弟である九州探題今川了俊がいたからで、旧誼をあたため、その庇護のもとに文道の祖・連歌神を祀る大宰府天満宮安楽寺に詣で大宰府—博多等の歌枕を尋ねることを主眼としたのであろう。救済とともに、大内氏における正広・宗祇等の先蹤といってよい。九州の連歌好士には強い影響を与えたと思われる。今川了俊における影響については第三節で述べよう。

了俊一座の千句と『和歌秘抄』奥書

ところで、今川了俊の大宰府天満宮安楽寺に対する保護からみて、同宮寺で連歌を興行したであろうことは、当然考えられるところである。しかしその資料を見出すことはできなかった。ところが、あるいはそうではないかと思われる資料が伊地知鐵男氏により、「今川了俊一座の千句、第五百韻の一巻」（『連歌俳諧研究』五二号、一九七七年一月）として紹介された。同資料は三島市の辻一蔵氏の所蔵にかかり、鳥の子紙を横に半折した折紙四紙からなる今川了俊一座の千句連歌第五の百韻一巻で、端書によれば永徳二年（一三八二）正月二十二日の興行である。この資料について、興行の場所が記してないので、このとき今川了俊はどこにいたのか、がまず問題になる。小鹿島文書・深堀家文書等によると、永徳元年六月、今川了俊・仲秋等は菊池武朝の本拠である肥後の隈部城を陥し、有浦文書永徳元年十月十五日佐志寺田阿訪(波)次郎宛書下・青方文書同年十月廿一日青方豊前権守宛安堵状・宗像神社文書同年十一月三十日宗像大宮司宛書下等を残している。『歴代鎮西要略』『北肥戦誌』等によると、今川了俊は肥前の宮方を攻略し高来で越年したとしているが、今川了俊の肥前攻略が事実であったとしても今川了俊自身が肥前高来で越年したかどうかは不明である。太宰府天満宮文書によると翌永徳二年二月二十日、今川了俊は天満宮安楽寺領筑後国水田庄に対する押妨人を退けさせ、被官の長瀬尾張守をして来たる二十五日の天神の忌日以前に下地を社家に返付するよう命じている。さらに、この百韻の作者には後述のように天満宮安楽寺・大宰府・博多関係と思われる人物がいる。とすれば、この千句は、大宰府天満宮安楽寺で興行されたとみられる可能性は高い。今川了俊の発句[30]「今日いくか我此花の御かき守」は、伊地知鐵男氏の解釈に従えば、「「此の花」とは、もちろん梅花、太宰府の警固役を任じた詠である」ということで、右の理解を支える。

この百韻にみられる連衆を、可及的に考証して、この千句連歌興行の性格を明らかにしてみよう。

句上げの了俊十一句・直忠十・義範一は、伊地知鐵男氏の指摘のように、詠句順でなく、他の連衆の署名より一字高い擡頭書きにされていて、今川了俊一族を中心にした晴の興行であったらしいことが知られる。直忠は今川了俊の弟氏兼の男で、日向伊東文書六月廿一日（二通）・十月十日・入来院家文書正月廿五日書状等により、南九州（日向）での活動が知られる。義範は今川了俊の男、のちの貞臣である。肥前・肥後等に多くの史料を残している。満盛院文書には明徳三年（一三九二）十二月八日陸奥守今川貞臣書下・（年欠）九月廿三日今川陸奥守宛光長書状があり、今川貞臣（義範）と天満宮安楽寺との関係の一端がうかがわれる。その他、仲政は弟仲秋と、直藤・直助・直輔は氏兼（本の名直世）との関係がありそうにも思われる、と伊地知鐵男氏は推測しておられる。そのことを直接に立証する史料はないが、通字から考えると蓋然性はある。後考にまとう。

この一座の連衆は、次の句上げのように二十五名である。

了俊　十一句　玖阿　一
直忠　十　豪阿　四
義範　一　来阿　二
明真　六　与平　一

仲政	八	直助	二
乗阿	六	範助	二
元千	十	快厳	一
覚阿	六	長阿	一
法助	十	直輔	一
直藤	一	信誉	一
良守	三	直阿（笠）	一
喜悦	五	性光	一
		仙賀	五

今川氏一族以外で、当たりのつきそうな人物についてみてみよう。

前述の、今川了俊の発句に対して、明真なる人物が、「おさまる風は松のはつ春」という脇句をつけている。世情も安定しているこの正月、という意である。明真は今川了俊の被官でその側近にいた奉行人である。斎藤六郎左衛門入道という。くわしい考証は別にするが、大隅の禰寝文書その他に関係史料を残している。今川了俊被官（九州探題奉行人）斎藤明真が九州探題今川了俊の九州経営による政情の安定化をたたえた句である。第四句「こほりは雲に在明の月」の乗阿（全六句）については、藤沢清浄光寺の『時衆過去帳』

を参照して、博多の土居道場の時宗僧侶ではなかったか、と推測しておく。第八句「くれてもゆかむ関のなき道」の覚阿（全六句）も、同帳延文五年（一三六〇）十一月十一日の箇所にみえる宰府の覚阿弥陀仏が想起される。大宰府の時宗僧侶ではなかろうか。この百韻中には、他に玖阿（一句）・豪阿（四句）・来阿（二句）・長阿（一句）・直阿（一句）等の時衆がみえるが、なかに大宰府・博多の時衆がいたのかもしれない。第二十四句「松あるかたは猶秋の風」の快厳は、満盛院文書（年欠）今川陸奥守宛光長書状中にみえる安楽寺の僧侶（雑掌）快厳と同一人物であろう。信誉も天満宮安楽寺関係人物であろう。

以上のように、この千句連歌は、今川了俊及びその子弟一門・被官（九州探題奉行人）・天満宮安楽寺僧侶・大宰府―博多の時衆等を連衆として大宰府天満宮安楽寺で興行されたものと考えられる。この百韻でみる限り、今川了俊に即していえば、九州経営の達成を天満宮安楽寺に祈り保護を誓った千句連歌興行であったといえよう。伊地知鐵男氏の指摘のように、第五十句目に「しほまちげなる野古のうら船」と筑前国の名所能古をおき、仙賀の挙句には「清見が関の高き名所」と駿河国の名所清見が関をおいている。今川了俊以外の連衆に即していえば、駿河を拠点とする九州探題今川了俊の九州経営による政情の安定化をたたえたものである。大鳥居文書に収める（永徳年間）六月十八日今川了俊宛大宰府天満宮領家菅原（高辻）長衡書状に「九州追日寧謐之由承候、殊以目出候、併　天神冥鑒候歟、珍重々々」とあるのは、あたかもこの千句連歌興行の意味を代弁しているようなものである。

文芸の面で、天満宮安楽寺と今川了俊の関係につき、逸することのできないものに名古屋市徳川美術館所蔵『和歌秘抄』がある。全巻今川了俊の自筆で、内容は藤原為家の『詠歌一躰』である。筆者は拙文「九州探題今川了俊の文学活動」(『九州文化史研究所紀要』十号、一九六三年一〇月)でこれを紹介したが、一九七一年二月、三弥井書店刊『歌論集』(一)(中世の文学)で翻刻公刊された。問題にしたいのは、その奥書である。次に引こう。

此一帖以祖父入道大納言為家卿自筆本具令書写校合了、尤可為証本矣

羽林枯株判為秀卿也

此一帖或人以相伝之本書写者也、愚身所持之抄物等皆以此卿自筆也、雖然於鎮西安楽寺社頭粉失之間、先書留也、彼本等安楽寺宮師律師如申者尋出云々、路次静謐之時分可召上、若愚老存命中不到来者、子孫之中数寄志之輩可伝取、仍後証如此申置者也、

其預置抄物等

詠哥一躰為秀卿筆同奥書

詠哥大概同筆同奥書

和歌秘々同筆奥書

千載集一帖俊成卿自筆 後鳥羽院勅筆御奥書也、
古今説奥書為秀卿筆 同加判
古来風躰抄上下 了俊加判
書札和哥説一帖為秀卿筆 同奥書
伊勢物語　一帖定家卿 大輔 家隆卿 三人之説 了俊加判也、
新古今集一帖為秀卿筆同奥書
万葉集貫書為家卿撰同説等 為家卿十八歳時筆也、同奥書
新勅撰同卿筆
此一帖更々無写本之間、殊々秘蔵物也、
後撰・拾遺秘説一帖同筆
以上皆以奥以了俊自筆書付了、
此外二条摂政家御書
以下数通在之、連哥当道之可鏡之由御伝記也、
一夫木抄一部正本也 勝田備前入道本也、
此内二帖預置他所之間、今所持也、

相伝乗阿代三

応永九年八月日

浜千鳥たち居のまなく跡つけしかたみをいかで身にしそへまし

了俊（花押）七十七

一古集と書たるは万葉集の事也、無左右人のしらざる事なれば、此次に注付者也、たしかなる師説也、定家卿説也

九州にてしぜんと御尋有べきために、此草子を土居之御道場ニ進者也、

珠阿（花押）

多々良（花押）

今川了俊は、『六百番歌合』のうち最古の写本といわれる花渓本や『和歌秘抄』をはじめ冷泉為秀相伝の和歌抄物を多数携行して九州に下っている。ところがこれらを安楽寺社頭で紛失してしまった。さいわい安楽寺の宮師律師(31)が尋ね出したので、路次静謐の時分に召し上げよう。もし自分の存命中にそれらが鎮西から到来しなかったら、子孫のうち数寄の志ある者が伝取せよ、として預け置く抄物等を書き列ねているのである。今川了俊が天満宮安楽寺と文芸面で深い交渉があったことが推察される。同時に、今川了俊が戦陣の間、いかに和歌・連歌の研究・張行に励んでいたかを示すものとして貴重である。今川了俊が勝間田長清の『夫木和歌抄』の正本を伝持していたことが知られるが、『夫木抄』は了俊

歌論形成の重要な素材であった。勝間田備前入道は勝間田長清の一族であろう。二条良基の御書を伝持していることを記したあとに、「連歌当道之可鏡之由御伝記也」と記しているが、これは今川了俊がその歌論書にしばしば述べているところである。乗阿の名がみえるが、これは前述の永徳二年（一三八二）の千句連歌第五の百韻にみえる乗阿と同一人物ではなかろうか。だとすれば博多・土居道場の時宗僧侶である。本奥書末尾に「九州にてしぜんと御尋有べきために、此草子を土居之御道場ニ進者也」として珠阿の名がみえるが、土居道場（現在の称名寺）の乗阿と関係があろう。

使僧・歌僧

以上をもって天満宮安楽寺と今川了俊との文芸的交渉に関する説明を終るが、末尾で述べた珠阿に関し、今川了俊の側近にあって文芸的事績を残している僧侶二人について書き添え、今川了俊の文芸活動の理解に資したい。

康暦二年（一三八〇）、今川了俊は日向国諸県郡志布志の名刹大慈寺が、九州第一の偉観として有名でありながら、題詠のないのを惜しみ、境内の美景八景を選び、京都の公卿や詩僧に請うて「大慈八景詩歌」(32)を作らせた。使者となって上洛したのは宗久である。詠歌の動機は今川了俊の「山水を愛する」ところに発していることになっているが、今川了

俊は日向の地には遂に足を入れておらず、真実の動機は別のところにあった。このころ、今川了俊・満範は島津氏対策に腐心しており、今川満範は日向城ヶ崎に陣を取って、日向の諸族を誘い、大隅の禰寝氏と連絡を密にし、これらの力を結集して南方島津氏を攻略しようとしていた。島津氏久と呼応している都城の北郷誼久を撃破することは主要戦略の一つであったが、そのためには志布志との連絡を断つことが極めて有効であった。このような状況の中での題詠であるから、志布志大慈寺の絶景を文芸的に保証することが、高度な政治的効果をもつことは言わずして明らかである。

この時使僧となった宗久は、従来大友氏の出身といわれているが[33]、先の『空華集』巻第十三「大慈八景詩歌集叙」によると、瞬庵と号して詩歌を善くし、九州においては重んぜられた歌人で、今川了俊とは親しかったという。観応(一三五〇―五一)のころ、京都から関東を経て奥州方面にまで旅をし、帰洛後、二条良基の跋文を付した『都のつと』を著わし、京都でもすでに知られた歌人であった。『吉田家日次記』によると彼は貞治五年(一三六六)九月・十月、四辻善成や卜部兼熙の宅で行われた月次和歌会に出席しているから、今川了俊との交わりもこのころに始まるものであろう。同年十二月の『年中行事歌合』には、「筑紫僧」として和歌四首が入っている。

かりに『道ゆきぶり』によると、今川了俊が九州に下向しつつあった応安四年(一三七

一）九月には、今川義範の使僧として軍事上の連絡のため、豊後高崎城から舟で周防下松を経て、今川了俊を訪ねている。今川了俊の南九州経営に際しては、薩摩渋谷氏・大隅禰寝氏の誘致に奔走し、今川了俊の意を体して戦略指導にも当たっている。大友氏支流出身説は真に近いのかもしれない。大慈寺の美景を今川了俊に推賞したのも、彼が今川了俊の南九州経営の耳目として日向を巡周した折に実際に見て感歎したからであろう。宗久を単に西行の行儀を追う、自然と旅を愛する歌人としてのみ理解することはその全容をつかみ難くするものである。後で述べるように、軍務連絡上の今川了俊の使いとして、ともあれ自然と旅とを愛せざるを得なかった歌僧は宗久の外にもいて、今川了俊を中心に、地方文芸のよき媒介者となっている。

次に、先の珠阿について述べよう。備後浄土寺文書によると、応安四年（一三七一）七月十六日、この珠阿が今川了俊の意をうけて高野山領備後尾道浄土寺・曼陀寺免田畠在家に関し、本寺下知及び淵信法眼の寄進状に任せて煩いを成さぬよう施行している。今川了俊は、応安六年閏十月、高野山領尾道の領家半済のことに関し長瀬入道に指令を出しているが、その使者になっているのも珠阿である。(34)『萩藩閥閲録』巻七十一に（年月）六月廿五日付け斯波義将宛の今川了俊挙状があり、了俊に従って九州に転戦した小野掃部助の本領安堵の推挙をしているが、同じく（年月）八月十一日古山珠あミだ仏宛今川了俊書状が

あり、長門所在の小野掃部助の本領が相違して不便であるからと、大内方に接衝させてお
り、「びんぎ（便宜）の御ことばをそへられ候ハヾ悦入候」と述べている。珠阿の姓と、今川了俊の政務における珠阿の役割を明瞭に示している。

康応元年（一三八九）三月、将軍足利義満は安芸厳島に詣でた。その意図はおそらく親しく中国の状況を視察し、九州に渡り、その形勢をみて経略をめぐらさんとし、あわせて一時疎隔の間にあった細川頼之との旧交を温めようとしたものであろう。[35] 今川了俊はこの行に供奉して『鹿苑院殿厳島詣記』を書いているが、その供人のなかに古山珠阿の名がみえる。同行者の一人、丹後守護古山十郎満藤[36]の縁辺の者かもしれぬが、応永七年（一四〇〇）九月の信州更級郡布施郷の合戦を描いた『大塔物語』にみえる頓阿弥という物語僧の師としてみえる古山珠阿弥と同一人物ではなかろうか。同書は頓阿弥について、古山珠阿弥の弟子で、洛中における名仁であり、連歌は救済・周阿の古様を学び、早歌にも通じ、弁舌宏才は師を凌いだと記している。このことから逆に古山珠阿の身につけていた芸能がうかがえる。

珠阿に関する以上の諸事実を総合してみると、次のようなことがいえる。珠阿は時宗の僧侶で、和歌・連歌・早歌等の諸芸に通じた物語僧で、冷泉歌学に関係ある者であった。今川了俊の側近にあってその文芸活動の一翼をにない、物語を今川了俊らの諸将に聞かせ

ることによって陣中の無聊を慰め、使僧として各地を往来して今川了俊の政務連絡に当たっていた。時宗に属するところから、各地点在の時宗道場を文芸活動の拠点にしていた。遊行漂泊の形をとった文芸探求・地方文芸の媒介は、政務連絡を背景にすることが多かった。禰寝文書などによると今川了俊の周辺には多くの時宗僧侶がいて軍務連絡に当たっているが、みな多少とも珠阿のような性格をもっていたと想像される。今川了俊は文化度の低いところで、継続的合戦に明けくれながら自己の文芸を築き、周囲の好士を指導していたが、今川了俊だけが独り高く孤立していたのではない。珠阿のような性格の人物を送迎しながら、自己の文芸を育てる滋養分を、多様・豊富に吸収していたのである。

今川了俊と交わりのあった連歌好士として有名な人物に朝山梵灯がいる。同人については、次の第六章で述べる。

以上、今川了俊の九州における文芸活動のうち、まず、特記すべき大宰府天満宮との文芸的交渉について述べ、了俊側近にあって文芸活動を行っていた宗久・珠阿のことを述べた。以下、今川了俊の九州における文芸活動を、さらに和歌・連歌の研究と指導、述作活動、その対外交渉の了俊文芸の形成に占める意義、などに分けて述べてみたい。

三　京都・九州・大陸

歌枕・万葉研究、三代集口伝

今川了俊の和歌・連歌を中心とする九州での文芸活動の本質は、その九州統治政策と表裏をなすのであるが、これについては金子金治郎氏のすぐれた研究[37]があるのでそれに譲り、ここでは今川了俊の九州における文芸活動を、自らの文芸研究と、地方作者に対する指導啓蒙との二面にわけて以下若干の考察を試みてみたい、これについてもすでに金子氏の卓説があるけれども、なるべく重複を避け、前に述べたような筆者の問題点にそって述べてみたい。

『了俊一子伝』に「真実すき人などは、いくさの中、歎の中にも、よむげに候」と記しているところからも分かるように、今川了俊は九州探題としての軍陣行旅の忩劇の間にも、厳しい作歌態度と研究精神を堅持した。その真実数寄の追求は今川了俊の求道であったといえる。事実、今川了俊の名所・歌枕などに関する作歌上の既得の諸知識は、軍事行動の間に実見実証され、作歌基盤の広がりと批判的精神の充実とをもたらした。『師説自見集』料簡言の項についてみると、転戦した先々で歌枕を尋ねていた様子が窺える。それも『万葉集』を中心にしていたようであるが、次に実例をあげてみる。『万葉集』（五の八一四）の、山上憶良がよんだ鎮懐石に関する歌「天地の共に久しく言い継げとこの奇御玉敷かしけらしも」について、

くしみ玉とは、昔神功皇后の御裳のこしにはさし給し二の石の事を云り、今は筑前国いと(怡土)の郡内深江の社に有云々、私云、我等鎮西に有し時尋しかば、此二石当時国大分の社に納申たりと云々

と述べ、「とぶさたつ足柄山に船木きり木にきりかへつあたら船木を」という『万葉集』（三の三九一）の、筑紫観世音寺造営の時の別当沙弥満誓の歌に関し、「足柄山は相模国なり、不審云々、私云、若足北山欤、宰府近所にあしかりと云所もあり、それは木やまと云近所なり[38]、足北郡に野坂浦と云所を万葉には読たれども、今は此名なきなり、我等鎮西にて尋しかども、地下の古老人もしらざるよし申き」と述べている。野坂浦云々は、『万葉集』（三の二四六）の「葦北の野坂の浦ゆ船出して水島にゆかむ浪立つなゆめ」について述べたものである。野坂の所在に関しては古来異説が多く、今だに決着をみていないようで、森本治吉氏『万葉肥後の国歌講座』の佐敷説も決定的ではない。不明の歴史は古い。

松浦佐用姫に関する『万葉集』（五の八七四）の歌について、「私云、ひれふるやまにのぼりし時、発句、雪ぞちるはらふ袖ふる山おろし、此発句二条摂政家より預御感き」と述

べている。今川了俊の数少ない連歌遺作の一つであるが、発句があるからには、今川了俊がここで一座の連歌を興行したであろうことは推察に難くない。

肥前のこの地は『万葉集』中でもとくに知られた所であり、今川了俊がこの地を訪れぬ筈はなかった。玉島の歌（五の八五四）についても、「私云、我等玉島にて尋ねしかば、下島川上に廿余町東に君尾と云小山有と云り、是はかの歌に付て、後の人の造いだせる名所かと存き」といっている。師説を尊重することのきわめて強い今川了俊が「私云」という自見を確固たる態度で提出しているのは、実際の見聞を基礎とする自信に由来するものであろう。この歌を本歌にとってよんだ『了俊歌学書』の「あらはさぬ霧のまがきや玉嶋のこの河上の家居成らん」も、この時によまれたものか、もしくはこの時の体験をもとによまれたもので、単なる観念的操作の所産ではなかろう。「遠つ人松浦の河にわかゆ（若鮎）つるいもが袂を我こそ巻め」（五の八五七）を本歌にした「つりたるゝいともかしこし遠つ人松浦の河の昔思へば」にしても同じようなことがいえる。

『万葉集』中の松浦の歌は、大別して、玉島のおとめと松浦佐用姫関係の二群作となっているが、今川了俊の関心も勿論この二点に適確に集約されていたようである。いずれも『文選』と『遊仙窟』の影響をうけたものであるが、これらの歌がかもし出す適度の幻想性を酵母にして発句に仕立てる今川了俊の手腕と関心の在り方は確かに凡ではない。また、歌句が転生して名所を作り、民間伝承が生起して行くことにも着目していて興味深い。今川了俊は和歌の才覚に「万葉の説」を挙げているが、

又万葉集の秘事、口伝事なり、昔の仙覚律師が説とて、由阿法師といひし者、あまたの人々に教へしより、此秘説も今は帯（昔）に下たる上は、我等ばかり非ㇾ可ㇾ秘なり（『落書露顕』）

万葉集は仙かくが流とて、由阿法師が説等、又は同説とて、此一両年京都の人〴〵口伝有云々（『了俊歌学書』）

万葉集は和歌の根本なれどもあまたの説不同なる故に、そむかぬ正説を知事大事也、凡は順が注第一也、俊成、定家、顕照ばかり也、其後撰覚律師と云広才の物、号新点て、こと〴〵く注たり、其以前には未考の哥二百よ首有けり、されども新点をば後鳥羽院の御代まではあまねくは不用、雖然、今連哥の寄合ばかりには毎人用之欤、詠哥にはあまねくは不用也（『了俊歌学書』）

とあって、今川了俊の万葉研究の学系が仙覚―由阿のそれであること、仙覚新点の研究史上の意義及び流布の時期、適用のジャンルなどについて述べている。

今川了俊が由阿及び由阿を通じての仙覚の研究にふれたのは、おそらく二条良基が冷泉為秀を使いとして由阿を相模藤沢から上洛せしめて『万葉集』を講義させた貞治五年（一

三六六）頃であろう。今川了俊は二条良基や冷泉為秀を介して直接由阿からその万葉研究を指導されたものではあるまいか。『正徹物語』に、藤原俊成が『万葉集』の成立年代を論じた『万葉時代考』の冷泉為秀自筆本を今川了俊が所持していて、それを自分（正徹）に与えたと回想しているから、今川了俊が冷泉為秀から万葉の説を聞いているのは明らかな事実であり、由阿への遡源系路も当然予想されるのである。徳川美術館所蔵『和歌秘抄』に「此一帖、更ニ無写本之間殊ニ秘蔵物也」として「万葉注詞」の朱があるのは、冷泉為秀自筆本の今川了俊への伝来に関するものであるから、右の事にかかわるものではあるまいか。今川了俊は九州探題在任中、この説を九州の数寄の人々に自由に開陳して、その一般化を九州の天地にまで広めたとみてよかろう。ちなみに仙覚の説として『下草』に二ヵ所、『言塵集』に二ヵ所挙示している。[39]

ところで、今川了俊が九州における地方作者、いわゆる「数寄の人々」に対して、何をどのように啓蒙指導していたかを示すのは『落書露顕』の次の箇所である。

鎮西に侍りし比、三代集の説、又、万葉等の不審を、数寄の人々問ひ聞きしかば、存知の分を、あら〳〵申して侍りしを、二条家の門弟、兼好法師が弟子、命松丸とて童形の侍りしは、歌よみにて侍りしが、出家の後に、愚老がもとに扶持したりしが云ふ、如此の秘説等を、無左右人に仰せらるゝ事、無勿躰存ずるなりと云ひしかば、愚老返

事に云ふ、尤しかり、但、此の道に心ざしある人々に、あながちに可秘事にはあらず、

今川了俊が九州地方作者に三代集をどのような方法で指導していたか、立ち入った直接の明証はないが、『了俊一子伝』に「三代集は、打聞にやすき様にも覚え、又不二心得一事も有間、安き様におぼゆる哥のさまを、初心の時は、毎度よむなり」とあるのは、このことをうかがう一つの手掛りにはなる。さらにその注解指導については『言塵集』第七に「三代集の口伝[40]をつたへたる人も我一子などなればとて自由にはおしへぬ事也」といい、『師説自見集』下に「三代集説等は口伝する事なれば無左右註がたし、大かたは顕注密かんに多分見えたるうへは、それにていづれの説をも可知欤」といっているから、その精髄ともいうべきものは、一般的風潮に従って口伝[41]し、大要は『顕注密勘』[42]をもって教導したもののようである。

なお、『了俊一子伝』に「三代集の哥の外にも、常に可披見抄物事、三十六人家集等、伊勢物語[43]、清少納言枕草子、源氏物語等[44]なり、此等は哥心の必々付物なり、又は詞ための稽古には、初学抄、俊頼秘抄、顕注密勘、一字抄など也」「和歌の抄物の事、(中略)和歌秘々(近代秀歌)[45]、詠歌の一体[46]、愚見抄、詠歌大がい[47]、古来風てい、毎月抄等也」『落書露顕』に「和歌の才覚とは、万葉説、三代集の説、伊勢物語注、光源氏の口伝、又顕注密勘、袖中抄、俊頼抄等をばいでざるべし、大かたは八雲抄にもあらはれたり」『了俊歌学書』に「当時の和歌

の才学は、顕昭秘抄、けんちうみかん、八雲抄、清輔抄、色葉抄、此内のさいかくども也」などとあるのは、今川了俊の作歌指導の基準を示すもので、その言説は主として今川了俊の九州探題離任後晩年のものであるけれども、九州探題在任当時の九州地方作者に対する指導と背馳するものではあるまい。今川了俊の作歌指導は右にあげられたような古典抄物の学習を基本にしていたと思われる。

以上、九州における今川了俊の和歌に関する研究と指導についてふれてみたので、以下連歌に関するそれを述べてみたい。

良基・了俊・田舎人

連歌はその遊戯性・娯楽性及び一座性の故に、創作と鑑賞を共同に楽しみ、その流行は堂上貴族から地下の庶民に至る上下の階層に及び地域的には全国的な広がりをみせた。今川了俊が九州に下向してきた時の享受面からみた文芸的環境は、和歌のそれよりも連歌の流行が圧倒的であったろう。九州探題時代の今川了俊の文芸上の言説が、和歌に関するものよりも連歌の方がむしろ多いのもその反映であるとみられる。

今川了俊よりも後期に属するけれども、中世連歌会の階層的広がりは、「さればあやしのしづ屋、民の市ぐらなどにも千句万句とて耳にみてり」という心敬の『さゝめごと』下に端的に表現されており、狂言記「盗人連歌」が伝えているような連歌稽古の寄合である「初心講」は在々所々に開かれたであろうし、その結果狂言記「箕かづき」が記しているように「只さへならぬ身代で、今日連歌明日も連歌というて、連歌にばかり係ってござるによって、この如くに、身代おちぶれた」という者も続出したであろう。右は今川了俊以後の資料にみえる畿内の連歌人口の広がりを示すものであるが、今川了俊時代の九州の連歌環境を類推する参考にはなる。

二条良基が永和年間（一三七五―七八）の地下連歌の状態について述べた『九州問答』によれば、「筆モ取アヘヌ程早ク出」す、めまぐるしい程の連歌会がもたれていたようで、二条良基は「弥邪路ニヲモムクベキ也」ときめつけているが、今川了俊下向当時の九州の地下連歌会も恐らく類を同じくするものであったろう。

今川了俊を囲繞する地方連歌の実態は、『連理秘抄』にいうように「ゐ中連歌などいふ物を聞に如何にも〳〵寄合をもらさじと付て詞を思はざる故に、下すしくこわく聞ゆる」ものであり、地方連歌のそれぞれの中心に位する点者についての「田舎連歌ノ点者ナドノ、上手顔シテ、サノミ点少アフ事比興也」という二条良基の『連歌十様』における批判も、不幸にして的を射たものであったろう。

永和二年、今川了俊は京都の二条良基に対して「近比、洛中発句ナド候ハバ、少々可被注下候」と要請しており、これに対し、二条良基は『九州問答』で「発句能は皆同類也、新ラシキハ又秀逸ニアラズ、コノ一両年ノ間ノ発句、少々是ヲ注ス、上品ニアラザレドモ、進上ノ句計ヲ書付侍也」と答えている。

今川了俊は、九州探題として下向してくる以前の在京時代には、文壇の中心に身を置き、数多くの秀れた歌人・連歌師等に接し、有形無形、直接間接に多方面からの刺激をうけ、意識しなくても文芸的知識を広め、詩嚢を肥すこともできたのであるが、九州下向後すでに六年間を経、九州平定についてもまだにわかには目安をつけ得ないこの段階では、地方作家として一応九州に根を下し、地道な場面から自己の文芸を育てて行かねばならぬ立場を強く自覚していたと思われる。地方での生活――それも内戦遂行に明けくれる――を文芸活動の基盤に見すえるということは、中央文壇の動向に無感覚になり、小宇宙での自己満足に完結する事を安易に許容するものではない。

一般的にいって『連理秘抄』『僻連抄』に記されているように「如何にすれども、堪能に交らざればあがる事なし」というのは動かし難い事実であり、「達者猶しばらくも辺土に隠居しぬれば、やがて連歌の損ずる」ものであり、『初心求詠集』にいうように「田舎にては連歌の下ると申候」というのが実情であろう。そのような地方文芸の後進性の中に身を置いて、なおかつ誠実に自己の文芸を探求し続ける場合、文芸において地方性は本質的問題ではない、といいえても、文芸的苦悩と努力が倍加されるのは必然である。その解決の方途の一つが『初心求詠集』にみられるように「ゐ中の塵に身をまじへたりと言ふとも、心を京洛の花に遊ば」せることに求められるのも、中世という時点においては殊に無理からぬことである。

良い発句と思われるものは独創性がなく、新味や珍しさを感じさせるような句はどこかに欠点があり、秀逸の作といえない、という先の二条良基の答えは、当代京都連歌界に対する彼の批判であるとともに、今川了俊の地方での文芸達成の可能性を認めるあたたかい励ましをも内に秘めるものであった。

右の今川了俊の問いは『九州問答』に収められたものであり、同書は康暦二年（一三八〇）の『下草』と相まって、二条良基に対する今川了俊の質問及び意見を開陳した連歌学書で、前者から後者へと今川了俊の連歌に関する理論深化の発展がみられるものである。『九州問答』は、

一、連歌ノ有文無文ニ付テ御点ナドモ候由先年蒙仰候シ、重々可被注下候

一、周阿ガ連歌ニ、多ク当座ニテセヌ連歌ノ、兼日ニ案ジタルト覚候句多候シ、加様ニモ仕候べキヤラン

一、歌ノ同類ヲ連歌ニ仕候事、周阿ナドモ常ニ候シト覚候、（中略）此事苦シカラズ候

ヤラン

一、連歌ニ、サシタル寄合ニテモナキ時、名所ヲシ候ハン事、如何候べキヤ

一、名所ノ寄合ニ、須磨ノ山里ト云ニ柴ト云物ハ能候、高塩ナンド付候ハンズルハ、山里ニハ去キタル様ニ候バ、イカヾ候べキ

一、付ニクキ連歌ヲバ何ト付候べキヤ

一、人ノ連哥ヲ待テ可斟酌候哉覧、押テ可出候哉ラン

一、詩ノ心ヲ連歌ニ取ラン事如何候べキヤ

一、古連歌ヲチトテニハ等ヲカヘテスル人ノ候、如何様ニ候べキヤラン

一、連哥ノ詞ハ如何様ナルヲ能ト申候べキヤ

一、寄合ハ毎度、都ト云ニサカヒ、荻ニ古郷ヲ案候べキヤラン、又同ハ新キ寄合ヲ案ジテ仕候べキヤラン

一、連歌ノ点ノ不同ニテ、或ハ七八句十句、或ハ無ナド仕候事ハ、連哥ノ稽古ノタラヌ故ト先年蒙仰シヤラン、委細可被仰下候

一、歌ノ難題ノ様ニ連哥ヲモ廻シテスル事候哉

一、当時ノ連哥、真実秀逸ノ体ハ何様ニ候べキヤ

一、古語ヲ用ル事、歌ニハ俊成、定家ノ説ヨリ外ハ今ハ用事ナシ、連歌ニハ俊頼朝臣、

顕昭ナドガ説モ用候ベキヤラン
一、連哥ニハ稽古、何書肝用タルベク候哉
一、近比、洛中名発句ナド候ハヾ、少々可被注下候
一、脇句ハ何ト仕候ベキヤラン

の十八項(48)にわたる、連歌の本質とその技術に関する不審を、はるばる「九州ノ風波ヲ分テ」京都の二条良基に質し、その回答を求めたものである(49)。

ここで周阿の連歌の仕方について質問をしているが、それは、もともと周阿の作風が一世を風靡していたことにもよろうが、ことに周阿が直接九州に下向し、今川了俊を訪ねたため、周阿を迎えて大宰府を中心に連歌の会席がしばしば開かれ、周阿の作風が九州連歌界に直接影響を及ぼしたためと思われる。この時点における今川了俊の連歌に対する二条良基の評価は「オソルベキハ後生也、若天性ノ器用アラバ、ナドカ自後ノ秀逸モナカラントゾ」という同書の末尾に付された二条良基の言葉によって端的にうかがえる。二条良基の眼からみれば、周阿連歌の克服過程にあった今川了俊は、まだ「自後の秀逸」を期待される「後生」の段階であった。

第十二項に点の事を質問しているから、今川了俊が武士・僧侶等の連衆を周囲にもって、すでに点者的活動をしていたことは明らかであるが、二条良基が今川了俊を九州連歌界の

最高の点者として許したのは『下草』においてである。

その奥書に、

もとより九州の境は神代数百千の都也、彼余風のこりて候へば、事葉の花のにほひなおちらず候けるも、はじめて目をおどろかし候也、当世点者なく候、貴殿よく和哥の口伝をうけて天性筆に物をいはせ、事(言カ)ばに花をさかせられたる事、誰人比之哉、尤点者の器にかなひ候也、

とあるのは、『了俊歌学書』に「さすがに二条殿より、たしかに当道の事愚身当時の師匠たるべしと云支証を給しかば」とか「されどもいかなりける事にか、自今以後は此道の師匠と成べしとの御証状を愚老給て侍れども、もとより不堪也」とあることや、徳川美術館所蔵の『和歌秘抄』に「此外二条摂政御書　以下数通在之、連歌当道之可鏡之由御伝記」とあることに照応するもので、連歌界最高位の二条良基から今川了俊が点者としての承認を得たことを意味している。当時、二条良基は「大樹（義満）を扶持するの人」[50]といわれて足利義満と親しく、政界における重みはその連歌界における地位を最高不動のものにしていた。このような最高位からの点者としての保証がこの上もなく確かなもので、今川了俊の文芸活動をきわめて有利なものにしたことはいうまでもない。

正風連歌の点者としての今川了俊の立場は、地下連歌師の性格と対比することによって

際立ってくる。今川了俊は『落書露顕』で、地下の連歌師たちの間に真の上手がいないのは、彼等が渡世のために他の同じ連歌師たちをそしり、自分一人の名声を得ることに汲々としているためであると評している。悪い意味での連歌師の職業化こそが、連歌の低俗化、数寄精神の崩壊を意味するものと把握されている。地下連歌師たちのこのような性格は、京都といい九州といい異質のものではなかったろう。

今川了俊が直接九州地方の連歌作者に対する指導について述べているのは、『下草』に、連歌も作者の個性に応じて一体を授けてよいか、と二条良基に質している箇所と、『落書露顕』で、次のように彼らの「自由の言」をいましめた、といっている箇所ぐらいである。

近日、田舎人の懐紙を見及び侍るに、我等、鎮西に侍りし比、自由の言どもを、初心の人々おさへ〳〵仕りしを、自由の言とていましめ侍りし事どもなり

「自由の言」というのは、「春さめ」を「夏さめ」といいかえたり、「夕月夜」という言葉があるから「朝づくよ」といってもよかろう、といった類の言をさしている。右の箇所は、直接には、

近日、田舎人などの、連歌の点とて、こはるゝ次に、わろき所はなをしてといへるを、少しも案ぜず、一言などを直し付け侍れば、理にかなふも侍るにや

とあるのと同じく、今川了俊晩年における、田舎作者に対する指導にかかわるものである

が、同じく田舎作者という共通の点において、今川了俊の九州探題在任中の九州地方作者に対する指導が回想されているのである。今川了俊は只単に用語に関する指導にのみ局蹐していたのではなく、地方の実態に即し、作者の個性を尊重し成長させることを指導の基調としていたようである。今川了俊の指導は、了俊の連歌の理想美追求（後述）にみせた姿勢に即して理解すべきであろう。

九州地方の作者をも含めて、今川了俊をめぐる「田舎人」の存在は、了俊自体の文芸の生長にとって注目すべき関連性をもっていた。田舎人の時としては放恣な用語の駆使、及び歌語に対する恣意的解釈は、了俊にとっては、確かに「田舎人の申候が、非正説云上は不及申事也(51)」というように、正説に合致しない場合は抑止され、放棄されるのであるが、そのことはまた同時に、田舎人の用語の駆使及び歌語に対する解釈が、正説にそい、または正説を補うものであれば、田舎人の野性的な活力に富んだ詠歌・所説として、かえって今川了俊の文芸の生長を支える契因として消化吸収されたであろうことを意味する。

二条良基の連歌の所説を受容した今川了俊は、それを権威ある指導の指針として自分をめぐる九州の連歌好士に臨んだのであるが、二条良基が『九州問答』で「所詮、連歌ト云物ハ幽玄ノサカヒニ入テノ上ノ事也」という幽玄美を究極理想とする連歌論をそのまま無批判に肯定したのではない。二条良基の導く公家的和歌的風尚を志向しながらもその地方

的環境と個性主義の立場から究極的には寂美の境界を模索していったのである。(52)

「当時ノ連歌、真実秀逸ノ体ハ何様ニ候ベキヤ」という点についての二条良基の「所詮ホケ〳〵トシミ深ク幽玄ノ体ト、花々ト花香ノ立テササメキタル躰、簡要デアルベキ也」(『九州問答』)という答えは、かならずしも今川了俊の満足を得るものではなかった。その不満を康暦二年(一三八〇)四月の『下草』で開陳している。同書は今川了俊の序にはじまる五条の問いに対する二条良基の応答から成っているが、応答の部分には今川了俊の補筆が加わっている。九州在住十年目の述作で、今川了俊五十五歳の時である。すでに事実上点者として地方作者の指導に当たっており、地方の現実と作者間の個性の相違とを直視している今川了俊にとっては、そのようなものを十分理解出来ない二条良基の立論を鵜呑にすれば、「一生なやみ候」結果にしかならないと思われたのである。ここに、幽玄美を第一とし、口軽く花のように詠めという師の二条良基と、前述のような地方文芸の現実の真只中にいる今川了俊とのへだたりが看取される。今川了俊自身の求めた連歌の究極は「ちと物さびしくも、ゆうゆうとも聞つべく候句」にあった。九州の自然と文芸との接触を通して、寂美の世界を追求していったのである。

ところで一般的にみて、武士に受容された連歌は、和歌的風尚への志向がかもす伝統性によって公家のそれとただちに同質であるとは速断できない一面をもっており、また連歌は文芸のジャンルとして今日の我々に与える類型性によって見逃されてはならぬ側面を具有している。すなわち、それは当代の武士が日常合戦にあけくれ、常に冷厳な死と対決しているという、つきつめた緊張のなかで求められているものであり（それ故に反転して、底なしの享楽的方向をとることもある）、出陣（勝軍）連歌にみられるように、戦いに必ず勝たんとする切実な祈りに裏付けられていることである。[53] 今川了俊の場合、それが束ねられて、全九州統治という政治的世界につながっていた。

武士（今川了俊）が公家（二条良基）から受容した正風連歌は、少なくとも右に述べたような要素のからみ合いの上に継受展開されたものといえよう。このような意味での「正風連歌」の規矩に入らない賭物（銭づくの）連歌や無心的俳諧連歌は峻拒され、連歌が本来的に具有していた遊戯性と庶民性とは否定されざるを得なかった。それと雁行する地下連歌自体の卑俗化の深まりはこの傾向をさらに反動的に強めた。

今川了俊の文芸形成に照射した九州の自然的環境はともあれ、今川了俊をめぐる連歌好士「田舎人」の実体は、武士（守護・国人）・僧侶を中心とするもので、広く中小名主にまで及びうるものではなかったろう。その限りにおいて今川了俊の連歌は、必ずしも民衆の支えと民衆的広がりとをもち得たものではなかったろうし、今川了俊を中心とする九州の正風連歌は、連歌界一般の傾向と運命を等しくして非連続的終焉をとげたのではあるまいか。

もちろんこのことは、この期の九州における名主——北九州的規模での中小名主をさす——の生長如何にもかかわることである。連歌がことに盛んで、名主による連歌運営を史料的に検証し難く、畿内における名主の成長に比して九州のそれが一般的に低度であったことと照応するものであろう。

今川了俊の連歌作品で今日に伝えられるものは、極めて僅少である。朝山梵灯の『長短抄』に、管領細川頼之の発句「人ハ来テ雪ノマタル、夕哉」につけた今川了俊の脇句「冬ヲワスル、常葉木（ノ脱カ）かげ」を伝えているが、九州下向前の作品としては、ほとんど唯一のものといってよく、次の句を加えても二句である。この句は細川頼之が管領（執事）となった貞治六年（一三六七）末から、今川了俊が九州に下向する応安四年（一三七一）二月までの間の句と考えてよかろう。

宗祇の『吾妻問答』には、救済の句「秋はてぬ今は山田のいねとてや」につけた今川了俊の「鹿おふ声ぞ里にきこゆる」を引載しているが、救済の没年からみて、今川了俊の九州探題在任中か、あるいはそれ以前の作であろう。このほか、『師説自見集』料簡言の項に、肥前ひれふり山での発句「雪ぞちるはらふ袖ふる山おろし」というのがあるが、もっともまとまっているのは、『下草』を再稿要約したと思われる『了俊歌学書』中の「連歌口伝事」にみえる三十六句である。元来『下草』には二条良基に合点を乞うた七百三十七句の今川了俊の句集が添えられていたらしい。現在では右の三十六句しか伝わっておらず、先の『師説自見集』の句がこれに加わっていたものとしても三十七句である。二条良基が合点した句は二百二句で、最上上品の句が二十二句、上々が七十二句、平が七十一句、難点が十四句であった。二条良基は今川了俊の連歌作品を「賢句風情こもり、すがたやさしく又めづらかなる事おほく候」と評している。今川了俊の連歌遺品は、これらにさらに、前述の今川了俊一座千句中の、現在知られる十一句を加えたものが、そのすべてである。

述作活動

今川了俊の九州下向後における和歌・連歌の研究と地方作者に対する指導啓蒙の一端をみてきたのであるが、その修道的文芸探求の数寄精神は幾多の悪条件を克服して、実作・指導・理論等各方面の深化をもたらした。その標識になるのは、九州在任中の述作活動である。九州探題離任後の旺盛な述作が、おおむね九州在任中に整えられていたことはいうまでもない(54)。まず、後年の述作活動の基礎に関する点についてみてみよう。

『今川記』には『九州御合戦記』なる著作のあったことを伝えている。いかなるものか管見に入らないが、後年の『難太平記』が一種合戦記の体をそなえており、『太平記』の述作態度について自家顕彰の記録文芸的立脚点からの批判を展開していることをあわせ考えると、必ずしも無稽の所伝ともいえないようである。かつ、そのような合戦記のたぐいがあったとするならば、題名からして九州在任中か、或は在任中の実戦体験を基礎にして書き上げたものであったろう。

今川了俊はその多面的な教養によって、九州探題在任中、文芸的述作に手をつけていたばかりでなく、父範国の教導と自己の研究をもとにして故実に関する所伝を一書に準備しつつあった。成書はすなわち、世に『了俊大草子』といわれるものである。

右条々、先年於九州陣稽古の輩の為に注付侍しを、大草子と名付て侍しを、今都にて人々少々依所望、思出候まかせて書付候之間、或前後不同、或無用事等用捨仕て書抜了、如此之徒事も、後代ハ人の不審を披かん為計也（同書奥書）

とあって、『了俊大草子』は今川了俊が九州探題在任中「稽古の輩」のため「大草子」と題して執筆していた草稿を、離任以後、京都で人々の所望に任せ抄録してできたものである[55]。「稽古の輩」が九州の武士であることはいうまでもなく、今川了俊の故実学の造詣はその学習意欲を満足せしむるに足るものがあったろうし、また故実学の地方伝播を知る資料としても貴重である。同書は文武両面にわたる作法書として当代故実書の典型と仰がれた[56]。この外、今川了俊の書札に関する故実書として『続群書類従』第二十四輯下に収むる

『今川了俊書札礼』があり、次の理由から、この書も九州探題在任中にその原型ができ上っていたと考えられる。すなわち同書に、

此間われ〳〵に向て、書札の礼に、進上恐惶とあそばし候、無勿躰候、昔ハむかし、今ハいまにても哉之間、堅辞退申度候へ共、但我等が事ハ、既九州の官(管)領時分に候、則将軍家の身を被分位に被告哉之間、式躰ハ大方に向申候ての御札かと心得申候間、辞退所なく候、

とあるのは直接にこのことを証する。同時にこの文章中傍線の部分は字句、思想ともに禰寝文書（永和四年ヵ）三月五日の今川了俊書状と全く相同じく、その書誌的確実性を保障する。同書中には、長井・少弐冬資・大内入道（弘世）・同大夫（義弘）・高・上杉等の上級武士の名が散見し、『了俊大草子』も『今川了俊書札礼』もその対象とした「稽古の輩」は、少なくとも旧地頭御家人以上の系譜を引く武士層であったと思われる。長井氏は今川了俊に従って九州を転戦した安芸国人の長井氏であろう。『書札礼』は、一つには足利氏一門、九州探題としての経歴に焦点を合わせており、同書が九州における経験を基礎にして作られていることは明らかである。そのことは、九州武士層の、まず今川了俊に期待した文化的活動が故実学の教授にあったであろうことを推測させる。

『今川了俊書札礼』の書名は、第一項の「書札礼之事」に由来し、内容は、書札・文

箱・諸家・和歌・屏風障子・けさう文・女房文・男の匂ひ・歌道流・そらたき・硯紙・女房胸の守り・管絃具足・連歌執筆の十四項から成っている。本書執筆の主な動機は、書札の礼が乱世の時分で「何ともかとも同じ物に成り行く」のを、故実家としての潔癖さから憂えたところにあったが、九州探題在任中、九州武士のもとめに応じて教導していたものがその基礎になっていよう。

故実学の文化的・歴史的特性は、社会的身分・才能・年齢等における「位」(秩序)の観念を尊重するところにあり、『了俊大草子』では、武家社会最高の家柄である将軍家は、武家故実からみて、軍神に比すべきものとして絶対視されている。今川了俊の故実伝授は、武家の教養として九州の武士に受け容れられたばかりでなく、足利将軍絶対観の確認として、確立期にある将軍権力の地方浸透の潤滑油的作用を果たす側面を併有していたことも見落してはなるまい。

以上、後年の旺盛な述作活動の基礎が、九州探題時代につちかわれていたことを述べたが、九州探題在任中にもすでに幾つかの述作が知られるのである。

宮内庁書陵部所蔵桂宮本『道ゆきぶり』の自跋には、

此草子おもひの外に京や鎌倉に人のもてなし侍るとて、かたじけなく、院の御製よりはじめて、宮々大臣公卿殿上人まで、このうちの歌を和して、一句をかきそへられたり、鎌倉にては、寺々の長老など皆以一首の詩をゝくらるれば、今はひげし侍るに及ばず、はじめたび〳〵自筆に書付しは、あなたこなたひきちらされ侍て、又今かきつくるほどに、ちうぶ気の右筆、いとゞ文字かたみえ侍らず、はづかしくはゞからはしき事なり

此草子たび〳〵自筆に書付畢、雖然皆以他のために引うしなふによりて、又書とゞめり、もとより鳥の跡みえわかぬうへに、此一両年より右筆不叶間、殊更文字形不見欤、永和四年三月十八日、於筑後国竹野庄内善道寺（ママ）陳書之了、都よりつくしに下侍るほどの路の事を馬上にて書付たり

了俊

とあって、再稿の理由・場所等を記している。この期の数少ない筑後善導寺の史料としても貴重なのであるが、『大日本史料』六之三十四―二七八頁は「本書、依拠スベキヤ否ヤ明カナラ」ずとしており、今後の研究課題である。

永和二年（一三七六）の『九州問答』と康暦二年（一三八〇）の『下草』（『了俊下草』）とについては前述した。前者では今川了俊の質問の文章が短く、二条良基の答えの部分はその連歌論を示すものとなっているが、後者では今川了俊の質問の部分が長く、了俊の連歌論がうかがえ、了俊の著作とみてよいものである。同じく康暦二年、今川了俊は宗久をし

て「大慈八景詩歌」を作らせている。

康応元年（一三八九）三月、今川了俊は将軍足利義満の厳島参詣に供をして『鹿苑院殿厳島詣記』を書いた。時に六十四歳である。田中義成『南北朝時代史』（二六六—二六七頁）が述べているように、義満の意図は、恐らく、中国の状況を親しく視察し、九州に渡って今川了俊の九州経営を推進し、あわせて一時疎隔の間柄にあった細川頼之との旧交を温めようとしたものであろう。同書の記事からみて、細川頼之・今川了俊らの献策に出たものかと思われ、九州入りは実現しなかったにせよ、中国・四国・九州の諸勢力に大きな威圧を加え、政治的効果を収めたと考えられる。

この参詣行に、斯波義種・細川頼元・同満春・畠山基国・山名満幸・土岐満貞らの諸将が随行しているのは異とするに足りない。絶海中津を始め、義満側近の詩僧・文人らが随行しているのは今川了俊の文芸交友圏をみる上からも注目してよいことである。そのうちの曽我美濃入道は『曽我系図』の太郎平次右衛門美濃守満助である。二条良基が連歌論書『連歌十様』を義満に献じた時、その使いとなっている曽我上野入道時阿と関係ある者で、連歌に堪能な武士であったことが推察される。坂士仏は『扶桑拾葉集』系図等に、祖先を九仏、父を十仏といったところから士仏と称したといわれているが、和歌・連歌を善くし、義詮・義満に仕えた。いわゆる同朋衆である。『大神宮参詣記』の著者であるといわれたこともあるが、同書は父十仏の作である。古山珠阿もいるが、同人については前に述べている。『鹿苑院殿厳島詣記』は軍事的・政治的な目的をもつ行旅の紀行文であるが、その目的を直叙している部分はほんの僅かである。軍事的・政治的行為は、しかしながら、完全に文芸的表現に消化されているわけではない。両者の矛盾的相互関係が、今川了俊の紀行文芸の本質といえるだろう。

明徳三年（一三九二）、南北朝時代もまさに幕を閉じようとする年の八月、今川了俊は『懐紙式』（水戸彰考館所蔵、二冊）をものしている。この書は、「一、院のうちなどのはれの御会、或は家々の習あるあひだ、誰も習しるべし」といって、歌会の故実作法、懐紙書式等を規定し、最後に「連歌の執筆の事」を載せたものである。最奥に、

右如此の事は古人も多く注置、諸人皆存知の事なれども、難去依所望注付了、更私曲あるべからず、皆師説也、世のそしりあらじか〳〵、

明徳三年八月廿五日　　　　三代作者了俊在判

と書いており、九州における和歌作者、ことに連歌連衆の切なる懇望に応じて著作されたものであることが知られる（『彰考館図書目録』四八九頁）。

禅・詩文・外交

今川了俊は対外交渉で画期的な事績を残している。そのことについては別に述べる。ただ、今川了俊は、この対外交渉を単に外交だけの問題に終らせず、自己の文芸達成の支えとして活用している。今川了俊は九州探題として下向する以前から、大陸往来の禅僧や和歌・連歌の師友から中国古典に関する言説を直接・間接に聞いていたと思われる。今川了俊の歌人・武人としての統一的な成長を支えたものは禅と儒教の学習であった。もともと今川了俊には伯父に仏満禅師（大喜法忻）がいて禅の薫修は早くから受けていたが、『難太平記』には禅の師が東福寺仏海禅師すなわち一峯明一であったことを記している。仏海禅師は無外爾安の門派（正法門派）である。今川了俊が仏海禅師を師としたのは、同師が了俊の相続した所領今川庄の政所の高木入道の伯父であるという俗縁にもつながっていた。東福寺第十八世仏海禅師は貞和五年（一三四九）九月に没しているから、今川了俊が同師について参禅したのは二十四歳以前のことである。しかし、聖一（円爾弁円）派に属し、入元して月江正印等に参じた友山士偲の『友山録』（別名『万年歓』）には、今川了俊の禅の研鑽について「早く仏海禅師に見え、宗門の大事を参得す」（原漢文）といっており、また義堂周信も『空華集』巻十三大慈八景詩歌集叙で、了俊が篤く仏道を愛することを称揚している。

当時の禅学の風潮は儒禅一致論を内容とするものであり、今川了俊の参禅は儒教の学習をも意味するものであった。それは主として宋の性理学であったと考えられる。だから今川了俊の政治によせた理念は、その儒教学習によって明確な形をととのえていったといえる。とくに今川了俊が接した東福寺の学風は宋朝系で古典主義の傾向が強く、内外両典の学的研究を兼ねるものであった。[57]今川了俊が和歌の師京極為基を通じて親しんだ京極為兼の『為兼卿和歌抄』は藤原定家とほぼ同時代の南宋の厳羽の『滄浪詩話』に著しい共通性をもっていることが指摘されている。[58]また、今川了俊の連歌の師二条良基が当代歌学界に大きな影響を与えた魏慶之の『詩人玉屑』(『滄浪詩話』の大部分を転写したもの)を研究したりしていて、今川了俊は中国詩学の影響を直接・間接にうけている。禅の学習は、この影響を一層強めたものとみられる。

入元僧で東福寺の住持となり、今川了俊と交わりのあった友山士偲の『友山録』には、詩の道を説いて、一心を修することに帰結させている。了俊歌論における、心の詞に対する優位、の主張に通じるものである。詩精神の内在性・普遍性を強調する了俊歌学の基調は、その武士的気尚、及び冷泉為秀の師説、京極為基・二条良基などを通じて摂取した中国詩学の影響、ことには内観自省によって自性心の確立を期する禅の研鑽等によって形成された。了俊の歌論書に禅の用語が散見するのも、このような理由によっている。今川了俊は、九州探題として直接朝鮮（ないし大陸）と交渉をもつようになり、文芸素材を一層拡充し、その詩学内容をさらに豊かなものになし得た。

『高麗史』巻四十七世家四十七恭譲王三年（明徳二、一三九一）八月癸亥条・『太祖実録』巻八太祖四年（応永三、一三九六）七月辛丑条には、今川了俊が高麗・朝鮮に対して出した外交文書を収めている。了俊自身が直接草したものではなく、おそらく側近の文筆に明るい僧侶の筆になったものであろうが、とくに文事に関心の強かった了俊であるから、あるいは目を通し、添削をしたかもしれない。今川了俊の漢文に対する素養をうかがい得る間接材料であるといってよい。今川了俊の外交関係の側近使僧としては、信弘・周孟仁・周能・宗俱・原正泉等が知られる。そのうち信弘のように武士であったと思われる者もあるが、多くは僧侶である。ただ、彼等がどのような人物であったのか、現在のところ他に関係史料を求め得ない。高麗・朝鮮からの来日使節の応接に際しては博多あるいは大宰府で日本側文人・僧侶等と詩文の交換などが行われたことであろう。永和三年（一三七七）高麗第一等の学者文人・政治家である鄭夢周の来日の際、その詩を求める者が博多に多く集まったことなど、その著例である。そのような応接の間に、今川了俊は日本詩歌の枠を超えた文芸的緊張を与えられ詩嚢を肥やしたことであろう。詩人としての共感を確かめるのにも都合のよい交歓の機会であった。『言塵集』第六に、

> 三くわの酒とは酒をせんじて、其いきをしづくにてうけて、それを三度までせんじかへし〳〵てためたる酒也、鎮西にて我等も此酒を高麗より送りたりしを呑也、一盃のみてぬれば七日酔と云々、露計なめたりしも気にあたりき、香はよき酒に似て味はさしてなかりし也、舌にいら〳〵とおぼえし計也

と述べているのは、対高麗交渉の体験を、今川了俊が自己の歌論の素材に生かしている適例である。対高麗交渉がもたらす「利潤」の一端を赤裸々に述べながら、きわめて禁欲的な中世歌学の「禁酒」の呪縛を断ち切っているあたり、歌学史的にも特異な事例といえよう。ともあれ、今川了俊は九州探題として下向する以前から中国古典を受容していたが、下向後九州探題として直接朝鮮・大陸と交渉をするようになったことを機として、文芸素材をさらに拡充し、自己の詩学内容を一段と豊潤なものにしていったのである。

なお、今川了俊が倭寇による被虜人と交換に朝鮮側に大蔵経を求めているが、今川了俊の九州における〝文化的〟事績として、その意味を検討しなくてはならぬが、研究課題としよう。

四　晩年の述作活動

『難太平記』のころ

応永九年（一四〇二）二月、今川了俊は『難太平記』をあらわした。『群書類従』第十三輯には瀬名貞如本を収めるが、『新校群書類従』第十七巻は瀬名本を書陵部本で校合したものである（全二十三条）。この書は、後人加筆の今川了俊の年齢記載「于時七十八歳」の箇所を除き、今川了俊の著作として疑う余地はない。著作の目的は「をのれが親祖はいかなりし者、いかばかりにて世に有けるぞとしるべきなり」という立場から、父範国から聞いた今川家に関する所伝を述べ、とくに応永の乱に際しての今川了俊自身の立場がいかなるものであったかを子孫に書き残そうとしたもので、子孫以外の他見を戒めているのもそのためである。総じて真実の今川家の歴史を子孫に伝えようとする意欲が行間に溢れている。

このため、父・兄及び一門の武功・忠節が『太平記』に書いてなかったり、記してあってもきわめて不十分であることを「無念」とし、正確かつ十分に記入すべきであると再三強調している。足利将軍に対する父・兄及び一門の忠誠が広く世間に確認されることは、単にその面目＝名誉にかかわるばかりでなく、一門の繁栄をも保証することになる。今川了俊自身「此太平記事、あやまりも空ごともおほきにや」「此記は十が八九はつくり事にや」と『太平記』の性格が虚構を基調とする文芸作品であることを認めながら、しかもなおかつ今川一門の功績事実の記述を、この異質の場所にもちこもうと深く執着しているのは、一にかかってここに原因がある。この種の、記録としての正確さを期待する精神が数多く『太平記』に集中し、同書を武功羅列の軍忠状の世界に引きこもうとする傾向が強いことは、『太平記』評価の際忘れてはならない問題である。

同書はこのように、一門の武功顕彰の立場から、たまたま『太平記』に筆を及ぼしたのであるが、後人命名の書名とも相まって、あたかも『太平記』批判を主目的とする書物であるかのように喧伝されている。しかし、今川了俊の同書述作の主目的がそこになかったにせよ、その言及箇所は、現在に至るまで『太平記』研究の基本的な問題である作者論・成立論に種々の問題を投げかけている。ここではその問題だけにふれておこう。

まず、今川了俊が本書で『太平記』に関し、「此記の作者ハ、宮方深重の者にて」[59]と書いたことが、『太平記』の作者を、宮方＝南朝の立場に立つ者、という半ば定説化した作者論を形作らせた。だがかりに、現存四十巻本『太平記』の構成を、一部（巻一―巻十二）・二部（巻十三―巻二十一）・三部（巻二十二欠巻、巻二十三―巻四十）に分けると、事実上一部の辺は「宮方深重」の者の手に成るとみてよいが、二部ではその傾向が薄らぎ、ことに三部になるとその気配はない。近来、了俊のこの記述の箇所を、『太平記』が「宮方深重の者」が書いたかと思われるくらいに「無案内」であり、「尾籠のいたり」であるのを責めているだけである、と解する人もある。(60)

次に、法勝寺の恵珍上人が三十余巻の『太平記』を足利直義のもとに持参し、直義はこれを玄慧法印に読ませた、という今川了俊の記述は、『太平記』の作者と成立とに関して重要な事実を提供する。現存四十巻本の巻二十七「左兵衛督欲被誅師直事付師直打囲将軍屋形事幷上杉畠山死罪事」に玄慧の死を、巻三十「恵源禅門逝去事」に直義の死を記しているから、恵珍持参の『太平記』は現存本とは違ったものであったか、あるいは桜井好朗氏が言われるように、「三十余巻」というのが今川了俊の思い違いか誤写である、ということになる。ともあれ、この記事から、玄慧を監修者として小島法師をはじめ多くの作者が草案を持ち寄り、足利直義の監督下に討議を重ねた、という意味を読みとることは許されよう。(61)

さらに今川了俊は、右の記事に続き『太平記』の増補過程について「後に中絶也、近代重て書続けり」と述べている。今川了俊の『難太平記』にいう「細川相模守御不審の時云々」の事件は、現存本巻三十六「清氏叛逆事付相模守子息元服事」に拠っているから、右の書続本は、およそ応安四—五年（一三七一—七二）の間に成立したといわれる現存四十巻本を指すものであろう。すなわち、今川了俊の見たこの『太平記』は、直義披見本を増補したものであった。

『難太平記』を書いた翌年、応永十年（一四〇三）正月、七十八歳の今川了俊は『二言抄』[62]をあらわし、ここにはじめて冷泉派擁護の筆陣を張った。同書の諸本には静嘉堂文庫本・神宮文庫本・内閣文庫本などもあり、同系統本である。『和歌古語深秘抄』本は、奥書に前記諸本のような応永の年記がなく、巻末に『歌学大系』本にない五項目の追記を含んでいる。この追記は『了俊日記』巻頭の五項目とほぼ一致する。同本は誤写も少なくなく、善本ではない[63]。

『二言抄』は普通『和歌所江不審条々』という別名で伝えられているが、今川了俊自身「先年号二言て和歌所に進而尋奉りし也」[64]といっているから『二言（抄）』というのが本来の書名である。成立については、冷泉為尹の和歌所へ書き送ったものか、または二条家の和歌所へ提訴したものか、の両説がある。釘本久春氏は、巻末二条を、為尹に対する誡めで、後に付加したものであるとされ[65]、井上宗雄氏は、後半の「一、頓阿が歌様を見候へば」以下すべてを、為尹への希望と激励とを述べた申状であろうといわれ、『二言抄』前半は二条派和歌所への質問状で、後半が為尹への提言であり、多分同じ頃に草せられ、一本にまとまったもので、応永十年ごろの成立とみてよい、とされている。[66] さらに同氏が、その「和歌所」の実態について、頓阿の子孫である常光院堯尋を中心とする二条派の人々の拠点である、といわれ、堂上歌道家として復活した冷泉家の当主為尹を、正面きって非難できない堯尋らが坊間にいいふらした悪口に対して、ついに忍びえずに反撃したのが『二言抄』以下の書であった、とされているのは、[67] 成立に関する所説とともに、すぐれた考察である。

『二言抄』は、二言の区別を説き、二条家の頓阿を批判し、冷泉家が「一天下の明鏡」であることを宣表したものである。本書の中心問題である「二言」というのは、詠歌に「歌言」と「唯言」との二言の区別があることを指している。歌言というのは、「万葉集・古今・後撰・拾遺、又は三十六人の家集などによせる歌の言」(『師説自見集』『二言抄』『了俊日記』同意)のことをいうのである。唯言(只事)というのは、そういう古歌にまだ詠んでいない語のことをいうのであり(『二言抄』)、「世俗の言」(『了俊日記』)ともいっている。

歌言は世々の歌仙たちが詠んだ古い尊重すべき優雅な詞であるが、それも二条家の教えのように、「言もかかりも、三代集を出でざれ」というように、歌詞を制限しそれを墨守するとなると、「道せばき」ものになり、詠歌そのものを涸渇させることになる。このような歌壇の傾向に対して今川了俊は、世々の歌仙たちが、その時代としては新しい詞（世俗言）を用いて詠んだ事例を源俊頼・西行・定家・慈鎮（慈円）・俊成らに求め、五十八首（『群書類従』本）の証歌を挙げて反論の基礎を実証し、自説の客観化をはかっている。今川了俊は、古歌の言に対する唯詞の対置を通して歌言・唯言の区別をはっきりさせ、古歌からは「言つづきがら」を学ぶように教えたのである。[68]

今川了俊の歌論書は大別して㈠歌の風体と作歌の実際についての心がけを問題にしたものと、㈡詞の注釈、とに分けられ、『二言抄』は前者の最初に位し、以下、『了俊一子伝』『了俊歌学書』『落書露顕』等は、主としてこの系統に属する。後者の最初は次に述べる『言塵集』で、『師説自見集』『歌林』『了俊日記』等はこの系統である。相互に出入りする記述のあることは勿論である。

『言塵集』は応永十三年（一四〇六）五月の成立で、刊本としては、承応三年（一六五四）霜月の板本を底本に、上野図書館本・山田孝雄氏旧蔵本で校合した、正宗敦夫氏校訂の『日本古典全集』本がある。[69]板本には別に寛文四年（一六六四）版がある。この外、諸本には竜門文庫本（流布本と比較すると内容が少なく、草稿本的なものである）・書陵部本・内閣文庫本（三本）・静嘉堂文庫本等があり、[70]松平文庫本は、七巻二冊、文明十五年（一四八三）の古写本である。[71]

内容は第一が序で、歌の本体、勅撰集の風体の変遷、末代の歌のあり方、書名の由来などについて述べ、第二から第七までは詞の注釈を主とし、第七末尾には、懐紙の事、題の読み方、作歌の心得、連歌の事などを記し、序とあわせ了俊の歌学思想が幾分うかがえる。歌学書としての系統から言えば、『袖中抄』（顕昭著）等の体裁を主とし、多少『奥義抄』（藤原清輔著）等の組織を加えたもの、といわれている。[72]同書は次の『師説自見集』と一致する箇所が多く、『大日本歌書総覧』（上巻八四頁）は、『師説自見集』を『言塵集』の粉本もしくは抜萃としているが、今川了俊の歌論書は皆相互に重複する部分が多い。[73]

『師説自見集』という書名は、師の冷泉為秀の説と了俊自らの説とを合わせ集めたところから出ている。本書は普通『続群書類従』に収められた上・下二巻のものが知られているが、ほかに天理図書館・国会図書館に六巻六帖から成る同一系統の本があって（かりに「六帖本」とよぶ）、前者は片仮名、後者は平仮名で、ともに寛永四年（一六二七）三月書写の奥書があり、天理本の方がよりよく原本の形を伝えている。

『続群書類従』本の内容を示すと、上巻は㈠歌論、㈡歌語の注解・考証であり、下巻は歌語の注解・考証が主で上巻末段から連続するものである。本書は直接には、先行諸歌学書の組織的集成書である順徳天皇の『八雲御抄』の巻三枝葉部・巻四言語部、及び藤原（勝田または勝間田）長清の私撰集『夫木和歌抄』を主な典拠にしている。

これを六帖本と比較すると、六帖本の巻二・巻三の「光源氏巻々注少々」の一段、巻四・五・六が『続群書類従』本にみえない。すなわち、『続群書類従』本上・下二巻は、六帖本の巻一・巻三にほとんど含まれる。右の巻三「光源氏巻々注少々」及び巻四・五・六は『源氏物語』全巻の語釈・注記で、巻六は宮内庁書陵部所蔵応永十五年（一四〇八）五月日の『源氏六帖抄』に該当する。『源氏六帖抄』は六帖本『師説自見集』の残欠本というこになるから、同書名は妥当でない。以上のことから、六帖本は『続群書類従』本と『源氏六帖抄』とを合わせたものの上に、若干の歌詞及び相当数の源氏詞を含んだ再撰本で、応永十五年五月には成立していたものである[74]。

書陵部所蔵の『源氏六帖抄』は「号源氏之雑説抄物」の内題がある。序文に本書述作の目的を述べて、源氏研究を詠歌の詞藻風情のたよりとしている。この考えは、俊成・定家の立場を継承・発展させたものである。内容は、「宇治十帖」（橋姫―夢浮橋）の語句を、『紫明抄』（素寂著）・『河海抄』（四辻善成著）などを基礎にして注釈したものである。

六帖本『師説自見集』巻六すなわち『源氏六帖抄』の、『源氏物語』研究史上における意義は、(1)今川了俊以前の、出典故事や有職故実等の考証的研究に密着する態度から離れて、『源氏物語』そのもののもつ情美を文芸芸術美の最高の具象化と考え、それを詠歌の力にしようとする立場から注釈を試みたこと、(2)青表紙本と河内本との相違を考証し、青表紙本が優れていることを論評した（同書巻末）最初のものであること、の二点に求められる。[75]

『了俊一子伝』のころ

応永十六年（一四〇九）七月、今川了俊八十四歳の時、『了俊一子伝』（『日本歌学大系』五巻所収竹柏園本）が成った。別名を『了俊弁要抄』（『群書類従』十所収）という。竹柏園本の宛名は「彦五郎殿」となっている。述作の意図は、巻頭に「愚老が歌をよみならひし事を申さば、をのづから稽古の便ともやなり給べきと存候し間、せめてのをしへにも中也」とあるところから明らかで、以下二十五ヵ条にわたって、平易・懇切に自分の歌道修業の楷梯・経験から説き起こし、作歌上の細部の心得を教訓している。

見るべき抄物として『三代集』『源氏物語』などをあげ、心をもととした余情ある風体を望ましい歌であるとし、歌学書、二条家の風体、本歌取りなどのことを述べ、歌の稽古には、初中後の三楷梯があるから、順序立てて修業すべきで、初心の時から才学がましいことや、新奇なことに心を動かしたり、多作したりしてはいけない、と教えている。奥深く「きはなき」和歌の道に対して、心と風情の厳しい追求が、その本質であると見すえた今川了俊の、形式主義を排し、歌語の自由を説き、個性主義に徹した、実践的・体験的な指導が全篇に行きわたっている。

応永十七年（一四一〇）八月、八十五歳の今川了俊は、篠原大輔某にあてて『了俊歌学書』（仮題）をあらわした。同書は「明応六年（一四九七）穐比、以了俊自筆書写之了、不審有之、本ノマヽ、為和（冷泉）（花押）」の奥書のある東山御文庫蔵本が伊地知鐵男氏によって翻刻されている(76)。書名は昭和初年の同文庫調査の時の仮りの命名である。

本書は、和歌・連歌の修得心得を、音曲・鞠その他の諸芸と比較して説き、和歌の家である二条家・冷泉家の由来及び歌風の相違を説明し、冷泉為尹の歌風を非難する連中に対して弁護の論を張ったものである。その際、「今はただ為相（冷泉）卿の一門ばかりに盛にて侍れば、天下にあらそふべき人なきにだに、為尹卿の家を如無に申人も侍とかや」と述べているのは、歌壇勢力として冷泉家が一応復興・安定していることを示すものとして注目される。今川了俊自身、本書でその和歌・連歌の説明をしていて、伝記研究の資料として珍重であるが、とくに南北朝末期歌壇の動向を詳しく伝えていて、歌壇史の資料としても貴重である。さらに、古歌を本歌にした自詠十三首を掲げ、会紙・短冊・草子の書きようなど、詠歌実作の知識・方法をこまかく指導し、最後に「連歌口伝事」の項目を立てて、連歌の故実心得を記している。なお、「今年八十五歳也　筆跡ばかりはをさなく侍哉」とした京都国立博物館所蔵藻塩草裏115・源氏物語帚木・夕顔巻末尾の自筆識語がある(77)。

水戸彰考館には応永十八年（一四一一）四月の『歌林』を所蔵している。延宝戊午（一六七八）写し全一冊・墨付六十三枚。巻頭「それ和歌をよむ事、必ずしも師なし、唯見物聞物につけて永思たる事を言に云出す事、則歌也と云々」に始まり、七ヵ条ほどの作歌心得を述べ、歌の同類を避ける方法、替詞、世俗言・歌言のことなどにふれている。奥書には、

右条々歌連歌ニ細々ニ可用言以下也、如何なる証歌証語もきゝにくき言をばすまじき也、世俗言初たるたゞ言もきゝよくば可仕由師説也、

応永十八年四月　日　　　　了俊（花押）

ほうぐのうらならではあたりつかず候間、如早案書付候也、可有御清書也、

遠江入道殿

とある。(78)

今川了俊は応永十九年（一四一二）二月、養子仲秋の遠江における政治が悪く、国民からうとまれたので、今川仲秋の後見である高木弘季を使いとして、仲秋をいさめる『今川了俊同名仲秋へ制詞条々』二十二条を作って送った、と伝えられている。(79)文末の書き止めが「仍壁書如件」とあるところから『今川壁書』（伊勢貞丈『今川壁書解』）ともいわれているが、普通『今川状』の名で知られている。

その形式は、本文が箇条書きの漢文体で、後文の説明書きのところが平仮名交り文である。江戸時代の板本は、時代が降るに随って(1)条目が一条増加して二十三条になり、(2)仮名交り文のところが、和臭のひどい漢文（時文）に書き改められて読みづらくなり、(3)若干の箇所は通俗化が悪く作用して、意義不明になっている。[80]思想内容は、政治を自己の内面の修養に還元して、そのあるべき教養・生活を説いたもので、今川了俊のそれを遠く離れるものではないが、措辞・用語からみて、全文を今川了俊の自作とすることはできない。またこの時の遠江守護は斯波氏であって、事実とも相違する。江戸時代の流布本の奥書には「永享元年（一四二九）九月十六日」と記したものも多いが、応永十九年二月説とともにいずれもにわかに信用はできない。尾形裕康氏の応永二年成立説は『今川記』の今川了俊帰東直後という記事に合わせたものであるが、了俊をめぐる同年の政治段階と『今川状』の内容とは対応しないし、何よりも用語の面からみて、同状は今川了俊の作と認められないから、同説をとることもできない。

『今川状』は今川了俊の言動を基礎に、その教訓の形で了俊没後偽作された家訓（壁書）のたぐいであるが、その説く所が、文武の修業をすすめ、利欲を排し公正を尊び、神仏をうやまうなどの、普遍的な倫理の確立を強調し、奢侈を禁じ質素をたっとび、分限を守ることなど、近世的道義をも強調しているので、江戸時代の士庶の間に盛行した。なかんずく往来物の一種、すなわち児童用の教科書として、近世庶民教育に与えた影響は絶大である。

教科書風に用いられた例としては、天正・文禄のころになったと思われる八十島道除の筆にかかる『条々』あたりが最も古いといわれている。[81] 寛永七年（一六三〇）以降続々と刊行され、『今川状』（寛永七・明暦三・延宝三）『大橋流今川状』（寛文十・寛延四）『今川諺解大成』（元禄二・享保十三）『寺沢流今川状』（正徳中）『今川童蒙解』（宝暦五・安永五）『今川童子訓』（寛政三）『絵本今川状』（文政四）等の七部十二種の刊本はその代表的なものである。また『古状揃』（慶安元年〈一六四八〉初板）に収載されて普及した数はおびただしい。『新童子往来』（元禄十一年〈一六九八〉初板）やその他の合本科往来物にも、同状は大抵収められている。江戸初期から明治初期までに出版された『今川状』は二百数十板・十万冊に近いといわれており、その普及と影響の大きさをうかがわせる。その影響で「今川」の名をつけた『瓢金今川』（天和元）『万民今川』（元禄五）『新今川状絵抄』（享保十八）『寺子今川状』（宝暦年間）『百姓今川准状』（天明二）『新今川童子教訓条々』（寛政四）『商家今川慎状』（文政ごろ）『教訓幼今川』（天保十二）『庄屋今川教訓抄』（天保ごろ）などの派生的な教科書も数多くあらわれた。とくに『女今川』は女子教訓書として広く用いられたものである。[82]

今川了俊は応永十九年（一四一二）三月、関口某にあてて『了俊日記』をあらわした。時に八十七歳である。宮内庁書陵部には、賀茂朝子の筆で『今川了俊歌道抄　了俊日記秘書』と二行書きの外題がつけられている鷹司本がある。『今川了俊歌道抄』は「謹和歌所之人々御中」の端作りではじまる『二言抄』で、奥に「嘉永六年（一八五三）中冬従雅久御（飛鳥井）許借、令五十媛（政通の女）新写畢、（花押）（政通）」とある。『了俊日記』はこの書の後につづき、巻末に今川系図を掲げ、そのあとに「嘉永六年中冬従雅久御許借、令賀茂朝子新写、為秘蔵之書、（花押）（政通）」とある。本書の類本には、江戸前期書写の彰考館本があり、書陵部本と同系統の本である。伊地知鐵男氏が両本を校合して翻刻された（『今川了俊歌学書と研究』）。写本に阿波国文庫本・松平文庫本（『歌詞秘伝』）などがあるが、伝本はきわめて少ない。(83)

本書の宛名は「関白殿」となっているが、伊地知氏の推測のように、今川氏一族の関口氏にあてたものであろう。関口氏は了俊の九州下向に随行し、有力部将として各在地領主を指揮し、了俊との間の取り次ぎなどをしている。関口掃部助に兵粮料所として大宰府天満宮領の筑後国水田下牟田村を押領してみな知行し、今川了俊から社家に返付するよう命ぜられているが（太宰府天満宮文書）、これはもともと了俊が同人を同村の半済給人に指定していたところから起こった問題で、関口掃部助は自分の戦力の基盤を拡充しようとして押領していたものである。康応元年（一三八九）三月の義満の厳島詣でに、了俊とともに関口（今川）修理亮が随行している。

今川了俊は冷泉家伝本や自作歌論書を多く一族にあてて授けているようである。たとえば、『古今集』に関する先行諸書を敷衍した冷泉為秀相伝本の『古今和歌集註』(84)を、応永十一年（一四〇四）仲春、了俊は諸井須蔵人という人物に授与しているが、同人は姓から判断して、今川了俊の近い一族と思われる。『言塵集』を与えた讃岐入道法世も今川氏である。彼は応永四年（一三九七）尾張守護の明証があり(85)、同七年七月には日向を料国として義満から預け置かれ(86)、同十四年七月には伊達範宗と駿河の地を争っている(87)。了俊のこのような事蹟が、範政（了俊の甥泰範の子）のような伝本史上極めて重要な作業をした人物をよびおこしたのである。

『了俊日記』の内容は、和歌・連歌の初心者にその詠みようを教えたもので、和歌の方面は、専ら古言歌詞と世俗言の歌詞との注解に意を注いでいる。「古歌の詞言」として百七十三項にわたる説明をしているが、その際自ら記しているように、この項目のほとんどは『八雲御抄』にもとづいている。またそこに「世俗言、只詞をよめる証歌」としてあげている七十五首の歌は、『二言抄』の「珍らしく見え候古歌」五十八首と同じく、みな『夫木和歌抄』から抽出したものである。『八雲御抄』と『夫木和歌抄』に拠る態度は『師説自見集』にも通じてみられるところであり、了俊歌論を形成する二大支柱であったといえる。因みに今川了俊は『夫木和歌抄』の、勝田備前入道の自筆正本を、九州下向の時にも携行し、熟読している。(88)

『夫木和歌抄』の編者勝間田長清は、法名を蓮昭といって冷泉為相の門人で、その間極めて親密な師弟関係にあった。(89) 同じ冷泉門下として、師説・庭訓を尊重した今川了俊が、同抄を証歌撰出の宝庫としたのは当然である。勝間田氏は、横地氏とともに、文明年間（一四六九―八六）今川義忠に亡ぼされるまで、遠江の雄族としてきこえた家柄であり、(90) 今川範国・了俊父子の遠江経営によって、南北朝時代は、その有力被官となっていた。了俊に随って九州の地にも転戦している（『今川記』）。

今川了俊の歌論書の中で、奥書などにその成立年代を明示していないで、種々の意見が出されているものに『落書露顕』(91) がある。新潮社刊『日本文学大辞典』、明治書院刊『俳諧大辞典』等は、応永二十四年（一四一七）としている。著者了俊の支持する冷泉為尹（一三六一―一四一七）の存命中の執筆であることは、本文の記事からうかがえるが、応永二十四年と決定した根拠は明らかでない。また松本旭氏は応永十三年（一四〇六）から同十七年までの間、応永十五年前後の成立とされる。(92) 今川了俊が自作の『六帖歌合』を天覧に入れた天皇が後小松天皇であること、文中に為尹のことを「若盛り」といっていること、

を手掛りにされた考察である。いま『落書露顕』中から、同書の成立年代をうかがい得るような記事をひろってみると、巻頭の、

蛍雪をあつめざれば、灯の窓いよ〳〵くらく、蓬の門さしこもりぬれば、庭のをしへにまどへり、落葉の衣はかさぬるといへども、寒風なほふせぎがたく、朝三暮四のもとめなければ、煙絶えたる事をうれへ侍りながら、八十ぢの暮の心ぼそきも、やまとことの葉を友とし侍るばかりに、なぐさめ侍りき、

という、清貧の中で和歌一筋に生きぬいている生活を伝えた雅文と、当代の連歌の躰に関して述べた、

あはれ愚老ごときも、八十ぢのとしもこまかへりて、此の道稽古の心ざしを、はげまし侍らばやと存ずる欤、執心つみふかく侍る、

という箇所。及び同書述の経緯を述べた次の箇所である。

此の両道の事、八九十歳にいたるまで執心の侍れば、数寄の心ざしを、たれ〳〵もあはれみ給ひて、少々の悪口はゆるし給へかしと存じき、

応永二十二年（一四一五）今川了俊九十歳より以前の執筆であることは自明である。さらに、『六帖歌合』が天覧に入り、百余首に勅点を下されたという当時の天皇は、古来からいわれているように[93]、後小松天皇であろうから、天皇譲位の応永十九年八月以前の執筆

ということになる。また、今川了俊の著作で、年次を示す最後のものは、同年三月の『了俊日記』であるから、応永十九年三月から同八月の間ぐらいを本書成立の目安として考えてよかろう、今川了俊八十七歳である。同書中に「今年中、必定死去侍るべき心ちして侍る間、あらはし申すなり」とあるのは、同書が了俊の執筆活動の最後のものであることを暗示している。

諸本には、神宮文庫本・内閣文庫本などが別にあるが、水上甲子三氏は彰考館本を底本とし、静嘉堂文庫本で校合したものを翻刻された。(94)『歌学大系』本や『群書類従』本との関係は同一系統本であるが、両本の誤脱を補う点が少なくない。

述作の目的は、冷泉為尹の歌風について、「其意自由にして、幽玄の体を不存、かけたるすがた多」しという非難攻撃に対して、冷泉家の歌風の正統性を主張し、その非難を批判・否定したものである。最初匿名で『落書記』と題していたが、今川了俊の作であることが明らかになったので『落書露顕』と号した、というのが書名の由来である。反撃の論調は『二言抄』よりも穏やかである。本書は、二条家に対する抗議の書であるばかりでなく、連歌界の動向についての批判も含み、和歌も連歌もしっかりした根拠（立所）によるべきことを述べている。また文芸上の回想談、歌の同類・諸体、連歌の句数、自由の言、『竹園抄』のこと、歌の短冊のことなどにも及んでおり、和歌・連歌についての実践的な

指導・啓蒙の書である。(95)

今川了俊は、以上のような歌論書の述作以外に、類題集である『明題和歌全集』(別名『二八明題和歌集』)を撰したといわれる(『続五明題集』序)。刊本十五巻・写本六巻で、写本としては書陵部本のほか、名古屋市の蓬左文庫には室町末期(春・雑・名所・恋、四冊)・江戸初期(春・冬、二冊)の写本があり、熊本市の北岡文庫本(『北岡文庫蔵書解題目録—細川幽斎関係文学書—』)、佐賀県の小城鍋島文庫本(『小城鍋島文庫目録』)等もある。もとより今川了俊の撰ではない。

今川了俊の歌論書述作にふれてきたので、了俊の和歌そのものについて記さなければならない。今川了俊にとって和歌は一つの芸能であるが、「能は他のためにあらずをのれがためなれば」いよいよみがくべき「道」であった(『言塵集』)。そこには、「満足の思」いに休ろう余地は与えられない(『了俊一子伝』)。その自戒を詠歌の実作に即していえば、「をのづからよろしき歌仕たりと存ずるうちにも、真実の心底には、くさき物にふたしたる心地し侍也」(『了俊歌学書』)という痛烈な自省をよぶ。その自省を詮じつめれば「我等も初心の時、よく思ひてよみ置たりし歌どもを、秘蔵してとりをきて、後にみしかば、かたはらいたく、はづかしき歌のみ有しかば、火中に入にき」(『了俊一子伝』)という歌人としての自己否定にまで立ち至り、「歌よくよまんと存給はば、必定うたよまぬ人になり給べきなり」（同上）という父範国の教えに還帰するのである。

燃え残りの遺詠を火中から拾い上げるというのは、今川了俊の意をそこなう事々しい作業であるかもしれないが、現在知られる今川了俊の遺詠は次のとおりである。『風雅和歌集』一、『新拾遺和歌集』二、『新後拾遺和歌集』一、『新続古今和歌集』一（以上、勅撰集に入集の分）、『年中行事歌合』五、『新玉津島社歌合』三、『今川記』一、『鹿苑院殿厳島詣記』一三、『草根集』（正徹の歌集）一、『難太平記』一、徳川美術館所蔵『和歌秘抄』一、『二言抄』一、『師説自見集』巻六（『源氏六帖抄』）一、『了俊一子伝』一、『了俊歌学書』一三、『東野州聞書』（東常縁の著）五、『朝倉敏景十七箇条』一、『西行上人談抄』[96]一、の五三首である。さらに『道行触』の和歌六十首が加え得るものであれば、一一三首となる。[97]

『了俊日記』には、『了俊一子伝』と同じように、二、三十歳以後、自分では良い歌だと思っていた自詠を集めていたが（家集のようなものに仕立てていたのであろう）、八十歳過ぎて見てみると、一首も良い歌はないので、みな火中に入れた、と言っており、また、自詠『六帖歌合』を天覧に入れて百余首に勅点を得た、というのであるから、右の現存遺詠のほかに、多数の詠歌があったことは確実である。右に挙げた諸歌について今川了俊の和歌をみてみると、平明・率直に自分の真情を詠んでいるところに、その特徴があり、叙景歌の詠み口は至って素直である。晩年になると教訓的傾向が強くなっている。

今川了俊の歌論(98)については、今まで部分的にふれてきたので、以下これをまとめておこう。今川了俊は、和歌の面では一生を徹底した冷泉派として過ごし、その歌論は、二条家側からの非難に対し復興期冷泉家の当主為尹を弁護し、冷泉歌学を宣揚することを機縁として形成された。冷泉歌学は、現在今川了俊の歌論書を通さなければ、その全容をうかがい知ることはできない。冷泉歌学は、個性の強い阿仏尼の熱心な薫陶をうけた冷泉為相から始まり、為秀を経て今川了俊にうけつがれたもので、正徹・心敬に引き継がれてゆく。公家歌道師範の家柄ではない武家の今川了俊によって冷泉歌学が整理され、今日体系的に窺知できることは、中世和歌史上特異な事象である。歌論の系譜からいえば、今川了俊の歌論は、俊成・定家の歌論を継承・発展させたもので、歌の理想を『新古今和歌集』前後の歌人たちの風体に求めている。

今川了俊にあって、歌の本質は、心・風情を詠みあらわすところにあった。自分の個性に適応した歌体を学び、心の深くまわった、有心・見様（みよう）（叙景）の体を詠むべきものであるとし、詞の注釈作業を考証的・客観的に行った。心・風情を詠みあらわすための作歌論として次のようなことをいう。(一)人の心・風情を盗むような模倣（同類）を避け、「その主」になるような独創的な歌を率直に詠まなくてはならぬ。秘伝はあえて否定しないが、歌言・制詞に束縛さるべきではない、古歌からは「言つづき」を学ぶとよい。(二)歌語の取捨選択に注意し（替詞）、耳立たないなだらかな聞きよい言葉を用いなければならない。未熟な新造語は慎むべきである。㈢歌に慢心は禁物であり、才学につとめなくてはならないが、その才学は師説・庭訓によって統一されたものでなければならない。

今川了俊の歌論は、本質論よりも作歌の実際論に多くの筆を費やしているが、それは了俊の指導的・啓蒙的な立場・性格からくるものである。

歌道と仏道と末学教導に明け暮れる今川了俊晩年の生活をもっとも詳しく知り得るのは、応永十五年（一四〇八）五月の六帖本『師説自見集』巻六（書陵部所蔵『源氏六帖抄』巻末）の、次の自跋[99]である。

さても〳〵愚老八十にあまりて、後世菩提の外、片時も不可有他事に、かゝるいたづら事、目をしぼり、心をついやして書事、人の思処もはづかしく侍れども、少もやすむ時は罪深き雑念、世のうへ人の上に付て心にうかぶめれば、歌連歌にたよりたる事は、同雑念ながら、根ふかからぬ間、書すさび、云捨たるまでにて、全執心のとゞまらぬ也、されば片時も無他念、或は念仏申、或は座を静する事は、さすがに不叶間、つとめの外にか様の事書ぬれば、数寄の末学の人のため、如形其益も有べきかと存ばかり也、さならぬ悪念のみ相続するよりは、執念の深からぬ也、さるは歌道も悪念まぎらかさん為とばかり存也、更に人にまさらんとおもふ名聞を存ぜず、但今比の人は、

諸能を
名聞よりはげまさるゝ歟、さては一向ざいごう（罪業）にや成侍らん、
一たびも南無阿弥陀仏と云人の蓮の上にのぼらぬはなし
たは事もまことゝ云もはて〳〵はとまり所をしる人はなし
徳翁在判

「一たびも」の歌は『拾遺和歌集』巻二十哀傷に載せられている空也の歌である。(100)今川了俊は宗教的には禅門の人で、信仰に溺れない醒めた面をみせているが、真言密教への帰依も浅からず、(101)結局念仏信仰に落着いている。主として今川了俊をめぐる濃厚な時宗の雰囲気環境からきているものであろう。

最末の自歌で今川了俊は、虚妄といい、真実といい、人間にとって最後的解決はない、といっているが、ただ、了俊の歌の道は、有限のうつし身にとって、永遠に確かな解毒に通じる、強勁な祈りであった。念仏を唱えてひたすらに後世菩提を願う草庵文芸の系譜に、最後の身をゆだねながらも、数寄の末学のため、命の火のゆらぐ中に、自己の文芸体験をぶちまけて、一切の指導を惜しまなかった。離反に堪え激動を生き抜いた武人今川了俊の、歌人としての人間としての真実の姿がそこにあった。(102)

注

（1）鎮西管領としての一色範氏については、川添昭二「「鎮西管領」考」（『日本歴史』二〇五・二〇六号、一九六五年六月・七月）。
（2）大鳥居文書観応元年（一三五〇）六月五日一色範氏寄進状。
（3）『祇園執行日記』康永二年（一三四三）背書。
（4）（5）注（2）所掲文書。
（6）太宰府天満宮文書観応元年六月日松浦飯田左近将監集請文。
（7）大鳥居文書文和元年（一三五二）十二月十三日日田永敏寄進状。
（8）川添昭二「豊後日田氏について」（『九州文化史研究所紀要』一六号、一九七一年三月）。
（9）島津忠夫『連歌の研究』第三章四（一九七三年三月、角川書店）。
（10）「文和千句」は、現存するものとしては第一百韻だけのもの（大阪天満宮文庫本・静嘉堂文庫「連歌集書」本）と、前半五百句のもの（小鳥居本）と、二つがある。前者は潁原退蔵『俳諧史の研究』に翻刻・紹介され、古典研究会の『連歌百韻集』（汲古書院）に影印版として収められ、伊地知鐵男氏の解説が付されている。小鳥居本は星加宗一「文和四年二条家千句について」（『文学』九巻一二号、一九四一年一二月）に紹介され、金子金治郎氏によって翻刻（「文和千句解説・翻刻」〈『中世文芸』二二、一九六一年八月〉）、さらに同氏による注解「文和千句第一百韻」（『連歌俳諧集』、一九七四年六月、小学館・日本古典文学全集32）が出され、島津忠夫・湯之上早苗・瓜生安代編『千句連歌集』一（一九七八年一一月、古典文庫386）に小鳥居本の翻刻が収められている。

（11）古典文庫386『千句連歌集』一―二八一頁解説。

（12）福井久蔵『連歌文学の研究』（一九四八年五月、喜久屋書店）、島津忠夫『連歌集』（一九七九年一二月、新潮社）。

（13）矢野美智子「連歌のすすめ」（太宰府天満宮『研究所だより』二二号、一九八〇年一月）に指摘されている。

（14）金子金治郎『菟玖波集の研究』四九二―四九三頁（一九六五年一二月、風間書房）。

（15）『落書露顕』に「近代は、歌の聖のごとくに、頓阿法師をば人〴〵存て」とある。

（16）原文書は大悲王院中に見出し得なかった。

（17）『了俊一子伝』（『了俊弁要抄』）に「住吉・玉津島・北野天神も可有御照覧候」とあり、『落書露顕』に「両神も北野御神も照覧し給ふて、数寄の人々の心を、一道になさしめ給ねかし」とある。今川了俊が文芸の神として住吉（大阪市住吉区・住吉神社）・玉津島（和歌山市和歌浦・玉津島神社）の両神とともに北野神（京都市上京区北野天満宮）を深く崇敬していたことが知られる。なお、北野信仰と連歌との関係については伊地知鐵男「北野信仰と連歌」（『書陵部紀要』五、一九五五年三月）がある。なお、九州に来てからのものとしては、田原文書三月四日衛比須城宛今川了俊自筆書状に「日本国大小の諸神・八幡大菩薩・天満大自在天神も御罰候へ」とあるのを挙げることができる。

（18）今川了俊は天満宮安楽寺領に対する一族家人・国人等の押領・違乱を禁止するなど保護を

加えている。半済施行と不可分の問題であるが、別著に述べる。

(19) 太宰府天満宮所蔵文書中、南北朝期の文書は一六六通あり、そのうち今川了俊の直接発給文書だけでも五九通残っている。

(20) 金子前掲書二四五頁・五六八頁。『菟玖波集』二十の「紅を忘れぬ梅のもみぢかな」は、救済の代表的な作品の一つとしてよく知られており、連歌師相伝の書である『和歌集心躰抄抽肝要』にも、救済の句として、

安楽寺にて

紅を忘ぬ梅の茫哉

神法楽の連歌は、心紏く痛ざゞめき為句をせぬ事なれば、先、法楽の連歌に紏き句を仕為間とて、九州の固人期を不用、亦維発句にて諸人用けり、

同所にての発句

松古て見ぬ秋残嵐哉

偕に見ん久き梅の八重桜

殊に乃気句の上手也

とある。九州の人々が安楽寺連歌には、常に救済の「紅を忘ぬ梅のもみぢかな」の発句を用いたというのは、救済の天満宮安楽寺連歌史に占める地位の重要さを物語るものである。島津忠夫氏は『霊廟託宣之連歌』の発句「紅ゐに雪こそまじれ梅の花」と一脈通うところがあるのは偶然の一致とはいえない、と指摘しておられる（「太宰府天満宮連歌史」〈『太宰府天

満宮連歌史資料と研究』Ⅱ、一九八一年三月、太宰府天満宮文化研究所〉)。
(21) 伊地知鐵男『連歌の世界』一九四頁(一九六七年八月、吉川弘文館)。
(22) 福島県耶麻郡塩川町米沢の栗村順次郎氏所蔵の「賦春之何連歌」(巻子本一巻、室町末期の書写)は救済追善のための連歌であるが、その前書により救済は永和四年(一三七八)三月八日、九十五歳で没したことが知られる(上野敬二・林毅「梵灯庵の救済追善百韻」(一九五九年九月)、水上甲子三「救済追善賦春之何連歌」〈『言語と文芸』一九六四年三月、『中世歌論と連歌』一九七七年八月、全通企画出版に再録〉、金子前掲書五六二頁)。
(23) 島津忠夫『連歌の研究』一二頁。島津氏は「きゅうぜい」という呼び方をとっておられる。
(24) 『落書露顕』に「連歌道の事は、救済法師が当道を二条摂政家につたへたてまつりしより以来、天下皆この門弟となれり」とある。『落書露顕』は彰考館本を底本とした水上甲子三氏の翻刻による(『中世歌論と連歌』所収)。
(25)(26) 『落書露顕』。
(27) 心敬の作に擬せられている『馬上集』(心敬作ではない)には、この下向とは別な形で周阿の九州下向のことが記されている(『続群書類従』十七下)。
(28) 木藤才蔵『連歌史論考』上二七四―二七七頁、一九七一年一一月、明治書院、米原正義『戦国武士と文芸の研究』五一八―五二〇頁(一九七六年一〇月、桜楓社)。大宰府―筥崎の順序には若干問題があるが、宗祇『筑紫道記』を参照した米原氏の説明に、しばらく従っておこう。

(29) 周阿の研究については数多くあるが、いちいちあげることはしない。ただ、周阿について、批判者側からの評言にのみ立つ評価に反省を加えている斎藤義光氏の意見は傾聴すべきである(『中世連歌の研究』六〇頁以降、一九七九年九月、有精堂)。
(30) 発句「今日いくか我此花の御垣守」は今川了俊で、梅花をよんでおり、その句意、懐紙に梅が描かれていること、千句の第五が菅原道真の忌日にかかると思われる正月二十二日によまれていること、などの諸点から、島津忠夫氏は、この興行は大宰府天満宮で行われたとされている〈注(20)所掲書〉。従ってよかろう。
(31) 満盛院文書明徳三年(一三九二)十二月八日今川貞臣施行状に安楽寺宮師律師がみえる。
(32) 義堂周信『空華集』巻第十三・同『空華日用工夫略集』康暦二年七月十八日・廿七日。
(33) 『扶桑拾葉集』系図。
(34) 高野山文書閏十月三日今川了俊書状・閏十月十一日頼泰書状。
(35) 田中義成『南北朝時代史』二六六―二六七頁(一九二二年九月、明治書院)。
(36) 『明徳記』。
(37) 金子金治郎「中世作家と地方文学―今川了俊の九州探題時代―」(『広島大学文学部紀要』七号、一九五五年三月、『新撰菟玖波集の研究』一九六九年四月、風間書房に補訂のうえ再録)。
(38) 『了俊日記』『言塵集』にも同歌について、同様の解釈をしている。
(39) 『万葉集』に関する訓法や諸説等が今川了俊にどのように受容され、またそれがどのような意義を担っていたかを考察した論文としては荒木尚「『万葉集』と了俊」（『中世文学資料と論考』、一九七八年一一月）がある。

（40） このうち『古今集』については、川瀬一馬氏が紹介された今川了俊の『古今和歌集註』（延宝頃、田村右京大夫永伝写本・三冊）を注目すべきであろう（『日本書誌学の研究』一一六三—一一六七頁、一九四三年四月、講談社）。同書巻末には、

已上古今一部自始至終秘事不残口伝之大事共記之畢、努々不可他見者也、是誠々深秘中記之記、穴賢云云、最秘事云云、元徳三年十七日書写畢、自為秀相伝本也、御奥書、

応永十一年仲春天徳翁了俊在判

諸井須蔵人殿授与之

とあり、『三五記』または『愚秘抄』に説くところよりも詳細な点があり、先行の諸書を敷衍した冷泉家伝の一書かといっておられる。徳川美術館所蔵今川了俊自筆の『和歌秘抄』奥書にみえる冷泉為秀自筆本『古今説奥書』は、あるいはこの書を指しているのかもしれない。諸井須蔵人は今川了俊の一族である。

（41） 今川了俊の秘事口伝に関する意識をさぐられたのは薬師寺寿彦氏である。同氏の見解によると、今川了俊が秘伝の対象として例示しているのは古今の説（その解釈）、つまり、いわゆる才覚的なもので（『了俊一子伝』）、和歌における秘伝の存在は少なくとも客観的な事実として認めており（『落書露顕』）、秘伝をできるだけ極限し、自らつとめて公開的であろうとしているが、一般的風潮には従っていた（『師説自見集』）。連歌においても「口伝」を必

要視していて、式目などの客観的なもの、さらには「句造」(『了俊日記』)といった制作の細かな作法に及んでいた、という(「連歌に於ける秘伝意識」〈『国文学攷』一九号、一九五八年三月〉)。

(42)『顕注密勘』は承久三年(一二二一)、藤原定家が顕昭の『古今集』の注に、父俊成の家説や自己の意見を注したもので、六条家の説に対して自家の説を定立して子孫に伝えておこうとする家道伝承の道統精神は明瞭であり、今川了俊の道統意識を刺激すること大なるものがあったと思われる。今川了俊は三代集の説は大かたは同書にみえているといっているが、この書は『古今集』の注を中心としており、藤原定家は『顕注密勘』をあらわした翌年、『三代集之間事』を書いて『後撰集』『拾遺集』二集について述べ、それから四年後に『僻案抄』を書いて前二書の所説を一つに集めて、さらに増補しているので、今川了俊は、あるいはこれらの書をも念頭にいれて述べているのかもしれぬ(吉田吉貞『藤原定家の研究』二三二頁、一九五七年三月、文雅堂書店)。

(43)大津有一氏によると、尊経閣文庫所蔵『伊勢物語』武田本巻末の相伝系図に、

業滋—元清—惟純—業正—宗屋—朝之—公之—見国—定家
為家—四条—為相—為秀—了俊—正徹—知蘊—弌水
　　　　　　　　　　　　　　　　　└常縁

とあり、今川了俊が『伊勢物語』を相伝していたことが判明し、為相以下は事実であろうと

いっておられる（『伊勢物語古註釈の研究』一六二頁、一九五四年三月、金沢市・宇都宮書店）。宮内庁書陵部所蔵『伊勢物語抄』の奥書には『今川了俊談議聞書』というものをあげていて、了俊が『伊勢物語』を講じ、その聞書があったことが推測される（同上書一六三頁に紹介）。この『伊勢物語抄』は冷泉家の注釈の集成で、大津有一氏架蔵本『伊勢物語註』を基礎にしそれを増補したものらしく、その増補に、あるいは了俊もあずかっているのではないかと考えられている（同上書一六六―一六七頁）。なお、同氏架蔵の『闕疑抄』寛永十九年（一六四二）版の頭書の中には、

了俊云、田面雁（タノモノカリ）、頼雁両説也、鹿狩と雁と也、

了俊云、くだかけはちいさき鶏也、夜ふく啼もの也、又門屋をくだといふ、鶏は門屋にすむもの也、

師説自見集云、たはゝとはたはむ躰也、とをゝとはたはみのく躰也、

師説自見集、うれたきとはうれはしきと云言也、

同云、うれたたきとはねたきと云言也、

師説自見集、あまのさかてとは、人を咒咀する時、手をたゝきてのろふ事を云、

とあって、今川了俊の所説及びその著『師説自見集』が引用されている（同上書一六二―一六三頁）。

（44）今川了俊の源氏学は、在来「愚老が歌心の付たる事は、源氏を三反披見して後より、風情も心も出来し也」（『了俊一子伝』）という了俊自身の表白から、和歌実作上、詞のにほひ、

心むけ、風情等をわきまえるためのものであると考えられ、『源氏物語』研究史上からみれば「素人愛好者たるに過ぎない」（重松信弘『新攷源氏物語研究史』一八九頁、一九六一年三月、風間書房）という評価をうけているが、実際には今川了俊の源氏学はまだ正当な分析評価がなされているとは思えない。書誌的には『図書寮典籍解題文学篇』一五五―一五六頁（一九四八年一〇月、国立書院）の『源氏六帖抄』に関する解説、及び同抄と『師説自見集』との関連を究明した田中裕氏の「師説自見集と了俊相伝定家歌論」（『語文』第二十輯、一九五八年六月、『中世文学論研究』、一九六九年一一月、塙書房に再録）、『群書解題』十（一九六一年三月、続群書類従完成会）の『師説自見集』の解題（池田富蔵氏執筆）等の諸研究があるが、了俊源氏学の全貌把握は将来の課題である。出光美術館の国宝手鑑『見ぬ世の友』（一九七三年六月、出光美術館）と京都国立博物館の国宝手鑑『藻塩草』とはよく似た構成をとっているが、両者に今川了俊の『源氏物語』の研究を示す「伊予切」が収まっている。

前者は『源氏物語』夕顔の巻の後段にあたる断簡で、

今川了俊伊予切

ことさまにいひなして物せよかし
などかたらひ給さらばいとうれしく
なん侍べきかの西の京にておひ出ソダツル也
給はんは心ぐるしくなんはかゞしく

とある。『増補古筆名葉集』今川了俊の条に「巻物切、源氏、杉原帋、中字、失点アリ、老筆」と記されているものである。もとは巻子本である。杉原紙に淡墨で比較的大きめな字で、まさしく老筆で書かれている。文中には朱点で訓点や注が加えられている。今川了俊の自筆である。『藻塩草』所収の伊予切は、

筆者点者了俊
今年八十五歳也
筆跡ばかりはをさなく侍哉

は、き木丼
一　夕白巻

とある。『源氏物語』「帚木」「夕顔」巻の末尾識語、奥題断簡である（「藻塩草」裏115、木下政雄『手鑑』一九七三年五月、至文堂・日本の美術84参照）。了俊八十五歳は応永十七年（一四一〇）で、篠原大輔某にあて『了俊歌学書』を書いた年である。

(45) 一九三一年玻璃版で複製された杉本八九郎氏所蔵定家自筆本『近代秀歌』には、
此草子定家卿真筆也、歌以下少々被書落欤、若早案欤、若又依被書加被打置本欤、於奥書者為秀卿相伝也、尤証本也
正五位下貞世（花押）
の奥書があり、実名から、今川了俊が出家した貞治六年（一三六七）十二月以前に書いたものである。久松潜一編『中世歌論集』（一九三四年三月、岩波文庫）所収。

(46) 井上宗雄氏が紹介された、藤原為家の『詠歌一体』（『八雲口伝』）を内容とする、蓬左文

庫所蔵『為家卿和歌之書』(外題、江戸初期写)の応永九年(一四〇二)八月日の了俊奥書は、了俊相伝の冷泉家伝本を知り得るのみならず、了俊の九州での歌学研究の一端がうかがえる貴重な資料である(『中世歌壇史の研究室町前期』四二一—四三頁、一九六一年一二月、風間書房)。その原本と思われるものが名古屋市徳川美術館に所蔵されている。同書は『和哥秘抄』の外題が付され、本文四十五丁、横五寸四分五厘・縦七寸一分七厘、一冊、全紙灰汁打紙で、琴山による了俊自筆との極札が添えられており、田中親美氏も了俊自筆と鑑定された由である。全巻今川了俊の自筆である。最奥に「多々良(花押)」なる大内教弘(義弘の次子持盛の子)の花押があり、ここのところは蓬左文庫本には無い。同書の尾州家伝来本となるまでの伝来系統が暗示される。『李花集』奥書によれば、大内教弘は師成親王から同集を相伝しており、和歌に嗜みが深かった。原本と蓬左文庫本とは、最奥書の有無及び原本奥書末の珠阿の下の花押が了俊であることを除いて、おおむね字句上の異同は無い。奥書は本文一四〇頁に引いている。同奥書によると、さきに本文で述べているように、了俊所持の抄物等はみな冷泉為秀の自筆で、鎮西安楽寺社頭で紛失していたが、同寺宮師律師が尋ね出したので、路次静謐の時分召上げよう、自分の存命中に到来しなかったならば、子孫のうち数寄の志の輩が伝取せよ、としてその預け置く抄物を書き列ねている。その中の『和歌秘々』(『近代秀歌』)については、京都大学図書館所蔵平松家旧蔵本の奥書に(ママ)

此一帖先年為秀卿筆同奥書相伝了、於鎮西紛失之間、或人之以本書移処也、少々相違事等在之歟、以家本可書改也、

応永八年十月　日　　　　　　　　　　　　　　　　　　　　了俊判

とあるのと相応じ、『和歌秘抄』全体の記事の真実性を立証している。河野記念文化館蔵の『和歌一体』は「了俊七帖秘抄内　（花押）（今川了俊）」という了俊自署のある冷泉為秀の若き日の筆跡であるが、この『和歌秘抄』の奥書には冷泉為秀自筆の哥書七部がみられるので、今川了俊が安楽寺社頭で紛失した冷泉為秀相伝抄物中の『詠哥一躰為秀卿筆同奥書』にほかならないとされている（『歌論集』㈠、一九七一年二月、三弥井書店）。『和歌秘抄』の存在を知り得たのは、蓬左文庫の織茂三郎氏の御教示によるものであり、徳川美術館館長熊沢五六氏の高配によって一見し得た。あわせて深謝の意を表する。本文一六九頁で述べているように、『和歌秘抄』は、筆者の紹介のあと、福田秀一・佐藤恒雄両氏によって翻刻がなされている（前掲『歌論集』㈠）。

（47）了俊本ともいうべき『仮名本詠歌大概』は、応永十二年十二月、了俊が相伝の文書六種を尊明に送った一書（京都大学図書館所蔵平松家旧蔵本『西行上人談抄』）の中に含まれているものである。在来、仮名本は頓阿の『井蛙抄』所引本が知られており、了俊本と比較すると、真名本の本文に一層近く、両本の文言の出入りが質的に軽少なところからみて、了俊本は仮名本の一本であるといわれている（田中裕「仮名本詠歌大概をめぐって―了俊と頓阿との場合―」〈『語文』第二十二輯、一九五九年八月、『中世文学論研究』に再録〉）。田中氏は了俊の著作に引用されている『詠歌大概』の箇所も指摘しておられる。

（48）全文は十九項から成っているけれども、第十項「連哥ノ意地ハ何ト用心仕候ベキヤラン」

は、金子金治郎氏の指摘のように、二条良基が自ら立てた仮構であると思われるから、全項を十八項とした（「中世作家と地方文学」〈『広島大学文学部紀要』七号〉、『新撰菟玖波集の研究』）。

(49) 能勢朝次「九州問答注釈」（『国文学解釈と鑑賞』九五号―一二〇号、一九四四年四月―一九五六年五月）に注釈が施されている。

(50) 『後愚昧記』康暦元年閏四月廿八日。

(51) 『言塵集』第三「とまで」に関する注解の項。

(52) 注(48)所掲金子論文。

(53) 池田重「武将と連歌」（『国語と国文学』二八巻八号）。

(54) 彰考館文庫に江戸中期の写本『落書露顕』が所蔵されており、その奥書に、

今川伊予入道徳翁判

以了俊真筆本如本書写了

嘉慶元年十一月十二日

二条殿　准三后　御判

延宝戊干歳巳山本春正本写之

京師新謄本

とあるところから、水上甲子三氏は嘉慶元年を『落書露顕』の初稿本とし、今川了俊の九州探題在任中の文学的活動を示すものとされた（「『落書露顕』成立試考」（『文学・語学』一四

号、一九五九年一二月、『中世歌論と連歌』に再録)。筆者は一定の条件を付しながらも水上説を踏襲した(「九州探題今川了俊の文学活動」、『今川了俊』一九七―一九八頁、一九六四年六月、吉川弘文館)。しかし二条良基の加判は『落書露顕』とは全く関係のない奥書が混入したものである(井上宗雄『中世歌壇史の研究南北朝期』八一三―八一四頁、水上甲子三「川添昭二氏著『今川了俊』を読み、あわせて拙稿「落書露顕成立試考」の誤謬を正す」〈『言語と文芸』四〇号、一九六五年五月、『中世歌論と連歌』に再録〉)。しかし「自己の九州在任中の文学活動に対する回想が下敷きにされていて、その原型が九州在任中に出来ていたであろう」という筆者旧稿の推測は、そのままでよいと考えている。

(55) 『了俊大草子』の文中に「先年関東に参て侍しに見奉りしは、基氏の鎌倉殿は、浅黄の帷の袖を細くして、只其ばかりをめして、小手をさゝせ給き、面白事也」とある。鎌倉公方足利基氏が没したのは貞治六年(一三六七)今川了俊四十二歳のときである。「先年」とあるから、この箇所の草稿は了俊の九州下向後さほど年次を経ない頃のものであろう。了俊は遥か年下の基氏を敬愛していた。『了俊大草子』のもととなった「大草子」は或一定の年次に一挙に成稿したものではなく、九州の「稽古の輩」のため、九州探題赴任直後から質問に応じて順次書きつがれていったものではなかろうか。京都で抄録した年次について手掛りを与えるのは、同書の次の記事である。

一、将軍家には御矢口開の事、第一の秘事也、故御所の御時は、亡父の蒙仰奉行仕き、此事大御所宝篋院殿御時は、御さたなかりしなり、故御所の御矢口開の時は、興行有しなり、亡父が宝篋院に教申、御手づから御勤ありしなり、当御所の御矢口開の儀も、故御所御自身御沙汰有けるにや、愚身には御尋もなかりし也、衷若君の御祝に、我等が子孫等が中に蒙仰奉行仕ばやと存也、

宝篋院殿義詮を大御所といっているから、故御所は義満、当御所は義持に当てられよう。義持の矢口開の儀は義満自身が沙汰して、了俊には御尋ねもなかった、というのも、応永二年（一三九五）帰洛以降の義満に対する了俊の政治的立場を考えると当然である。義満は応永十五年に没して当御所義持が後をついだのであるから、この抄録は応永十五年以降了俊の没するまでの間に成稿をみたのではあるまいか。

(56)『今川大双紙』は今川了俊の著作ではあるまい。

(57) 玉村竹二『五山文学』六五―六六頁（一九五五年五月、至文堂）。〔補注〕参照。

(58) 太田青丘『日本詩学と中国詩学』一五七―一六五頁（一九六八年一一月、清水弘文堂書房）、小西甚一「玉葉集時代と宋詩」（『中世文学の世界』、一九六〇年三月、岩波書店）。

(59) 禰寝文書・入来院家文書・斑島文書等の今川了俊書状に「御方深重の人々」という用語がみえる。

(60) 桜井好朗「太平記の社会的基盤」（『日本歴史』七五、一九五四年八月）、同「太平記論」（『文学』二五巻六号、一九五七年六月）、同「難太平記論」（『日本歴史』一三二、一九五九年六月）。後二者は同『中世日本人の思惟と表現』（一九七〇年一月、未来社）に再録。

(61) 岩波書店・日本古典文学大系34『太平記』解説一一頁。

(62)『群書類従』十・『日本歌学大系』五巻所収。
(63)『和歌文学大辞典』一五四頁。
(64)応永十九年三月『了俊日記』。
(65)『群書解題』九。
(66)井上宗雄『中世歌壇史の研究室町前期』五一頁。
(67)右同書五二一—五三頁。
(68)荒木尚「了俊における歌論の形成」(『文学・語学』三、一九五七年三月、同『今川了俊の研究』一九七七年三月、笠間書院に補訂再録)。
(69)一九三八年五月、日本古典全集刊行会刊。
(70)巻末に「他本云」として三項の追加があり、一部分は東山御文庫所蔵『了俊歌学書』と一致する。
(71)あとに「是は或仁の師説等又慥なる説を注云々言塵外也」として付載されている部分には、東山御文庫所蔵『了俊歌学書』と一致する数項がある。
(72)新潮社『日本文学大辞典』3二一七頁。
(73)この項、『和歌文学大辞典』三九三頁参照。
(74)田中裕「師説自見集と了俊相伝定家歌論書」(『語文』二十輯)。
(75)『図書寮典籍解題』文学篇一五五—一五六頁。
(76)伊地知鐵男『今川了俊歌学書と研究』一九五六年九月、未刊国文資料刊行会。

(77) 木下政雄『手鑑』(一九七三年五月、至文堂・日本の美術84)。

(78) 井上宗雄『中世歌壇史の研究室町前期』六三頁。『歌林』は水上甲子三『中世歌論と連歌』に翻刻・収載。

(79) 『今川記』第三(『続群書類従』二十一上)、『日本教育文庫』家訓篇には「今川了俊制詞」として収める。

(80) 尾形裕康「今川状について」(石川謙博士還暦記念論文集『教育の史的展開』一九五二年四月、講談社)。

(81) 石川謙『古往来についての研究—上世・中世における初等教科書の発達—』四七頁(一九五〇年五月、金子書房)。

(82) 石川謙「今川状」(『教育学辞典』Ⅰ、岩波書店)、同『日本近世教育史』三九二—三九三頁、岡本金太郎『往来物分類目録』。

(83) 小沢栄一『日本古典学の伝統』二九三頁(一九四二年九月、ふたら書房)に引用。

(84) 延宝頃の写本、三冊、川瀬一馬『日本書誌学の研究』一一六三—一一六七頁(一九四三年四月、講談社)。

(85) 大徳寺文書応永四年十一月廿二日法世書状、醍醐寺文書応永五年閏四月廿八日今河讃岐入道宛足利義満御判御教書。「門徒古事」(『日蓮宗宗学全書』顕本法華宗六九頁)にも「今河讃岐守尾州守護」とある。

(86) 島津家文書応永七年七月六日足利義満袖判御教書。

(87) 伊達文書応永十四年七月十二日矢部三郎左衛門尉宛斯波義重奉書、同文書同年九月三日今河上総入道(泰範)宛斯波義重奉書。今川讃岐入道法世は氏兼の入道名であるといわれているが(「改選諸家系譜続編」)、今後さらに検討したい。

(88) 徳川美術館所蔵『和歌秘抄』奥書。

(89) 井上宗雄「冷泉為相の生涯」(『国文学研究』十一輯)。

(90) 山崎常磐「勝間田氏遺跡の調査」(『静岡県史蹟名勝天然記念物調査報告』五集、一九二九年)。

(91) 『群書類従』十、『日本歌学大系』五巻、水上甲子三『中世歌論と連歌』。

(92) 松本旭「今川了俊の生涯と作品」(『埼玉大学紀要教育学部編』八・九巻、一九六一年)。

(93) 『実隆公記』文明十五年(一四八三)十二月十七日条。

(94) 『国文学言語と文芸』五・六・七号、『中世歌論と連歌』に再録。

(95) 『群書解題』九参照。

(96) 今川了俊の和歌遺作については、川添昭二「九州探題今川了俊の文学活動」(『九州文化史研究所紀要』十号、一九六三年三月)に〔付録〕今川了俊全歌集として一一二首を掲げておいた。その後、荒木尚『今川了俊の研究』に底本を吟味しつつ右にさらに『西行上人談抄』所載のもの一首が付加された(四〇四頁)。しかし『道行触』に偽書説があるので、一応本文のように仕分けした。

(97) 『道行触』が、かりに偽書だとして、今川了俊の和歌遺作を軸に作りなしたという考えも、一つには立て得るだろう。

(98) 今川了俊の歌論については、早く小島吉雄氏の「了俊の歌論に関する覚書」(『国語国文の研究』二五号、一九二八年一〇月)というすぐれた研究があり、現在では荒木尚氏の精細な書誌調査を踏まえた研究(『今川了俊の研究』)があるが、述作の説明同様、ここではこまかく立ち入らず、前者を参照しながら略説するに止めた。後者については、川添昭二「荒木尚著『今川了俊の研究』」(熊本大学『国語国文学研究』一三号、一九七七年一二月)に紹介している。

(99) 『図書寮典籍解題文学篇』一五六頁に紹介。

(100) 辻一蔵氏所蔵永徳二年(一三八二)正月二十二日興行「今川了俊一座千句連歌第五百韻」の第八十六句の「東にわたる西は彼岸」など、それである。島津忠夫氏の解釈を引いておこう。「西へ行けば極楽浄土に至るのだが、自分は逆に東に向いて進んでいる。仏法といっても所詮は多く人のふみ行うべき道なのだから、東に向っても心に仏法を信じておればよいのだ」(『太宰府天満宮連歌史資料と研究』Ⅱ一四三頁)。

(101) 広島大学所蔵九月五日今川貞世自筆書状、東妙寺文書二月二日今川了俊巻数返事等。

(102) 今川了俊最晩年の確かな事績は応永十九年(一四一二)三月、一族の関口某にあてて『了俊日記』を書いていることで、最晩年どこにいたのかは明らかでない。没年については応永二十五年(一四一八)七月の正徹『なぐさめ草』に「故伊予守入道了俊在世の時」とあって、これ以前であることは確かで、最近、正徹の出家は了俊の死を契機とする応永二十一年一月前後、つまり了俊の卒去はこの頃とする意見が出されている（田中新一「正徹の出家年時―正徹研究ノート―」『国語と国文学』五〇巻三号、一九七七年三月）。ともあれ、最晩年、京都にいたのか、伝えられるように遠江国堀越にいたのか定かでないが、静岡県袋井市堀越の海蔵寺は今川了俊を開基とし、寛延二年（一七四九）八月二十八日、了俊の三百三十遠忌に建てられた「当山開基今川了俊大居士」の墓がある。

〔補注〕　今川了俊の儒教学習に関し、文化十三年（一八一六）の序のある広瀬蒙斎の『しがらみ』には「今川了俊の、水は方円の器にしたがひ、人は善悪の友によるといふは、唐太宗の文に、古人云君猶器也、民猶水也、方円在於器、不在於水、の語に本づかれしなるべし」（『続日本随筆大成』1二六四頁）とある。

第六章　連歌師朝山梵灯の政治活動

応永年中の比より世に聞え侍る人々は、今川了俊、成阿、梵灯庵主、波多野、外山、平井入道、遁世者には中宜庵主、頭阿、昌阿など、て、やむごとなき作者侍し、此内にも末の世迄残りて、世一の先達の名を得しは梵灯庵主なり

——ひとりごと——

連歌史の研究では、当然のことながら個々の連歌史の事実を明らかにしていくことが基礎作業の一つとして重視されている。いっぽう中世史研究―室町幕府研究では権力機構の解明はもっとも基本的なものであり、将軍権力を直接に支える近習―奉公衆の政治的・文化史的な研究は最近ようやく緒についた(1)。近習―奉公衆体制の研究にあたって、近習個々の具体的な究明はその基礎作業の一つである。

この文学・史学二者の研究志向を総合的な理解に進めることによって、より豊かな中世

史像が構築できるのである。その意味で、応永期連歌界を代表する将軍足利義満近習朝山梵灯（師綱）はまさに好個の研究素材である。朝山梵灯については九州探題今川了俊との関係を中心にして、かつて旧稿「九州探題今川了俊の文学活動」（『九州文化史研究所紀要』一〇、一九六三年一〇月）でふれたことがあり、二・三の関係史料を提示したが、若干失考の箇所があり、それはとくに木藤才蔵氏の論文「梵燈庵主考」（『連歌史論考』上所収、明治書院、一九七一年一一月）によって明らかにされた。本稿では木藤氏の論文を導きとして失考を正し、朝山梵灯の将軍足利義満の近習としての性格に焦点を合わせ、九州における事績を中心に、朝山梵灯に関する二・三の新たな意見を提示し、将軍近習を素材とする北山文化へのひとつの理解としたい。

一　将軍足利義満の近習

朝山梵灯の生年は、『梵灯庵返答書』下最奥の、「応永廿四年後五月十八日　梵灯判于時六十九歳」というのに信をおけば貞和五年（一三四九）である。没年は応永二十四年（一四一七）から永享五年（一四三三）の間といわれる。[2] 俗名は、惟肖得巌の『東海璚華集』第二に「梵灯庵主、乃出雲大伴氏、俗諱師綱」とあり、[3]『相国寺供養記』には「朝山出雲守大伴師綱」とある。『古今連談集』には「灯庵主の事は、あさ山小次郎と申せしより一かどの上手也」とあり、今川了俊の著書や書状には朝山とか朝山梵灯と書いている。つまり朝山師綱である。『新後拾遺集』には勝部師綱として一首入っており、勝部あるいは大伴を本姓としていた。以下、名乗りについては師綱と書く必要のある以外は梵灯で統一しておく。

『出雲国造家文書』一六号建長元年（一二四九）六月日杵築大社造宮所注進に在国司朝山右衛門尉勝部昌綱がみえる。梵灯の先であろう。同注進には、昌綱の舎弟三郎長綱、在庁事散位勝部広政、（内舎人勝部広政庄官）、勝部頼重、右衛門尉勝部明孝、庁事散位勝部時元、左兵衛勝部政宗、政元時元息など、多くの勝部氏がみえ、勝部氏の族的分布の広さを示している。同注進によると昌綱は同宮流鏑馬一番を勤め、同二番を守護所隠岐二郎左衛門尉源泰清（義清流佐々木氏）が勤めているから、出雲における有力在庁であったとみられる。

朝山武系図によると承和三年（八三六）政持なる者が、検非違使の下官として出雲に下向し、神門（かんど）郡朝山郷（出雲市高松町）に土着し、朝山氏と名乗ったという(4)。右の所伝によれば、朝山氏は平安中期に出雲に土着した中央官人系豪族ということになる。右注進にみえる在国司は在庁職の一つであるから、朝山氏は出雲朝山郷に本拠を有した出雲在庁官人の出身で、武士化し、鎌倉期には御家人でもあった。その所領は、朝山郷・楯縫郡（平田市）内東郷・西郷・三津庄など百数十町に及ぶ広大なものであった。

梵灯が在俗時代のことを自ら語っているのは『梵灯庵返答書』[5]下（以下『返答書』と略記）の次の箇所である。

鹿苑院殿いまだいとけなく渡せ給し時より祇候し侍し人の、数にもあらざりしを御覧ぜられしより、直垂の衣文など引なをさせ、出仕のたゝずまひをも御指南ありし也、後には布衣に召加られて、常に金吾相共に全勲せしなり、よろづ水とうをとの思ひをなしてこそ罷過しか、

鹿苑院殿足利義満の「いまだいとけなく渡せ給し時」というのを的確にはいえないが、かりに十歳前後とすれば、貞治末年である。貞治六年（一三六七）で梵灯は十九歳である。「後には布衣に召加られて」とあるが、これは直接将軍に近侍するようになった、いわゆる近習になったことを意味するものである。これは『東海璚華集』の「嘗侍鹿苑（義満）相府、帯剣纓冠、出入有年矣」というのに対応する。貞治六年十一月、細川頼之が執事に就任してから人材をえらび足利義満の補導に尽力しているから、梵灯が義満に近侍するようになったのはこのことと関係があろう。細川頼之による推挙を考えてもよいと思う。

近習になって「金吾相共に全勲せしなり」というのは明らかでない、水上甲子三氏は金吾は今川了俊とされ[6]、筆者も旧稿でそれをふまえたが、金吾を今川了俊とするには木藤才

蔵氏がいわれる次のような不審がある。梵灯と了俊との間には、二十三歳の年齢のへだたりがあり、しかも、その当時今川了俊は侍所頭人に引付頭人を兼ねていたから、年齢といい地位といい、梵灯との間に距離があり過ぎて、「常に金吾相共に全懃せしなり」という表現をするのは、ふさわしくないように思われ、その点が不審である。何よりも、金吾は衛門尉の唐名であるから、伊予守の了俊に当てるわけにはいかない。現段階ではその何人であるかは不明というより外はない。ともあれ、足利義満が将軍になったとき梵灯が近習に召し加えられたことは、その後の梵灯の行動を考える上に重要であり、本章はここに焦点を合わせたものである。

後の奉公衆に朝山氏がみえるが、(7)その先駆的形態は梵灯においてすでに明らかであった。梵灯は地方の有力国人の出身で将軍義満の近習になったものであり、後の奉公衆中の在国衆に当たるものである。『返答書』上には、「摂政家より鹿苑院殿へ御点を申さるゝ事あり、俄に召れし聞いそぎ参たりき」云々とあって、二条良基が足利義満の連歌を合点するとき、梵灯を呼び出してその意見を聞いていることが記されている。そのとき梵灯は「長たかく幽々としたる姿、ことに珍重なるべきよし」と述べている。後述するように、梵灯は若いころから和歌・連歌に秀でていて、足利義満の嗜好にあい、父祖以来の足利将軍家に対する忠節とあいまち、近習に召し加えられたものであろう。前引の『返答書』に続いて、松島に草庵を営んでいたときも音信があり、さらに思いがけなく帰洛することになった後も「李源円降が約せしにおとらず、其よしみの深きことをおもふ」云々とあるが、この一連の叙述の箇所については、解釈の分かれるところであろう。音信の主体が足利義満であれば、義満と梵灯との主従間が梵灯の十幾年の諸国行脚にもかかわらず強いきずなで結ばれていた、ということになるが、文脈をみてみると、そうもいえないように思われる。梵灯が義満近習であったとき、よき先輩として親切に指導してくれた人物であったようにもうけとれる。ここのところの叙述では、その人物は義満―梵灯―金吾の関係以外の第四者として考えられるようである。すなわち「鹿苑院殿いまだいとけなく渡せ給し時より祗候し侍し人」である。とにかく疑問の多く残る箇所で、梵灯伝研究の重要な部分であるが、今は右の程度にとどめざるをえない。

官途については「九条家文書」・「相国寺供養記」を典拠とする木藤氏の次の意見に従うべきである。「康暦元年閏四月廿七日以前には安芸次郎と称し、同年閏四月廿七日以後五月廿七日の間に左衛門尉に、至徳四年六月以前に出雲守に任ぜられ、以後遁世するまで出雲守を称していたのではあるまいか」。九条家と朝山氏との関係は近代に至るまで深いが、伊地知鐵男氏は「九条家文書」によって、梵灯が九条家の諸大夫を勤めていたと述べておられる(8)。刊本の『九条家文書』には木藤氏所掲の史料はみえず、まだ同文を精査しえていないので、この点は後考を期したい。

梵灯の在俗時代からの事績として今川了俊との交わりは逸することができない。心敬の『所々返答』第二状によれば梵灯は和歌を冷泉為秀に学んでいるが、これは為秀の没する応安五年（一三七二）六月以前であることは明らかである。また後述のように連歌を永和二年（一三七六）以前二条良基に学んでいる。和歌・連歌ともに了俊・梵灯は同門である。今川了俊は応安四年（一三七一）二月四十六歳のとき（梵灯二十三歳）、九州探題として出発しているから、今川了俊の任探題以前における両者の直接の交わりは、この短い期間内を中心としていたろう。この間今川了俊は侍所頭人・山城守護に引付頭人を兼ねる幕府要路者であり、両者の間の年齢は二十三年の開きがある。和歌を同じく冷泉為秀に学んでいるとはいえ、今川了俊はすでに冷泉派の有力歌人として知られていた。この間何かにつけて了俊は梵灯に対して指導的立場にあったものと思われる。

梵灯は足利義満の近習として勤めていた末期に、了俊の南九州経営を応援しに義満の命令で九州に下っているが、両者の間が右のような関係で交わりがあったことにもよろう。連歌に関して間接的な交わりを示す話が『返答書』上にみえる

先年九州探題より（于時今川与州）尋申さる、句ども両三句侍しやらん、年久しく成てさだかにもおぼえず、

我よりも人に水上なみだ川
何水上をたづねけん、あまりに本歌の詞おほくや侍らん
木葉をもしぐれと聞に袖ぬれて
是又それにもぬるゝわが袂あひかはらず、かやうの事後世の為に仰下さるべきよし申されたりしに、歌にては憚もや侍らん、連歌にはくるしからじとぞ仰ありし

これは、木藤氏の指摘のように、『九州問答』に、
歌ノ同類ヲ連歌ニ仕候事、周阿ナドモ常ニ候シト覚候、仮令、周阿ガ句ニ、我ニウキ人ゾ水上涙川、是ハ主モ自讃シ候シ、但シ涙川ナニ水上ヲ尋ネケント云歌ノ心ニタガハズ候、此事クルシカラズ候ヤラン、
と一致点があり、このことについて同氏は次のような解釈をとっておられる。「九州問答の成立した永和二年八月以前に了俊から良基のもとに色々と質問が寄せられ、それに対する意見を良基が梵燈に語った。それを覚えていて書き記したのが、前記の返答書の記事である。一方、良基は、了俊の質問をそのまま問いの部に掲げ、それに対する答えを一々その次に記して了俊に送った。これが九州問答であって、返答書の文章との間に相違が見られるのは、後者が記憶によっているためである」。前記『返答書』の記事について、筆者が旧稿で了俊下向以前における両者の交わりを示す例証としたのは失考であった。木藤氏

の意見に従いたい。
梵灯帰洛以後は、もちろん今川了俊も探題を解任されて在京していたと思われるが、了俊はその著作の中で、梵灯のことにまま ふれているが、帰洛後の梵灯の連歌が下ったという風聞を記しているにすぎず(9)、直接交わりがあったようにはみえない。梵灯の近習時代の事績としては前述のように九州探題今川了俊の南九州経営につき将軍の「上御使」として九州に下向したことが知られる。管見に入った史料の範囲内でこのことについてみてみよう。

旧稿で、梵灯の九州下向に関する二つの史料を提示した。しかし、その系年の比定については、当を得ていなかった。木藤氏の訂正もあり、同史料の系年について考え直してみたので、二史料を掲示し、現在での見解を述べてみたい。

(一)（朱書）「正文在家蔵」
就三ケ国御退治事、為　上御使、重而罷下候、所詮嶋津又三郎（元久）、可有御退治之間、此程同心人々、不日ニ為御方可被致忠節之由、御教書如此候、先案文進候、正文ハ大将ニ進置候、忩々御代官給候歟、不然者、探題薩州発向候者、即時可有現形由、被載起請詞、御請文可有候、若無其儀候者、永可為又三郎御同心候、忩御左右可有御申候、京都可申候、恐々謹言、

十二月十二日　　　　前出雲守師綱（花押）

謹上　禰寝殿(10)

(二)

今度事上御使事候間、朝山殿被参候、仍無為落居、天下大慶此事候、就其者、御中条々、如何様朝山方帰参候時、可被披露候哉、以其次可令住(注)進候、

一吉弘土佐入道進候事、愚存始中終、故一曇時より此仁存知事候間、能々申べきためニ、やとい申候し事(也)、仍毎事きこしめしひらかれ候よし承候間、是も満足候也、故玄久(氏久)御時申入承候し事、更々無御存知候けり、然間、此年月、我々ニ御不快、尤御ことハりニ候けり、於身者、又もとより無私曲候、自他此時心底ほどけ候了、今も御参洛候ハゞ、御所ニ直ニ申入候し条々も、又武州存知候し事等も、こと〴〵くきこしめししほどかる□(べ)く候間、弥身の不儀私曲なく候し□事ハ、可有御心得候哉、所詮、自今以後、あひたがひニ為天下わたくしなく、上の御ため無煩様ニ可申談候、尚々、故玄久御時の事、無御存知候けるゆへニ、我々御不快、尤御ことハりニ候、何如様以此下(ママ)委細、明春自五日以後可申承候、先此趣、吉弘物語申候、悦入候間、馳申候、毎事如此事、京都　上意をうかゞひ候ハで、中行事なく候間、京都ニも可申上候、国策事ハ、先立被定置候間、是又可依　上意候、更々身のためニ無是非候、恐々謹言、

十二月九日　　了俊
御判

嶋津上総介殿
御返事[11]

第二の今川了俊書状の系年を、了俊史料を編む際に、倉卒にも永和元年（一三七五）と速断し、旧稿でもこれを踏まえて論を成した。これは失考であった。というのは、了俊書状のうちに故玄久と二回出ているが、これは了俊の南九州経営に最後迄抵抗した島津氏久のことである。氏久は嘉慶元年（元中四 一三八七）閏五月四日に没している。従ってこの了俊書状は右年次以降である。[12]

第一の師綱書状については、旧稿で永和三年（一三七七）頃かとしたが、[13]誤りに気付き小著『今川了俊』一九五頁で氏久の没後、後を継いだ元久（元中四年嗣立）を了俊が討伐する時のものと訂正しておいた。訂正の理由を述べておきたい。

㋑島津又三郎（元久）退治とあるから、氏久没・元久嗣立の嘉慶元年（一三八七）閏五月四日以降である。

㋺前出雲守師綱と記しているから出家以前の在俗時代のことである。その出家は明徳三年（一三九二）八月以降間もないころで、あるいは後述のように応永二年（一三九五）である可能性が高い。つまり本書状は明徳三年八月以後間もなくのものである。ところで第二の今川了俊書状は、島津氏久没・元久嗣立後、それまで氏久と行を共にしていた島津伊久に対して来付を求めたものであるが、伊久はこれに応じなかったとみえ、応永元年（一三九四）八月十六日、伊久・元久対治の足利義満の御教書が出ている（『禰寝文書』六一〇・六一一・六一二）。

第一・第二の史料は内容が関連しており、同じ十二月に出されていて同一年次のものではないかとみられる。応永二年閏七月、今川了俊は探題の任をとかれているからこの年ではない。了俊の説得を経て足利義満の御教書が出たと解するのが一応常識的であろうから、この二史料は、明徳三年（一三九二）かおそらくは同四年ということになる。御教書が出たあとの説得と考えることを全く封じるわけにはいかないから応永元年（一三九四）も考えられるが、その可能性は明徳四年より低い。

師綱書状に「重而罷下候」とあるのをどう解釈するかが問題である。前述のように史料を一連とすれば、二史料以前の下向が考えられなくもないし、二史料が一連でなければ、二史料がそれぞれ別個の下向を示すことになる。しかし二史料は前述のように一連とみうる可能性が高いから、二史料以前の下向とあわせて二回を考えたがよいのではあるまいか。存疑。なお師綱の出家はこの書状から間もなくのことのように思われる。第一・第二ともに朝山師綱が、九州探題今川了俊の薩隅日三ヶ国経営に関して将軍義満の上使として九州に下向してきたことを示す史料である。将軍近習の上使史料としても貴重である。以上をまとめていえば、梵灯は（その在俗時）、将軍近習の上使として、今川了俊の探題時代末期の明徳三年（一三九二）か、おそらくは明徳四年の十二月に九州に下ってきたということになる。

『袖下集』には、松浦の鏡の宮の事や、玉たれ姫（筑後高良山）の事など、九州の諸伝承をこまかに伝えており、九州での実際の見聞が、彼の連歌論形成上の素材に生かされていることを物語っている。南北朝末以降の代表的連歌人であった梵灯が、京都と九州との間を往来し、政務事項の伝達を行い、今川了俊に協力してその作戦指導の一翼にもつながりながら和歌同門の先輩了俊とともに文芸活動を続けていたであろうことが想像される。梵灯独吟の連歌といって「あらぬさまなる懐紙」が田舎に多く流布しているという『初心求詠集』の記述からしても、梵灯の九州下向は政務連絡に終らず九州の和歌・連歌界に影響を及ぼしたであろうことは、周阿の九州下向などと同様であったろう。

二　出家行脚と上使下向

梵灯は周知のように出家をして諸国行脚の旅を続けるが、このことについてふれておきたい。出家の時期及び期間についてふれているのは心敬の次の『老のくりごと』である。(14)

其末つかた梵灯庵主よろしき好士にて世もてはやし侍しに、四十のころより陸沈の身になりて、ひとへに此道をすて丶、筑紫のはて吾妻のおくに跡をかくし侍る事、廿とせにも及侍るにや、其後六十あまりにて都にかへり侍ては、ことばの花色香しぼみ、心の泉ながれ渇にや、風躰たづ〳〵しく、前句どもひたすら忘れ給へるとなり、年久廃て跡なくくだり給へるも、ことはりならずや、

出家の時期が四十歳代であるというのは、梵灯四十四歳の明徳三年（一三九二）八月に行われた相国寺供養の供養記には「次帯力二十番歩儀」として朝山出雲守大伴師綱とみえ、将軍近習としての役儀を奉仕しているから、四十四歳以後に限定される。梵灯六十歳は応永十五年（一四〇八）であるから、この間十何年かの期間を諸国行脚していたのである。応永十六年七月の『了俊一子伝』（『了俊弁要抄』）には、

今ほど朝山梵灯連歌をば、或はさがりたり、或は下手なりなどと申とかや

とあるから、この頃にはすでに京都に帰っていて、連歌会などに列席していたのではないかとも思われる。ただ、諸国行脚をしていて連歌が下ったとみられたという意味かもしれないので、断定はできない。[15]

出家の動機については梵灯自ら『返答書』上の中で次のように述べている。

其比知識と聞えし人に、仏法の掟さこそ律儀にも侍らんとおぼえて、真の心をこそしらずとも、知識の法度をも伺はんがために、或は一夏或は半夏逗留せしかども、たゞ江湖の僧五百人千人集りて、自他の褒貶のみにて、一座の修行をも成がたかりしかば、一往は智識の会下をさぐる事も侍しかども、後にはたゞ足にまかせ心の行にしたがひて、浮雲流水を観じてさまよひありきし程に、

この記事は、木藤氏の指摘のように『東海璚華集』に「俄了世相如幻、改服参尋知識、東遊羽陽」とあるのと対応する。梵灯は「世相如幻」を観じて自己の内面から真実仏道の修行に入ったのである。心敬は『老のくりごと』で「四十じの比より陸沈の身になりて」といっている。近習として将軍権力を直接支え、複雑に変化する政治的世界にあって、一部いわれているような失脚と迄はいかなくとも、「世相如幻」を観ずることは多かったろう。しかし、梵灯出家の直接の動機は端的にいえば足利義満の出家にあったろう。

足利義満は出家をするため応永二年（一三九五）六月三日太政大臣を辞し、六月二十日

室町第で素懐をとげた。管領斯波義将をはじめ上級武士・公卿など義満にならって出家するものが続出した[16]。このとき近習も相ついで出家し、かれこれ「天魔の所行なり」といわれる有様であった。主従結合の強い近習が相ついで出家するのは当然であったろう。近習朝山師綱もこのときか、あるいはこれを機縁として出家したのではあるまいか[17]。前項の梵灯九州下向の段で、梵灯の出家は明徳四年（一三九三）十二月以後間もなくのことであろうと述べたが、時期的にも矛盾しない。応永二年（一三九五）四十七歳で出家して諸国行脚の旅に出、応永十五年六十歳で帰洛したとするその間十三年ばかりで『老のくりごと』にいう「廿とせにも及侍るにや」というのにはいささか合わない。筆者の推定に誤りがなければ同書の文飾とすべきか、あるいは、帰洛の年が応永十五年以降になるか。今は、応永二年出家説を一試見として提示しておきたい。

もちろん梵灯の出家―諸国行脚が内面からの宗教的要請によることは否めないのであり、足利義満出家はそのきっかけとなったものであろう。義満出家をもって梵灯の出家―諸国行脚、すなわちその宗教的行業すべてを規定するものとみるのではない。

梵灯が行脚した地域は、『返答書』によると、象潟（秋田県由利郡）、松島（宮城県宮城郡）、出羽国光明寺がみえる。探勝と修行とが重なっており、梵灯の旅は、明らかに西行のあとを追うている。梵灯が連歌壇の西行といわれる所以である。出羽国光明寺については、「其所の人」に乞われ、同寺の創建に参与して、一両年止住していたことを述べている。『東海璚華集』によれば、この地で生涯を終えるつもりであったところ、将軍足利義持の命で帰洛することになったという。この光明寺はのちに戦国大名となった最上氏の祖・斯波兼頼が開いた山形の光明寺であろう。同寺は著名な時宗道場である。永和年間（一三七五―七八）に道場とし、のち（梵灯廻国の応永二年〈一三九五〉以後）寺号を称したのであろう。「其所の人」は斯波兼頼ということになる。

以上のようにみると、梵灯は時宗と深いかかわり合いがあったことになる。禅宗信仰を標榜しながら内実は時衆であるというのはこの時代に多くみられることであるから、梵灯がそうであったとしても不思議ではない。今川了俊もそうであった。林下の雲水は時衆と近い関係にあり、(18)梵灯は連歌人として時衆に接する機会は多く、その遊行も時衆を思わせる。藤沢清浄光寺の『時衆過去帳』遊行十三代他阿弥陀仏応永廿四年四月十日の項には「意阿弥陀仏」（朝山殿）（刊本一〇四頁）がみえる。朝山氏に時衆がいたことは明らかである。これが梵灯その人だとすると梵灯が時衆であったという明証になる。なお、『落書露顕』には「先年梵灯僧の鎌倉に侍りける比」とあって、鎌倉で発句を詠んだことが伝えられている。『返答書』の前掲文は、玉村竹二氏が指摘されたように(19)禅宗林下の状況を述べたものであり、梵灯が林下の知識に遍参したことが知られる。ただ、「さこそ律儀にも侍らんとおぼえて」遍参したのであるが、「自他の褒貶のみにて一座の修行をも成がたかりし」と思われたので、あとはただ浮雲流水の求道行脚の旅を続けたのである。この点は、禅宗内でも民衆的要素の強い林下に対してすらあきたらない点のあったことを述べ、結局遊行の形――あるいは時衆――をとったことを述べたもので、梵灯の信仰理解について重要な一節である。

出家諸国行脚時代末期の梵灯の事績として注目すべきは、応永十一年（一四〇四）に足利義満の命で九州に下っていることである。このことは早く木藤氏が説いておられるが、梵灯と関連して朝山重綱のことがみえるのであえて再説しておきたい。在俗時代末期の九州下向については前に述べた。総州家の島津伊久と奥州家の島津元久との間に確執が続いていたとき、義満は応永十一年に朝山出雲守師綱・同小次郎重綱を大隅・薩摩に下し両者の和解をはかっている。『鹿児島県史料集』（Ⅶ）所収の鹿児島県立図書館現蔵の「山田聖栄自記」によると、このことを次のように伝えている。[20]

㈠是も元久之御代義満将軍御代朝山出雲守師綱・同小次郎重綱為上使下向、豊後伝なれば大友親類吉弘殿と而同下ニ而元久志布志ニおひて御対面奔走有り、其時御教書に為一名字不改及合戦云々、何様之事候哉、不可然、所詮確執之儀和睦、殊可致忠節之由被仰下処也、依執達如件、(ママ)

応永十一年七月廿九日　　　　　　　　　　　　御判有

(一)此御教書ハ両嶋浦と有シ時之事也、総州之代(定)也、師綱ハ天下ニ隠れぬ名仁也、殊歌道連歌達者と云、遠国と而其会尺不足ニ依ハ如何と而志布志大慈寺ニ和漢有ける由承伝候也、

〇中略

一夫より薩摩上総介殿へ被参候路次之間も加治木黒川に桟敷打、加治木高山方連歌、其外之興共被求ける由承候、薩摩より上洛有、此朝山小二郎重綱ハ探題ニ逗留し而たんじやく一揆ニまじハり、筑後之みぞ口合戦ニ打死有、去奇瑞有ていちのつかと云所に小社作、夫(天カ)神之末社と祝ハる由中古ノ物語に承候(候之)也、

一其後今川了俊探題も九州之旁ニうとく被成、終(畢)上洛有ても上意悪候而、分国駿河へ在国に而、其次渋河探題下向有、

梵灯が和歌・連歌の名人としてむかえられ、日向志布志大慈寺などで、和漢連句を行っているのは注目してよい[21]。だいたい梵灯の連歌の名声があがるのは、『さゝめごと』や『所々返答』第一状にいうように応永（一三九四―一四二七）のころからである。つまり、梵灯が出家遁世して諸国を漂泊するようになってから、在俗時代よりも一段と有名になり

「応永の比よりは、梵灯庵主この道のともし火と見え侍り」(『さゝめごと』)といわれるようになるのである。[22] 梵灯の諸国行脚は内発的な要請にもとづいた宗教心によるものであったが、それは和歌・連歌と乖離したものではなく、むしろ一如のものであった。そして近習としての前歴から、政務とも全く無縁ではありえなかったのである。

梵灯がこのたびの「上御使」の任を終え、復命のため帰洛したであろうが、そのまま在洛したかどうかは不明である。前掲の『老のくりごと』に従えばまた諸国行脚の旅に出たようにもとれる。前述のように『返答書』上には、十余年行脚した後に出羽国に山居したと記している。木藤氏のいわれるように、九州下向は出羽山居より以前の事でなければならない。

出家遁世をし諸国漂泊中の身でありながら梵灯が使節として右に述べたような政務の連絡に当たっていたのは何故であろうか。木藤氏は、「それまでに何度か九州に使者として派遣され、島津家の家中にも顔見知りの者が居たこと、和歌連歌の名人として文化使節の意味を持っていたこと、禅僧としての身分も、実際つごうがよかったことなどの理由が考えられる」としておられる。一応当を得たものであるが、根本的には近習としての前歴をかわれたものであろう。足利義満は応永二年(一三九五)に出家したとはいえ、そのまま政治の実権を握っていて、足利義持の将軍職は義満が応永十五年に死去するまで名目的なものであった。将軍近習の重綱を使節として派遣するにあたり、義満近習の前歴をもち、九州へ行ったこともあり、重綱と血縁の深い梵灯を呼び戻してその後見とし、実質的には両使節として派遣したものであろう。梵灯の使節派遣が重綱のそれよりも以前に決まっていたにせよ、梵灯選定が義満近習の前歴によることにかわりはない。梵灯の和歌・連歌の名人としての声望、離俗法体・諸国行脚は、使節としての起用に際して、きわめて有用視されたであろう。いずれにせよ、出家遁世・諸国行脚は政治からまったく乖離するものではなく、むしろ離俗の立場から政治へ還帰するものであり、それは時衆などに普遍的にみられるが、梵灯の場合も例外ではなかったのである。

梵灯と重綱との関係については、吉川隆美氏紹介の神門朝山系図によると、[23]

師綱—昌景┬信綱—重綱—善茂
　　　　　└貞昌

となるという。梵灯と重綱の間に中二代をおくのはいささか無理があるようである。さきの「山田聖栄自記」によれば、使節として下ってきた朝山ハ次郎重綱が短冊（尺カ）一揆に交わって筑後溝口合戦で戦死し、市の塚（福岡県筑後市）に小社を作り天神の末社として祀ったとある。[24]朝山重綱の墓と称するのが現在福岡県筑後市の興満寺という真宗東本願寺派寺院の後にある。重綱が戦死の後、天神末社にまつられたということは、重綱の九州連歌界における影響力の強さの反映ともみられるが、それを実証する史料が筑後の五条文書中にある。

其後其堺之式、如何様候哉、山中之儀、諸事察存候、堅固様ニ連々計策候べく候、兼又させる物ニて候ハねども、朝山小次郎重綱連歌を了俊(今川)判して候、興ある句がらも候やらんと覚候ほどニ、失野(矢カ)にかゝせて、をかしげニ候へども、まいらせ候、若又其辺流布候哉、他事仰含貞治候之間、令省略候也、

十二月九日

左馬頭殿

「(切封)(墨引)」

右の書状は村田正志氏によれば(25)良成親王自筆書状である。懐良親王から征西将軍職を譲られたのを文中三年（一三七四）頃とすれば、それ以後の南北朝末期のものである。内容は五条頼治にあてて筑後矢部山中の生活を慰問し、敵方の総帥九州探題今川了俊の加判した朝山小次郎重綱の連歌を遣わしたことを報じたものである。了俊加判の重綱の連歌が筑後地方にもてはやされ流布していたことが知られる。幕府方将師の連歌が、九州宮方の陣営で「興ある句」としてよろこばれていたことを示すものとして意義深い。

これまで、梵灯を近習として屢説してきたが、近習がいかなるものであったかについて

は福田豊彦氏に次のような説明がある。[26]「室町将軍の近習も鎌倉期のそれと同じく、日常的に将軍に近仕して身辺警固の諸番役をつとめ、参内や社寺参詣の行列では将軍身辺にあって帯刀・衛府を勤めると共に、場合によっては使者として幕府命令の執行などにも当っているが、彼らはそうした表面的な活躍だけでなく、幕府政治方針の決定や訴訟に際しても影の力を発揮したと思われる」。義満の時は将軍権力の確定期として独裁権の樹立が強力に進められた時期である。そのために近習体制の果たした役割は大きかった。将軍と近習との主従結合は強く、近習はまさに将軍権力の支柱であった。近習体制は義教以降奉公衆体制として将軍権力を支え、幕府政治に種々の問題を惹起するが、それだけ重要な存在であったことを意味する。

室町幕府にあって将軍との間に主従制的結合を強く保持する近習としての梵灯は、和歌・連歌を学ぶことをとおして貴族的な文芸政教観を身につけた。そのような粉飾をかりての近習としての政教観を示しているのが『返答書』末尾の次の文である。

一今一天のおさまりて四海に風波おだやかなる事、唯君と臣との徳なるべし、遠くは三皇五帝の目出たかりし政にもこへ、近くは延喜天暦の御代をひさしく知しめして、国土安穏なりしにも過て、蒙古も襲来せず、四夷も又発る事なし、されば帝都を始て、壺の石文の外までも、動きなくおさまり侍ぞ、たゞ君の目出き御光、又は伊勢大神宮の神徳とも申侍べき、さるほどにたへたるをつぎ、すたれたるを発す、諸道いま時を得たり、殊更和歌は神道より出侍れば、草木に付ても万歳といはひ、道に心ざしあらむ人、ふるきをしたひ、あたらしきをも捨ざるべし、

「今一天のおさまりて四海に風波おだやかなる事、唯君と臣との徳なるべし」というのは、その続きに「近くは延喜天暦の御代」云々とあるから形式的には天皇統治をさしているが、それは伝統的な和歌政教観の一般的表現である。内容としては、幕府支配の安定性を基底とするものであった。政治状況としてまさにそうであるし、梵灯自身将軍の近習として当然であろう。国土安穏で、蒙古も襲来しないのは「君の目出き御光、又は伊勢大神宮の神徳」の賜であるとし、和歌は神道より出て――つまり和歌（ここでは連歌をも意味している）の興隆は、国土安穏で異国も襲来しない根源だというのである。この思考は、『野守鏡』などの思考をつぐ伝統的和歌政教観であるが、政治状況としては前述のように幕府支配の正当性・安定性をふまえるものであった。

注

（1）福田豊彦「室町幕府「奉公衆」の研究」（『北海道武蔵女子短期大学紀要』三、一九七一年三月）、同「室町幕府の「奉公衆」」（『日本歴史』三七四号、一九七一年三月）、河合正治

『中世武家社会の研究』（一九七三年五月、吉川弘文館）。
（2）金子金治郎『新撰菟玖波集の研究』一六六頁（一九六九年四月、風間書房）。
（3）玉村竹二編『五山文学新集』第二巻七二〇頁。
（4）朝山氏については、朝山浩「佐陀庄地頭としての朝山氏」（『社会経済史学』一―三、一九三一年一〇月）。
（5）『返答書』は『続群書類従』十七下所収のものによる。
（6）水上甲子三「梵灯庵主伝記小考」（『日本文学教室』一二、一九五〇年一二月、『中世歌論と連歌』に再録、一九七七年八月、全通企画出版）。
（7）「文安年中御番帳」に、三番朝山中務少輔・三番孫三郎・五番朝山肥前入道・五番同兵庫助、「永享以来御番帳」には五番朝山肥前入道、「長享元年九月十二日常徳院殿（義尚）様御動座当時在陣衆着到」には雲州朝山次郎がみえる。
（8）伊地知鐵男『連歌の世界』二五一頁（一九六七年八月、吉川弘文館）。
（9）あるいは、この間、今川了俊がすでに遠江に下っていたためか。
（10）川添昭二編『禰寝文書』五〇五号。九州史料叢書。
（11）『島津家文書』之一―六一六号。端裏書省略。
（12）今川了俊書状のうちに「故一曇（吉弘氏輔）」とあるが、一曇の没年については確かめえないので、今はしばらく措く。
（13）木藤氏は旧稿の永和三年（一三七七）説に対して、師綱が出雲守に任ぜられたのは康暦元年（一三七九）六月以後で、「相国寺供養記」に明徳三年（一三九二）八月、師綱は出雲守であったから前出雲守とする師綱書状はそれ以後のものだとされた。従うべきである。

(14)『群書類従』十、一〇七八頁。

(15) 応永十九年（一四一二）八月以前に成った『落書露顕』にも「如風聞者、梵灯僧連歌さがりたる」とある。もちろん了俊は「今梵灯にまさる人誰有りて如此さたあるぞや、是にて知りぬ、天下の下手なる事を」（『了俊一子伝』）と弁護している。

(16) 臼井信義『足利義満』九四頁（一九六〇年一月、吉川弘文館）。

(17) 太宰府天満宮西高辻家蔵本『梵灯庵袖下集』（島津忠夫『連歌の研究』三七五頁以下に収載、一九七三年三月、角川書店）には「宝徳元年三月上旬　灯庵之書写」とある。島津氏は宝徳（一四四九—五一）を至徳（一三八四—八六）の誤りかとされている。梵灯の出家は明徳三年（一三九二）八月以降であることは明白であるから、至徳としても、灯庵とあるのは合わない。この表記は、本書伝写の間に在俗名であるところが梵灯庵に変わっていったのではあるまいか。天理図書館本について木藤氏も同様の疑問を提示しておられる（『連歌史論考』上三四四頁）。

(18) 島津忠夫『連歌史の研究』一〇七頁（一九六九年三月、角川書店）。

(19) 玉村竹二『五山文学』二五六頁（一九五五年六月、至文堂）。

(20) 朝山出雲守師綱と在俗時代の現官で書いているが、正しくは前出雲守、あるいは梵燈とあるべきであろう。

(21) 川添昭二『今川了俊』一七六頁(一九六四年六月、吉川弘文館)。
(22) 梵灯の句風については、木藤才蔵氏の大要次のような分析がある。「梵燈の連歌は、前句との付合よりも一句に趣向をこらす傾向のあった応永時代の連歌の性格を反映しており、周阿の影響が意外に強い。理想の句体は余情幽玄にあるとしていたが、周阿の影響が強くて詩心の深さよりは奇知の働きが、二句の関連の深さよりは一句中心の趣向の巧みさが目につく」(『連歌史論考』上)。
(23) 吉川隆美「朝山梵燈庵の出自について」(『松江工専研究紀要』五、一九七〇年三月)。
(24) 旧八女郡水田村編『筑後市神社仏閣調査書』、一九六八年三月。旧水田村は大宰府天満宮領で、同宮大宮司大鳥居氏の本拠であり、天神信仰の本場であった。
(25) 村田正志「南朝関係五条家文書の研究」(『国士館大学人文学会紀要』一号、一九六九年三月)。
(26) 福田豊彦「室町幕府将軍権力に関する一考察」上(『日本歴史』二二八号、一九六七年五月)。

第七章　巡歴の歌人正広と受容層

一　大内教弘の時代

　大内氏の北九州支配の進展と大宰府天満宮安楽寺を中心とする文芸の展開に焦点を合わせると、大内教弘のときが一つの画期をなしている。大内氏は義弘以来豊前守護として勢力を扶植してきたが、盛見・持世の筑前への進出を背景に、教弘の代に至って筑前を守護領国化し、大宰府天満宮安楽寺を支配下に入れ、同宮寺を中心とする九州の文芸の展開に深くかかわるようになる。大内教弘の筑前の守護領国化の過程については、佐伯弘次氏[1]が、(イ)筑前守護代、(ロ)天満宮安楽寺支配、(ハ)城料所の設定（軍事力の強化）、(ニ)知行給与の拡大、(ホ)段銭賦課、(ヘ)博多支配、(ト)宗氏対策、及び「寛正二年六月廿九日従山口於御分国中行程日数事」（大内氏掟書）の各項を立てて精細に論じており、付加するものはほとんどない。ここでは右論文を参考にしながら、まず大内教弘期の大宰府天満宮安楽寺支配の概略についてふれておこう。

大内教弘は筥崎宮油座文書によると嘉吉三年（一四四三）四月三日、奥堂左衛門大夫の油役諸公事以下を免許しており、大鳥居文書によると文安五年（一四四八）八月一日、大鳥居信顕に大宰府安楽寺天満宮大鳥居職の相続安堵をしている。太宰府天満宮文書文安五年十月八日以降仁保盛安の大内氏筑前守護代としての事績が知られ、これ以前大内教弘が筑前守護に任じていたことを証している。大内教弘の大宰府天満宮安楽寺に対する関係も筑前守護としての立場からなされていることはいうまでもない。大内教弘期の同宮関係事績を整理し、一覧表にして掲げよう。

大内教弘と天満宮安楽寺

	年月日	事項	出典
1	文安5（1448）・8・1	大宰府安楽寺天満宮大鳥居職を大鳥居信顕に安堵す	大鳥居文書
2	・10・8	大内氏筑前守護代仁保盛安、吉敷武家分給人をして周防吉敷庄内得光名を安堵し、同名所務を大鳥居雑掌に合力せしむ	太宰府天満宮文書
3	6（1449）・4・28	仁保盛安、安楽寺天満宮寺務職補任を大鳥居に報ず	〃
4	（年未詳）・5・15	仁保盛安・杉正安、留守御房・天満宮社僧・原山衆徒に某事を報ず、（本文欠により内容不明）	〃

5	（年未詳）・6・25	筑後守護代木野了幸（筑後守護は菊池為邦）、仁保盛安に大宰府安楽寺大鳥居職補任・筑後水田庄其余大鳥居方知行分等のことを報ず	太宰府天満宮文書
6	宝徳2（1450）・2・23	大鳥居信顕、仁保盛安に天満宮会所和歌料田・祈禱連歌・安楽寺留守職等のことを訴う	〃
7	康正2（1456）・4・27	大鳥居信顕を大宰府天満宮留守職に補任す	大鳥居文書
8	・4・28	大内教弘の臣・飯田昌秀、大鳥居信顕に留守職補任の添状を出す	〃
9	（年未詳）・8・19	安楽寺大鳥居に巻数請取を出す	太宰府天満宮文書
10	康正2（1456）・9・8	大内氏奉行人、仁保盛安に大宰府天満宮修理行事職は留守職人が処置すべきを報ず	大鳥居文書
11	・9・12	仁保盛安、天満宮留守大鳥居信顕に同宮修理行事職は奉書の通り処置すべきを報ず	太宰府天満宮文書

3・8の年は推定

表内の1・3・5・6・7・8・10・11等によって、当時の天満宮安楽寺が同宮寺所職に関する問題を緊要事としていたことが知られる。同宮寺寺務職をめぐって大鳥居氏と小鳥居氏、さらには大鳥居氏内部に深刻な対立があった。もともと寺務職の補任は京都の領家・菅原氏によって行われていたが、宮寺の方で守護権力による現実的な保障を願い、守護もそれを勢力浸透の機会として歓迎した。大鳥居信顕は筑前守護大内教弘に通じることによって同宮寺の寺務職を獲得した。[2] 仁保盛安は筑前守護代として同宮守の実際の保護―支配に任じたのである。このような状況のなかで天満宮会所和歌料田に関する表の6の大鳥居信顕書状が残されている。同書状は前欠のためもあり文意が通じ難いが、同料田在所点定によって祈禱連歌が退転したことを訴えている。それでも「神慮如何候と存候て、毎月御連歌如形申行、致御祈禱候」と、神慮をおもんばかり月次の祈禱連歌を懸命に執行していることを報じている。天満宮安楽寺では「祈禱連歌」の用語の初見であり、月次連歌が行われていたことを語るもっとも早い史料である。この訴えの結末は明らかでないが、大内教弘の天満宮安楽寺に対する保護全般から考えて、信顕の願いが無に帰したとは思われない。[3] 表の9の巻数請取など、そのことを傍証するものであろう。

大内教弘期の天満宮安楽寺の文芸関係について若干のことを述べておきたい。まず、文安六年(一四四九)二月頃、島津忠国が九州において安楽寺法楽に一万句連歌を興行したことをあげよう。大阪天満宮所蔵の、高山民部入道宗砌の「宗砌句集」に、

同頃、嶋津陸奥守忠国於九州興行の安楽寺法楽の一万句のうちに

風わたり梅飛にほふ千里かな

とある。飛梅伝説の資料としても貴重である。「宗砌句集」は連歌愚句の端書があり、宝徳二年（一四五〇）一条兼良編の『新玉集』（佚書）に撰集資料として提出した高山宗砌の自撰句集である。宗砌は但馬の守護大名山名氏の臣、俗名は時重といったという（「種玉庵宗祇伝」）。その享年は不明であるが、文安年間（一四四四―四八）頃の成立といわれる宗砌の著『古今連談集』下巻によると、同書が成ったとき六十有余歳であった。連歌を梵灯庵に和歌を正徹に学んだ。連歌書としては『初心求詠集』『密伝抄』『砌塵抄』（以上、岩波文庫『連歌論集』上所収）『古今連談集』『宗砌田舎への状』『袖内』（以上、古典文庫『宗砌連歌論集』所収）『花能万賀喜』（『続群書類従』、古典文庫『連歌論新集』三所収）その他相当数に上る。それらの性格について金子金治郎氏は、秘伝的傾向・祖述的傾向・てにをは重視・作品重視の四点を挙げている。[4]宗砌の句風について心敬は『所々返答』で次のように評している。

誠にてだり巧みに強力なる処並ぶ作者見え侍らず、されば其世には殊のほか誉をえ侍り、然はあれど懇に見給べく哉、この好士も偏に俗人に侍れば、胸のうち丈夫にて弓馬兵杖の世俗に日夜そだち侍て、更に世間の無情遷変、仏法の方の学文修行の心ざし、一塵もなく欠け侍る故にや、手練りのみにて、句共に面影・余情・不便の方侍らず哉

宗砌の秀句好みの技巧的な面を心敬の心地修行の立場から評したものである。伊地知鐵

男氏は「それにしても周阿から梵灯へとひき継がれた修飾的な一句仕立に傾きかけた連歌界を、正統な連歌の風姿へたち還らせた宗砌の功績は大きいとみなければならない[5]」と評価している。文安五年（一四四八）六月、幕府から北野会所奉行を命ぜられている。宗砌の『初心求詠集』に「安楽寺にて」として「五月きぬ神の真菅の御笠山」という周阿の句を収めていることは前述した。間接的ではあるが、宗砌の九州関係として、大分県四日市町渡辺功氏所蔵の「漑利五十番歌合（仮題）」（近世末、重真の書写）があり、永享九年（一四三七）十一月の宗砌の跋文があるもので、享徳二年（一四五三）三月十四日藤原（門司）能秀が書写したものの模写である[6]。

島津忠国は父久豊卒去のあと応永三十二年（一四二五）八月二十八日将軍足利義持から薩摩・大隅・日向三箇国の守護職に補任された。国一揆の対抗、弟用久・子息立久との不和など、ことが多かった。日向櫛間院に大覚寺義昭を自刃せしめたことは著名である。その折の、さぬき房など関係者の歌が『薩藩旧記雑録前編』巻三十七に収められている。文明二年（一四七〇）正月八日加世田別府で没する。享年六十八[7]。忠国の事績中、寛正六年（一四六五）鹿児島諏訪神社の祭法を定めたことは注目される。信州諏訪社に習って御佐山祭と称した[8]。安楽寺法楽に一万句連歌興行をしたことは「宗砌句集」以外に知られない。このことがどうして宗砌の録するところとなったのか、直接には知り得ない。島津庄は古来近衛家領で、その縁で島津氏と京都との関係は意外に深い。

九州のどこで興行したのかもはっきりしない。『薩藩旧記雑録前編』巻一天養二年（一一四五）正月日薩摩国庁宣には薩摩国分寺がすでに安楽寺領であったことが明記されており、薩摩国衙と不可分な国分寺を大きな通路として薩摩に天神信仰が伝播していった。この期の薩摩の起請文の神文に天満大自在天神がみえるのは薩摩における天神信仰の所産である。戦国末の『上井覚兼日記』でも南九州における天神信仰の深さが知られる。島津忠国の一万句連歌は、大宰府天満宮ではなく薩摩で興行されたのではあるまいか。薩摩国分寺（鹿児島県川内市国分寺町）で興行された可能性もある。ともあれ、薩摩の島津忠国は北野会所奉行として連歌師最上の地位にある宗砌と文芸交流を有していたのであり、それも連歌神としての菅神崇拝を媒介としていたのである。

大内教弘期の天満宮安楽寺関係の文芸について次のことを付け加えておきたい。当時歌人・連歌師として知られていた忍誓が筑紫に下向していることである。『草根集』巻九宝徳三年（一四五一）の項に「十月のはじめ、忍誓法師つくしよりかへりのぼりて、其草庵にて歌読ありし中に」という詞書を付した正徹の詠がある。忍誓は永享十二年（一四四〇）十月十五日、宗砌・親当との「三吟山何百韻」をはじめ、文安四年（一四四七）九月六日の「山何百韻」などが知られ、『草根集』巻七では宝徳元年（一四四九）二月美濃土岐氏の守護代藤原利永（斎藤妙椿の父）が忍誓の草庵で月次和歌を興行している。さらに、同年八月十九日から二十一日まで筒井四郎左衛門尉時述が忍誓得業の二条西洞院の坊において千句連歌を興行しているから、[9]忍誓の筑紫下向はこれ以降宝徳三年十月初旬以前の間である。その折の紀行文が『海陸吟』である。『海陸吟』は『古事類苑』神祇部九十七太宰府神社の項の末尾や高原謙次郎・江島茂逸編『太宰府史鑑』下編官社（一九〇三年一二月、民友社）に、風凄まじき秋の末の大宰府跡の叙景部分が摘載されている。天満宮に詣で通夜して連歌の法楽を手向けしており、忍誓の筑紫下向の眼目は天満宮参拝にあったとみられる。正広の九州巡歴の約十三年前のことである。忍誓は和歌を正徹に学んだことは確かであるが、連歌の師は不明。『新撰菟玖波集』には付句十一、発句一がとられている。木藤才蔵氏は「その作品は新風の線に沿ったものであったけれども、力量の不足が十二句という入集句数となってあらわれたものと考えられる」[10]と評価している。『草根集』巻十二によると、忍誓は康正元年（一四五五）閏四月東国に下向している。同三年八月東国流浪の先から正徹に百首和歌の僻案点を請うているのが、現在知られる忍誓の事績の最後である。[11]旅に死んだ歌人・連歌師の一人である。現在、『海陸吟』の全貌を把握し得ないので、忍誓の筑紫下向のくわしい検討は後日を期したい。正広の九州巡歴―天満宮参詣については次節で述べる。

さらに、大内教弘の筑前関係の文化的事績を付け加えておこう。『筑前国続風土記拾遺』巻之二十一宗像郡中上西郷村の項によると、大内多々良朝臣義興が長禄元年（一四五七）、周防国佐婆郡鳴滝泰雲寺八世竺心慶仙を開山として右地に曹洞宗の天徳山太平寺を創建したと記している。初めは大寺で末寺も自国他国にかけて十九ヶ寺あったが、大内氏の滅亡にともなって凌遅し、嘉麻郡臼井村永泉寺の末寺になったと述べている。大内義興では創建年次が合わない。創建年次に誤まりがなければ大内教弘の代のこととなる。竺心慶仙の活動年次からして長禄元年創建は拠るべきであろう。応永末年以降、薩摩福昌寺の石屋真梁の一派が防長両国に北上し、大内氏の外護のもとに防長両国に曹洞禅が伝播し、それがさらに北九州に南下してきたのである(12)。大内教弘は石屋真梁の高弟覚隠永本と道交深く、竺心慶仙は覚隠永本の弟子である。同じく覚隠永本の弟子である玉岡慶淋が筑前嘉麻郡臼井に開いたのが永泉寺である。ともあれ、太平寺の創建は大内氏の外護を背景とする石屋真梁派の曹洞禅の筑前における伝播の一標識をなすものである。

二　守護領国下の巡歴

大内教弘の保護によって天満宮安楽寺の連歌興行等は安定化の度合を高め同宮寺を始め

とする大内教弘分国筑前・豊前の文事は漸次興隆におもむいていった。それを具象するのが正広（一四一二—九三）の豊前・筑前巡歴である。正広の伝と文学については、すでにいくつかのすぐれた研究があるので、それらにより略歴をみておこう。稲田利徳氏[13]は正広の生涯を、(1)師正徹が死没するまで、(2)応仁の乱を経て文明十年頃（一四七八）まで、(3)それ以降死去まで、の三期に分けているが、拠るべきであろう。出自は判然とせず、出身地は京都ではないかという。正広の歌集『松下集』[14]によればかつて東福寺に所属していた僧である。同集は応永三十一年（一四二四）十三歳の時から正徹（時に四十四歳）に師事していたと記している。師弟の交誼は深かった。長禄三年（一四五九）五月九日正徹は七十九歳でこの世を去り、正広は招月庵を継ぎ、寛正五年（一四六四）大内教弘の勧誘によって山口へ赴き豊前・筑前を巡歴するのである。まもなく応仁の乱が起こり、正広は流浪の生活を余儀なくされる。南禅寺・東福寺に住み、南都に下り、伊勢国司北畠教具や美濃斎藤妙椿の許に赴き、長谷寺智恵光院に住むなどして、文明五年（一四七三）七月一条兼良の序文を得て『草根集』全十五巻の編纂を終えている。第二期中最大の業績である。翌月駿河に下り今川義忠に会っており、『正広日記』にくわしい。文明九年には越前の朝倉孝景の許に赴いている。

文明十一年（一四七九）秋頃泉州堺北庄の金光寺の寮に移居、翌年七月下旬畠山義統の招きで能登に行き、文明十三年（一四八一）四月上京して将軍義尚に歌を召され、翌年春宗祇・宗尹らとともに摂津の池田正種の許に赴き、同年十月再び能登に下向、ここで三年半畠山義統の庇護を受け、文明十八年（一四八六）八月堺の草庵に帰り、以後、若狭・京都と往来する。延徳二年（一四九〇）には越前一乗谷への旅をし朝倉貞景に会っている。正広の足跡は以上のように広範囲にわたり、地方の守護・国人の支持のもとに地方歌壇に活力を与え、地方への文化伝播者としての役割を果たしている。稲田利徳氏によれば正広の和歌の知られるものは三千三百七十余首という。歌風は平明優美と評されるが、室町時代第一の歌人といわれる師正徹の歌才には及ばなかったというのが大方の観察であろう。しかし正徹が、一時美濃国に仮寓したことなどはあったにせよ、ほとんど京都中心に活動したのにくらべると、正広の足跡ははるかに広い。正徹の場合、将軍・細川氏その他幕府奉公衆や在京の守護・国人などが武士層受容者であったが、正広の場合は前述のように広い地域にわたる在地の守護・国人らが直接の受容者であった。応仁の乱前後同時代の、和歌における正広は、連歌における宗祇とともに、地方への文化伝播者として相比肩するものである。(15)(16)

寛正五年（一四六四）の山口―九州巡歴は、正広が地方の守護に招かれた最初である。『松下集』に拠りながらその足跡を追い、九州における文化史的な意味を考えてみたい。

正広が大内教弘の勧誘によって山口に下ったことは教弘の嗣子政弘の『拾塵和歌集』によっても知られるが、正広自身山口—豊前・筑前巡歴を記した『松下集』に「同五年(寛正)二月中旬比、防州大内左京大夫入道教弘より状ありて、箱崎の松を見よかしとて、むかひをたびたるに、思ひ立侍り、つの国兵庫に、船の出侍る間とうりうせしに」と述べている。正広の西国下向は、すでに知られているように、大内教弘が康正二年(一四五六)正徹にすすめたが「至極の老屈なり」ということでことわれていたのを実現させたものである。丹鶴叢書本『草根集』巻十二康正二年三月晦日条に次のようにみえる。

周防国より大内左京大夫教弘始て状をおくり、西国物詣思立て下向あるべし、其に因て来て歌道事可加庭訓事など申おくられしかども、(正徹、七十六歳)至極の老屈なり、むかしの事今は隔生則忘のごとし、此度はさしあひのよしかへりごとせしに、あなたより、

箱崎のまつともいかゞ告やらん心もしらぬ風の便に

かへりごとにそへて続後撰集などつかはして

はこざきや秋風吹ば舟出してまつに逢みん春ならず共

大内教弘の筑前国—大宰府天満宮安楽寺支配については前に略述したが、教弘は、長門大寧寺の器之為璠の『器之為璠禅師行巻』上、下炬において「一代猛将」とうたわれ、師成親王自筆の『李花集』を相伝し、河内本『源氏物語』東山御文庫蔵「七豪源氏」を伝え、

さらに今川了俊自筆写本・徳川美術館蔵『和哥秘抄』を伝え、『新撰菟玖波集』に付句七句を採られたほど連歌に巧みで、いわば文武兼備の名将というべき存在であった。東福寺の翱之恵鳳の遺稿『竹居清事』（『西遊集』）によれば、仁保上総守（弘有カ）・源（飯田カ）秀家・相良淳朴（正任カ）・吉田会稽公（武賢カ）ら大内氏の有力被官人の禅儒にわたる蘊蓄が知られ、かつ画聖雪舟の大内氏被官人との交わりも想見される。遣明正使天与清啓が翱之の帰洛と入れかわって山口に滞在し大内教弘に請われて「飛泉亭之詩并序」（『松山序等諸師雑稿』）を作っていることも大内教弘期の文事として逸することはできない。このような教弘が、将軍義政に『源氏物語』を読進するなど[17]当代随一の歌人として一世を風靡している正徹を招き、歌道師範としようとしたことは当然であった。その後の両者の交わりについては管見に入る史料はない[18]。八年後、大内教弘は正徹の愛弟子正広の招待を実現し、詠歌・古典学習等において渇を医すことができた。教弘は正広に「箱崎の松をみよかし」とすすめているが、その望むところはここにあったろう。しかし、正広の西国下向の目的は、教弘の勧説のとおりの、九州の歌枕探訪にあったと思われる。

寛正五年（一四六四）二月中旬頃、大内教弘から招待を受けた正広は摂津兵庫に赴き、須磨浦一谷に源平合戦の昔を偲び、光源氏の故蹟で和歌を詠み、三月十一日に船出して同二十六日に周防の下松に到着、同二十七日山口の真光院に行き、同二十八日大内教弘に見参して一続。「名にたかき合生の松も君が年契をきて世にさかふらむ」と大内氏の隆盛をことほいでいる。四月五日教弘の家で一首懐紙、同十日には教弘の子息政弘の家で一続。同十五日、教弘の家での一続のうちの「袖ひろく世におほふべき春霞先こもる江にふかき浪哉」にも大内氏をたたえる含意がくみとれる。四月下旬頃、正広の九州一見のために大内教弘は筑前守護代である仁保加賀守盛安を介添え案内役として遣わした。正広は長門府中二宮に手向けをし、赤間関の阿弥陀寺に安徳天皇の木像を拝して法楽和歌を一首短冊に認めた。さらに長福寺准順院を一見して詠歌。四月二十八日には豊前の宇佐宮に参詣して二十首法楽を献じている。豊前における正広の足跡は『松下集』では宇佐宮以外には下毛郡跡田の羅漢寺に詣でたことしか知られない。足利義満が羅漢護国禅寺の額を贈り寺領を寄付し諸堂を造立したと伝える。[19]正広の時代は臨済宗であり、東福寺系の正広には何らかの所縁があったろう。

大内氏の豊前支配は義弘以来の伝統を背景に統治機構もととのい、宇佐宮に対しては社家所職の補任権を掌握していた。[20]宇佐宮行幸会を厳修し、[21]享徳四年（一四五五）八月十三日には大内教弘自ら宇佐宮に参詣しており、[22]寛正三年（一四六二）八月二十二日には大内新介政弘が神馬一疋を同宮に寄進するなど、[23]大内氏の宇佐宮に対する支配と保護は程よい均衡をみせていた。正広の九州一見の行程中、宇佐宮参詣はかなりの比重をもっていたと思われる。大内氏の同宮支配は正広の参詣を平安で心楽しいものにしたろう。『松下集』には豊前の巡歴地として宇佐宮と羅漢寺しかみえないが、巡歴はこの二つに尽きているのではあるまい[24]。正広の九州巡歴が筑前を主としていたことによろうが、後述のような『松下集』編纂の問題もあろう。

五月六日待望の筑前箱崎の松をみ、翌七月、箱崎八幡宮で法楽和歌を詠み、五月二十日には天満宮安楽寺で法楽百首。『松下集』には二十七首を引載しており、正広の九州旅行の歌ではもっとも多く、正広の九州旅行の眼目が大宰府天満宮参詣にあったことを明瞭に示している。大内教弘の大宰府天満宮安楽寺に対する支配─保護の実情は前述のとおりである。天満宮法楽が正広の一つの旅の大きな目的であり、それはつまり大内教弘のための法楽ではなかろうか、という意見があるが[25]、首肯できる意見である。それは大内教弘の天満宮安楽寺崇敬を代弁するもので、行為としてはまさに代参であろう。このあと山口にひきかえして九月四日頃、正広は防府の松崎天神に詣で百首法楽をしており、正広の天神信仰を示しているが、大内教弘の天神信仰における松崎—大宰府の相即的な関係を想見させる。

大宰府天満宮法楽と同じ頃、宝満宮法楽二十首。宝満宮は旧御笠郡内山(現、福岡県太宰府市内山)に鎮座し、宝満山はその神体である。中野幡能氏は、御笠の里に発生した

「水分神」であったのがカマド神と結び、さらに平安以後八幡神と接触し神功皇后を祭神とし聖母神として崇められてきたと解している。[26]奈良末期には規模の大きい神宮寺が建てられていたようで、最澄らの入唐求法僧が航海の安全を祈るなど、大宰府との関係は深かったが、天満宮の創建にともない、大宰府文化の影の部分に廻った。しかし、かつては三七〇の坊を有していたと伝える[27]ほど隆盛を誇っており、筑紫を訪れた有数の歌人が歌に詠み残しているところである。それらの歌集のあらかたを示しておこう。『経信卿母集』『江帥集』『成尋阿闍梨母日記』上『拾遺和歌集』巻第十八雑賀（『重之集』）『続詞花和歌集』春二十戯咲『新続古今和歌集』巻第十九俳諧『経衡集』『後拾遺和歌集』巻第三夏『梁塵秘抄』巻第二。歌僧正広が宝満宮に法楽和歌を献じた背景の一つである。室町期の宝満宮の史料は極めて少ないが、最近、文明三年（一四七一）六月七日江州永禅の作った狛犬を大宰少弐頼忠（政資）が竈門神社下宮に寄進したことが判明した。[28]金剛三昧院文書文明十一年（一四七九）十月十八日粥田庄納所等連署算用状によって宝満宮勧進聖がいたことが知られる。時代が降るが、福岡市立歴史資料館所蔵青柳資料中に天文廿三年（一五五四）の竈門山役行者講弁背図があることも貴重である。

『松下集』は宝満宮法楽に続けて、生の松原の天神社頭で法楽和歌を詠じたことを記している。生の松原は生き―千代・千年・行末、あるいは行くなどにかかって永生を願う歌や別離の歌に詠まれたりして古歌に多く詠み込まれたところである。[29]生の松原に続いて志賀島文殊で一首法楽。志賀島は南北朝時代は長講堂領であり、応永十四年（一四〇七）三月の「宣陽門院所領目録」にみえる。志賀海神社所蔵文書天文十一年（一五四二）六月廿八日大内義隆の大府宣によれば宗益蔵主を筑前国志賀社宮司坊職に補任しており、寛正の頃も那珂郡に属していたかも知れない。『筑前国続風土記』巻之五那珂郡上には、同社はかつて三百七十五の末社を有していたが頽破していたのを、永享十一年（一四三九）大内持世がようやく百二十社を興隆したと伝えている。同社文書には大内持世の右の文書はみえないが、持世の筑前支配の進展から考えて首肯できる。正広は大内氏の威光を背景に志賀海神社に参詣できたのである。『筑前国続風土記』は志賀島の文殊堂について次のように記している。

志賀社の西の側にあり、古昔経（径カ）山寺より文殊の木像、及五台山の絵図を志賀島にわたしけるを、堂を作りて安置す、其後大蔵経をも渡しけるが、文禄二年（一五九三）十一月四日火災起りて、文殊の木像半ば焼たるを作りつけり、蔵経の内二千余巻焼失せり、残て猶三千余巻今にあり、此文珠の事、東海瓊玉集に載せたり、（堂のかたはらに文殊水あり、清潔なり、）

志賀島は『万葉集』を始めとして古来歌に詠まれたところであり、正広としては是非参詣したい所であったろう。『松下集』は、この頃志賀島文殊が広く信仰を集めていたことを示した史料にもなっている。

それから正広は大宰府安楽寺に参って法楽、天判の嶽（天拝山）のことを『松下集』に記している。その麓の寺に雨宿りして柱に一首法楽している。その寺はおそらく武蔵寺であろう。そののち竈門山に登って社頭の柱に一首書き付けている。『松下集』には続いて「その比大宰府人丸法楽廿首」のことを記している。明応七年（一四九八）の年記をもつ「天満宮境内古図」には「会所人丸」とあり、宗祇の『筑紫道記』には（安楽寺）「人丸の木像おはしますを拝す、この所則ち当社の会所なり」とあり、さらに遡って前引の宝徳二年（一四五〇）二月の太宰府天満宮文書に「天満宮会所和歌所料田」のあることを想起する。会所は経済的基盤として料田があり、柿本人麿の絵像が懸けられて詠歌の営みが行われていたことは確かであろう。

同じ頃、正広は博多の竜宮寺で詠歌、足をのばさなかった肥前松浦の領巾振山も詠み込んでいる。『博多津要録』巻之九によると、竜宮寺は享保十七年（一七三二）六月十八日本堂・庫裏ともに全焼していて、史料が残っていない。鎌倉時代、谷阿を開山として開かれたと伝える。(30)『筑紫道記』には「浄土門の寺」と記している。文明十二年（一四八〇）宗祇によって博多百韻が行われたことは著名である。『松下集』の竜宮寺の記事は同寺関係の確かな史料の初見である。後のことになるが、『覇家台』によると、文禄三年（一五九四）

薩摩の連歌師として知られる高城珠長が来博して同寺にとまり博多町衆の世話で連歌を行っている。ついで正広は博多の大師堂に逗留して続歌。「泊雨滴蓬」と題する歌、

とま莚よしあしふきも心から思ひはいれじ板まもる雨

は、正広の旅の感懐を吐露している。大師堂は、弘法大師空海の入唐にちなむ創建という東長寺のことであろうか。

六月三日、筑前守護代の加賀守平（仁保）盛安の博多の旅宿で二十首続歌。仁保盛安は正広を山口から九州へ案内した人物であり、山口と筑前を折々往来していたことが知られる。大内氏の筑前支配の軍事的拠点は粕屋郡高鳥居城であり[31]、博多の宿所は、それと相関して守護所の機能をもつものであったかも知れない[32]。田村大宮司家文書康正弐年（一四五六）十一月日内藤道行・飯田秀家・仁保盛安連署禁制によると、筥崎社の神木を門松や祇園会以下の作り物として伐取することを禁じている。博多祇園会に関する確かな史料の初見であるが、大内教弘期の博多支配における仁保盛安の事績を示す史料でもある。博多祇園会は、京都―山口のルートを経、主として大内氏の影響下に形をととのえていったと思われるが[33]、和歌の享受でもこの時期は京都―山口―九州のルートが中心的で、正広の巡歴はそれを具象するものである。大内教弘が正広の師正徹に西国物詣をすすめ「箱崎のまつ」の歌をやりとりしたのが、この康正二年であることは興味深い。

仁保盛安の博多の旅宿で続歌をした頃、「八幡の生給」う粕屋郡の宇美八幡宮に詣でて二十首法楽。その中に「社頭祝」として次の歌がある。

かしこくも神のうめらむ御子としれみな此国にはぐまるゝ身は

筑前の国民（くにたみ）に対する八幡の擁護と大内氏の支配の永続への祈りとが一如に詠み込まれている。宇美八幡宮は神功皇后が新羅から帰り応神天皇を生んだ所として『日本書紀』や『古事記』に記されている古社で、『今鏡』第三男山の条に「鼈海の西にはうみの宮御産平安たのみあり」とあるように安産の神として古来広く信仰されている。また、同宮を詠んだ藤原隆家（『万代集』）・慈円（『拾玉集』）・西行（『夫木抄』）等の歌もあり、正広は歌僧として是非参詣したい神社であったろう。

このあと『松下集』は「生松熊野法楽に」として

御熊野ゝ神のいまする生の松百枝にみるや浦のはまゆふ

の歌を掲げている。生の松原の熊野社に詣でての歌で、前出の生松原天神社頭の法楽の折のものか、再び生の松原に赴いたものか、不明。中村令三郎氏所蔵文書永仁元年壬辰八月十五日他宝坊願文に「筑前国さわらのこをりいきのまつばらくまのゝ権現をいわいするまいらせ候」とあり、干支記載が誤っていて疑問の残る文書であるが、肥後国の異国警固を機として生松原に熊野社が勧請されたとある。正広が詣でたのはこの社を指すのであろうか。

続いて、『松下集』は住吉社法楽歌三首を掲げて九州関係の巡歴記事を終えている。そのうちの二首を掲げよう。

寄夏祈恋

住吉やことの葉うへて御田うへに神の心をとるさなへ哉

夏懐旧

風こしてすゞしき袖の湊舟もろこし人や秋をよすらむ

住吉神社は天平九年（七三七）四月、[34] 奉幣をうけて以来、公家の崇敬をうけること厚かった式内社である。同社は当時伏見院領であったが、油座文書や榎戸文書によって大内氏の支配―保護下にあったことが知られる。摂津住吉神社が歌神として有名になるにつれ、同社も歌神としての崇敬をうけるようになり、顕昭の『袖中抄』に引かれ、占部兼直（『続古今集』神祇）や津守国量（『新後拾遺集』神祇・『神道百首』）らの歌が残されている。さらに、正徹が同社の北の海辺に松月庵を営んでいたという所伝がある。[35] この所伝の形成には正徹の愛弟子正広の同社参詣が何らかの形でからんでいるかも知れない。正広が九州巡歴の最後に住吉社法楽をおいているのは、歌神への崇敬によるものであろう。

豊前・筑前巡歴を終えた正広は寛正五年（一四六四）六月の末山口へ帰り、所々で歌を詠じている。八月七日大内教弘家にて「海辺月」と題し、

唐人の心といかに舟出して袖の湊にならふ夜の月

とあるのは、博多に思いを馳せての詠であろう。『松下集』の末尾には、

防州九州にてよみ侍る歌どもとりちらし侍るに、去延徳二年（一四九〇）の秋のころ日向国嶋津修理亮入道忠好と云人、少々書うつしたる歌とて泉州堺の草庵へ持来られ侍る程にかき入侍る、さてその丶ち歌ともひきうしなひ侍りき

という記載がある。防州・九州巡歴の後二十七年を経て島津忠好の写本によりつつ記憶をたどりながら記述していることを述べている。島津忠好（忠廉）については後述する。前述のように、豊前関係記事が二ヶ所だけであり、同一箇所が二ヶ所に分載されているのではないかとみられる部分があるのも、このことと関係があろう。

正広の九州巡歴について気付いた点をいくつかあげておきたい。(1)正広の九州巡歴が筑前・豊前両国守護大内教弘の庇護によって実現していることはいうまでもない。その教弘の庇護を直接に代行したのは筑前守護代仁保盛安である。(2)九州巡歴といっても九州全域にわたるのではなく、大内教弘の守護管国である筑前・豊前に限られている(36)。しかも豊前では宇佐宮・羅漢寺以外直接おとずれたことが知られず、筑前を主とする巡歴であった。(3)巡歴の対象地は、古歌に詠み込まれた歌枕で、ことに由緒古い社寺が主である。法楽歌数や祭神の性格からいって大宰府天満宮に主眼がおかれていたとみられる。なお、九州巡

歴の最後を住吉社においているのは、歌神としての崇敬によるもので、意図的な配置であろう。(4)九州巡歴の歌は法楽歌が主である。つまり和歌は陀羅尼（『さゝめごと』）ともいうべき宗教性が濃厚である。しかも法楽は大内氏の分国支配永続の祈りに通じ、政教一致の境涯を示している。従って歌枕探訪は期せずして政情巡察にもなっている。(5)『松下集』の九州巡歴には仁保盛安以外、在地の国人の和歌受容を直接記述した箇所がなく、この点宗祇の『筑紫道記』と大いに異なる。しかし「同七日ある人の箱崎の八幡宮法楽とて人々にすゝめ侍るよし有て短冊を送られしに」「廿日天満宮法楽とて人の百首を一日によむべきにてすゝめられし中に」「生松原と云所は箱崎よりはるかにへだゝりて天神の社頭ましまます、人々法楽せしにたんざくをとり侍る」「それより安楽寺へまいり人々法楽の歌あり」などと「人々」の存在が語られており、歌会が当時流行の続歌であることとあいまって、寄り合いの文芸としての和歌享受を示している。正広の九州巡歴は三ヶ月足らずの短期間であったが、この面での指導性を発揮したのであり、とくに古社寺を中心として、筑前における和歌享受は寄り合いの文芸としての傾向を一層強めていったと推測される。

注

（1）佐伯弘次「大内氏の筑前国支配—義弘期から政弘期まで—」（川添昭二編『九州中世史研

究』第一輯、一九七八年一一月、文献出版)。
(2) 太宰府天満宮文書文安甲子(一四四四)秋七月二日菊池持朝書下は、大鳥居信堯の安楽寺別当職を安堵したものであるが、検討を要する文書である。
(3) 大内教弘の文芸については米原正義『戦国武士と文芸の研究』第五章第一節五(一九七六年一〇月、桜楓社)。
(4) 金子金治郎『新撰菟玖波集の研究』一五七―一五八頁(一九六九年四月、風間書房)。
(5) 伊地知鐵男『連歌の世界』二九〇頁、一九六七年八月、吉川弘文館。
(6) 注(4)所掲書二八二頁以下に紹介。
(7) 『島津国史』巻十。
(8) 『薩藩旧記雑録前編』巻三十八。
(9) 木藤才蔵『連歌史論考』下三九九頁(一九七三年四月、明治書院)。
(10) 注(9)所掲書三九七頁。
(11) 稲田利徳『正徹の研究』一一一一頁(一九七八年三月、笠間書院)。
(12) 鈴木泰山『禅宗の地方発展』後篇第六章第三節、一九四二年一一月、畝傍書房。
(13) 注(11)所掲書第三章第二節。
(14) 『松下集』の完本は国立国会図書館に所蔵、稲田利徳氏の解題・翻刻で『私家集大成』中世Ⅳに所収。
(15) 井上宗雄『中世歌壇史の研究室町後期』八五頁、一九七二年一二月、明治書院。

(16) 正広は正徹同様、連歌を残していない。宗祇と一緒のときも連歌をしていない。
(17) 『草根集』巻十一。
(18) 『建内記』嘉吉三年（一四四三）六月三日条によれば、大内教弘は京都に雑掌を置いており、「最勝光院方評定引付」『康富記』によると、文安六年（一四四九）四月二十日上洛している。福岡県宗像郡の井原文書（年欠）三月十二日高鳥居城衆宛大内教弘書状に「上洛留守中事、毎々御奔走令悦喜候」とあり、大内教弘の上洛が知られる。しかしもとより正徹との交わりを示す直接史料ではない。
(19) 羅漢寺は現在曹洞宗。『日本社寺大観』八六九―八七〇頁。一九三三年九月、京都市・日出新聞社。天隠竜沢の『黙雲藁』（玉村竹二『五山文学新集』第五巻一一七八頁）に「礼羅漢於豊前」とある。『臥雲日件録』長禄元年（一四五七）十一月十九日条には豊前田口の石羅漢像のことを記している。
(20) 到津家譜・宇佐益永家文書（享徳二年〈一四五三〉）十一月廿七日大内教弘書状、到津文書同年十二月十五日大内氏奉行人連署奉書。同文書同日大内氏豊前守護代杉重綱奉書。
(21) 永弘文書文安五年（一四四八）四月七日道行・秀家・宗国連署奉書案、佐田文書（年欠）十一月九日大内教弘書状、同文書（年欠）十一月廿六日大内教弘書状等。
(22) 到津文書享徳四年（一四五五）八月十三日飛鳥井雅綱短冊包紙。
(23) 到津文書寛正三年（一四六二）八月廿二日大内政弘神馬寄進状写。
(24) 『松下集』寛正五年五月廿日天満宮法楽百首の中に「山月」として「豊国や月を鏡のかゞ

み山　照さばなにの光とかみん」とある。豊前国田川郡香春の鏡山を詠んだもので、『万葉集』三―三一一・四一七・四一八、九―一七六七・一七六八等の歌を念頭においていたろう。正広が豊前の鏡山に行ったのかどうかは不明だが、豊前の歌枕としての鏡山に心惹かれていたことは確かである。

(25) 鶴崎裕樹「大内氏領を往く正広と宗祇（上）」（『帝塚山学院短期大学研究年報』二二、一九七四年一二月）。

(26) 中野幡能編著『筑前国宝満山信仰史の研究』、一九八〇年三月、太宰府天満宮文化研究所。

(27) 貝原益軒『筑前国続風土記』巻之七御笠郡上。

(28) 小西信二「竈門神社の狛犬について」（『西日本文化』一五二、一九七九年六月）。

(29) 注(27)所掲書巻之二十早良郡上にそれらの古歌を引いている。

(30) 同右巻之四博多。

(31) 福岡県宗像郡井原文書宝徳二年（一四五〇）八月廿一日内藤道行・吉田秀澄連署奉書、同日仁保盛安奉書。

(32) 注(1)所掲論文。

(33) 『海東諸国紀』によれば、康正元年（一四五五）大友氏の「石城府代官宗金」寛正二年（一四六一）大友親繁の「博多代官田原貞成」の活動が知られるなど、博多は大内氏の一円支配下にあったわけではなく、大友氏の影響があったことは見逃せない。

(34) 『続日本紀』。

(35) 注(27)所掲書巻之五那珂郡上。

(36) 寛正二年(一四六一)六月二十九日、「大内氏掟書」によって、大内氏の勢力が肥前にも及んでいたことが知られるが、文事関係は見出し得ない。

第八章　宗祇の見た九州

一　大内政弘の社寺対策

大内教弘に続く政弘の筑前・豊前、とくに筑前を中心とする北九州支配の文化史的な意義を考えてみたい。

大内政弘は応仁文明の大乱に際し西軍の主導者として活躍していたが、東軍細川勝元の後方攪乱策によって防長―九州の反大内政弘方勢力が蜂起した。とくに伯父大内教幸（道頓）が挙兵したため苦境に陥ったが、陶弘護の活躍によってこれを封じた。その後、大乱の縮小化と相まち、大内政弘は防長豊筑の安定をはからんとして幕府に降を請い[1]、文明九年（一四七七）十月三日、周防・長門・豊前・筑前の守護職を安堵され[2]、少弐討伐にかかった。翌年八月豊前に渡り[3]、九月二十五日少弐政尚（政資）を大宰府に敗り[4]、豊前・筑前を平定した。以後博多に居をすえ、文明十年十二月七日周防に帰るまで[5]直接筑前経営[6]に当たった。この期間を中心に、大内政弘の文化的な営みをみてみよう。さいわいこの間の動静については、大内政弘の側近相良正任が書いた陣中日記「正任記」によってくわしくうかがうことができる。同記は博多の聖福寺継光庵で書かれており、大内政弘は聖福寺を本営にしていたかもしれない。大内政弘の筑前経営は博多を拠点にして行われた。以下博多を中心にしながら大内政弘の文化的営為を、まず社寺対策からみていきたい。

「正任記」には、大内政弘の豊前・筑前入国（制圧）の祝いや御礼等に多数の九州国人・僧侶神官が政弘のもとに参候していることが記されており、それはそのまま九州国人・社寺の大内政弘への政治的結集を示すものである。その状況は佐伯弘次氏が一覧表に整理している。[7] 日付順に筑前社寺の参候をみると（重出は省略）、（嘉麻郡）碓井永泉寺住持[8]・（那珂郡）志賀島宮司祖慶・（御笠郡）宰府観世音寺留守房顕・博多興浜妙楽寺唯月東堂・（粕屋郡）香椎顕孝寺・宰府横岳山崇福寺・（那珂郡）住吉新神主満若及びその父・（粕屋郡）宇美宮社務・（宗像郡）宗像大宮司氏定・（那珂郡）筥崎宮留守。豊前の社寺としては、彦山座主頼有法印（父子）・宇佐宮祝大夫・宇佐宮大宮司公見・門司宝寿寺・門司等妙寺。以上のほか肥前国背振山政所坊・肥前国神埼郡仁比山及び肥後国阿蘇大宮司惟家がみえる。筑前では、博多を始め那珂・御笠・嘉麻・宗像・粕屋の各郡にわたっている。筑前・豊前を主としているのは、大内氏の守護管国として当然である。肥前の背振山・仁比山がみえるのは、すでに早く、「大内氏掟書」寛正二年（一四六一）六月廿九日「従山口於御分国中行程日数事」に明証があるように、肥前神埼郡が大内氏の支配下にあったからである。(9)

筑前社寺のうち大内政弘関係史料を比較的に多く残しているのは筥崎宮である。興隆寺文書文正二（一四六七）丁亥四月五日筥崎三河入道・対馬太郎左衛門尉有信連署書状によると、両名は筥崎宮領田島村内塩浜四町幷びに平井大明神免田三町等について周防山口興隆寺と相論し、訴状を筑前守護代仁保盛安に提出しており、この間、早良郡代が(10)「彼七町立田点札」(11)を行っている。しかし、政弘の嗣立後間もなくであり、博多周辺では大友氏や少弐氏―宗氏の勢力が優勢であった。大内政弘は文明十年（一四七八）筑前に入国すると早々に重臣以下走衆百余人を従え筥崎宮に詣でている。(12)続いて重臣杉美作守重道の病気平癒祈願のため筥崎宮に神馬を寄せ(13)、子息義興誕生日の祈禱のため神馬・神楽を奉じ(14)、御台所祈禱のために神馬を寄進している。(15)大内政弘はさらに、早良郡倉光上下庄七十町を寄進し(16)、筥崎留守佐渡守為寿をして筥崎宮領筑前国那珂郡瑞籬免埴生弥六郎盛景代官分の知行を全うせしめ(17)、筥崎宮油神人奥堂右馬大夫の油役諸公事以下を免除している。(18)なお、文明十一年（一四七九）筑前守護代陶弘護が筥崎宮の鐘を鋳ていることも付記しておく。(19)以上のように大内政弘は、自身及び妻子・重臣等の平安を筥崎宮に祈って種々の報賽をし、筑前一国に対する社寺統制権を背景に安堵行為をしている。筥崎宮に対して、大内政弘がこのように厚い崇敬を寄せているのは[20]祭神八幡神の武神としての属性によるものであろうし、筑前支配における筥崎の地を重視した大内政弘が、同宮に対する民庶の信仰的結集を掌握しようとしたことも見逃せまい。「正任記」によれば、大内政弘は文明十年十月十七日、京都御礼物已下御用として筥崎地下と博多津からそれぞれ千貫文を進納させているのである。

「正任記」によれば、文明十年十月四日、大内政弘は宇美宮前社務房精の孫豊松を社務職に補し、豊松は同日政弘に初参して太刀千疋を進納している。大内政弘の社務職補任権の行使を示すものである。また、同年十月一日志賀島宮司祖慶が大内政弘に参謁して二百疋を献じている[21]。大内持世以来の同社に対する保護の持続を願ってのことであろう。同社所蔵文書によれば、大内政弘は文明十二年七月二十五日志賀島大明神に禁制を掲げている。香椎社は大内政弘関係史料を見出し得ない。当時筑前国一宮であった伏見院領住吉社に対する大内政弘の関係は深い。『看聞御記』によれば、永享五年（一四三三）九月十二日、大内持世の被官安富掃部助定範が伏見殿御領住吉社代官に補され毎年二千疋の進上を請負っている。榎戸文書永享十二年八月二十八日伏見殿御領目録によれば「筑前国住吉社参千五百疋大内代官安富如元執沙汰三千疋請申」とある[22]。「正任記」文明十年（一四七八）十月七日条は住吉新神主満若が任職の御礼に在博の大内政弘の許に参じ太刀・五百疋を進上し、父新三郎は太刀・三百疋を進上している。大内氏の住吉社に対する代官請負は政弘代にも続いていたであろうし、大内政弘は宇美宮などと同様に神官の所職補任権を掌握していたのである。同社文書によれば、文明十三年二月十三日大内政弘は宮崎政延を筑前国一宮住吉本社神官給吉留名の名主職にしている。

「正任記」によると、文明十年十月二十四日、大内政弘は博多津に祇園社を造営すべきことを勧進聖に命じ奉加帳を調進させている。同月二十六日の条に「当津櫛田宮内祇園社造営奉加帳被加御判了、則千疋被遣之、宗親奉行」とあるから、大内政弘は櫛田宮内に祇園社を造営することを命じたのである。大内政弘による祇園社の創建は、政弘が博多を小京都化しようとする意志をもっていたのではないかと推測させる。有名な博多山笠行事が櫛田宮の祇園祭に起源をもつことはよく知られており、その起こりは『九州軍記』や「承天寺並末寺縁起」によって、永享四年（一四三二）とされている。大内持世の時代である。典拠は、にわかには拠り難いものであるが、田村文書によって康正二年（一四五六）十一月には祇園会が行われていたことが知られる。大内教弘の博多支配の進展から考えて、この頃博多山笠行事の始源めいた形がととのいつつあったとみられぬことはない。さらに、大内政弘期の安定的な博多支配及び大内文化の博多への画期的な流入を背景として右の「正任記」の記事をみると、櫛田宮祇園祭の盛行—博多山笠行事の形成に占める大内政弘の存在は大きいといわねばならない。

大内政弘が本営としていたかと思われる栄西を開山とする博多聖福寺の大内政弘関係事績は、同寺文書によって、文明十五年（一四八三）九月十八日政弘の代官らが同寺領早良郡脇山三町分山口礼銭を安堵したことぐらいしか知られない。聖福寺に近い承天寺は円爾弁円を開山とし少弐氏と綱首謝国明の外護によって創建されたと伝え、「承天寺並末寺縁起」によると永享四年（一四三二）十月、大内義隆（持世の代に当たる）が承天寺をして後小松天皇（先皇）の不予を禳わしめ、その満願の時、博多町人が同寺へ祇園山笠を門前までかつぎ込み奉祝のため古例を復旧したと伝えている。つまり博多山笠行事の起源をここにおいているのである。大内氏が博多支配の上に同寺を重視していたことの反映かもしれないが、大内氏の承天寺関係事績が直接に知られるのは政弘のときからである。「正任記」文明十年（一四七八）十月廿三日条は、大内政弘が筑前守護代陶弘護の辞職を慰留しに陶弘護の宿所承天寺に赴いたことを記している。陶弘護は大内政弘の領国支配の再編・強化を推進した功労者で、吏僚的属性もかなりみられるが、国人層の代弁者的性格を有し、博多支配をめぐって大内政弘の重臣飯田氏との対立を深め、[23]性格は直情径行で武将としての面が強く、一年有余で筑前守護代を辞している。[24]承天寺は少弐氏ゆかりの臨済禅寺で大内政弘は同寺に対しては慎重な配慮をしていたろう。同寺が筑前守護代の宿所とされたのは、博多の大寺であること、あるいは大内政弘の本営と目される聖福寺に近いということが主であったろうが、対少弐氏の含意もあったろう。以下、同寺関係の大内氏の事績としては筑前守護代杉興長の同寺領保護を示す永正十二年（一五一五）九月の省伯和尚承天寺掟案、[25]同寺文書永正十三年五月廿三日大内義興承天寺住持職補任状その他がある。[26]

在博中、大内政弘が厚い信仰を示したものに那珂郡の堅粕薬師がある。「正任記」によれば文明十年（一四七八）十月八日歩行の供衆を従え騎馬で堅粕薬師に参詣して馬一疋を寄進し、同月十二日には大上様（政弘の母）祈禱のために堅粕薬師に千灯を奉じている。堅粕の薬師といえば、大同元年（八〇六）最澄が開いたという、のちの薬王密寺東光院（福岡市博多区吉塚三丁目）であろう。本尊の薬師如来立像（檜材・寄木造・彫眼、像高一九八センチメートル）は藤原期十一—一二世紀の造立とみられているが、最澄の彫刻と伝えて広い信仰を得ていた。[27]衰退していたのを応永二十年（一四一三）に九州探題渋川満頼が再興し、前述の承天寺の末寺となっていた。右のことから大内政弘の薬師信仰の深さが知られる。

博多寺院のうち大内政弘を始め大内氏歴代の保護が厚かったのは浄土宗の善導寺である。同寺文書や『晴富宿禰記』によると、同寺は文明十一年（一四七九）十二月二十五日に勅願寺となっている。在博中、大内政弘の同寺関係事績は知られないが、同寺文書によって延徳二年（一四九〇）十一月十五日大内政弘が同寺に禁制を掲げていることが知られる。

同寺が勅願所として京都と密接な関係があることもあり[28]、京都文化の動向に敏感な大内政弘の崇敬・庇護は深かったと思われる。政弘は同寺の寺基強化に間接的にもせよ一定の役割を果たしているように推測される。ちなみに、同寺には十王図十幅が遺存しており、「宋画をモデルとした朝鮮仏画の展開の一つの在り方を示すもの[29]」とされているが、裏書によれば、もと筑前国若宮御領武恒方平山寺の什物で、「寛正三壬午年（一四六二）二月廿三日藤原朝臣内藤下野守盛世重修補之」とあり、大内教弘の重臣内藤盛世の重修補にかかるものである。いつ善導寺に入ったのかは分からない。内藤盛世の重修補は平山寺時代であろう。教弘期の筑前における大内文化の広がりの一事例とみられよう。

「正任記」によると、文明十年（一四七八）十月三日博多興浜妙楽寺の唯月東堂が御礼のために大内政弘に参謁し、唐莚・香爐胡銅等を進上している。同月十六日、暴徒が同寺を襲ったので大内政弘は尾和武親等を派遣してこれを鎮圧させている。理由は明らかでない。同月二十三日九州探題渋川満直の子万寿丸が同寺に宿り大内政弘を訪問している[30]。妙楽寺は室町幕府の外交出先機関のような役割を果たしていた臨済禅寺であり、大内政弘への進物にもそれが端的にあらわれている。対外貿易の拠点博多を掌握するに際して妙楽寺の把握はきわめて重要であった。「正任記」文明十年十月三日条は、大内政弘が仁保弘名を斬り、その首を土居道場の門前に掛け、供養料千疋を遣わしていることを記している。土居道場は博多土居町に所在していた時宗寺院称名寺のことである。大内政弘がこのようなことをしているのは、時衆が戦陣の間に戦没者の供養に従っていたことと関係があるのだろうか[31]。土居道場は蘆屋の金台寺とともに筑前時衆の拠点であり、筑前文芸の担い手であったから、大内政弘は史料面にあらわれない交渉をもっていたかもしれない。

「正任記」文明十年十月三日条によると、香椎の顕孝寺が大内政弘に謁して二百疋を進上していることが知られる。同寺は大友貞宗を開基とする臨済禅寺であり、対外的機能ももっていた。顕孝寺が逸早く大内政弘に参謁しているのは、一つには同寺が、大内氏に対する対抗勢力である大友氏ゆかりの寺であるからであろう。大内政弘が同寺の掌握に、とくに留意したのは当然であろう。杉文書[32]によると、大内政弘は博多を去ったあとの文明十六年（一四八四）二月十八日、杉木工助弘依を粕屋郡内顕孝寺領打橋三十町代官職に補任し、正税は寺納させ、余得は給恩としている。

二　領国支配と連歌

大内政弘の文芸については、米原正義『戦国武士と文芸の研究』第五章第二節に詳細な叙述がある。同書その他先学の研究を参照して、大内政弘との関係を中心にしながらこの時代の九州の文芸の動向について述べてみる。

まず在博期の大内政弘の文芸的営為をみてみよう。「正任記」文明十年（一四七八）十月九日条は、秋月小太郎弘種が二条為世筆の『古今集』一部十巻を大内政弘に献じたことを記している。二条為世は鎌倉後期—南北朝初期の二条派の総帥、京極為兼や冷泉為相と対抗し、いわゆる二条派の歌風・歌論は為世によって完成されたといわれる。[33]秋月氏は大蔵姓、筑前国夜須郡（現在、朝倉市）秋月を根拠とし、鎌倉時代には御家人[34]であった筑前の有力国人、文明元年（一四六九）には秋月中務大輔種朝は九州探題渋川教直とともに大友親繁と対戦していた。[35]秋月弘種が二条為世筆の『古今集』という貴重本を献呈したのには、秋月種朝が大内政弘の豊筑入国にあたって「出張延引」していたことが理由の一つにあるのかもしれない。ともあれ右のことは大内政弘の数ある古典・歌書収集の中でも出色である。秋月氏の右写本入手の経緯は不明であるが、筑前国人の文芸享受の事例として貴重である。ちなみに、建仁寺の天隠竜沢の『黙雲藁』に、肥後国玉名郡清源寺の季材明育が、文明八年（一四七六）上洛したとき秋月種朝が季材明育に餞をしたことが次のようにみえる。

和肥後秋月種朝居士餞清源翁（季材明育）匀
文武名高仁政余、併見昔日両相如（藺相如、司馬相如）、三軍喜気朱門説雪、夜読蟠胸幾巻書[36]

肥後とあるのは、おそらく筑前の誤りで、ここにいう筑前の秋月種朝のことであろう。桂庵玄樹の『島隠漁唱』には、

和秋月種朝公題霊岩寺詩

朶々峰巒雲半空　上方蘭若翠徴中　知君飛駕春遊好　紅白花門開連夜風

とみえる。これらの詩から、秋月種朝が儒仏の教養があり、詩にも通じていたことが察せられる。

「正任記」文明十年十月十三日条は、在博中の大内政弘が百韻連歌を興行したことを次のように記している。

一暁天御夢想連歌二句

花ひらけ夕立まよふ野山かな

ゆふべの月のにほふやまのは

色さむきたかねの雲はおさまりて第三御句

百韻則御興行、右連衆

明猷、武道、氏光、能秀、武親、貞賢、宗親執筆、正任、才阿、朝酉一乱已後初参候也、

大内政弘は第三句である。第三句がとくに変化・展開を要求されるものであることはいうまでもない。政弘の連歌は在京中の文明九年正月二十二日、政弘の重臣杉美作守重道が

陣中で張行した「何船百韻」（発句宗祇、脇重道、第三政弘）を初見とするが[37]、当時すでに力量を評価されていたようである。連衆について若干ふれておこう。明猷は北野社宝成院明充の代官（院代）竜泉院明猷律師で、「正任記」によると文明十年十月七日長州員光保から在博中の大内政弘の許に来て巻数を献じ同十九日にまた参謁している。大内政弘が明充の祈禱の功を賞して北野社領筑前国遍智院分代官職に補した礼である。竜泉院明猷律師は、『筑紫道記』によると、文明十二年九月十日宗祇とともに長門住吉社に詣でており、文明十翌十月長門に引返した段では明猷の坊が住吉二宮の近くにあったことが知られる。文明十年十月以降ここに住したものか、長門に居を構えながら北野社宝成院の院代であったのか、不明。いずれにせよ明猷が京洛連歌の拠点である北野社ゆかりの僧侶であることは注目される。宗祇との交わりもその辺に縁由があるのかもしれない。武道は杉勘解由左衛門、在博中、相良正任とともに大内政弘の側近にあって取次ぎをしたり正任と連署の奉書を出したりしていることが「正任記」で知られる。「大内氏掟書」では文明十七年（一四八五）以降奉行人としてみえる。氏光は窪田右近将監。「正任記」文明十年十月十日条にみえ[38]、大内政弘の母の使者として来博していた。能秀は門司氏。門司氏は大内文芸や大内氏の北九州支配に重要な役割を果たしているので少し説明を加えておきたい。

門司氏[39]は元来下総氏を称し、豊前門司関地頭に補任されて下向した西遷御家人と考えられ、鎌倉末期嘉元（一三〇三―〇五）以降の段階では門司関はすでに得宗領となっていて、下総氏は得宗被官であった。門司氏は関領田のある門司六郷（伊川・柳・大積・片野・楠原・吉志）に一族・庶子が分出割拠して土着化した。能秀は右のうちの大積系の門司氏である。大永本『新撰菟玖波集』に従えば、能秀―武員―宗忍（与三興俊）となり、大積系門司氏三代の連歌が同集に入っている。同集が記しているように、当時、門司氏は大内氏の被官であり、大内氏滅亡後は毛利氏の家臣となっている。大内氏被官化の経緯を示す明証には接し得ないが、大内氏の南北朝以来の防長・北九州に占める勢威、門司氏の国内海陸交通ならびに海外との交通に占める役割を背景としていることは確かであろう。宗祇の『筑紫道記』によれば、門司氏は門司関だけでなく、その対岸で本州の門戸に当たる赤間関の守備にも任じていた。「大内氏掟書」によれば文明十三年（一四八一）以降門司下総守能秀は大内政弘の奉行人としてみえる。大内氏の領国支配に占める位置の重さはおのずから明らかである。『新撰菟玖波集』への門司氏の入集状況(40)は、その力量によることはもちろんであるが、同集撰進の推進者大内政弘の重要な被官であることにもよっていよう。能秀は在博中、高石忠幸とともに筑前高鳥居城屏矢倉配当のことを掌っている。大内氏支配に占める門司―博多の問題の面からも門司氏の存在は抜きにできない。

武親は尾和兵庫允。「正任記」文明十年十月三日条にみえ、大内政弘の側近にあって申次ぎをしている。「大内氏掟書」では文明十三年（一四八一）以降奉行人としてみえる。貞賢は神代左馬允。「正任記」文明十年十月廿三日・同廿七日条に大内政弘の側近にあって取次ぎをしていることがみえる。「大内氏掟書」では文明十三年（一四八一）以降奉行人としてみえる。宗親については、「正任記」文明十年十月卅日条に同月十八日安芸国久芳内六十石地を宛行われた人物としてみえる久芳九郎右衛門尉宗親なのか、同日豊前国規矩郡得光内八町地を宛行われた門司助九郎宗親(41)なのか、判断しにくい。門司氏の大内連歌に占める位置から一応門司氏としておく。正任は、いうまでもなく相良遠江守。才阿は時衆の連歌師かと思われるが、委細不明。朝酉は文明十二年九月の「博多百韻」に宗祇の十九句に次ぐ十二句を出している。「博多百韻」を収める山崎藤四郎の『石城遺聞』（一八九〇年）は、その後注で、朝猷は住吉座主の親類であるとしている。今はその拠るところを知らない。

以上のことから文明十年十月十三日の大内政弘の博多での百韻連歌は、政弘側近の奉行人層を主体とし、臨時に来博していた北野社僧・政弘母の侍臣・連歌師等が加わってなされたものであることが判明する。さながら領国筑前支配を象徴するような連歌興行である。

「正任記」文明十年十月十八日条には、大内政弘が斎を行ったとき、勘解由小路（賀茂）在宗・同盛親とともに召されている人物として金春九郎直氏がみえる。これは宗家判物写卯月廿四日豊崎郡中宛宗晴康書状に「盛(宗)俊在世之時、公方様御猿楽こんぱる九郎渡海之時、於其郡、郡主給人出銭次第、先々役人伊予守一通、時之奉行河野伊勢守、宗右馬允両三人之書物、武末藤右衛門に八拝見させ候[42]」とある「公方様御猿楽こんぱる九郎」と同一人物である。大和猿楽の公方様御猿楽金春九郎直氏が在博中の大内政弘の側近にみえるのは、応仁の乱後山口の大内氏を頼って下向していたものかその他の理由によるものなのか不明であるが、大内氏の武家式楽や博多の演能に刺激を与え、大内政弘の媒介―宗盛俊の庇護下に対馬で演能したであろうことは推察に難くない。大和猿楽の九州への伝播を示す貴重な事例である。

「正任記」をみると、防州山口南昌寺、防州岩国喜楽寺(十月六日)、長州阿武郡多万郷祥寿寺(十月七日)、防州西金寺(十月九日)、長府潮音院(十月十日)、長州埴生浄牧庵・長府善興寺(十月十五日)、防州山代成岩寺(十月廿三日)、防州山口広徳院(十月廿八日)等防長の寺院から頻々と在博中の大内政弘の許に御茶(抹茶)・果子が進上されている。大内政弘の茶に対する嗜好や茶が贈答品としてもてはやされていたことを示しているが、それは博多寺院等に一般化できよう。茶に即して博多の生活文化を考える際の間接的史料である。

三　『筑紫道記』にみる支配機構

周防・長門を根拠とする大内氏の筑前・豊前支配によって北九州の文化は大内文化の影響下に育成された。文芸もその埒外ではない。その指標的な事例が、前述の、大内教弘の招請による正広の九州下向である。さらに文明十二年（一四八〇）、大内文芸の大成者である大内政弘の招請により、連歌の代名詞のようにいわれて、当代文芸の世界で至極の尊重をうけていた宗祇（一四二八―一五〇二）の九州下向が実現する。その文芸的結晶が『筑紫道記』である。同書は、大内政弘による北九州支配という政治の局面が、同時代・同地域の文芸にどのような規定性をもったか、という問題を考える上での好素材である。以下、この視点から『筑紫道記』をみてみたい。

文明十二年六月、大内政弘の招請をうけた宗祇は周防国山口に下り、九月六日山口を出発し、周防の津の市、長門の船木・埴木・豊浦・住吉社・赤間関を経て、柳ケ浦・菊の高浜を過ぎ若松の浦に着き、陸路筑前木屋瀬・長尾から蘆城山（米の山峠）を経て九月十八日宿願の大宰府天満宮に参詣。観世音寺・博多・志賀島・住吉社・生の松原・筥崎宮・香椎宮等を巡り、宗像郡の蓑生の浦・宗像社・遠賀郡の内浦浜・蘆屋等を経て長門に入り、阿弥陀寺・住吉二宮・大嶺を経て十月十二日山口に帰着した。この、三十六日間の筑紫旅行の記が『筑紫道記』である。宗祇ときに六十歳。大内氏の保護下に平安な旅をし、大内氏の北九州支配を支える守護代・郡代・国人あるいは神官・僧侶などと交歓し、社寺・歌枕を探訪した。『筑紫道記』は多くの古典を踏まえながら文を構成し、適宜和歌・発句を挿入し首尾を整えている。神・秋・賀・恋・無常・述懐を配して百韻のよみかたに近づけており[43]、随所に人生観・文芸観を織り込み、和歌の理世撫民体にもとづく政教観を吐露している。室町期紀行文学中の白眉である。「連歌文学者としての自覚に裏付けられている点と、彼の文学意識の内面を示している点[44]」は注目すべきであり、筑紫旅行に代表されるような宗祇の旅には「文学の地方伝播や、その間における自己形成ということの外に、地方の文学的志向を結集するという面があった[45]」のは確かである。

ところで、『筑紫道記』を政治史的観点からみた場合、政弘期大内氏の北九州支配の実態を知る史料として絶好のものなのである。大内氏の北九州支配の機構とそれを支える成員の具体的な動き、彼等の文事に対するかかわりかたが、生き生きと伝えられている。以下、『筑紫道記』にみられる大内政弘期の支配機構である筑前守護代—郡代の実態をみ、『筑紫道記』が紀行文として大内氏の領国支配における交通の問題をどのように表現しているかをみてみる。さらに大内氏の支配に対応している在地国人が『筑紫道記』に点描されているが、そのことの歴史的な背景についてふれてみたい。

まず筑前守護代からみてみよう。筑前守護大内政弘の代官として筑前を実際に統轄していた筑前守護代陶（右田）弘詮について四ヶ所に記載がみられる。宗祇は九月十四日筑前鞍手郡木屋瀬に宿り、翌日、

是より守護所陶中務少輔弘詮の館に至り、傍の禅院にやどりして、又の日彼の館にてさま〴〵の心ざし有り、折ふし千手治部少輔、杉次郎左衛門尉弘相など有りて、一折あり、

ひろくみよ民の草葉の秋のはな

此の国の守代なれば、万姓の栄花をあいすべきこゝろなり、ひねもすいろ〳〵あそび暮し侍るに、此のあるじ年廿の程にて、其の様艶に侍れば、おもふことなきにしも侍らで、おぼえず勧盃時移りぬ、

とある。筑前守護代陶中務少輔弘詮の館が木屋瀬付近にあること[46]、弘詮が二十歳位の美青年であること、弘詮の館で一折あり、宗祇は弘詮が守護代として「万姓の栄花をあいすべき」ことを連歌に托したこと、などを記している。弘詮は文明十一年冬、兄陶弘護のあとを継いで筑前守護代となっていた。弘詮の筑前守護代としての活動を示す史料は少なく、文明十四年五月末以降に職を辞している[47]。『筑紫道記』は続いて陶弘詮が宰府聖廟へまい

る宗祇に侍二人を添えてやったこと、住吉社に参詣したあとの九月二十三日宗祇が弘詮の許に手紙をつかわしたこと、十月五日山口への帰路蘆屋から弘詮の侍をかえしたこと、などを記している。陶弘詮の大内文化に果たした役割は、弘詮が吉川本『吾妻鏡』の集成者である一事を挙げただけでも十分に理解できよう。(48)宗祇の平安な北九州旅行は直接には陶弘詮の配慮によるものであった。『筑紫道記』が陶弘詮の颯爽とした筑前守護代ぶりを活写し、守護代のあるべき理念を提示しているのはことに興味深い。

『筑紫道記』九月六日山口出発の条に「すでに打ち出づるをり、陶尾張守弘護、内藤孫七護道、もろともにさぶらひを添ふる」とある。宗祇の山口出発に当たって陶弘護と内藤護道が警固の侍をつけてやったのである。陶弘護(一四五五―八二)は弘詮の兄。山口県徳山市竜豊寺所蔵の重要文化財・絹本著色陶弘護像は弘護の豪毅・直情の風貌を如実に伝えており、文明十六年(一四八四)十一月廿七日の以参周省の著賛は弘護の詳伝である。前述のように陶弘護は弟弘詮の前任者として筑前守護代を勤めていて、筑前の政情には明るかった。以参周省の賛は「尤善倭謌」としており、宗祇への心配りも一入であったろう。筑前守護代として筑前にある弟弘詮と呼応し、宗祇の筑紫旅行を平安ならしむべく手厚い配慮を加えたようである。内藤護道は長門守護代を世襲した内藤氏の一族で正賀の子。政治・軍事等の面でのきわだった活動は知られないが、(49)『新撰菟玖波集』に付句三句が入集しているのを始め連歌・和歌等文事に関する事績は大内氏被官中でも出色で、大内連歌における護道流連歌は後世まで称揚されていた。[50] 周防守護代陶弘護とともに宗祇の長門通過には何かと便宜を提供しえたであろう。

なお、宗祇が山口を出発するに当たって、こまかく手配をしたのは前述の相良正任である。『筑紫道記』には「こゝに相良遠江守正任、国々所々のたよりなるべきこと、こまやかにとりなせり、[51]今明らかに応ずることはりをもとにて、この道の心ざし侍るゆゑなるべし」と記している。正任の文事についてはは先学によってすでにくわしく紹介されているので一々挙示することは避けよう。[52]大内政弘の奉行人中、政弘側近としての親密さはもっとも厚かった。謙虚で故実に通じ翰墨に巧みで和歌・連歌に秀でており、吏僚としてきわめて優秀であった。正任が宗祇の九州行にこまかい手配をしているのは、正任が文芸愛好の士であったからでもあるが、とくに前述のように、文明十年中大内政弘の側近にあってその筑前支配を支えるため筑前の政事万般に携わって、筑前の国情に精通しており、しかも奉行人として大内氏の領国支配の中で筑前の政情を広く客観視し得ていたことが背景にある。

守護代のもとにあって各郡の支配に当たったのが郡代である。大内持世の代から守護代—郡代の支配機構がととのえられていった。大内政弘の代には、那珂・御笠・穂波・鞍手・粕屋・早良・怡土及び肥前神埼郡に郡代の史料的所見がある。佐伯弘次氏は大内政弘期の郡代について、(1)政弘期に郡代層が刷新されたこと、(2)郡代という吏務的側面と城督という軍事的側面が一体化していたこと、(3)人的構成が、(イ)大内家臣、(ロ)守護代被官、(ハ)筑前国人の三グループに分かれ、豊前では(ハ)が多いのに比べ筑前では少弐氏対策上(イ)が多かったこと、などの諸点を明らかにしている。[53]『筑紫道記』をみると、記述の重点が大宰府と博多にある。両者とも古来文芸的探勝の場として知られていたからであるが、前者は大宰府天満宮参詣を宿願としていたことの当然のあらわれであり、後者は博多を中心に歌枕を探っていることによる。同時に大宰府―博多は、相互に関連して大内氏の筑前支配の要であり、大内氏側の宗祇への手配もこの二ヶ所に重点がおかれたのであろう。宗祇の九州巡歴のあとのことになるが、文明十四年(一四八二)五月、陶弘護が吉見信頼と刺し違え二十八歳の若さで死んだとき、大内政弘は筑前守護代右田(陶)弘詮にあててそのことを急報するとともに「因茲其境宰府弥堅固可為了簡候」と述べている。[54]大内政弘が大宰府を政治的・軍事的にいかに重視していたかが分かる。その大宰府の所在する御笠郡の郡代の重要性はおのずから明らかである。

米の山峠を越え、いよいよ大宰府に入った宗祇は天満宮安楽寺の社坊満盛院に宿した。そのあと『筑紫道記』は「今夜は当社の縁起などよませ奉るほどに、深野筑前守といふ人来たる。この郡の郡司也」と記している。陶弘詮あたりからの連絡によるものであろう。宗祇の、天満宮を中心とするこの地一帯の探訪には御笠郡代深野氏の手配・警固があったとみられる。深野氏は周防吉敷郡深野庄を根拠とする大内氏被官である。(55)深野氏のことは文明十年の「正任記」にみえる。少弐残党掃討戦にかかわる十月十日の陶弘護宛渋川教直書状に「具ニハ深野方存知候」とあり、十月十三日深野図書允重親が筑前国夜須郡山家庄内五町地を大内政弘から宛行われて山道大蔵丞兼久とともに岩屋在城を命ぜられており、十月二十七日大内政弘から陶弘護への使者に深野淡路守がみえ、十月三十日「落人等可出張之由」の報告が深野筑後守重貞から大内政弘の許にもたらされている。『筑紫道記』にみえる深野筑前守は深野筑後守重貞のことではあるまいか。桑原文書大永三年（一五二三）三月五日・同文書（大永四年）五月一日興方・興重連署状は御笠郡代深野筑後守宛である。太宰府天満宮文書に正月十四日重貞書状があり『大宰府・太宰府天満宮・博多史料』続中世編㈥は天正八年（一五八〇）条に入れているが、あるいは深野重貞書状かもしれない。『筑紫道記』にあらわれる郡代は御笠郡代深野氏だけであるが、宗祇の知らないところで探訪関係地域の郡代の配慮がはたらいていたであろう。

『筑紫道記』が記述の重点をおいている博多は、同書に「此の所つかさどる山鹿壱岐守、とかくのことわざす」とあるように、山鹿壱岐守の直接管掌するところで、博多における宗祇の世話も同人が行っている。同人は「正任記」文明十年（一四七八）十月十五日条に「飯田大炊助弘秀家人当津下代官山鹿壱岐守」とみえる。この段階では大内氏の博多支配は大内政弘―飯田弘秀―山鹿壱岐守という支配系統のもとに行われていたのである。山鹿氏は譜代的に飯田氏の被官で、飯田氏の「秀」字を通字としていた[56]。いちいちの挙例は省くが、山鹿氏は大内氏の博多支配が崩壊するまで博多津下代官であった。

文明十二年九月二十八日博多竜宮寺での「博多百韻」を紹介した『石城遺聞』は、その後注で連衆の杉弘相につき「宗祇弟子弘相は津役日原殿〔杉次郎左衛門大内の家臣にして当時博多の町奉行に等し〕」と記している。杉氏は大内氏被官中の名族で、杉八家・八本杉などと称されて広く支族を分出して繁延しており、学問・文芸を好んだ一族である[57]。その中でも杉次郎左衛門尉弘相は文事においてとくにあらわれており、『筑紫道記』中では五ヶ所と、大内氏被官としてはもっとも多くその名を記されている。まず、前引のように、九月十六日の筑前守護代陶弘詮の館にての一折に千手治部少輔らとともに参加。同日、宗祇は杉弘相の所領嘉麻郡長尾におもむいて百韻を張行し、九月十九日宿坊満盛院にての会席に弘相も参加。九月二十日杉弘相の宿り大宰府天満宮花台坊で一座、さらに弘相は、宗祇が筥崎社神宮寺の勝楽寺に宿った翌日十月二日の会に参加している。宗祇の同行宗作が病気にかかっていたので、宗祇は宗作のことを杉弘相に依頼した。『筑紫道記』には、杉弘相もおなじく此の会にあへり、いたはり有る同行の事など、弘相をたのみ侍り、もとより心ざしふかく侍れば、たのもしくなむ、夜にいれば、わかき男おほく酒もたせなどして、いかゞと思へるさまもわすれがたき事多くなむ、

と、杉弘相の至れり尽くせりの手配ぶりを伝えている。宗祇と杉弘相との交わりは弘相が文明八年山城国相楽郡下狛大将であったとき宗祇を招いて一座張行したときから知られる。(58)『筑紫道記』に「都より志浅からねば、爰にても又おろかならんやは」(九月十六日条)というとおりであった。『石城遺聞』が杉弘相について、津役日原殿―当時博多の町奉行に等し、という根拠は何なのか分からない。大内氏の当時の博多支配が飯田氏―山鹿氏のもとで行われていたことは明らかである。右に述べたように、博多で杉弘相が宗祇の世話をよくしていたことからきた解釈なのであろうか。それにしても津役日原殿というのが解せない。

杉弘相に関連して付言しておきたいことが一つある。それは、宗祇は山口への帰路、十月九日に長門国美禰郡大嶺の杉美作入道の山家に宿り、翌日、その清雅なたたずまいの中で一座を張行していることである。宗祇が帰路わざわざ大嶺経由をとっているのは杉美作入道を訪問するためであったろう。それだけ交わりが深かったのである。杉美作入道(重道)は、前述の杉弘相の父である。文明九年正月二十二日、杉美作守重道は在京中にその

陣所で「何船百韻」を張行しており、発句は宗祇、脇重道、第三政弘である。「正任記」によると文明十年十一月三日、在博中の大内政弘は病臥中の杉美作守重道をその宿所に見舞っている。宗祇は大乱中から京都で大内政弘及び杉重道・弘相父子と雅交を結んでいたのである。

大内氏の支配機構を考える際、広い意味で、大内氏が領国内の交通をどのように掌握していたかは、看過できない問題である。『筑紫道記』はそれについても重要な素材を提供している。一つは前述した門司氏である。九月六日津の市のくだりで、「うちおろし（馬からおりて徒歩になり）みなと川を越え行く程に、門司下総守能秀跡より（後から）立ちはやめ（馬を速めて追ってきて）、言の葉をかはす」とあり、門司能秀が周防路を行く宗祇を警固していたことが知られる。九月十日、宗祇は赤間関（下関）に着き、夕方門司助左衛門尉家親の饗応をうけている。九月十二日、阿弥陀寺付近の門司能秀の宿りで連歌の会が催され、宗祇は「戸ざしせぬ関にせきもるもみぢかな」と詠んでいる。金子金治郎氏はこの句に「関の太平を謳っているのに、門司能秀が赤間関の守備を任としていたためと思われる」[59]と注している。翌日、宗祇は門司能秀の許をたち船で若松の浦に渡る。門司氏の本拠は前述のように門司関である。赤間関・門司関という、大内氏領国中海陸交通の最要衝を守っている文雅の士門司能秀に警固されて宗祇は周防路から関門海峡を渡って九州に上陸しているのである。なお、宗祇は赤間関から若松の浦につき、将軍家奉公の麻生氏兄弟の歓待をうけているが、麻生氏は遠賀川河口に位して九州北部の水陸交通の要衝をおさえ、門司氏と連携して、中国─九州を結ぶ海陸交通を管掌し、大内氏の領国支配を支える要となっていた。大内政弘の対外貿易を支えていたとみられ、蘆屋を支配下においていた関係上蘆屋釜の生産・流通にも関与していたのではないかと考えられる。大内氏の交通政策を考える場合、麻生氏は門司氏と並んで逸することのできない存在である。麻生氏については後述しよう。

『筑紫道記』には大内氏支配下の交通関係記事として、今一つ、九月二十日の条がある。かるかやの関にかゝる程に、関守立ち出でて、我が行くすゑをあやしげに見るもおそろし、

数ならぬ身をいかにとも事とはゞいかなる名をかかるかやの関

というくだりである。御笠郡水城村大字通古賀にあったという刈萱の関が、宗祇当時実際に関として機能していたことを示している。関が領国支配上、政治的・軍事的・経済的に重要な役割を果たしていたことはいうまでもない。この頃、伊勢参宮街道や淀川などに驚く程多数の関が設けられ関銭を徴収していたことは著名である。宗祇自身、旅の途中で盗難にあった経験もあり[60]、旅の困難さは熟知していた。一条兼良の『ふぢ河の記』や聖護院

道興の『廻国雑記』等をみても分かるが、一国の守護・守護代あるいは有力国人などの保護のない旅は困難・危険を伴った。宗祇の関守に対するおそれもこのような状況を背景としているが、この部分の叙述はむしろ守護代―郡代に守られての旅の平安さを表現したものとなっている。大内氏の領国支配における交通政策については「大内氏掟書」(一七―二一、一〇八―一一五、一一六)に明らかで、周防国鯖川渡の舟賃、赤間関・小倉・門司・赤坂の渡賃、赤間関わたし守のことなどの規定が知られる。(61)刈萱関で過銭が徴収されていたことが永享十年(一四三八)二月十六日の油座文書によって知られ、筑前における流通面での重要性を示している。宗祇当時、少弐氏等に対する軍事的側面からも重視されていたであろう。屈強な関守の厳重な監視態度は、これらのことを象徴するようである。

大内政弘は文明十年(一四七八)の筑前入国を契機に筑前国内の闕所地を中国及び筑前・豊前の国人に広く宛行い国人層を掌握していった。宗祇の筑紫旅行は、そのような安定的支配を背景としているのである。『筑紫道記』所見の筑前国人は千手治部少輔と麻生氏である。千手治部少輔は前引のように、九月十六日陶弘詮館で杉弘相らと連歌に参加している。千手氏は大内氏配下では秋月氏らとともに筑前衆として掌握されていた。嘉麻郡を本拠とするものであろう。平賀家文書嘉吉二年(一四四二)三月十一日将軍家御教書に千手城のことがみえ、千手氏の城とみられる。千手氏については史料が乏しく、こまかいことは分からない。早く、児玉韞採集文書八元亨三年（一三二三）九月七日為雅奉書の充所に千手兵衛入道がみえるが、同文書は宇美宮領長野庄内小蔵寺田地に関するもので、文書自体の検討を含めて、ここにいう千手氏の先かどうか、後日を期したい。さらに宗像神社文書至徳元年（一三八四）六月八日今川了俊書下の充所に千手蔵人入道がみえ、志佐壱岐守とともに使節の役割を果たしているが、壱岐国薬師丸地頭職に関するもので、これまたここにいう千手氏かどうか検討を要する。大内氏配下の千手氏としては「大内氏掟書」永享十一年（一四三九）十二月十九日百姓逃散御定法之事によって千手越前守が鞍手郡代であったことが知られる。「正任記」文明十年（一四七八）十月五日・七日条に秋月太郎種朝とともに千葉胤盛討伐を命ぜられている千手越前入道道吽はその後身ではあるまいか。「正任記」は文明十年十月十三日千手右馬允盛景が早良郡山門庄内五町地合屋五郎二郎跡十町内を大内政弘から宛行われていることを記している。千手治郎少輔は、「大内氏実録土代」巻十五（長享二年頃カ）五月四日大内政弘書状案に宗像大宮司・原田刑部少輔・秋月中務大輔・麻生近江守とともに充所としてみえる。この宛名人は筑前の代表的な有力国人である。

　前引の「大内氏実録土代」所収文書に筑前の有力国人として麻生近江守がみえるが、『筑紫道記』は筑前国人として前述の千手氏と、この麻生氏の二氏を記載している。麻生氏については次の二ヶ所の記載がある。

(1)移り行きて、筑前国若松の浦といふに着きぬ、この所を知る人麻生のなにがし兄弟、ある寺にむかへとりぬ、かた山かけて植木高き陰より、うちとの海をみるに、塩屋の煙暮れわたり、入日かげに移ろふほど、またいふかたなし、この二人は将軍家奉公の人に侍れば、都の物語こまやかにして、色々の肴求め出でたるほど、こよろぎのいそがはしさも思ひやられ、盃かさなり、さし更る月の光もたゞならず、今夜は十三夜なればとて、発句を、

名やおもふこよひ時雨ぬ秋の月

(2)かくて程もなく、あしやになりぬ、（中略）神無月を秋といへる事、源氏物語にも侍るにや、爰にて麻生兵部大輔まうけして、いろ〳〵の心ざし、こしかたにかはらず、発句をと侍れば、

追ひかぜもまたぬ木の葉の舟出かな

又ある人所望に、

いつきかむあしやの月の夕しぐれ

麻生氏[62]は宇都宮氏に出るといわれ、鎌倉時代には得宗―北条氏被官であった。遠賀川河口に位して、北条氏による九州の交通路支配を支えていた。室町期に入ると将軍直轄軍を構成する奉公衆となっていた。『筑紫道記』にいう「将軍家奉公の人」である。室町幕府

権力は将軍・守護大名・国人領主の三者から成り、国人領主は守護被官と御家人としての奉公衆から成る。室町幕府支配体制の根幹は守護体制と御家人体制である。奉公衆は幕府支配体制上、付与されたいくつの特権を背景に守護の支配を制御する役割をになっていた。大内氏が領国支配を進めるなかで奉公衆対策にとくに意を用いたことは当然で、麻生氏はその代表例である。大内氏は教弘の代から麻生氏の家督の問題に介入している。応仁の乱を契機として麻生氏内部の族的矛盾が全面露呈し、兵部大輔家延が大内教幸（道頓）と呼応し大内政弘―麻生弘家・弘国に対抗した。文明十年（一四七八）筑前に入った大内氏の課題の一つが麻生氏問題であった。家延は筑前花尾城に楯籠って抗戦したが、十月七日起請文を提出して大内政弘の軍門に降った。こうして麻生上総入道弘家―次郎左衛門尉弘国の惣領権が確立した。大内政弘は奉公衆麻生氏を配下に収めて筑前国内における対抗勢力をなくし少弐氏残党の討伐と相まって筑前経営の仕上げをした。麻生氏は奉公衆として将軍に直結して筑前守護大内氏を内から制する存在であったが、とくに地政的な面から大内氏の北九州支配の成否を左右する存在であった。大内氏にとって、麻生氏制圧の筑前経営に占める意義は大きい。これ以後麻生氏は将軍と大内氏に両属する形をとっている。帰属後の麻生氏が門司氏とともに大内氏の交通政策上重要な位置を占める存在であったことは前述のとおりである。

(1)の若松の浦を支配する麻生氏兄弟の実名は知られない。十三夜の発句に関して初編本『老葉』は「おなじ十三夜筑前国麻生刑部少輔所望に」という詞書をもつが、麻生刑部少輔の実名は不明。奉公衆は弘家—弘国の系統から出ているので、弘国を含めその系統の者かとしておく。奉公衆麻生氏は「文安年中御番帳」「永享以来御番帳」によれば第五番の在国衆である。将軍家奉公の実態のうち知行分米貢納などについては麻生文書でかなり具体的に知られる。(1)の叙述から、奉公衆麻生氏が交互に在京し在国していたことが知られる。(2)の麻生兵部大輔は、官途からすれば家延になるが、定かでない。花尾城に楯籠り、二百以上の軍勢をもって大内軍に激しく抗戦したあと、水路を断たれ、子息与次郎を人質として差し出すことを条件に大内政弘に降った麻生兵部大輔家延の、二年後の姿がここにある、ということになろうか。いずれにせよ、宗祇と麻生氏の文雅の交歓は安定的政治世界の表象であり、後日その交歓を聞いた大内政弘は、文雅の面だけに喜悦してはいなかったろう。

以上、『筑紫道記』にみられる北九州関係諸一のすべてにわたって説明を加えた。『筑紫道記』を政治史的観点から検討することによって作品の読み込みを少しでも深くしようと試みたのである。以上の検討を通じて次のことがいえよう。『筑紫道記』は、文明十年(一四七八)大内政弘の筑前入国を画期とする北九州—筑前の安定的支配の実現を背景とする紀行作品である。宗祇の旅は、学問文芸の愛好・保護者である周防・長門・筑前・豊前四ヶ国守護大内政弘の支配機構を通しながら平安裡に続けられた。『筑紫道記』の記述の重点が大宰府—博多という、大内氏の筑前支配の要所におかれているのは、ここに歌枕が集中しているという事実だけに由来するものではない。宗祇の、大内氏領国内関係各所、とくに筑前国人との和歌・連歌の交歓は大内政弘に支配の安定を確認させたと思われる。その筑前支配を絶えずおびやかす少弐氏の存在は、大内政弘の念頭から消えることはなかったろう。『筑紫道記』はその意味で、大内政弘に対する支配領国の政情報告となっており、宗祇の理世撫民観は、大内氏の領国支配の文芸的保障の役割を果たしている。いずれにせよ『筑紫道記』の旅は、宗祇にとかくいわれがちな漂泊の旅というイメージからは程遠いものであった。

四　連歌神参詣

大内教弘の筑前社寺対策のうち、大宰府天満宮がいかに大きな位置を占めているかは前にくわしく述べている。大内教弘の後嗣政弘も大宰府天満宮に対しては父教弘同様の関心を有していたと思われるが、博多に本営をおいて直接筑前経営に当たったこともあり、同宮に関する大内政弘の直接史料は管見に入らない。ただ、満盛院文書（文亀四年〈一五〇四〉）閏三月十二日陶興房書状によると「今度社頭御炎上之時、当院御重書御紛失之由承候、無勿躰候、就其親候尾張守（陶弘護）之時、彼御案文等、写給候、只今可進之通蒙仰候、雖相尋候、于今不求出候」とあり、大内政弘の筑前守護代であった陶弘護が大宰府天満宮安楽寺の社坊満盛院の重書案文を写していたことが知られる。書写の理由は不明であるが、間接的にもせよ、宗祇の『筑紫道記』などとあいまち、大内政弘の大宰府天満宮関係の事績をうかがわさせる史料である。

『筑紫道記』を通じての天満宮安楽寺と大内政弘との関係については第三節で述べた。ここでは大内政弘期の天満宮安楽寺の文芸関係についてみてみる。

『群書解題』の説明のように、連歌論書『馬上集』は心敬（一四〇六—七五）の所説に基づいた忠実な祖述模作であろうといわれているが、その中に、(63)九州安楽寺の別当善心に、連歌に二十五徳ありとの夢想の告げがあったことを記し、「二十五徳記とて応字に用、今に九州九ヶ国にいかなる鬼霊の祈にも、大威徳自在天神と廿五徳を掛奉りて祈禱成弁と云へり」と記し「祈ずして神慮叶」以下十一ヶ条を掲げている。さらに、

又は九州安楽寺にて、神宮寺の神宮（ママ）の娘松童女につかせ給て、其比九州に武士六人出家、十人連歌偏執したる科により、此僧武士につかせ給ひ、或は交りなきかさをか丶

せ、即時に取ころさせたまひ、後年に生物共は無間落所ありと、□類共に付せ給ひげ
　んじ給ふと也

と記している。廿五徳云々は他に関係史料なく、九州安楽寺にて云々も同様で、かつ意味かならずしも通らないが、天満宮安楽寺を素材とする連歌説話の一つである。善心については他に所見がなく、あるいは架空の人物かもしれない。島津忠夫氏によると、この二十五徳のうちの「惣て歌道の友はまさしきいとこより猶ちかき」という考え方は、宗祇の『淀渡』の中にもみえていて、宗祇周辺の連歌師の手に成るものであることが知られる(64)、という。

大宰府天満宮には元禄六年（一六九三）九月廿五日高辻前大納言菅原豊長の奥書ある「天満宮縁起」があり、その中に次のような連歌説話が伝えられている。

　伯耆守源顕忠は肥後の国八代の守たり、合戦に打負、都に訴へんとてのぼりけるに、長門の沖にて、ふねくつがへし、相伝の旧記も海に沈め、漸のがれのぼりて奏聞申けるに、その比、鎮西の守領在京なく、面をミしる人なし、証文もなければ、むなしく下向して、宰府天満宮に通夜し、祈り奉る夜の夢に、
　　まてしばし物なおもひそ伯耆殿
　　　にしきのはかまきせてかへさん

此霊夢を肥後にて、したしきものにかたり、百韻の連歌となし、天満宮へ奉る、その日、浦人大きなる鰾と云魚をとり、むかしの殿に奉らんと持来る、腹をわるに、うちより件の証文箱を取出せり、此よしを奏聞して本領安堵し、寛正六年三月三日、下向して、右の鰾を塚につき社と崇め、鰾明神とも天満天神とも拝ミ奉る、右の系図・証文、具に伯耆の家に伝へいまにありとなん、

これも連歌の徳を説いた説話である。連歌が即祈禱であることからくる功徳譚である。源顕忠は建武政権樹立に功があった名和長年の子孫。名和氏は顕興のとき九州に下り、肥後八代を根拠とした。相良家文書によれば名和顕忠が相良氏の圧迫で没落するのは文明十六年(一四八四)三月のことで、右の所伝の年次とは異なる。鰾の伝説は名和家ではことに重んぜられており、『名和系図』(『続群書類従』五下)等にみられる。室町時代に入り、さきの『馬上集』などの説話とともに、この種の連歌説話の伝播によって、連歌神——それは文芸と宗教の相即するもの——としての菅神の信仰はますます広がっていったのである。

大内政弘の中世文芸に占める位置の高さは、『新撰菟玖波集』が政弘の後援によって編まれた一事をもってしても分かるが、自らの家集も残している。『拾塵和歌集』である。成立の事情については、槐下桑門(三条公敦)が明応六年(一四九七)十月五日に加えた跋文によって知られる。延徳三(一四九一)、四年頃、大内政弘の詠草二万余首の中から英

因（固）法眼・源道輔らが命をうけて千五百首を選び、十巻に部類したものを、政弘が自ら厳選して千百首とし、さらに先達に見せて選定しようとしていたが、その志を遂げずに没した、という。収載歌は文明九年（一四七七）十一月応仁の乱後本拠に帰国してからのものではないか、と荒木尚氏は想定している。刊本としては佐賀県の祐徳神社寄託中川文庫本を底本とした荒木尚氏の校訂本がある。一九六四年六月、西日本国語国文学会翻刻双書に収められており、『私家集大成』中世Ⅳ（一九七六年五月、明治書院）にも収められている。その巻第九に天満宮安楽寺関係のものが次のようにみえる。

　延徳二年夏のころ竹内僧正良鎮安楽寺へまうで給けるにたづねおはしましておなじき秋、みやこへ帰りのぼらせ給とて、

思ひをきて今は宮こに帰る山たよりしあらばまつと告こせ

　返し

はる〴〵ときてもとまらず帰る山まつと宮こにいかゞつげまし

竹内僧正良鎮は、天台宗の門跡寺北野社別当寺・曼殊院の門主である。「北野社別当曼殊院門跡歴代次第」には「良鎮大（権）僧正法性寺座主、　宝徳元年（一四四九）五月十八日補　永正十三年（一五一六）十月四日寂一条殿成恩寺関白左大臣経嗣息後芬陀利華院関白左大臣経道孫」とある。尋尊書写の「摂家系図」によれば、経嗣の子息一条兼良の子に配せられている。一条兼良の兄良忠の子の竹内門跡曼殊院良什准后の法嗣で

ある。『北野社家日記』によると、竹内門跡と呼ばれ、同社の社務をしていた。延徳二年(一四九〇)夏頃、良鎮が大宰府安楽寺に詣でたという事実は、現在のところ他に所見がない。北野社と大宰府安楽寺との交渉史上注目すべき事実である。さらに大内政弘の交際圏を考える上にも資料となる。前述の英因は、延徳二年閏八月、良鎮から「源氏物語口決」(一条兼良が子の良鎮に与えていたもの)を贈られている。[65] 良鎮は延徳二年六月、大内政弘を尋ねて河内本の『源氏物語』を贈っている。良鎮は安楽寺詣でを終えて秋に帰洛するとき、「源語秘訣」一帖を英因に贈っている。[66] ともあれ、良鎮の安楽寺参詣は中国・九州の文芸に少なからぬ影響を与えた。同じ頃、連歌師として著名な猪苗代兼載が九州に下向しているのも注目すべきである。以下に説明しよう。

猪苗代兼載(一四九二—一五〇三)は奥州会津の生まれ、心敬に連歌を学んだ。延徳元年(一四八九)宗祇のあとをうけて北野会所奉行連歌宗匠となった。『新撰菟玖波集』の撰成に助力、『心敬僧都庭訓』『連歌延徳抄』などの連歌学書や歌集『閑塵集』、『園塵』などの句集等作品が多い。兼載は、延徳二年三十九歳の夏と明応四年(一四九五)四十四歳の秋の二回、山口に下向し、第一回の折には宗祇の『筑紫道記』の旅にならい北九州を巡歴している。第一回の旅について述べておこう。

『北野社家日記』第二延徳二年五月朔日条に「今日宗匠兼載為九州下向、暇乞被来也」

とあり、同月十二日条に「天気殊勝、今日出京、兼載九州下向之間、今夜礼ニ罷出者也」とあり、兼載の九州下向時の状況が知られる。以下、九州下向については金子金治郎『新版連歌師兼載伝考』（一九七七年一月、桜楓社）第六章に詳述されている。同書を参照し、必要な限りで兼載の九州下向をみてみる。延徳二年の九州下向については、従来、兼載自撰の連歌句集『園塵』によって或程度判明していたが、金子氏はさらに、山口図書館所蔵の二つの資料を新たに提示された。一つは徳山藩主毛利元次の連歌指南であった光端の『光端千句』に収める「西国下向時」、他の一つは大内古実類書第三十一連歌部所収の『兼載句艸』である。

「西国下向時」によると、京都を出発した兼載は途中池田・伊丹に寄り、山陽道に沿って陸路を西下し、山口に大内氏（政弘）を訪問し、海を渡って豊前に至っている。『園塵』第二秋部で「田部松本にて」とある「花すゝきかりいだす秋の山田かな」が「西国下向時」では「於豊前国広津彦三郎」の句となっている。豊前はもとより大内政弘の守護管国である。兼載の豊前行に大内政弘の手配があったことはいうまでもあるまい。広津氏は豊前のかなりの規模の国人であるが、同時期の関係史料はほとんど見当たらない。「西国下向時」の九州関係は、この豊前だけであるが、『園塵』『兼載句艸』によると、延徳二年秋、兼載は筑前を巡歴している。豊前から筑前に行ったものか、その逆であったのか判明しない。

兼載の筑前巡歴について『園塵』『兼載句艸』にみえるものを左に掲げる。両者共通のものは『兼載句艸』を掲げる。

(1) 筑前箱崎にて神代紀伊守(貞綱)一座興行
松原の秋のしるしや風の音　(『園』二・『兼』)

(2) 箱崎の松かぜさぞな八幡山　(『園』一)

(3) 博多にて
江にまねく尾花や袖のみなと風　(『園』二・『兼』)

(4) 安楽寺へ参りし時ある僧坊にて
よるや雨露もおほ野の朝日影　(『兼』)

(5) 麻生兵部大輔蘆屋にて発句すべきよし侍しかば
朝霧にさゝぬ舟行はまべ哉　(『園』二・『兼』)

(67)(1)の神代貞綱は大内政弘の有力被官、山口の大内氏奉行人を経て、当時筑前守護代であった。神代貞綱は博多下代官山鹿氏と連絡をとりながら博多支配を行っていた。(1)〜(3)はそのような状況を背景にしている。兼載は、連歌の好士である筑前守護代神代貞綱の保護のもとに、かつての宗祇同様、平安な筑前巡歴をしているのである。(4)は兼載の九州巡歴が安楽寺参詣にあったことを示すもので、『兼載句艸』によってのみ知られる事実である。⑸の麻生兵部大輔は、筑前花尾城に拠って大内政弘に抗戦し、降った家延であろう。宗祇も『筑紫道記』で「麻生兵部大輔まうけして、いろいろの心ざし、こしかたにかはらず」と記している。蘆屋にいて宗祇を歓待したのである。前述のように麻生氏は遠賀川河口を扼する筑前の有力国人で、将軍家奉公衆、家延の大内政弘への降参を画期として大内氏被官となる。奉公衆として京都文化に直結している国人であり、兼載との語らいもまめやかであったろう。

以上のように、兼載は延徳二年（一四九〇）五月京都をたち、山口を経て豊前・筑前を巡歴し、延徳三年六月十六日帰洛した(68)。一年一ヶ月の長旅である。兼載の九州巡歴の目的は、金子氏がすでに指摘されているように、延徳元年末北野会所奉行に任ぜられ、公的な形で北野神に結び付くようになった兼載が、北野神の根元たる大宰府参詣をしようとしたところにあろう。かつ、救済・周阿・宗祇と、連歌の大先達が天満宮安楽寺に参詣しているのである。兼載のそれも、これら大先達たちの後を追うものであった。とくに宗祇を意識していたろう。大内政弘の保護下、豊前・筑前を守護代や国人に歓待されながら巡歴したことも、相似ている。宗祇同様、九州の文芸にとって、兼載も下向の旅を通して国人クラスの好士たちに影響を与えるという「下向型」の典型であった。それが政治的意義をも併有していたであろうことは、前節で宗祇について述べたこととほぼ同様である。

五　菊池氏と相良氏

宗祇の九州文芸に与えた影響は筑前に限られるものではなかった。直接赴いてはいないが、肥後・薩摩等への影響は深い。その間のことを述べていきたい。肥後については相良氏との関係がよく知られている。まず肥後の文教について述べ、宗祇と相良氏との文芸関係に及ぼう。文明期肥後の文教を代表するのは菊池氏である。

菊池氏は為邦・重朝二代の間、好学をもって知られ、その事績はすでに諸先学によって明らかにされている。それらを参照し、必要な限りで述べておきたい。為邦は文安三年（一四四六）から文正元年（一四六六）まで家督にあり長享二年（一四八八）十月二十三日五十九歳で没する。相良長続に二度も所領安堵状を出すほど肥後守護としての勢威をもっていた。その富強の一原因は対外貿易にあった。大内氏・菊池氏は朝鮮貿易に際して対馬宗氏の文引（証明）を必要としないほど優遇され、当時朝鮮側は九州における権重き者として大内・少弐・大友・菊池の四氏をあげている。一族の高瀬武教の朝鮮貿易も『海東諸国紀』にみえる。菊池氏支配下の高瀬と伊倉は水陸交通の要衝で、菊池氏の朝鮮貿易にとって重要な役割を占めた。為邦は対外貿易を通して典籍類を入手していた。

菊池為邦の好学は、瑞渓周鳳が『臥雲日件録』寛正四年（一四六三）十月二日条に「今菊池好学、苟従事於文字」と記しており、京都にまで知られていた。菊池為邦は、かつて詩七十余篇を作り翺之慧鳳に呈した。慧鳳は東福寺の岐陽方秀の門で、中国に学び、文名高かった。遺稿を「竹居清事」という。慧鳳が菊池為邦に和した詩序が「投贈和答等諸詩小序」として上村観光『五山文学全集』第三巻に収められている。武家としての菊池家の既往に触れ、為邦が文武に秀で、内外二典に精通し、ことに儒教を興起したことを述べ、贈られた詩七十余篇が文章の範であることを激賞したものである。過褒の気味もあり、詩も残っていないが、菊池為邦の好学好文の程はよく知られる。足利衍述氏は、岩崎文庫（東洋文庫）蔵、二跋本正平板『論語集解』巻一奥書に「予、寛正五庚申年六月十九日、於肥後庁而考正之、但左方朱点清家点也」とあるのを引き、清原頼元の点を写したもので、毎巻欄外に邢疏・集注・或問・朱子語録を書き入れていることから、菊池の儒学が新古二注の折衷であったことを知り得る好箇の資料であるとしている（『鎌倉室町時代之儒教』七三六頁）。菊池為邦は肥後国竹林寺を諸山に列せられんことを請うているが[73]、それが可能であったのは、為邦が京都禅林の間に文名を知られていたことにもよろう。

菊池重朝は父為邦の後をうけて文正元年（一四六六）に家督を継ぎ、明応二年（一四九三）十月二十九日、四十五歳で没する、父為邦は喪失した筑後守護職の回復をこころみていたが、重朝もそれを継承した。しかし筑後守護職を手中にしていた大友政親にさまたげられ、両者出兵に至っている。菊池重朝は領国支配に当たり老者と相談していて重臣層の意見を重視していた。重朝はむしろ重臣層によって制約されていたともいえる。重臣層のなかでは隈部忠直・城為冬が重要な地位を占め、菊池氏の動向は、おおむねこの二人の画策で決まった。菊池氏の好学好文は、このような政治情況を背景にしていた。

菊池重朝の好学は父為邦を超えるものがあり、儒仏二典はいうまでもなく、和歌・連歌を好んだ。肥後国玉名郡の清源寺の季材明育に儒仏二典を学んだようである。清源寺は正平二年（一三四七）菊池武尚が固山一鞏を請じて開いた寺院で、菊池氏代々の崇敬厚く、文明十七年（一四八五）九月、諸山に列せられている。[74] 菊池重朝の尽力によるものである。[75] 文明八年（一四七六）季材明育が承天寺・東福寺の鈞帖を得て上洛するとき、[76] 菊池重朝と「肥州刺史菊池公幕下之賢佐也、最以武略称、兼有文雅」[77] といわれた隈部忠直がともに詩を賦してこれを送っている。重朝の詩は、

駅路迢々万里余　長安到日定何如
天顔咫尺五雲上　着紫伽梨拝詔書[78]

というものである。五山の諸老がこれに和韻している。[79] 季材明育は、遠方よりもたらすと

ころの至宝といって菊池重朝の右の詩一篇のみを諸老に示し[80]、その詩は「美哉此詩、誠有微意」と称せられている。季材明育が菊池重朝の好学好文を京都禅林に知らしめようと吹聴していることは明らかである。建仁寺の天隠竜沢の『黙雲藁』には、肥後正観寺[81]の笑耘怡公老人に贈る詩序のなかで、菊池重朝のことを、

今世賢士大夫、通史書詩伝者、其風寥々、只痛飲狂歌以賓送居諸而已、以故政事壅塞、古典蔑如也、頗聞太守封内、民物富庶、仏徒整粛、是皆幕府群賢、宣揚太守政化者如斯乎、起敬不已、

と記している[82]。菊池重朝が痛飲狂歌・古典蔑如の風潮の中で真摯に儒仏二教を学び政事に生かそうとしていた様子がうかがわれる。

菊池重朝の和歌・連歌愛好については、次の事績が知られる。藤崎八幡宮文書（年欠）六月二日菊池重朝書状によって、菊池重朝が同宮の造営に尽力していることが知られるが、『肥後国誌』巻之弐所引、隈部忠直の『藤崎宮霊鐘記』によれば、文明八年（一四七六）五月十四日、菊池重朝は同宮で法楽のために千句連歌を興行し、さらに和歌を詠じ詩を賦している。京都貴顕との間に文芸交流をしていたことは、次の、『晴富宿禰記』文明十一年（一四七九）十二月十六日条によって知られる。

後福光園院殿御筆肥後菊池人丸事、被染御筆、成軸被懸御座敷、可注遣大内左京大夫（政弘）

之由被仰之間申請、今日返上、

文明十三年（一四八一）八月、菊池重朝が隈府において万句連歌を興行したことは著名である。弘治二年（一五五六）孟春七日城越前守親賢書写本が菊池市中町の高田充雄氏保管文書中にあり、『熊本県史料』中世篇第四に収まっている。現在、その発句百句が知られる。[83] 菊池氏の勢力圏に属する、旧菊池・山鹿・合志・山本・玉名・益城・託麻・飽田各郡の菊池氏被官、国人、僧侶が五名ずつ二十の亭に分かれ、各亭において五百句を出句している。「御屋形様（菊池重朝）御座敷」において行われた初千句を引いておこう。

文明十三年八月日一日興行万句連歌発句

初千句 第一 月松　山何　（菊池）重朝

月やしる十代（かへり）の松の千ゞの秋

第二 月萩　何人　周持

萩が枝におらじこぼさじ月の影

第三 月萩　若何　（北里）高房

おぎの葉に月も半の光哉

第四 月女郎花　何舟　（温江カ）湯郷式部少輔 頼種

をミなへし幾夜か月になびくらん

第五
月薄　何衣　　赤星九郎 重規

花すゝき月にほのめくひかりかな

以上、(菊池重朝)御屋形様御座敷

この万句連歌は当代九州においては他に類をみない大規模なものである。広範な地域から多数の参加者を得ての興行である。ただしそれは、やはり菊池氏の勢力圏内のことで、菊池を中心とする北肥後である。阿蘇十二社本堂修造の棟別銭を肥後国内に賦課するなど、(84)肥後守護としての権限を発動しているが、実勢力は菊池を中心とする北肥後にあった。この連歌興行が肥後守護としての勢威を誇示することにあったことはいうまでもなく、事実上は、とかく相対的・下剋上的な傾向をもつ被官・国人との融和、その掌握化につらなるものであった。もちろんそれは、何も菊池連歌の質を低めるものではない。

文明期の肥後文教にとって逸することができないのは桂庵玄樹（一四二七―一五〇八）である。周防山口の生まれで、南禅寺雲興庵の景甫玄忻の門に入り、建仁寺雲竜庵の惟正明貞、東福寺の景召瑞棠に新注の四書を学び、十六歳で得度し、応仁元年（一四六七）四十一歳のとき遣明使天与正啓に従って入明、明にあること七年、文明五年（一四七三）帰朝した。京都の兵火・荒廃により石見におもむき、ついで周防永福寺に住した。九州に渡ったのは文明八年である。以下、桂庵玄樹の九州における事績は、主として、その七言絶

句集『島隠漁唱』(『島隠集』ともいう。『続群書類従』十二下所収)によってあらかた知られる。

文明八年六月、豊後万寿寺にいた桂庵玄樹は同国の騒乱を避けて筑後に入り、同月二十四日、旧友源東谷の主盟する大竹山二尊精舎の詩会に列なり、同年冬は同精舎に寓して独笑禅師と旧交を温め、同年の小春日、筑後河崎宅間田珠光の室に毫を揮い、天秀翁壁間の詩に和し十一月初五、大竹の客舎に還り、さらに「和秋月種朝公題霊岩寺詩」を賦している。こうして肥後に入り、菊池重朝に迎えられる。文明八年は、五十七歳の雪舟が豊後に天開図画楼を営み、雪舟とともに入明した呆夫良心が雪舟のために「天開図画楼記」を作った年でもある。桂庵玄樹は筑後に入るまで豊後の万寿寺におり、この画楼を建てるまで、雪舟は桂庵玄樹の庇護のもとにいたのではないか、と推測する人もある(85)。

文明九年(一四七七)二月、菊池重朝が釈奠を行い、桂庵玄樹はそのことを詩に賦し、「太平奇策至誠中」「一家有政九州化」と賦している。以後、『島隠漁唱』には、戊戌元旦菊府熊峰蘭若や菊府聖観寺の詩がみえるが、肥後における人との交わりを賦した詩は隈部忠直が主である(86)。『黙雲藁』には「隈部公習武之暇、尤嗜文雅(87)」といい、『補庵京華前集』には「公奉菊池府君、助巨藩政、西人化之、公務有暇、従方外士、参詩参禅、可謂勤矣(88)」といわれている。菊池重朝の最有力家臣として武略に長じ、参詩参禅、和歌・連歌に秀で、

まさに菊池氏の実権を握る者であった。このことがおのずから『島隠漁唱』に反映しているのである。桂庵玄樹が薩摩に去ってからも、両者の間、詩の贈答が行われており、隈部忠直は弟子の礼を尽くしている。

明応元年（一四九二）冬、隈部忠直は客に託して七絶一首を薩摩の桂庵玄樹に寄せた。翌年春、桂庵玄樹はその二十八字を取って各々篇首に冠し二十八詩を賦して贈っており、その詩によっても隈部忠直の人と学問がすぐれ、桂庵玄樹が知己と感じ、その人物に傾倒していた様が彷彿とする。これはおざなりな褒詞ではない。隈部忠直が残した詩文は多かったと思われるが、今知られるのは前引の『藤崎宮霊鐘記』ぐらいである。文明八年（一四七六）五月十四日藤崎宮連歌会の時に作った詩がその中に収められている。

和光垂迹八幡宮　誓願遥期利物終
新見洪鐘涌出地　伝聞鳴鏑響飛空
藤其倚松千堆紫　花又傾陽一天紅
共献詩歌霊廟下　慇懃拝手欲相通

足利衍述氏は「作家の詩に非ずと雖、武弁の詠としては合調たり」[89]と評し、明応三年（一四九四）六十九歳の自記ある著書「蟇双紙」があることを記している。

なお、桂庵玄樹の肥後における事績として上村観光「朶雲居士と桂菴玄樹」（『禅林文芸

史譚』所収）[90]は次のことを紹介している。それは桂庵玄樹が「肥之菊府、朶雲居士源基盛」自筆の四書の後に記した丁酉（文明九年〈一四七七〉）季冬十又三日の跋文にみえる事実で、名筆家として知られた源基盛が自ら四書を書写してその子に付し、桂庵玄樹の口授によって倭点を付した、というのである。新注学が肥後に伝播する状況を具体的に示すものである。桂庵玄樹の肥後に在ること約一年、短期間ではあったが、菊池氏の文教に与えた影響は少なからぬものがあった。肥後を去り島津忠昌に迎えられて薩摩に入った桂庵玄樹の薩摩・大隅・日向の文教に与えた影響、つまり薩南学派形成の経緯は、これまた世に著聞するところである。当代薩摩文芸の基礎を作った高城珠全が一条兼良相伝の『源氏物語』関係の秘説をうけたのも文明九年（一四七七）十月のことであった[91]。

文明期肥後菊池氏の文教の隆盛は全国的にみても出色であり、連歌興行も盛んであったが、連歌文芸の質の高さにおいては、同じ肥後国の相良氏は菊池氏に劣らぬものがあった。菊池氏の連歌の場合、京都からの影響は明らかでなく、むしろ菊池重朝・隈部忠直らを始め国人層の在地における創作・享受が活発であったが、相良氏の場合は、一族の相良正任が大内政弘の側近で親任厚かったところから、宗祇との関係が密接である。以下、そのことを述べよう。

文明十三年（一四八一）三月（二カ）、宗祇は自句百二十八の発句自判の「発句判詞」を相良小次郎に書き与えている。[92] 米原正義氏は相良小次郎を相良為続の同族と思われる筑前衆の相良弘恒だとする。[93] 宗祇は長享二年（一四八八）十月十九日、相良為続に書を致して、[94] 北国下向の際の発句を示し、連歌奉行を辞したい気持であることを告げ、為続の請いによってその嫡男長毎に連歌をすすめ、為続の所望に応じて正風体近来秀歌を写し進め、為続の句を激賞し、面語を切望している。同月、宗祇は相良長毎の連歌稽古のため「分葉」一巻を書き贈っている。[95] 相良長毎は父為続のあと、相良連歌の中心となる。延徳二年（一四九〇）三月、相良為続は宗祇に連歌の合点を請うている。[96]

『新撰菟玖波集』の完成が目前に迫った明応四年（一四九五）二月二十二日、同集に入集を望んでいた相良為続は自詠連歌を宗祇・猪苗代兼載のところに送り、その合点を求めている。その連歌草子は『相良家文書』之二の付録に収められており、それを受取った宗祇の奥書が加えられている。このことに関する次の宗祇書状が『相良家文書』之二―一〇二六に収められており、『新撰菟玖波集』の撰集過程と相良為続の執心ぶりを生々しく伝えている。

猶々、御望難有候、奥州よりも此望人候て、人上候、東西如此候為、集もおもしろくこそ存候へ、

就連歌集事、定而御執心あるべく存候て、遠州（相良正任）へ申候処ニ、態御飛脚上給候、御数奇

之至、言語道断候、仍以前合点之御句上給候、其内付紙を仕候て下申候、上一人より、望之衆かぎりなく候間、集ニ入候ハん御句ハ多ハ五句計と存候へ共、自然又同類なども候て、のぞく事も候べく候間、九句しるしを付候、将又、此草子ニ宗祇兼載合点を申候へ之由承候へ共、兼載も、故人の合点見え候間、[ ]肝要之由申候、愚身も、以前之点を細字ニ被遊付候間、其上にハいかゞに候間、子細ををくニ一筆仕候て、加判形候、次御志之物、就此集之事給之間、返進申候、返々、年来御数奇今猶あらハれ候、殊勝候、恐々謹言、

（異筆）「八月四日於八代到来」

（明応四年）卯月十三日　　宗祇（花押）

（為続）相良殿

参　尊答

入集希望者が諸方から数多くあること、宗祇が相良正任を通して相良為続に出句を勧誘していて、その背景には相良正任の主君大内政弘の意向がはたらいていたことが知られ、それは八月廿五日付け相良遠江宛相良為続書状によって裏付けられる。(97) 入集のための「御志之物」は返進するといっているのも面白い。明応四年（一四九五）六月、『新撰菟玖波集』は成り、相良為続は五句入集している。九州では大内政弘被官の藤原（門司）能秀と

ともに最高である。前引八月廿五日の書状で相良為続は、その入集を末代の名誉とよろこんでいる。天理図書館所蔵大永三年（一五二三）書写本『新撰菟玖波集』奥書によると、明応五年（一四九六）六月二十三日、相良正任は大内政弘本二部によって同集を書写校合して相良為続に贈っており、為続は翌六年十一月十二日これを阿蘇氏に贈っている。(98)

相良為続の和歌は『求麻外史』も多く引き、為続が和歌・連歌に長じていたことが知られる。しかし相良連歌の場合は、菊池連歌のような広がりを示す資料に恵まれない。『新撰菟玖波集』入集を契機として、相良為続の連歌愛好は燃焼したような趣きがある。相良為続は一族の相良正任を導管として政治的に大内政弘の後援を得ており、それによって菊池氏その他に相対的独自性を保っていた。連歌愛好は大内氏への政治的依頼に相乗していたのである。相良家では為続の『新撰菟玖波集』入集を後々まで名誉としていた。(99)以上のように、文明期九州文化史にあっては、肥後の文教と連歌が出色であった。菊池氏が受容した新注派の儒学が、その領国制を内面的にどのように原理付けたか、あるいは文化的粉飾に終ったか、それはこれからの研究課題である。

『筑紫道記』によって宗祇が筑前を巡歴したことは明らかであるが、それ以外の九州の地には赴いた気配はない。ところが「宇良葉」には、

日向国伊東民部大輔旅宿にて

月やけさなみにすゞしきにしの海

とあり、一見、宗祇が日向に赴いたような書きぶりである。しかし宗祇が筑前以外の九州とくに南九州に赴いた傍証はない。とすれば右の記事はどのように解したらよいのであろうか。日向の伊東氏が上洛していたときその宿所で西海に思いを馳せて詠んだ句、と解したらいかがであろう。伊東氏は禰寝文書「応永二年」（一三九五）京都不審条々事書によれば幕府の小番衆であり、幕府に対しては求心的で、奉公衆的性格をもち、上洛する可能性は高かったと思われる。宗祇が日向に赴いた形跡がないということと相まって、今は右のように解しておきたい。なお、「宇良葉」夏には明応六年（一四九七）種子島忠時が上洛していたときの宗祇の句がある（後述）。宗祇が種々の面で深い関係をもっていた三条西実隆は南九州の国人と交渉があるので、[100]宗祇は実隆を介しても伊東・種子島氏以外の南九

州の国人と関係を有していたであろう。

右二氏の事例以外、宗祇が南九州―薩摩・日向と関係を有していたことが知られる宗祇書状が二通ある。以下に引こう。

(一)

此秋仕候発句、彼院主へ進之、人を御下候由承候間、定可被進候、京都無異事候、匠作(島津忠廉)へ一筆申入候、被進候て可給候、

財重御下之時、巨細申入候、御下着候已後、毎々御床敷さ、無申斗候、仍高野の聖無動院住持にて御渡候とて、草庵へ御入候、子細者匠作御知行之内末寺ニ相違事候間、宗祇匠作へ申入候てたび候へと承候、其様にも我々申候ハゞ可然欤之由仰候分承候、成御存知年来以書状申承候事候へ共、可様之子細、尤拝顔之上にても斟酌事由申候、誠善根之御事候間、さ様之御事、可然儀候、世事御知音之事候、又此院主をも御知人事候間、御調法可為肝要候、将又彼集事如何にも、御工夫候て御失念候ハぬやう候ハゞ可為祝着候、御不審事、巨細可示給候、就中匠作御上洛候由承候間、若若州小浜へ御着岸も候ハん哉と存候て、態々彼在所へ申定候、但真実御上候ハゞ、南海尤可然候与頂給候シ沈之類被懸御意候之間、畏存候、急便候間、不能巨細候、

恐々謹言、

(延徳二年)壬八月廿二日　宗祇（花押）

村田肥前殿（経安）
御宿所

㈡去五月十三日尊書謹拝見仕候、先以御珍敷忝存候、抑従御屋形様預御書候、不存寄御音信畏入存候、仍段子二端・繻子一端拝領仕候、何も上品与見候間、過分之至ニ候、併御意得奉憑候、将又去年屋形様之御発向、大磯殿被致合点之由承候間、乍斟酌応命心中ニて付墨申候キ、今度も定而御句被下候而、御尋之事も哉と存候処ニ無其儀候、残多存候、但当年者特老耄仕候而、被下候共分別難申候間、せめての事候、雖然御句殊勝候つる間、弥拝見仕度存候、如此申候へバ、御句ニて候程ニ褒美申様ニ思召候ハん哉、両神も照覧候へ、心中之無偽候、加様ニ申ニも、只御数寄も増長候様ニと存心中候、主人之御数寄候へバ、道ハ必繁昌する事候間申事ニて候、次雖憚千万候、扇十本・筆百管・蘇香円七両令進覧候、此扇之歌者三条亜相・姉小路宰相殿被遊候、又美濃紙三束・狸毛筆廿管長老様江進上申候折節、人々志候間、昆布百切、是ハ長老様之御茶子ニ成候へかしと存候、心中候、加様ニ馴々敷事、其恐千万候、去春之状にも如申入候、はや隠居仕候而心安候、何となき御志などをも、已後ハ思召寄間敷候、老後之事者心安さま候、衣鉢も照覧候へ、此申状を被聞召入候者、畏入可存候、返々去年拝領之内三両余之沈、于今難忘畏存候、心中大概成書記

へ令申候、返々屋形様への御礼憑存候、恐惶敬白、
（明応六年頃カ）
八月十八日
宗祇
拝進
福昌寺衣鉢禅師

㈠は一九七九年六月『源喜堂古文書目録』三―18に写真版が掲載されており、現在、北九州市立歴史博物館が購入・所蔵している。㈡は『薩藩旧記雑録前編』巻四十一に収められ、明応五年（一四九六）十月廿九日文書の次に掲げられている（刊本二―五七一―五七二頁）。㈡についても文芸の地方的展開に関する貴重な史料として解説を加えたいが、今は新史料の㈠について右の視点から説明を加えるにとどめておきたい。

㈠書状の年次は、閏八月廿二日とあること、ならびに後述の匠作関係の考証から延徳二年（一四九〇）のものと判明する。宛名の村田肥前は薩摩の村田肥前守経安である。文明六年（一四七四）四月島津氏本宗の立久が卒去したあと忠昌が十二歳で後を継ぐが、島津忠昌を補佐したのが、老名の村田経安や平田重宗らである。「諸家系図」三[101]によると「立久公国老」とある。本姓藤原氏でその祖経秀は肥前村田庄地頭職であったと伝える。『島津国史』明応四年（一四九五）七月五日条は「公（忠昌）殺執政村田経安、与肝付二郎左衛門尉書曰、村田肥前守無礼於我、故殺之」とある。島津忠昌の有力領主層統制の犠牲となったの

である。村田経安の、いわゆる島津氏国老としての活躍は多くの史料にみえるところで、いちいち挙示することは省く。「下草」や「諸家月次連歌抄」などによって宗祇と直接交わりがあったことが知られる。連歌の好士でもあったのである。長谷場本『本朝皇胤紹運録』には「村田肥前守所望之、延徳二年五月九日終書之功畢　按察使（花押）」とあって村田経安の好学の一端が知られる。『漢学起源』巻三によると薩南学派の俊秀として知られる舜田は村田経通の次子つまり村田経安の甥である。

本書状について問題の一つは、当時、村田経安がどこにいて本書状を受取ったのか、ということである。このことを明らかにする史料として『後法興院政家記』延徳元年（一四八九）十一月十七日条がある。

嶋津一族村田肥前守経安来、嶋津就家門由緒可祗候由申付間参申云々、香炉、八卦唐紙廿枚、北絹一段進上、家門之儀無案内間相憑按察間令同道来云々、余令対面、則退出、相留按察勧一盞、抑嶋津庄者根本家門領也、存其旧好歟、神妙々々、

すなわち、村田経安は島津忠昌の意を受け、島津家家門の由緒を尋ねに、対外貿易品を携えて上洛し近衛政家を訪問しているのである。さらに、延徳二年正月十一日於種玉庵何人百韻(102)に宗祇・兼載・玄清・宗作らとともに経安の名がみえる。村田経安は近衛政家を訪問したあと在洛して、宗祇らとともに連歌興行に参加していたのである。宗祇の「下草」

に、

　　村田肥前守興行に

　散をともそめかねし雨かうすもみぢ

とあるが、右前後在洛中の村田経安の連歌興行であろう。なお、天満宮文庫本「古連歌千五百」十の、

　梅がかの霞吹とて朝あらし　　宗祇
　雪に氷れる鶯の声　　経安
　陰深き谷にも春や至るらん　　兼載

について伊地知鐵男『宗祇』二八三頁（一九四三年八月、青梧堂）は、明応五年（一四九六）春のものと断じているが、右の経安は村田経安で、以上の経緯から延徳二年（一四九〇）春のものではないかと思われる。なお、『北野社家日記』第二延徳二年十一月十二日条には「自薩摩村田方、焼香十両上也」とある。

『史料綜覧』巻八―六六五頁延徳三年三月二十七日条には「諸家由緒」を引き「島津忠昌ノ家宰村田経安、薩摩一宮、高尾両社ヲ繕葺ス」とし『薩隅日地理纂考』は肥前守藤原経安の鹿児島郡東俣村一之宮の延徳三年辛亥棟札を引いている。村田経安が京都から薩摩に帰っての事績かとみられるが、史料の性格もあり、必ずしも村田経安の帰薩後の事績と

断定はできない。この宗祇書状の理解にかかることである。この宗祇書状を、いちおう帰薩後の村田経安にあてたものと解しておくが、先に述べた経緯から、在洛中の村田経安にあてた可能性もあることを付け加えておきたい。

本書状の年次・内容を明らかにする手掛りは文中の「匠作」なる人物を比定することである。匠作の上洛が間近く、若狭小浜に着岸するかもしれないので「態々彼在所へ申定候」と書いている。宗祇と若狭との縁は深い[103]。匠作は修理亮の唐名である。村田経安に近い延徳二年（一四九〇）頃の修理亮を名乗る人物としては島津氏豊州家の島津修理亮忠廉がいる。法号は雪渓忠好。島津氏本宗の島津忠昌の一門・国人統制に対して文明十五年（一四八三）末伊作久逸が櫛間で反乱をおこし、島津忠廉も文明十七年二月伊作久逸に与同して兵を挙げ島津忠昌方を悩ましたが、同年五月加治木忠敏・入来院重豊・東郷重里・吉田孝清・菱刈忠氏らとともに島津忠昌に降り、伊作久逸平定に従った[104]。戦後の文明十八年十月十九日には戦功として島津忠昌から日向国飫肥院南北一円・同櫛間院一円を宛行われている[105]。これ以後の島津忠廉の動向を知り得るのは桂庵玄樹の『島隠漁唱』である。長享元年（一四八七）の条に「題贈匠作公扇面」「匠作殿下、寄扇求詩、予将日州安国精舎領主席、仍写小景視檀家」の詩があり、そのあと「為菊修籬十首島津匠作公同雅席」の詩、延徳元年（一四八九）の条に「哀悼之余、作十絶句、謹分大陽寺殿雪渓忠好菴主之十字、而各冠篇首、前四絶称厥徳行、次二絶伸祭儀、盍擬奠文之四法、以罄卑誠而已、非敢為詩也」の詩がある。島津忠廉の法名が知られる。島津忠廉は桂庵玄樹を日向の安国寺に請じたのである。これらの詩から島津忠廉が詩文にも心得があり、崇仏の念が深かったことが推察される。桂庵玄樹の日向における外護者であった。

以上のように長享元年（一四八七）—延徳元年（一四八九）の間、日向を中心とする島津忠廉と桂庵玄樹の交わりが知られるが、島津忠廉はこのあと上洛している。『薩藩旧記雑録前編』巻四十一巻頭に、

修理亮忠廉京師に至り、将軍義尚に謁し、士太夫に会して交を厚す、忠廉平素倭歌を嗜む、宗祇法師〇中略、宗祇の事績を述ぶ、に見へて、古今和歌集・伊勢物語の奥旨を伝へて帰る、按に、延徳三年八月六日、忠廉摂州天王寺に卒ス、(106)

とある。右でも島津忠廉の上洛のことを述べているが、その上洛が延徳二年であったことを示す記事が正広の「松下集」に次のようにみえる。

防州九州にてよみ侍る歌どもとりちらし侍るに、去延徳二年の秋のころ、日向国島津修理亮入道忠孝と云人、少々書うつしたる歌とて、泉州堺の草庵へ持来られ侍る程にかき入侍る、さてその、ちの歌どもひきうしなひ侍き、

延徳二年秋以前に南九州をたった島津忠廉は同年秋泉州堺の正広の許に自ら歌を持参し

て批点を請うているのである。閏八月廿二日宗祇書状及び後述の『元長卿記』によって、島津忠廉が延徳二年閏八月二十二日以後同年末までの間に上洛していることが知られる。島津忠廉の上洛の目的は『薩藩旧記』に従えば将軍（延徳二年七月義材就任）に会うこととあわせて文雅の道を磨くことであった。後者については、正広・宗祇など当代第一の歌人・連歌師について学び、甘露寺元長のような貴族と交わっていることは確かである。前者については、黒岡帯刀所蔵文書によって、延徳二年十二月三十日、幕府が島津忠廉をして遣明船の警固を厳重にさせていること以外具体的に内容を明らめることができない。上洛後の島津忠廉の動静の一端を知ることができるのは『元長卿記』である。延徳三年正月朔日、薩摩の島津修理亮入道忠好は盟友の吉田治部大輔孝清[107]とともに節会を見物、同十一日甘露寺元長は島津忠好を招待している。島津忠廉（忠好）はその後摂州天王寺に赴き延徳三年八月六日ここで卒している。ともあれ、本書状が閏八月廿二日付けであることと「匠作」についての以上の考証から延徳二年のものであることは間違いない。

　本書状の文意は十分に解し切れないが、島津忠廉知行（この時点では日向飫肥院南北一円・同櫛間院一円が考えられる）の内の高野山無動院末寺に相違のことが出来したため、宗祇が高野山側の依頼をうけ、村田経安を介して島津忠廉に善処方を依頼したもののようである。文芸を媒介とする宗祇と村田経安との交わりが、それだけに終っていないことを示している。

さらに末尾に「沈」のことがみえるが、「沈」香の記事は宗祇の関係資料にしばしばみえるところである。南海産の「沈」が薩摩の有勢者村田経安によって宗祇にもたらされ、宗祇から恐らく京都の貴顕に廻されていたであろう。連歌の効用はこのような面にも発揮されたのである。

注

(1)『大乗院寺社雑事記』文明六年（一四七四）九月廿日。
(2) 黒岡帯刀所蔵文書文明九年十月三日足利義尚（カ）袖判安堵状案。
(3)『蜷川親元日記』文明十年十月廿四日。
(4) 陶弘護肖像讃、『成宗実録』巻第百三。
(5)『晴富宿禰記』文明十一年二月十二日。
(6) 少弐氏残党の討伐、筑前国人・奉公衆麻生氏の制圧等。佐伯弘次「大内氏の筑前国支配―義弘期から政弘期まで―」（川添昭二編『九州中世史研究』第一輯、一九七八年一一月、文献出版）。
(7) 注(6)佐伯論文。
(8) 永泉寺の開創について『筑前国続風土記附録』巻之二十二嘉麻郡下には「大平山と号す、

防州佐波郡鳴滝村泰雲寺に属せり、文安五年六月高橋盛綱が開基にして、玉崗慶琳と云僧の開山也、秋月氏代々の菩提寺にして位牌も此寺に有り」と記している。
(9) 文明十年十月二十九日、大内政弘は飯田弘秀を神埼郡代官職に任じている(「正任記」)。
(10) 『海東諸国紀』。
(11) 油座文書文明三年卯月十日宗直家安堵状。
(12) 「正任記」文明十年十月一日。
(13) 同右十月三日。
(14) 同右十月十五日・廿七日。
(15) 同右十月廿四日。
(16) 田村文書文明十年十月五日大内政弘寄進状案。
(17) 石清水文書文明十年十一月十五日大内政弘下知状案、同日大内氏奉行人連署奉書案、文明十年十二月二日陶弘護打渡状案。
(18) 油座文書文明十年十一月廿五日大内政弘袖判書下。
(19) 陶弘護肖像讃。
(20) 田村文書によれば、大内政弘は筑前を去ったあとの文明十五年五月十三日、筥崎松の伐採を禁じている。
(21) 「正任記」。
(22) 『御料地史稿』四一五頁(一九三七年一二月、帝室林野局)。

(23) 注(6)佐伯論文。

(24) 陶弘護肖像讃では、陶弘護は大内政弘と「金蘭之密契」の仲であったと記している。政情安定期における政策面では、そのように一律化はできまい。

(25) 『大日本史料』九之五―八七〇頁、『東福寺誌』七〇一頁。

(26) 広渡正利『博多承天寺史』、一九七七年三月、文献出版。

(27) 元和元年(一六一五)二月成書の『豊前覚書』(一九八〇年九月、文献出版)には、織田家浪人の小神野勝悦が堅粕薬師に参籠して眼病を治した話を載せている。

(28) 『親長卿記』明応三年(一四九四)五月十五日・十六日、『元長卿記』永正二年(一五〇五)正月十八日。

(29) 熊谷宣夫「九州所在大陸伝来の仏画」(『仏教芸術』七六、一九七〇年七月)。十王図については梶谷亮治「日本における十王図の成立と展開」(『仏教芸術』九七、一九七四年七月)。

(30) 天隠竜沢の『黙雲藁』の「侃如菴首座住築(ママ)前妙楽」に「寺為遺唐使駅」とあるのは、博多妙楽寺の性格をもっとも的確に表現したものである(玉村竹二『五山文学新集』第五巻一〇四四頁、一九七一年三月、東京大学出版会)。遣唐使駅としての状況については『世宗実録』巻六、『允澎入唐記』など。なお、『石城遺宝』『石城遺宝拾遺』は詩文等を通じてそのことを明らかにしている。

(31) 『山田聖栄自記』は、南北朝期に島津氏久が土居道場で戦傷の療養をしたことを伝えている。

(32) 田村哲夫「大内氏の武将杉氏の文書について」(『山口県地方史研究』一六、一九六六年一一月)。

(33) 井上宗雄『中世歌壇史の研究南北朝期』三九二頁(一九六五年一一月、明治書院)。

(34) 『蒙古襲来絵詞』絵十四。

(35) 大友家文書録(文明元年〈一四六九〉七月十八日大友親繁宛足利義政御内書案。

(36) 玉村竹二『五山文学新集』第五巻一一五九頁。

(37) 米原正義『戦国武士と文芸の研究』六二二頁(一九七六年一〇月、桜楓社)。

(38) 門司氏の文芸については、金子金治郎『新撰菟玖波集の研究』(一九六九年四月、風間書房)及び注(37)所掲書等。

(39) 門司氏研究としては次のようなものがある。長沼賢海「門司関と門司氏」(『史淵』二〇、一九三九年三月、『日本海事史研究』、一九七六年二月、九州大学出版会に再録)、吉永禺山編「門司氏史料」(一九五四年一一月、門司郷土会、門司郷土叢書第一)、飯田久雄「門司関と門司八幡宮」(小倉豊文編『地域社会と宗教の史的研究』、一九六三年三月、柳原書店)、石井進「九州諸国における北条氏所領の研究」(『荘園制と武家社会』、一九六九年六月、吉川弘文館)、工藤敬一「大積系門司氏文書」(『日本歴史』二八〇、一九七一年九月)、門司宣里『中世北九州落日の譜―門司氏史話―』(一九七五年四月、自家版)。

(40) 『新撰菟玖波集』への門司氏の入集状況は次のとおりである。藤原能秀が五句、大永本には「大内家人、門司下総守」とある。藤原武員が二句、大永本には「大内家人、門司藤右衛門尉、能秀の子」とある。宗忍法師が三句、大永本には「大内家人、門司与三興俊、武員子」とあり、天理本には「上杉内門司藤左衛門尉」とある。『老葉』自注本奥書末尾に、

宗祇判

大内左京大夫殿江

門司宗忍参

とある宗忍と同一人物であろう。さすれば大永本の大内家人をとるべきであろう。

(41) 『筑紫道記』には門司助左衛門家親がみえる。

(42) 『長崎県史』史料編第一―一七七頁、注(6)佐伯論文三五八頁に指摘されている。

(43) 金子金治郎『宗祇旅の記私注』一頁(一九七〇年九月、桜楓社)。

(44) 金子金治郎『宗祇作品集』一四頁(一九六三年四月、桜楓社)。

(45) 注(43)所掲書一三三頁、注(44)所掲書一〇頁。

(46) 注(6)佐伯論文三四〇頁。

(47) 注(6)佐伯論文三三九頁。

(48) 陶弘詮の文芸については米原正義『戦国武士と文芸の研究』六六〇頁以下。

(49) 「正任記」文明十年(一四七八)十月三日条では、内藤護道は大内政弘の侍衛軍中の一人である。

(50) 注(37)米原著七〇〇頁以下、注(38)金子著五七四―五七五頁。

(51) 文意については注(43)金子著三四頁。

(52) 注(37)米原著六一八・六三四頁等、注(38)金子著五七頁。
(53) 注(6)佐伯論文三四四頁。
(54) 『萩藩閥閲録』巻六十一(文明十四年)五月廿八日大内政弘書状。
(55) 『萩藩閥閲録』巻百六十四。
(56) 注(6)佐伯論文三七九頁。
(57) 詳細は注(37)米原著六九三—六九五頁。
(58) 『大乗院寺社雑事記』文明八年四月晦日、『老葉』。
(59) 注(43)金子著五二頁。
(60) 『兼顕卿記』文明九年九月十二日。
(61) 「大内氏掟書」一〇従山口於御分国中行程日数事も広義の交通問題に属する。なお、赤間関には奉行がいて関務を掌っていたことが、満盛院文書中の天文末年かと思われる次の文書にみえる。

宰府天満宮之社使、従小鳥居方至山口神明為名代此者壱人被差上候、彼方事、宰府之儀者、近年親領之様候間、当時秋月領ニ居住被申候、無相違御勲(勘カ)過肝要候、恐々謹言、

十月廿一日　仁保常陸介隆慰(花押)

赤間関御奉行中(〇折紙)

(62) 川添昭二「室町幕府奉公衆筑前麻生氏について」(『九州史学』五七、一九七五年七月)。
(63) 『続群書類従』十七下一〇九五頁。

(64)『大宰府天満宮連歌史資料と研究』Ⅱ。
(65)天理図書館本奥書。
(66)注(37)所掲書五九一・六〇九・六一〇頁。
(67)佐伯弘次「大内氏の筑前国守護代」(川添昭二編『九州中世史研究』第二輯、一九八〇年一二月、文献出版)。
(68)『実隆公記』延徳三年(一四九一)六月十七日条。なお、『北野社家日記』第二延徳四年正月十三日条に「今朝兼載為年始礼来臨、筑紫弓一丁随身、去年下向之時、正本之由被申条祝着也」とある。
(69)川添昭二『中世九州の政治と文化』一三四―一五六頁(一九八一年六月、文献出版)。
(70)『相良家文書』之一―一九二宝徳三年(一四五一)四月一日相良長続宛菊池為邦安堵状、同一九五長禄四年(一四六〇)十月廿六日相良長続宛菊池為邦安堵状。なお、菊池為邦は筑後守護でもあった。
(71)『世祖実録』巻第十二世祖四年(一四二二)夏四月戊午朔ほか『睿宗実録』『成宗実録』『海東諸国紀』等にしばしばみえる。
(72)『文宗実録』巻第四文宗零年(一四五〇)冬十月辛未朔。
(73)『臥雲日件録』長禄元年(一四五七)四月十七日、同廿三日。
(74)清源寺文書文明十七年(一四八五)九月十六日足利義政御教書、(同年)七月五日瑞智書状。

（75）天隠竜沢の『黙雲藁』に「丙申之歳（文明八年）、清源老人（季材明育）、発肥之后州、館于帝城、旬月之間、蒙承天・慧日（東福寺）両刹鈞帖、可謂栄遇矣」（玉村竹二『五山文学新集』第五巻一一五九頁）。

（76）季材明育が上洛したときのことが蘭坡景茝の『雪樵独唱集』四所収「松壑号説」（『五山文学新集』第五巻一二二九頁）にみえる。

（77）希世霊彦『村庵藁』中（『五山文学新集』第二巻三一四頁、一九六八年三月、東京大学出版会）。

（78）『村庵藁』下（『五山文学新集』第二巻四八三頁）。

（79）足利衍述『鎌倉室町時代之儒教』七三七頁（一九三二年一二月、日本古典全集刊行会）。

（80）注（77）同頁。

（81）『黙雲藁』には「桂五峯住肥後熊耳山正観」「以聴住肥後正観」等、菊池の正観寺関係がみえ（『五山文学新集』第五巻一〇五四頁・一〇四八頁）、前者（一〇五四頁）には「伝檀那菊池命、入洛」とある。

（82）上村観光『禅林文芸史譚』（上村観光編『五山文学全集』別巻九四五―九四六頁、一九七三年二月、思文閣）。『五山文学新集』第五巻所収の『黙雲藁』にはみえない。

（83）熊本日日新聞社『新・熊本の歴史』3中世一七四頁（阿蘇品保夫氏執筆、一九七九年六月）。

（84）『阿蘇文書』之二―二五四頁、文明四年（一四七二）十月廿一日名和顕忠宛菊池重朝書状写。

(85) 熊谷宣夫『雪舟等揚』一一八頁（一九五八年九月、東京大学出版会）。
(86) 隈部忠直のほかには源武貞・源重清・藤原重貞・藤原為秀等が肥後関係のなかにみえる。
(87) 『五山文学新集』第五巻一一五九頁。
(88) 『五山文学新集』第一巻三〇七頁。
(89) 足利衍述『鎌倉室町時代之儒教』七四一頁。
(90) 上村観光編『五山文学全集』別巻。
(91) 小代文書追加四肖柏故実伝書写・同五了誓故実伝書写（『荒尾市文化財調査報告』第一集、一九六五年二月、荒尾市教育委員会）。
(92) 伊地知鐵男編『連歌論集』下七五頁、岩波文庫。
(93) 注(37)所掲書六二三頁。
(94) 『相良家文書』之二一一〇二五飯尾宗祇書状。
(95) 神宮文庫本・彰考館本・図書寮本。
(96) 『相良家文書』之一一二四六。
(97) 右同。
(98) 金子金治郎『新撰菟玖波集の研究』三四五頁（一九六九年四月、風間書房）。
(99) 『相良家文書』之一—三二九天文五年（一五三六）十一月廿二日沙弥洞然長状写。
(100) 例えば『実隆公記』延徳三年（一四九一）十月九日条には「貞盛法印薩摩下向河州日記仮名跋書写之遣了」とある。

(101) 福島金治氏の教示。

(102) 注(98)所掲書五六一頁。なお、宗祇の『分葉』(内本)の宛先は「延徳二年正月十八日村田肥前守殿」である(伊地知鐵男『連歌の世界』三七二頁)。

(103) 宗祇は若狭守護武田国信やその被官寺井四郎兵衛尉賢仲(法名宗功)らと交わりがあった(「老葉」「宇良葉」等)。ちなみに宗祇は延徳三年五月二日越前へ下向し、十月三日帰洛している(『実隆公記』)。

(104) 『薩藩旧記雑録前編』巻四十所収文明記。

(105) 右同、同日島津忠昌宛行状。

(106) 『薩藩旧記雑録前編』巻四十一「豊州家二代忠廉譜中」には「延徳二年庚戌八月廿日、於摂州天王寺卒也、法号雪渓忠好」とするも、本文に述べている経緯からして延徳三年八月六日卒去がよろしかろう。

(107) 明応四年(一四九五)四月十七日、島津忠昌は吉田孝清に薩摩谷山院内山田村三十町・同院道祖脇内五瀬を忠節の賞として宛行っている(『薩藩旧記雑録前編』巻四十一)。

第九章　九州文芸の展開

一　天満宮炎上と飛梅伝説

本章では明応・永正・大永期の九州における文芸の展開をみてみたい。大内氏に即していえば、主として義興の代に相当する。明応四年（一四九五）九月十八日、九州の文化にも大きな影響を与えた大内政弘が死去したあと、その子義興が十九歳で大内氏の当主となった。その英邁さは大内氏歴代の中でも傑出していたといわれる。永正五年（一五〇八）六月、前将軍足利義尹（初め義材、のち義稙）を奉じて上洛し、義尹を将軍に再任させ、自らは管領代となり、以後十年間幕府の実権を握り、永正十五年八月帰国している。大内義興の生涯は在洛十年間を中に前中後期に分けられよう。義興は家督を継いだ翌年の明応五年（一四九六）十二月、少弐政資を討つべく兵を発し、翌六年正月少弐政資・高経父子を逐うて大宰府に入った。少弐父子は肥前国小城郡晴気城に拠ったが、大内軍に攻められ

て敗れ、四月十九日自害した。政資の辞世の和歌として、

花ぞ散る思へば風の科ならず時至りぬる春の夕暮(1)

善しやただみだせる人のとがにあらじ時至れると思ひけるかな(2)

が伝えられ、高経の辞世の和歌として、

風吹ば落椎ひろふ松の下あらぬ方にて身をば捨けり(3)

が伝えられている。『北肥戦誌』巻之七は少弐政資の文雅について「されば此政資は優艶き人にて、平生に敷島の道に心を寄せ、一年の冬の日の連歌の会に、「朝鳥の霜夜に睡る日影かな」といふ句を出されしより、此人を朝鳥の少弐とぞ申しける(4)」と伝えている。

こうして大内義興は少弐氏を打倒し、筑前を従え肥前を制した。明応六年の筑前支配について知られる事実は次のとおりである。筥崎宮油座文書によると四月二十九日博多奥堂左衛門大夫に筥崎宮油役として諸公事を免除し、同年五月十三日以来城督遠田式部丞兼相と長岡助八盛実をして那珂郡岩門城を守らしめ(5)、同年六月二十一日、河津弘業に三笠郡内野村三町を宛行い(6)、この年、平塚四郎伊恒に三笠郡岩屋城料所を宛行っている(7)。大宰府岩屋城・那珂郡岩門城など主要な城塞の守備を固め、所領宛行を通じて国人の掌握を進めたのである。以後、上洛以前には防長国人への筑前国内所領の安堵などが知られる。

上洛以前の大内義興の文事関係で注目されるのは、明応八年（一四九九）前将軍足利義

尹が大内義興を頼って山口に約九年間滞在し、大内文芸に大きな影響を与えたことである。さらに在洛十年の間、義興は文事にかかわることが多く、大内文芸の強化に作用した。

以上、少弐政資追放後における大内義興の大宰府対策を述べてきたが、天満宮安楽寺と大内義興との関係は如何であったろうか。政治的な推移のみならず、文化史的な観点からも是非触れておかねばならない。大宰府天満宮文書天文八年（一五三九）六月十九日大内氏奉行人連署奉書案や『実隆公記』明応八年（一四九九）夏紙背文書（六月廿七日至廿九日、同廿六日裏）勧学院倖賢書状によると、大宰府天満宮は明応七年に炎上している。『筑前国続風土記拾遺』は同年十一月二十二日、少弐政資の残党と大内義興の兵との兵火にかかったものだと伝えている(8)。文亀二年（一五〇二）十一月十九日天満宮造立日時が勘申され(9)、翌年二月二十日落成している(10)。大内義興は文亀二年十一月十三日天満宮安楽寺に筑前早良郡の社領を安堵しており(11)、『筑前国続風土記拾遺』御笠郡がいうように大内義興によって再興がなされたのであろう。しかし満盛院文書文亀四年閏三月十二日陶興房書状によれば、同月天満宮社頭は炎上し満盛院の重書が紛失するという有様で、同院は陶興房に同院重書案文を求めている(12)。大内義興による保護の一端を示すものでもある。

前述の、明応七年（一四九八）天満宮安楽寺が罹災したときのことに関して、満盛院文書の中に次のような味酒安籌紅梅殿祈禱和歌写がある。

夫天地開ケ始テ程遠カリシ延喜十五年ニ尊神ノ詠歌ヲ感ジ飛来ルヲ千里秘歌トて漢下本朝ニ隠ナカリシヲ僅カナル火難ニ春ヲ忘レ侍リケンハ主ジナキニモ成ヌベシ、早ク枝葉根茎繁昌シテ廟庭ヲ荘ルベシ、南無紅梅殿々々、味酒安行末子権大僧都法印安籌、

天をだに翝りし梅の根につかば
　地よりなどか花のひらけぬ
十年余り家を離れし神も又
　作り移してあふぐ御代かな

味酒安行は菅原道真の門弟で、京都から大宰府に随行し、最後まで道真の世話をし、その没後は出家して追善を行ったといわれている。その末子として記されている安籌については現在のところ事績を明らかにし得ない。近世に三宮司（師）職と称された満盛院・検校坊・勾当坊の三家はいずれも味酒安行の子孫である。元和九年（一六二三）の序のある安楽庵策伝の『醒睡笑』巻之三（角川文庫本一六四―一六五頁）には、

百三十年あまりのあとかとよ、筑前国宰府の天神の飛梅、天火に焼けてふたたび花さかず、「こはそも浅ましきことや」と人皆涙をながし、知るも知らぬも集りて、思ひ思ひの短冊をつけ参らする中に、権校坊（検カ）とて、勇猛精進なる老僧のよめる歌こそ殊勝なれ、

天をさへかけりし梅の根につかば土よりもなど花のひらけぬ

短冊を木の枝にむすびて、足をひかれければ、すなはち緑の色めきわたり、花さく春にかへりしことよ、人々感に堪へて、かの沙門を、神とも仏とも手を合せし、「梅はこれわが愛木」と賞ぜさせたまひ、

いづくにも梅だにあらば我とせよたとひ社はありとなしとも

梅あらば賤しきしづが伏家にもわれ立ちよらん悪魔しりぞけ

とある。『筑前国続風土記拾遺』には、明応七年の兵火に神木が焦枯したとき宮司満盛院快闇が一首の歌を詠じて云々として「延喜十五年ニ尊神……」以下「天をだに」の歌までを引き、「やがて幹より芽生出て本の如く栄けり」としている。『太宰管内志』筑前之二十六 御笠郡六 の梅飛（ママ）の項に〈天満宮古縁起〉に、として「明応七年（一四九八）飛梅枯し事有て社僧社官是を歎きいろ〳〵とすゝしめ奉る中に、天をさへかけりし梅の根につかばつちよりなどかはなのひらけぬ」と引いている。これは、元禄六年（一六九三）九月廿五日の奥書をもつ太宰府天満宮蔵『天満宮縁起』によったものである。右の祈禱和歌写は中世末期頃の写しとみられる。飛梅伝説の資料として貴重であり、満盛院系の社家にふさわしい資料である。以上、列挙した史料によって、明応七年（一四九八）の罹災にかかわる和歌説話を媒介として飛梅伝説が一段と広まっていった過程が推察できる。

大内義興の上洛以前における天満宮安楽寺の文事では、十六世紀から十七世紀頃にかかれたと思われる大宰府天満宮境内古図に「会所人丸」の記載があることが注目される。和歌会所の存在を知らせるもので、料田を有し、文事関係の講会が営まれていたと考えられる。さらに満盛院文書（明応八年）三月十三日仏乗院快厳書状により、天満宮安楽寺で引続き盛んに連歌が興行され、すでに連歌屋が存在していたことが知られる。連歌屋の初見記事である。和歌会所との関係など、実態についてさらに探究したいが、今は直接史料を得ない。

永正年間の天満宮安楽寺の文事で特筆されるのは、永正三年（一五〇六）九月十一日、伏見宮邦高親王が三条西実隆等をして大宰府安楽寺法楽百首和歌を詠進せしめていることである。[13]当時の宮廷・堂上歌壇は、後柏原院の熱烈な和歌好尚とその指導力、力量ある皇族・堂上歌人が多かったことなどが相乗して活気を呈しており、伏見宮の邦高・貞敦両親王はその指導的地位にあった。伏見宮では毎月のように歌会が行われ、両親王は歌集・和歌懐紙等を残している。[14]『実隆公記』永正三年九月十日至十二日、同七日至九日裏によると、右の安楽寺法楽和歌は邦高親王の夢想によって勧進されたものである。飛鳥井雅康・雅俊・徳大寺実淳・三条実香・上冷泉為広・下冷泉政為等、錚々たる堂上歌人が勧進に応じている。貴族における広範な天神信仰の原点として、遠く筑紫の天満宮安楽寺への和歌法楽がなされたのである。

ところで、大内義興の天満宮安楽寺に対する事績は、さすがに在洛中は少なく、帰国後が多い。一覧表に整理してみよう。

大内義興と天満宮安楽寺

（但し、③④は閏3月、閏4月）

年月日	事項	出典
明応7（1498）	天満宮安楽寺、小弐政資の残党と大内義興の兵との兵火にかかって炎上	実隆公記・筑前国続風土記拾遺・歴代鎮西要略五
文亀2（1502）・11・13	天満宮安楽寺に筑前国早良郡の社領を安堵す	満盛院文書
4（1504）・③・11	天満宮社頭炎上により、満盛院、大内義興の臣陶興房に同院重書案文を求む	〃
永正9（1512）・④・15	筑前守護代杉興長、満盛院に同国侍島の地を還付す	〃
12（1515）・10・3	大内義興の臣陶興房、書を満盛院に通ず	〃
永正15（1518）・12・20	天満宮の訴えにより同宮満盛院領筑前国早良郡戸栗・重富両郷の半済地を同院に還付す	〃
16（1519）・3・27	筑前守護代杉興長をして天満宮社家中の同宮日別供を違乱するを停止せ	御供屋文書

	しめ、旧により同国早良郡入部庄筑紫下野守知行分より、これを輸せしむ	
17（1520）・3・25	天満宮安楽寺領を安堵す	満盛院文書
大永3（1523）・3・10	筑前守護代杉興長、天満宮領岩淵内秣田の田地の安堵せんことを請う	桑原文書
・3・25	天満宮領肥前国姫方庄饗料を伊勢重氏の押領するを停め、旧の如く安楽寺上座坊に沙汰付せしむ	〃
4（1524）・5・3	天満宮領秣田については弓矢静謐の後、左右すべきを上座坊に告ぐ	〃
6（1526）・4・15	天満宮宮師快真、同宮満盛院領を大内氏に注進す	満盛院文書
・5・3	満盛院領を安堵す	〃
・5・21	満盛院の訴えにより同院領の地の替りとして筑前国赤間庄段銭の内を宛行う	〃
・7・22	天満宮領徳政を行うを禁ず	〃
・11・16	神代興房をして満盛院領筑前国戸栗・重富両郷の替り同国赤間庄段銭百貫文を同院快真に渡付せしむ	〃
（月日ナシ）	満盛院領筑前国三笠郡隈村を安堵す	〃

大内氏の筑前支配について、直接統治の任に当たるのは守護代である。筑前守護大内義興の代官は杉興長である。筑前守護代としての杉興長については佐伯弘次「大内氏の筑前国守護代」（川添昭二編『九州中世史研究』第二輯、一九八〇年一一月、文献出版）に詳しい。

宗碩の「月村抜句」永正十四年（一五一七）九月条に、

当国(筑前)守護代興長月次満盛院にして侍しに

風ふかぬ世ニハ野分の秋もなし

とあり、杉興長が満盛院で月次連歌を興行していたことが知られる。このことをさらに敷衍する史料が福岡県文化会館所蔵筑前町村書上帳七所収永正十七年十一月十五日快隆手日記として存在する。同史料は快隆が杉興長の被官と思われる前田仲右衛門尉にあてて天満宮領筑前国御笠郡内下片野のことについて出したものである。下片野三十町は以前天満宮領であったが、ここ数年筑前守護代杉興長被官鬼村左馬允長直の知行となっている、半分十五町を杉興長・鬼村に契約して満盛院領の預りとなった、杉興長の月次祈禱連歌料所として知行している云々というのである。満盛院での月次連歌祈禱が筑前守護代杉興長の安泰を祈るためのものであったことが知られるのである。なお、満盛院文書に、右の鬼村長直が満盛院宮師に対して天満宮領筑前国御笠郡下片野の安堵を約し、月次祈禱連歌を執行するように申し送った享禄二年（一五二九）かと思われる十月廿日付けの書状がある。

二　宗碩の九州巡歴

大内義興在京中の九州における文芸関係事績として特筆されるのは、月村斎宗碩（一四七四—一五三三）の永正十三（一五一六）・十四年の九州巡歴である。その大要は永正十三・十四年中の発句及び付句を書き留めた「月村抜句」（宮内庁書陵部に架蔵、桂宮本歌書第百四号、未公刊）によって知られる。宗碩は尾州茨江の人で鍬鍛冶の子であったと伝えられる。宗祇の愛弟子で、箱根の湯本で宗祇と死別している。宗祇の種玉庵を受継ぎ、名実共に宗祇の後継者であった。宗碩は師の宗祇や先輩の宗長（一四四八—一五三二）と同じように、生涯を通じて、美濃・摂津・九州・能登・東国などと、しばしば長い旅をしている。宗碩の九州巡歴については井上宗雄『中世歌壇史の研究室町後期』一九七—一九八・二二六—二二七頁、木藤才蔵『連歌史論考』下六〇七—六〇九・六一二頁、米原正義『戦国武士と文芸の研究』六六六頁等に詳しいが、筆者なりに整理して述べておきたい。

『尚通公記』永正十三年四月三日条によると、宗碩は西国下向について近衛尚通に色紙三十六枚短冊二首を所望しており、尚通はこの日これを書き遣わし扇一本を添えてやっている。後の旅のありようから考えて、宗碩の西国下向にあたり大内義興が何かと手配をしてやったと思われる。門弟の周桂・等運が随行し、同じく門弟の宗牧が途中から加わっている。以下、宗碩の九州巡歴行を追ってみる。ことわらない限り「月村抜句」を典拠としている。

播州兵庫津田守主計助、明石旅宿、光明山卯野弥三亭、同城中樫村内蔵助、備前国伊都佐範、松田豊後守山城、吉備中山近辺元妙寺、備中吉備津宮（万句）、備後人、同鞆浦三善縫殿助幸宗、芸州野間掃部頭山城、同阿曽沼近江守山家と、各連歌会にのぞみ、防州に入り、下松の正福寺の会で詠句している。永正十三年夏の半ば頃である。ついで陶兵庫頭（弘詮）[17]、吉田平兵衛尉（正種）、町野掃部頭（弘風）、善福寺、内藤内蔵助（護道）山庄、氷上別当坊の会に出、「六月廿九日自然斎（宗祇）忌日とて阿川淡路守（勝康）興行会に」、陶武庫（弘詮）七夕の一座に、善聴寺旅宿、八月十五日夜陶兵庫頭（弘詮）、「おなじころさる少人おハします館」、飯田大炊助（興秀）、長州府中二宮大宮司（竹中弘国）、赤間関阿川淡路守（勝康）宿所、同所杉杢助（弘信）、専念寺、亀山八幡宮月次、と約三ヶ月にわたり、大内義興上洛中の留守を守る防長の大内氏被官の邸や寺社で雅会にのぞんでいる。

『天理図書館稀書目録』和漢書之部第三によると、天理図書館所蔵の平賢兼・藤原護道筆『源氏物語』奥書に「右以原中最秘抄・類字源語抄・千鳥・加海・殊去永正拾三年度於防州山口県陶安房守弘詮宅所宗碩法師講尺聞書等、自今日読合之、引歌漢語以下書加之而

巳」とあり、宗碩は山口の陶弘詮宅で『源氏物語』の講釈をしている。

その後、豊前国に渡った。大通寺における杉杢助弘信興行の会で「せとわたる時雨や秋のみなと風」、広津駿河守弘本[18]の一座、耶馬渓羅漢寺一見のついでに宇佐宮安門坊の会に詠句し、宇佐郡代佐田大膳亮泰景の案内によって豊後に入った。木綿山近辺の本庄伊賀守右述、津々良七郎次郎長宣、木上大炊助長秀、池上藤兵衛尉安之、多々良高弘[19]、吉岡新右衛門尉祐栄、永松新左衛門尉長永、竹屋美作守等の興行を経て大友親安（後名義鑑）館で一座。本庄・木上らは大友氏の老臣である。多々良高弘は明応八年（一四九九）杉武明らが大内氏の主として立てようとした大内義興同腹の弟尊光が、こと露顕して大友氏を頼り還俗して高弘と称していたのである。

以後、伊東和州館、落合河内守宿所、伊東相州亭、荒武藤兵衛尉所など日向での句が続き、さらに薩摩泰平寺新造旅居、日向黒貫寺歳暮の会の句などがみえるが、編序が乱れている。宗碩は豊後から日向に入り[20]、永正十四年（一五一七）の正月を日向で迎えている。

日州旅宿にて朔日手向に

都いかにたなびく山の春霞

同五日宿坊の会、同七月大脇掃部助、十三日日向都於郡の時宗の光台寺の会、中村新右衛門尉、藤原（伊東）尹祐[21]亭千句、湯治源右衛門尉、落合藤五、永嶺兵部丞、善哉坊、稲

津安芸守、現在の日南市にある鵜戸別当坊、嶋津豊州、二月七日真存草庵、飫肥の時宗道場金林寺などの連歌会にのぞんでいる。宗碩の巡歴では、時宗道場での連歌興行が目立っている。真存については京都大学所蔵『古今和歌集古聞』[22]や蓬左文庫本『古今和歌集』[23]などにその文芸活動の一端が知られる。

日向金林寺以後、宗碩は日置治部少輔真久、梁瀬加賀守宗徳、平松次郎左衛門盛治、柏原四郎左衛門貞盛、村田左京進経辰興行に三月四日、と連歌会に臨んでいる。日置・梁瀬・柏原・村田などは明らかに薩摩の国人である。村田経辰興行のあと日向国櫛間院の且直美作守久範の宿所で詠句。それに続く「豊州櫛間城にて侍し千句」の豊州というのは島津豊後守忠朝のことであろう。さらに兵庫丞忠秋の亭、和泉三河守豊房会の連歌が続くが、豊房会での連歌は三月二十二日で、その百韻は現存する。[24]次の野辺将監盛貞は日向櫛間院の領主である。五味克夫編『志布志都城野辺文書』(鹿児島県史料拾遺Ⅵ)には文明十四年(一四八二)正月元日の野辺克盛和歌、永禄十二年(一五六九)九月十六日の野辺盛季夢想歌などを収めている。同書所収「野辺氏系図」では盛仁の弟と、盛仁の弟忠門の子に盛貞がみえる。同じく「向井氏系図」では後者について「忠門—盛公—盛貞左近将監於日向一之坂討死」とある。先の盛貞は忠門の子あるいは孫であろうか。

さらに道場正福寺、嶋津下(ママ)馬助久盛、松清山、浪江(隈カ)筑前守匡久興行等の連歌が続く。浪江匡久は『薩藩旧記雑録前編』巻四十三・四十四等にみえる隈江匡久のことであろうか。宗碩の一行は大隅に入り大隅八幡宮沢永音之坊で連歌、宗碩の句が「神人のたつや天地の夏衣」とあるから、初夏の頃である。さらに島津忠隆の館で「花ハ常世千世も侍らん五月哉」と、そつない句を詠んでいる。忠隆は永正十二年（一五一五）八月、兄忠治の死去のあとをうけて島津氏の当主となり守護職を継いでいた。時に二十一歳である。[25] また、竹田山城守、幽月斎珠全の草庵などの連歌会にのぞんでいる。高城珠全は薩摩の文芸界に知られる珠玄・珠長の祖で、三条西実隆にも会っており、[26] 連歌でもひとかどの人物であったらしい。五月五日肝付三郎五郎、[27] そのあと島津又八郎、鳥川又七郎、石井中務丞、枝次刑部少輔宿所などでの連歌が続き、六月四日から島津忠隆千句、そのあと平田美濃守有増の一座に「風露の秋たつ萩の上葉かな」。

ついで宗碩一行は種子島に渡る。同島は大隅半島の南方約四十キロの海上にある。まず慈恩（遠）寺で連歌。同島の宗教は当時律宗一色で、同寺は島内随一の大刹。種子島武州（忠時）、野間筑前守所で連歌。七月五日種子島忠時の所で千句執行。『種子島家譜』[28] 巻二は宗碩の「秋や先千種にやらぬ萩の声」とともに忠時の「野はしづかなる露のあけぼの」を伝えている。筑後の上妻氏と有縁と思われる上妻民部丞[29] の許で宗碩は「ま萩咲尾上や松のこまにしき」、さらに種子島河内守、武州山庄等で句を詠んでいる。『種子島家譜』巻二によれば、明応六年（一四九七）種子島左兵衛尉忠時は上洛して弓馬・歌・鞠等を学び、飛鳥井雅康から歌・鞠を伝授されている。宗祇の自撰句集「宇良葉」夏にはこのときのことが次のように記されている。[30]

種子嶋右（左カ）兵衛尉京にのぼり侍しとき
ちぎりきやはつほとゝぎすす遅桜

奥三ヶ国の巡歴を終えた宗碩[31]は肥後に入った。

相良大郎（ママ）長祇興行に名月
秋の月名だゝるうへの今夜哉
伯耆次郎大郎（ママ）武顕興行に
木々の色をしか鳴けると山かな
田嶋右京亮重実は菅家の人にて聖廟御筆御影など被案持、其故ある事共也、彼所之会に
宿ハ秋かへりみし世の梢かな
同所之八月廿五日ニ
神松の千代の秋しる下葉かな

相良氏が為続のとき『菟玖波集』に入集するなど文雅の家であることは知られるとおり

である。天文五年（一五三六）十一月廿二日の沙弥洞然（相良長国）長状の「御連歌之事、是又代々被信候、殊更蓮船公、於菟久波集、自九州御一人、御名誉候、其外哥道者、動天地、和鬼神与候哉、御数寄之事、御神慮、天道、旁以目出候」というのは、相良氏の和歌・連歌に寄せる思念を凝集している表現である。相良長祇（ながまさ）は長毎の嫡男、文亀元年（一五〇一）の生まれで、永正十二年（一五一五）五月十三日元服し長祇と名乗った(32)。『八代日記』『歴代参考』『求麻外史』等は、永正九年末長毎は隠居し長祇が家督を継いだとし、『探玄記』は永正十二年とする。『歴代参考』は「近代稀なる御大将」といわれた長毎が法体になったのを永正十四年七月十一日とする。永正十三年、相良長毎は名和顕忠の守山進攻を防いで戦い豊福を取り、翌年六月九日相良・名和両氏は和睦の契状をかわした(33)。宗碩が肥後に入ったのは、両家和睦の直後である。宗碩が相良長祇・名和武顕の連歌興行に参じているのは、このような政情の推移を背景としている。相良氏は応仁の乱以後大内氏を通じて政治的行動をとっていることが多いので、宗碩の肥後入りもその点で有利であったろう。

　田嶋家実については、『姓氏家系大辞典』が肥後の田島氏として山本郡（合志郡）田島邑より起るとして小代文書等を挙げ、阿蘇文書に家実の所見があることを示している。それは『阿蘇文書』之二永正二年九月五日肥後国諸侍連署起請文写、同文書之一―三〇〇・三〇一永正二年十一月十八日菊池氏老中連署状、同文書之二永正二年十二月三日肥後国諸侍連署起請文写にみえる田嶋右京亮家実である。つまり田嶋家実は菊池氏の老臣である。なお『相良家文書』之一―二九五隈庄在城衆着到人数書には田嶋四郎兵衛・田嶋弥二郎・田嶋与三次郎等の田嶋氏一族の名がみえる。菅家の流れというのは所伝として貴重である。肥後における天満宮安楽寺領を媒介にしてのことではあるまいか。宗碩が菊池氏の勢力圏内の連歌興行に刺激を与えていたことが明らかであるが、八月二十五日の句を詠んだ頃、その隈庄で好士の懇望にこたえて「十花千句」（永正十三年三月十一日から十三日までの三日間、宗碩の草庵で寺井伯耆守賢仲〈宗巧〉百箇日追善のため近江国中江土佐守員継が領主となって行った千句、作者は肖柏・宗碩・宗長等）を書き与えている。松田武夫氏蔵本奥書には次のようにある。

右永正十四年仲秋（八月）下旬之比、月村斎宗碩従薩州帰路之時、於隈庄逗留之内、数寄之衆以懇望、此千句儀理尋侍内万葉・古今・源氏以下之句之作意問究仰之聞書也、努々不可有他見者也、

八月二十五日の会のあと、「月村抜句」は、長野隠岐守運旨川尻といふ所にて、鹿子木三河守親貞（員カ）白河の旅宿にて、隈部内蔵助武秀、隈部上総守親氏高瀬旅宿にして、皆木河内守満徳所にて硯河墨磨山などの故ある事聞侍りて、三池上総介親照所望に、という連歌興行を記している。長野運旨は『阿蘇文書』之二永正二年十二月三日肥後国諸侍連署起請文

写にみえる長野備前守運貞の一門であろう。『姓氏家系大辞典』は清和源氏宇野氏族として「肥後の豪族にして山鹿郡長野邑より起る」と記して『新撰事蹟通考』巻之二十二所収の隈部系図等を掲げている。広い意味での隈部一族であり、菊池氏を支えた国人である。その祖右俊―重郷は文明十三年（一四八一）八月の隈府万句連歌に名を列ねており、歴代連歌好士であったことが知られる。鹿子木三河守親貞は、親員の誤写であろう。鹿子木親員の文事は著名であり[34]、ここでこまかく触れることはしまい。親員が三条西実隆と交わりの深い宗碩を喜び迎えたことは想像に難くない。

隈部氏は鹿本郡菊鹿を拠点とした豪族で菊池氏の重臣、武秀・親氏は他の史料にみえないので、その意味でも「月村抜句」の記事は貴重である。当時、菊池氏は隈部氏をはじめここにみえる田嶋・長野等重臣や国人層の動きに規定されており、文化荷担も従って彼等を主体としていた。三池親照は先の鹿子木氏から分かれ筑後三池を根拠とするようになったと伝える三池氏である。現在のところ永正年間（一五〇四―二〇）における筑後三池氏の動向についての史料的所見は見出し得ないので、宗碩が筑後三池に赴いたとみるよりは肥後における鹿子木氏ゆかりの地などでの連歌興行とみたほうがよいのかもしれないが、次に引くように、筑後「高良山座主坊にして」の句があり、宗碩が筑後に赴いているのは確かであるから、宗碩は肥後から筑後三池郡を経て御井郡の高良山に寄り筑前の大宰府に向かったとみられる。

宗碩一行はこうして筑前に入った。三池親照の所での連歌のあと、「月村抜句」の記事は次のように続いている。

大鳥居信闇(35)ハ聖廟の日末葉留社家極老なり、於彼亭、

おふるてふ野や一もとの萩の露

高良山座主坊にして

菊かほる山や水上千とせ川

太宰府於満盛院九月（永正十四年）九日

雲星を分入し山や秋の□

花台坊興行に当社境内大野といふよし聞侍りて

虫の音ハ籬も霧の大野哉

観音寺にて定筅とて少人の所望に

月ニ鐘聞し世を聞夕哉

当国守護代興（杉）長月次満盛院にして侍しに

風ふかぬ世ニハ野分の秋もなし

転田（博多）にて山鹿壱岐守秀宗宿所九月十二夜之会に

月今夜袖にさハぐなみなと風

岡津清林坊にて

わだつミの手染か磯の下紅葉

奄世所望に

しらぎぬをうつや岩波秋の声

千手治部大輔弘友之山家にて

染はおし時雨ふく山の朝嵐

蘆屋旅宿にて

やへふきとみしや蘆屋の秋の波

門司の関において矢田の備前守興行に九月□

わかれてふもじハ関もる秋もなし

杉孫三郎興頼ハじめて興行会に

秋冬とわかてをにほへ千代の菊

阿川治部丞武基法楽之一座に

手向せバぬさや紅葉はちらしけり

長符二宮大宮司弘国去年下向之時興行ありて今度上洛之時かさねて張行

行めぐる旅も時雨の雲路哉

宗碩は大宰府の天満宮安楽寺・観世音寺、博多津の山鹿秀宗宿所・清林坊で連歌を詠み、千手治部弘友の山家、蘆屋を経、豊前門司関の矢田備前守・杉興頼・阿川武基らとの連歌興行のあと長門二宮に至っているのである。この間、大内義興の筑前守護代杉興長、飯田氏の被官・博多下代官の山鹿秀宗の保護があったことはいうまでもなかろう。天満宮安楽寺では連歌が盛んに行われていたことが推察される。筑前における連歌興行の目は、やはり大宰府と博多である。

以上のように、永正十三年(一五一六)四月京都をたった宗碩は、摂津・備前・備中・備後・安芸を経て五月頃周防に着き、六・七・八の三ヶ月間ほど山口に滞在し、大内文芸に大きな影響を与え、九州に渡り、豊前から豊後を経て永正十四年の正月を日向で迎え、薩摩の国人らと連歌を行い、初夏の頃大隅に入り、さらに海上遥かな種子島に渡って七月五日種子島忠時の所で千句を執行、そして肥後に入り、八月下旬には隈庄で「十花千句注」を数寄の衆に書き与えている。肥後から筑後を経て筑前大宰府に入り、博多での連歌が九月十二日、さらに蘆屋—門司を経て長門に至っている。足かけ二年、ほぼ九州一円から種子島にも渡るという大旅行であり、地域的な広がりにおいて、九州各地域の文芸享受に与えた宗碩の影響は宗祇の比ではない。九州各地域における国人たちの文芸—連歌執心は驚くばかりである。宗碩の九州旅行は、これまで中央で知られた連歌師のそれがおおむね北九州に限られていたのを九州一円に広げたことに特色があり、南九州への旅行は主眼になっていたろう。それでも九州旅行の終りの重点は大宰府—博多にあった。宗碩の九州旅行には、やはり大内義興の手配がものをいっている。大内義興は在京中であるが、その在京を通じて宗碩が尋ねた国人の多くのものと政治的・文化的な交渉があったと思われる。さらに九州の各国人の多くは上洛して三条西実隆を始めとする貴顕に文化的交渉をもっており、宗碩はそのような貴顕の代理人として遇せられたのである。もちろん宗碩自身の連歌・古典学の造詣が、九州旅行を通して各地域の国人たちに歓迎されたことはいうまでもない。中央貴族と九州国人との文化的交渉が高まっているなかで宗碩の九州旅行が行われ、大きな文化的効果をあげたのである。中央貴族と九州国人との文化的交渉が高まるのは、この永正年間である。以下、その実態について述べよう。

三　貴族と国人の文化交渉

『実隆公記』にみる国人

肥後国の菊池重朝は父為邦とともに好学の名高く、本拠の隈府に孔子堂を建て、釈奠の礼を行い、桂庵玄樹を招いて講学させ、藤崎八幡宮を造営し、一万句連歌会を興行するなど、著名な事績を残し、明応六年（一四九七）十月二十九日四十五歳で没した。九州で『新撰菟玖波集』に入集しているのは肥後の相良為続（五）と豊前の門司氏（藤原能秀五・藤原武員二・宗忍法師三）だけである。相良為続の入集は一つには同族の相良正任が大内政弘の側近であったこと、門司氏の入集は同氏が大内政弘の被官であったことにもよるが、やはり入集するだけの力量があったからで、相良為続の連歌数奇は著しく、文名も高かった。その為続も明応九年（一五〇〇）六月二十日五十四歳で卒去した。『相良家文書』によると、永正三年（一五〇六）六月二十日、相良為続の七回忌に当たり、相良正任は『新撰菟玖波集』入集の折の相良為続の書状の裏に、かの五句を書写して為続への回向とした。菊池重朝・相良為続ら九州文化を代表する人物の相次ぐ死は、一つの時代が終った感を深くさせる。

永正年間に入って顕著なことは、九州の守護・国人と京都貴族との文化的交渉が頻繁になることである。具体的に事例を追ってみよう。一と二で述べたことは省く。

室町時代堂上知識階級の代表的人物である三条西実隆の『実隆公記』[36]によってそれをみてみよう。延徳三年（一四九一）十月九日条に「貞盛法印薩摩下向河州日記仮名跋書写之遣了」とあるが、文亀三年（一五〇三）正月六日条に「太清、西見（薩摩国嶋津某云々）、等同来、十首和歌俄興行、招姉羽林同令詠之」とあり、三条西実隆と南九州との関係が知られるが、大隅・薩摩の国人との交渉はかなり深かった。大隅では禰寝（ねじめ）氏があげられる。

三条西実隆の詠草集に『再昌草』がある。原型は全三十六冊、各一箇年の詠草を一冊に集めた実隆四十七歳の明応十年（一五〇一）正月から八十二歳天文五年（一五三六）八月十六日に至る前後三十六年間の自撰家集である。(37) 禁裏御会、諸所の歌会、諸社寺の法楽、贈答、述懐等の和歌、長歌、狂歌、発句、漢詩、序跋等を年度別に、月次を追って輯集したものである。序文が付せられた永正十七年（一五二〇）に一次的成立をみ、その後逐次追補されていったとみられる。(38) 一種の文芸日記帳で、多くの問題をはらみ、(39)『実隆公記』と相まって史料的価値が高い。実隆は都鄙の人々から古典の書写、詠歌の染筆、詠草の合点等を依頼されており、両書は当代の地方文化の状況を知るのに第一等の史料である。その、『再昌草』四文亀四年（一五〇四）三月の条に、次のようにみえる。

大隅国に禰寝（子シメ）といふものは、建部□重（尊欤、本不読）となん名のりける、歌に心ざしありて、百首の歌合点の事、道堅につけて申たりし、点かけてつかはすおくに、彼詠歌述懐の歌に
あはれとも人しいはずば和歌のうらによるべしら波猶やまよはん　とありしを、
和して書つけ侍し

我も又よるべしら波まよへともあはれとぞ思和歌のうら人

大隅国の禰寝尊重が道堅を通して百首歌の合点を三条西実隆に依頼していたのである。禰寝氏は大隅国の国衙と正八幡宮の両支配下の在庁・名頭神人として多くの下人をもつ辺境領主で、在庁―御家人―国人のコースをとった大隅国の有力国人である。関係文書は不完全ながら一応川添昭二編『禰寝文書』(九州史料叢書、一九五九年一〇月)に収められている。新編禰寝氏正統系図五によれば、尊重は初名忠清、官途は右兵衛尉から大和守、法名は一味、文明十二年(一四八〇)に家督を継ぎ天文十六年(一五四七)八月二十九日に没している。在洛中、朝廷に和歌若干首を献じ、とくに「旅ながら旅にもあらぬ心かな花になぐさむ志賀の山越」が天意にかない、後柏原帝(明応九・十・二十五―大永六・四・十七在位)から尊の字を下され名を尊重と称し、志賀男と呼んだという。

禰寝尊重は歌鞠の名手飛鳥井雅康(二楽軒宋世)に和歌を学んでいる。『禰寝文書』七〇四に飛鳥井雅縁詠三十首和歌を収めており、その末尾に「右一巻者、祖父卿詠歌也、所授禰寝右兵衛尉尊重也(花押)」とある。禰寝尊重は飛鳥井雅縁の三十首和歌一巻を授けられているのである。『禰寝文書』六八三・六八四によると、禰寝尊重は文亀三年(一五〇三)十二月十六日に右兵衛尉に任じ永正元年(一五〇四)三月二十日大和守に任じている。官途から推して右はこの間のことである。雅縁の孫といえば雅親か弟の雅康であるが、雅親は延徳二年（一四九〇）十二月二十二日に没している。両者の花押は近似しており、『禰寝文書』では雅親としているが、[40] 年代を併考し雅康を当てたがよいと思う。禰寝尊重が飛鳥井雅縁の三十首和歌を授けられたのも三条西実隆に百首歌の合点を依頼したのもほぼ同じ頃であったらしい。あるいは在洛中のことかもしれない。いずれにせよ、禰寝尊重は京都歌壇の第一人者の指導を受けているのである。

『実隆公記』によると、永正六年（一五〇九）閏八月十七日、大隅国禰寝氏が礼と称して三条西実隆に対面し青蚨一緡・黄金作りの太刀を献じている。詠草の合点か次にいう染筆の礼であろう。禰寝氏は尊重で、この頃在洛していたものと思われる。さらに翌日、実隆は禰寝氏に下絵短冊廿一首代々集巻頭和歌を染筆してやっている。同月二十二日禰寝氏は甘葛一筒を実隆に献じており、実隆はそれを禁裡に進じている。翌永正九年五月十四日、道堅法師が実隆の所に赴き大隅国禰寝大和守堯重の五十首和歌点の周旋をし段子一段・沈一斤を送っている。堯重は尊重のことである。実隆は六月十日禰寝大和守堯重の五十首合点・色紙八枚を書き書状に添えて道堅のもとに送っている。『再昌草』十四永正十一年十一月条に、

大隅国禰寝大和守建部堯重、五十首歌合点の事申侍し、返しつかはすとて、奥に書付侍し

心ざしふかきけしきの森ぞとも　染てぞみつる露のことの葉

とある。『薩藩旧記雑録前編』巻四十二及び新編禰寝氏正統系図五によって、永正九年閏四月当時には大隅に在国していたとみられるので、禰寝尊重は帰国後も引続き詠草の合点など和歌の指導を三条西実隆にうけていたことが知られる。禰寝尊重の京都貴顕との文芸的交流を示す事実は以上のとおりであるが、大隅国においての文芸活動が『禰寝文書』や鹿児島大学所蔵市来文書によって知られる。後者については五味克夫氏の詳細な紹介「大隅国禰寝郡司庶家角氏について—鹿児島大学図書館所蔵市来文書の再考察—」(『鹿児島大学法文学部紀要』文学科論集一三、一九七七年三月)がある。後者を市来文書と略記して、[41]禰寝尊重の大隅国での文芸活動について述べておこう。

禰寝尊重は法名を一味と号したが、晩年一味時代天文年間の角氏あて一味の書状が市来文書に五通収まっており、尊重の歌人・風流人としての面目がよくあらわれている。「その、ちのあゆ御ゆかしく存候、御れうけんあるべく候、又なに事にて御あそび候や、うけ給たく候」(六〇)、「昨日は御連歌殊勝存候、仍明日みかしき大夫めし歌合べく候」(六一)、「又申候、秋の夜ながきしられぬまゝ、まひつゞみどもいにしへ身に侍りし秋の夜の長きを老の枕にぞしつ、一笑々々」(六四追而書)、「然バ八雲御集披見望候間、彼定心驄而可参候」(六四本文)など、そうである。

禰寝尊重は、日向飫肥出身で牡丹花肖柏の門下で連歌を能くする真存と親交があった。禰寝尊重の書状のうちには、真存の下着、鹿児島への出向等を報じ、真存のことを「よき客にてこそ候へ」と記しているものがある（六二、六三）。さらに、その市来文書中には、角氏あての卯月廿七日真存書状がある（五九）。真存書状として管見に入っているのはこれだけである。虫損のため文意がとりにくいが、次に掲げておく。

尚々基□中候、野尾野兵へ御同前□
□御便令申候、去一□事を出候て御床敷候、仍毎々其方便宜□一書あつからず候、御心替候哉と□之候、さりとも御等閑さ候□申し候、次先書にも□有聞尺素竹林抄□早々返給候べく候、□度事候へ共、此便□恐々謹言、
卯月廿七日　　真存（花押）
角又□

真存については木藤才蔵『連歌史論考』下に拠るべき説明がある。それを参照しながら若干のことを付加しておきたい。右に述べたことは言及されていない。国会図書館所蔵「古今和歌集古聞」巻二巻末の朱筆注記によると真存は日向国飫肥の住人で、姓は隈江、筑後入道と呼ばれたという。天理図書館本の明応五年（一四九六）八月十五日山何百韻に、兼載・宗祇・玄清・寿慶などとともに真存の名がみえており、六句出句している。これ以

前に上洛していたものであろう。『実隆公記』によると、永正三年(一五〇六)四月十八日、宗碩に同道して初めて三条西実隆を訪問し方盆一を献じている。「連歌合集」五等によれば永正三年九月十五日の何船百韻に肖柏・友弘・宗坡・石文などとともに一座して二十句出句している。国会図書館所蔵「古今和歌集古聞」巻二巻末・蓬左文庫所蔵「古今和歌集」奥書によると、真存はこの頃小村与四郎友弘(宗訊)とともに牡丹花肖柏から堺において「古今集」の講義を受けている。永正四年二月一日、真存は宗坡と一緒に三条西実隆を訪問しているが、それから間もなくして日向に帰国したらしい。肖柏の『春夢草』に、

真存法師草庵に年を送りし、日向国に帰りくだりし時、おくり行に、

老をおきて行もさこそは思ふらめ心を見えじ袖のけしきに

返し

思ひおく袖のけしきの面影に行かた迷ふたびのそらかな

とある。真存は肖柏の草庵に同居していたようである。永正十三年(一五一六)・同十四年、肖柏は九州を巡歴し京都での知友と旧交を温めているが、永正十四年真存の草庵を訪問している。「月村抜句」に、

真存草庵にて二月七日俄に雪の侍しに

今はかつ花にこそちらぬ今朝の雪

とみえる。真存はその後上洛したとみえ、永正十七年（一五二〇）正月四日、玄清・宗哲・宗碩・等運・周桂とともに三条西実隆を訪問している。『実隆公記』同月十日条には「真存法師五十歌令見之、真南蛮幷沈香蚫切云々、恵之」とあり、真存が南海貿易関係の品を実隆に献じていることが知られる。同年二月二日、真存は泉四郎と実隆邸に赴いているが、二月四日、宗碩は真存の餞に連歌を張行している。『実隆公記』には同月十一日「真存法師外題色紙、扇歌等所望」とあるのを最後に、再びその名を見出すことはない。日向に帰り、禰寝尊重と文雅の交わりを続けたのである。両者は、案外在洛中にでも知り合ったのかもしれない。

禰寝氏の文雅は尊重一人で終ってはいない。市来文書五五に「月閑之記」という歌文が収まっている。尊重の歌友であった一族の建部（禰寝）重相の、幼少の時から、仏門に入り月閑と号し往生をとげるまでの生涯を、物語風に記したものである。筆者については、文中に「愚老」「余」とあり、最末の七言の頌の下に「休雲述之」とあるのが僅かな手掛りである。内外二典の造詣深い人物である。文中「師匠の釈秀」という語もあり、浄土教系の僧侶であろうか。尊重のことを尭重公と敬して呼んでいる。重相は幼少の頃、鏡本坊という広智賢才の者に文を学び道を習ったとあり、あわせて、室町・戦国期大隅国人の学習状況を知り得る貴重な資料である。重相は『根占郷土誌』下二九五頁紹介の禰寝氏先祖集霊墓に「成閑祖円居士天正四年丙子正月二十日　平重相」とあって、その没年が知られる。「月閑之記」には末尾近くに、重相没後について「其後天正五年丁丑正月の比」夢中に重相夫婦往生の声を聞いたことを記している。「月閑之記」は重相の一周忌を契機に書かれたものであろう。「月閑之記」には、重相が「五首三首など八常のこと」百首・五十首・三十首など定数和歌を折々詠んでいたことを述べており、重相の和歌七首を掲げている。尊重は重相からかなり刺激をうけていたようである。ともあれ、禰寝尊重の以上の事績は、室町・戦国期大隅における国人文化を典型的に示すものである。

大隅とともに薩摩の国人が三条西実隆と文芸的交流をしていたことを前に記しておいたが、薩摩国人では吉田若狭守位清の事績がかなり知られる。『実隆公記』永正八年（一五一一）二月四日条に次のように記されている。

　宗碩来、和歌、発句等談合（万句題所望）、愚存分命之、薩摩僧（珠全）同道、先年宗祇在世之時面謁（云々）、忘却了、携木毬、不思懸事也、勧一盞了、又薩摩国人吉田（若狭守位清）和歌合点事可申云々、称其礼唐糸（白髪）、弐結進之、不慮之事也、

薩摩国人吉田若狭守位清が宗碩を通して和歌合点を三条西実隆に仰いでいるのである。礼として唐糸を献じており、吉田氏の領主制が対外貿易にかかわる部分のあることを示している。『実隆公記』同月八日条には「吉田（薩摩）若狭守女房卅首歌同合点遣之、宗碩法師先日

糸媒妎送代物」とあり、『再昌草』十一永正八年二月条に、
薩摩吉田若狭守任(位)清唐錦二斤をくりたるを、宗碩媒して、よそへつかはしたりしに、
さる子細ありて申つかはしたりし、
青柳のこのめは春の程なきに　くりいだしたるいともありけり
とあって、吉田位清が献じた唐糸（唐錦）二斤は、宗碩の媒介で、さらに他所への贈物とされている。『実隆公記』永正八年四月二十五日条には、吉田位清に先年の和歌合点を遣わしたところ礼に羅扇唐一本・北絹一端を送ってきたと「不慮之芳志」をよろこんでいる。これも対外貿易にかかわる品である。吉田位清の妻も夫とともに和歌愛好者で三条西実隆に三十首和歌の合点を仰いでいるが、このことに関して『再昌草』十二永正九年六月条に、
薩摩の国吉田若狭守が夫婦の歌みせし、点合て返しつかはすとて、なでしこの花
につけてつかはし侍し
めかれしないもとぬるてふとこ夏の花も色そふ露のことの葉
とある。『薩藩旧記雑録前編』巻四十一によると吉田位清の室は伊作善久の女である。吉田位清は孝清の子。文明十五年（一四八三）末伊作久逸が島津忠昌に対して反乱を起こしたとき吉田孝清は島津忠廉（法名雪溪忠好）とともに一時伊作久逸に味方していたことがある。その後島津忠昌方につき、戦後の明応四年（一四九五）四月十七日、薩摩国谷山院

のうち山田村三十町・同院道祖脇のうち五瀬を忠節の賞として与えられている。[42]『元長卿記』延徳三年（一四九一）正月朔日条によって、孝清は島津忠好とともに上洛していたことが知られ、忠好と同じく文雅を解する者であったらしい。吉田氏は島津氏本宗（奥州家）に対して相対的独自性を持していたが、あたかも島津忠昌の代の永正三年（一五〇六）には肝付兼久の乱が起こり、忠昌は永正五年（一五〇八）二月十五日清水城で自尽、忠昌の後は、その子忠治・忠隆・勝久が相次いで守護職となったが、島津本宗に対する対抗勢力は多く、三州の地には紛乱が続いた。永正十四年（一五一七）二月、島津忠隆が吉田位清を攻めて降しているのも、[43]このような状況の一こまであった。吉田位清は、政治的には島津氏本宗に対する対抗的な状況の中で、妻とともに詠歌を享受し、京都の三条西実隆に合点を請い力量を磨いていたのである。

三条西実隆と文芸的交流の事績を残している薩摩（日向）の人物として珠全がいることは、前掲『実隆公記』永正八年二月四日条で知られる。宗祇在世（文亀二年〈一五〇二〉没）のとき、珠全は実隆に面謁していた。高城珠全は珠全に続く珠玄・珠長とともに中世末期南九州における文芸の展開に重要な地位を占める人物であるが、その事績については木藤才蔵氏のほぼ委曲を尽くした説明があり、それを補う井上宗雄氏・米原正義氏の言及もあって、[44]それらに付加するものはないので省略する。なお『禰寝文書』七〇八に「永正八年太守忠治時代」の付箋をもつ嶋津豊後守（忠朝）宛近衛稙家（付箋による）御内事案が収められている。書中に「此短冊悪筆雖其憚多候、書進之候」とあり、往古からの庄園制的関係を媒介に、島津氏が近衛家と文芸的交流を有していたことが知られる。なお、『島津家文書』之二―六五六号の卯月廿七日嶋津又六郎（忠隆）宛近衛尚通（稙家の父）書状の追而書に「雖比興候、短尺書進之候」とあり、同六五五号（大永六年頃カ）十一月廿八日嶋津修理大夫（勝久）宛近衛尚通書状の追而書に「将亦、逍遥院（三条西実隆）哥書・栄雅（飛鳥井）詩哥、只今不尋得候之間、以後便可進候、かやうに中候へ共、逍遥院・栄雅短尺まづ進之候」とあり、近衛尚通が、島津忠昌の子でそのあとを継いだ忠隆や勝久に短冊を送っている。近衛氏の島津氏に対する文芸的供給の事例である。

三条西実隆と文芸的交流を有した九州の国人としては、右以外に肥前・肥後・豊後等が知られる。肥前については、僧侶であるが、永正年間としては『実隆公記』永正九年（一五一二）五月二十四日条に肥前国山寺法師の所望する僧官のことに実隆が関与していることがみえる。肥前国人と三条西実隆の文芸的交流が著しくなるのは大永年間に入ってからであり、千々石尚員、志自岐兵部少輔縁定・西郷兵庫尚善等の名がみえ、とくに西郷尚善の事績が多い。それらについてはすでに井上宗雄氏『中世歌壇史の研究室町後期』に詳述されているので[45]、今は触れない。肥後については『再昌草』十九永正十六年（一五一九）六月

条に、

同十三日宗碩草庵会、肥後国大蔵武種号宮道天草七党之一云々張行也

すゞしさや浦のみるめもやどの松

とある。大蔵武種は、肥後国天草下島の東海岸宮地（路）浦を根拠としていた。天草七党の一といわれるように、当時は、他の国人と連合し一揆勢力を結成して菊池氏や相良氏など外部の強大な勢力に対応していた。上洛して連歌を張行することもあったのである。九州国人の京都における斡旋はたいてい宗碩や周桂など九州に関係の深い連歌師が行っている。宗牧を通しての三条西実隆と肥後との関係は後述する。豊後については、大永五年（一五二五）八月十一日、大友氏の被官甲（きのえ）筑前守長秀が願主となり宗碩の草庵で連歌会を張行し、翌日同人及び雄城氏が実隆邸に礼にいっていることが『実隆公記』にみえる。

牡丹花肖柏と故実の伝播

以上、永正年間を中心に三条西実隆と九州の国人との文芸的交流の事実をみてきたが、牡丹花肖柏（一四四三―一五二七）の歌集『春夢草』(46)にも、九州国人と肖柏との文芸的交流が知られる。真存が宗碩の草庵にいたことは前に述べた。松浦佐用姫のことに触れているが、肥前国の有馬尚平との交流について、

松浦よりのぼりて都にありし尚平（有馬神三郎）国に降るよしかたりしかば
それと見よ思ふ心は松浦がた清き渚によするしらなみ

返し

それと見ん便りもいざや松浦がた遠き限りの興つ白浪

とある。「対馬の国へ下ぬる人につかはしたる歌」を掲げ、「しかのすへ神とは、つくし筑前の国に、しかのうらに立給ふ神也」として筑前国志賀のことに触れている。なお、『春夢草』に、

護道（内藤内蔵助）つくしより連歌を見せはべりし時つゝみ紙に
住吉の松の落葉にかき添よつくしの海のもくづなりとも

返し

住吉の松も下枝にかけや見んつくしの海の波のたま藻を

とある。内藤氏は大内氏の最高被官で代々長門守護代に任じた家柄である。宗祇の『筑紫道記』に「陶尾張守弘護・内藤孫七護道、もろともにさぶらひを添ふる」とあり、『新撰菟玖波集』には付句三句が入っている。同集成立の翌年明応五年（一四九六）には在洛していて、同年四月（六月七日ィ）何人百韻（護道発句、宗祇脇、兼載第三）・同年八月十五日山何百韻（兼載発句、宗祇・護道・玄清ら）の二作品がある。兼載の『聖廟法楽千句』（明応

藤内蔵助藤原朝臣護道談儀之以証本令書写畢、依為秘蔵号秘本細字書付訖、他見穴賢々々」（小島居本・金子金治郎氏架蔵本）とある。[47]天理図書館蔵『源氏物語』（三十冊本）三年二月十日）の談義を行い、古注として今日に伝わっており、奥書に、「右正本之事、内

によれば、護道は『源氏物語』を書写しており、その他詠歌関係の事績を残している。和歌・連歌に秀れた大内氏被官中でもとくに抜きんでていた。肖柏との和歌の贈答で、内藤護道が筑紫から肖柏の許に連歌を送り歌を添えたとあるが、筑紫は九州ではあるまい。京都人士が大内氏支配下の周防・長門を筑紫と呼ぶことはままある。筑前・豊前が大内氏支配下にあるので混同しているのであろう。

書陵部本「宋雅肖柏千首」奥書に「大永七年丁亥十一月十四日　九州肥後住人水俣瑞光書之」とあるのも、間接的に肖柏と九州国人との文芸的交流を示すものといえよう。その[48]意味で次の事実も注目される。すなわち、永正十一年（一五一四）、前述の薩摩僧高城珠全が肖柏から、揚名介・三か一の餅・宿物袋の『源氏物語』秘訣の三箇の大事を伝授されているのである。これは一条兼良から宗祇―肖柏と相伝された秘説である。これは肥後の小代文書に写しとして伝えられており、すでに早く『肥後古記集覧』（大石真麻呂著、文政四年〈一八二一〉自序）に収められている。横井金男『古今伝授沿革史論』一七六―一七九頁（一九四三年九月、大日本百科全書刊行会）に紹介され、『荒尾市文化財調査報告』第一

集（一九六五年二月、荒尾市教育委員会）の小代文書追加四・五に収載、[49]木藤才蔵『連歌史論考』下五四三頁・六八一頁（一九七三年四月、明治書院）に説明が加えられている。奥書によれば、この秘説は珠全から珠玄―寿琳―了誓へと伝えられている。珠玄は珠全の子か門弟と思われ、薩摩文芸の展開に重要な役割を果たす。

横井氏がすでに述べているように、『源氏物語』秘訣の三箇の大事は、『源氏物語』が詠歌の心得書として尊重されたところから、その口伝が行われるようになり、それが古今伝授とともに行われるようになるのである。薩摩に伝わったこの秘説がどのような経緯で北肥後の小代氏のところに写されたのか不明であるが、広い意味での九州における古典学学習の一端を示す素材である。

近衛家と薩摩島津氏とに即して庄園制的関係が京都と九州との文芸交流の媒介になることを前に一言したが、それに関する事例として京都北野社の場合がある。筑後国御井郡河北庄は北野社領で、同庄に北野天満宮（福岡県三井郡北野町北野、現久留米市北野町中）が鎮座する。中世公武の崇敬厚かったことは『荘園志料』下巻二一四二―二一四四頁所引の北野社文書によって知られる。筑後の有力国人草野重永も保護を加え、永正十五年（一五一八）社領を寄進し、社殿堂塔を再興したと伝えられる。菅原道真を祭神とし、中世において筑後地方における文芸の淵叢であったと思われるが、幸いその一端が歴世古文書二によって知られる。

奉寄進北野庄之内田地壱町坪付別紙有之事、

右志毎年連哥為法楽也、仍状如件、

永正九年壬申七月廿五日　長門守藤原(草野)重永

北野山天満宮座主坊参

草野重永が毎年法楽連歌料所として筑後北野庄内の地一町を寄進しているのである。本文書は次に引く文書とともに『筑後国史』中巻・『荘園志料』下巻に収められている。四月廿五日北野山天満宮座主坊宛長門守藤原重永書状案が、同じく歴世古文書二に収まっており、その追而書に、「立願千句御宝納可目出候、又弐百韵之事ハ、独吟乍御辛労頼存候」とあって、千句・二百韻の神事連歌を北野天満宮に依頼していたことが知られる。このような事例は、外にも多数あったことと考えられる。

応仁・文明の乱後、京都の都市機能が低下し、文化の地方伝播が進んでいったことは従来説かれているところである。しかし、経済的な面で全国流通の結節点としての役割は維持されており、文化的伝統も大勢としては維持され、これまで述べてきたところからも判明するように地方国人らの京都への文化的求心性は依然として強かった。『宗長日記』大永三年（一五二三）のところに、

薩摩の坊の津の商人、京にて興行に、
　磯のうへの干しほも秋の夕べ哉
とある。薩摩坊津の商人が京都で連歌を興行しているのである。坊津―博多―堺―京都は対外貿易を含み込む商品流通で相互に連繫をなしているが、それと関連を有しながら相互の文化交流が行われていたのである。これまで述べてきた事例の根底には、この流れが存在していた。
　京都文化の地方伝播の一つとして故実の伝播がある。永正期の九州では、大友文書によって永正四年（一五〇七）四月十日、豊後守護大友親治が小笠原元宗から射芸の伝授をうけていることが知られる。同月十七日、豊州において小笠原元宗指導のもとに大友親治その子義長らが犬追物を行っている[50]。同じく大友文書により永正七年（一五一〇）四月十二日大友義長は小笠原元宗から笠懸・犬追物の故実を伝授されていることが知られる[51]。大内義興は永正十六年六月、小笠原元長伝の「騎射秘抄」を書写して被官の麻生興春に与えている。その奥書は、
　文明十六年四月廿八日　　小笠原播磨守 元長 判
此一巻、麻生兵部大輔興春懇望之間写訖、不可有外見候也、
　永正十六年己卯六月日　　義興（花押）

とある。米原正義『戦国武士と文芸の研究』六五九頁（一九七六年一〇月、桜楓社）には昭和五十年正月反町弘文荘主宰「古書逸品展示大即売会」出品「騎射秘抄」として紹介されているが、現在は福岡県の北九州市立歴史博物館の所蔵である。麻生興春は筑前の有力国人、将軍家奉公衆で大内氏被官である。麻生氏の竪系図には上総介弘家の子に配し「此興春至芸州府中為義興討死」と注記されている。なお大永五年（一五二五）尼子氏に備えての安芸門山の陣で大内義興（カ）が、豊前国人で大内氏被官の貫越中守武助に命じて、書札礼の模範とされる「弘安礼節」の抄本、文章の書方、礼紙の事、その他武家書札について記録させていることが米原氏前掲書六五八―六五九頁に紹介されている。

在地間文芸の交流

これまで、主として京都と九州の文芸交流の事例をみてきたが、在地間の文芸交流によって各地域の文芸享受が深められ広められていたことはもちろんである。若干の例をあげよう。『相良家文書』之二―一七七に次のような島津忠朝書状がある。

又諸篇無御等閑承候間、従是も御同前ニ令申候、於巳後如此之儀、可為本望候、追而御礼、委細令披見候、依望之方候、唯授一人之事、可有御相伝之由承候、器用数寄を御覧候て、伝授可目出候、如仰、此道事無聊尓様にと、再三被申置候、如其筋、是迄被仰遣候、可然存候、彼方今程高来ニ逗留之由承候、床敷存候、如何様、其方にハ重而可被参候欤、左様之時者示給、音信可仕候、被罷立候已後、兵法無懈怠致稽古候、雖然、不審之子細共多候、小泉方事者思絶候、懸御目候て得御意度、心底無他候、菱刈辺御越之時者、ふと以参入致御礼度候、何様重而可申合候、将亦馬事承候、当時可然を不所持候、少々候も、爪悪候て、徒候、領中候馬共見合候て、可被召様候者、可進候、事々、恐々謹言、

十月二日　　　　忠朝（島津）（花押）

相良宮内少輔（長毎）殿御返報

相良長毎は明応五年（一四九六）宮内少輔に任じ、[52]『求麻外史』によると永正七年（一五一〇）四月二日近江守に任じたといい、関係文書からして依拠してよいと思われるので、本文書はそれ以前ということになる。島津忠朝は豊州家島津氏で忠廉の子息である。忠廉は「松下集」によると延徳二年（一四九〇）秋の頃、泉州堺の正広の許に自ら歌を持参して批点を請うている。『薩藩旧記雑録前編』巻四十一が伝えるように、上洛して宗祇に古典を学んでいる。文明十八年（一四八六）島津忠昌から日向国飫肥院南北一円・同櫛間院一円を宛行われている。[53]忠朝は父の後を継ぎ日向を根拠としていたものであろう。父譲りで文雅の士であったらしい。相良長毎も『求麻外史』が「聰敏にして学を好み、政は壱ら

父訓に従う」と評した人物で、和歌・連歌に秀でた父為続の血を継いで文藻豊かであった。すでに述べているように、『相良家文書』之二―一〇二五相良為続宛宗祇書状によれば、宗祇は為続の請いによって長毎に連歌を勧めており、長享二年（一四八八）十月には宗祇は長毎の連歌稽古のために『分葉』一巻を書き贈っている。

右に掲げた島津忠朝書状は、前半において、相良長毎が器用数寄によって唯授一人の相伝をうけたことを慶祝している。和歌か連歌、あるいは古典類の秘説伝授である。『大日本古文書』の頭注は古今伝授としている。島津忠朝は相良長毎の秘説伝授をよろこぶ雅友だったのである。

同じく『相良家文書』之一―二八二号に（永正七年）卯月卅日相良近江守長毎宛神代紀伊守貞綱書状があり、追而書に「短冊百枚進覧之候、比興憚多候」とある。本書状は神代貞綱が和泉堺の津から八代庄の相良長毎にあてて出したものである。神代貞綱が送った短冊は自身のものとは限らない。堺あるいは京都の貴族か歌人・連歌師の短冊かもしれない。当時の堺は和歌・連歌の好士が多く、このあと永正十五年（一五一八）に肖柏が堺に移住して、文芸の興隆をみ、古今伝授でも肖柏を通しての堺伝授が行われる。前述の、相良長毎の秘説伝授も京都か堺あたりからの系路が考えられる。神代貞綱は大内氏の有力被官神代氏の一族であろう。文亀元年（一五〇一）まで山口の奉行人をしていた明証があり、その後筑前守護代となり、永正五年（一五〇八）大内義興の上洛に伴って上京し、弘中武長とともに山城守護代をしている。[54] 相良氏は政治的にも文化的にも大内氏に依頼することが多かった。本書状は両者のそのような関係の中での政務連絡に伴う文芸交流を示すものである。

注

（1）『北肥戦誌』七。
（2）『歴代鎮西要略』五。
（3）『北肥戦誌』七、『陰徳太平記』。
（4）肥前史談会『肥前叢書』第二輯九四頁、一九三九年二月。
（5）『萩藩閥閲録』一六三明応六年（一四九七）九月廿三日大内氏奉行人連署奉書。
（6）『河津伝記』。
（7）『筑前国続風土記拾遺』御笠郡。
（8）『歴代鎮西要略』五は明応七年七月とする。
（9）太宰府天満宮文書文亀二年（一五〇二）十一月十九日賀茂在重日時勘文。
（10）『筑前国続風土記拾遺』御笠郡。
（11）『大宰府・太宰府天満宮・博多史料』続中世編㈢四四二―四四四頁所引満盛院文書。

（12）満盛院文書（文亀四年）閏三月十一日法泉寺徳宥書状、同文書（文亀四年）閏三月十二日陶興房書状。

（13）『実隆公記』永正三年（一五〇六）九月十一日、同永正三年九月十日至十二日・同七日至九日裏、同永正三年九月十八日・同十五日至十七日裏、同永正三年九月十九日裏。『再昌草』六永正三年九月条には「十一日伏見殿より安楽寺（聖廟）法楽とて、すゝめおほせられし　百首続歌　勅題也　春雨わづかなる　私、雪に出」とある。

（14）井上宗雄『中世歌壇史の研究 室町後期』一一七頁、二三二―二三三頁（一九七二年一二月、明治書院）。

（15）『梅庵古筆伝』。

（16）『二根集』。

（17）以下実名比定は米原正義『戦国武士と文芸の研究』六六六頁（一九七六年一〇月、桜楓社）を参照。

（18）広津駿河守弘本については、『大分県史料』8所収の緒方文書に文明十六年甲辰（一四八四）八月十日大畠平右衛門尉宛広津弘本科足借券がある。大内氏掟書一四四延徳四年（一四九二）三月日豊前国中悪銭事に上毛郡段銭奉行人広津彦三郎・重清家人上毛郡々代広津新蔵人がみえる。広津氏は大内義興の豊前守護代杉伯耆守重清の被官で上毛郡の段銭奉行や郡代をしていたのである。大内氏の豊前支配の機構については松岡久人「大内氏の豊前国支配」（『広島大学文学部紀要』二三巻二号、一九六四年八月）がある。

(19) 明応八年（一四九八）大内氏の重臣杉武明が、大内義興の同腹の弟尊光を擁立しようとして、ことあらわれて自殺、尊光は大友氏を頼って豊後に入る。尊光は還俗して高弘といった。
(20) 注(14)所掲書一九七頁。
(21) 伊東文書十月一日荒武藤兵衛尉宛伊東尹祐書状、三月十六日荒武藤兵衛尉宛伊東尹祐書状がある。永正十四年（一五一七）、宗碩は藤原祐梁に『源氏男女装束抄』を与えているが（奥書、大阪府立本には二月七日とある。注(14)所掲書一九八頁）、祐梁は、あるいは伊東氏かもしれない。
(22) 松田武夫『勅撰和歌集の研究』七二―七三頁（一九四四年一一月、日本電報通信社出版部）。
(23) 注(14)所掲書二〇一頁。
(24) 木藤才蔵『連歌史論考』下六〇七頁。
(25) 『薩藩旧記雑録前編』巻四十二「忠隆公御譜中」に宗碩が島津忠隆をはじめ五人の者に古今伝授をしたことを記している。
(26) 『実隆公記』永正八年（一五一一）二月四日。
(27) 『薩藩旧記雑録前編』巻四十二所載の犬追物手組書に肝付三郎五郎の名は頻繁にみえる。
(28) 『種子島家譜』が永正五年に系けているのは誤り。
(29) 筑後の上妻文書は福岡県八女市中央公民館にあり、その中の系図や近世の書状類によって上妻氏と種子島との関係がうかがえる。

(30) 金子金治郎・伊地知鐵男編『宗祇句集』三七〇頁（一九七七年三月、角川書店）。

(31) 『月村抜句』の「武州山庄にて興行」の次にみえる「去本禅門」は、不明。

(32) 『相良家文書』之一―二九〇永正十二年五月十三日相良長毎名字状。

(33) 『相良家文書』之一―二九六永正十四年六月九日相良氏老中契状案。

(34) 志方正和『九州古代中世史論集』一五九頁（一九六七年八月、志方正和遺稿集刊行会）。

(35) 明応八年（一四九九）正月二十四日、安楽寺政所が光明蔵禅寺々領田畠屋敷等注文に証判を与えているが（太宰府天満宮文書）、証判者の中に修理権少別当大法師信闇の名がみえる。さらに、永禄二年（一五五九）八月吉日、角東北院信順置文（太宰府天満宮文書）から、信闇は大鳥居信快の子であり、小鳥居信尊を聟にしていたことが判明する。鎌倉初期に大宰府に定住した善昇を大鳥居初代とすると、大鳥居第十三代目。また福岡県筑後市水田には「安楽寺□□（権少）別当信聞法印大和尚位尊霊于時大永八年戊子秋九月初二日」□好□敬白」という刻文のある信闇の供養碑がある（天満宮文化研究所『研究所だより』13・15号）。

(36) 『薩藩旧記雑録前編』巻四十一によると、伊作久逸のことを河州というが、関係があろうか。

(37) 他撰家集としては後水尾天皇のときに編まれた『雲玉集』がある。

(38) 宮内庁図書寮・桂宮本叢書第十一巻解題（一九四九年三月、養徳社）、以下『再昌草』の引用は同書による。

(39) 注(14)所掲書一四二頁。

(40) 新編禰寝氏正統系図五にはこの三十首歌を飛鳥井雅親から与えられたとしているので、『禰寝文書』編集のときにはそれに従っていた。本文で述べているように、それでは年次が合わない。この三十首歌は中野克氏の架蔵になっている。中野克「小松帯刀書簡について」(『田山方南先生華甲記念論文集』、一九六三年一〇月)。

(41) 禰寝尊重(一味)・真存関係書状は『禰寝文書』に入れておいたが、校訂不十分であった。原本を披閲し、校訂のよい五味克夫氏の紹介(『鹿児島大学法文学部紀要』文学科論集十三)に従って引用した。番号は同紹介分による。

(42) 『薩藩旧記雑録前編』巻四十一。吉田氏は大隅国吉田院(のちに薩摩国に属する)を本拠とする国人である。

(43) 『島津国史』巻十四。

(44) 注(24)所掲書六八一―六八二頁、注(14)所掲書五一三頁、注(17)所掲書六六八頁。

(45) 注(14)所掲書三二五頁。

(46) 『続群書類従』十七下、桂宮本叢書第十九巻連歌二。

(47) 以上、金子金治郎『新撰菟玖波集の研究』五七四―五七五頁(一九六九年四月、風間書房)、注(17)所掲書七〇〇―七〇二頁。

(48) 注(14)所掲書二〇六頁。

(49) 『熊本県史料』中世篇一所収の小代文書には収められていない。

(50) 田北学『増補訂正編年大友史料』十四―三八号。

(51)『薩藩旧記雑録前編』巻四十二によると、永正八年(一五一一)七月、薩摩守護島津忠治は『識鷹秘訣集』を編み、以安巣松に序を書かせている。

(52)『相良家文書』之一―二四九(明応五年〈一四九六〉)閏二月廿七日相良長輔書状案。

(53)『薩藩旧記雑録前編』巻四十文明十八年(一四八六)十月十九日島津忠昌宛行状。

(54)佐伯弘次「大内氏の筑前国守護代」(川添昭二編『九州中世史研究』第二輯、一九八〇年一二月、文献出版)。

第十章　大宰大弐大内義隆

一　実隆・宗碩・国人

戦国期に入って、九州の文芸享受は地域的にも階層的にも一段と拡大し多様化していった。それはとくに南九州についていえる。しかし、大内氏の筑前・豊前支配を背景に、大内文化―大内文芸の影響のもと、北九州が文芸面で伝統的位置を保持していたことは否めない。その中心にあったのは、いうまでもなく大宰府天満宮安楽寺―博多である。以下、大宰府と博多を中心に大内義隆と九州との文芸的関係をみてみたい。

享禄元年（一五二八）十二月二十日、大内義興が五十二歳で没したあと、二十二歳の大内義隆がその跡を継いだ。大内義隆の文事は著名であり、先学の研究も多い。[1]大内義隆が身を滅ぼしたのは学問であるといわれるぐらい、義隆は学問―儒学に傾倒し、禅・神道を学んだ。和歌は二条派の飛鳥井雅俊、冷泉風の堯淵法印らを師とし、万里小路惟房・持明院基規・柳原資定らの中央貴族との交わりがあった。残された作品は多くなく、歌風は平板で魅力に乏しいが、貴族趣味の耽美的傾向が知られ、大内文化の一つの結末を示している。大内氏歴代にみられたような古典・歌書の収集の徴証が、大内義隆に乏しいのは、たしかに、その必要がないほど蓄積がなされていたのである。[2] 大内義隆時代の大内氏の連歌は、専門連歌師や大内氏被官によって担われ、層の厚い、そして質の高いものを形成していた。

大内義隆時代の九州の文芸について、まず記しておかねばならないのは宗牧の九州下向である。この点については、木藤才蔵『連歌史論考』下に詳細な記述があるが、同書を参照しながら必要な限りを述べておきたい。宗牧は連歌では宗碩の門弟で宗長にも師事した。近衛尚通・稙家父子の深い信頼をうけ、三条西実隆とも交わりがあった。永正十三・四年（一五一六・七）宗碩に同行して九州を巡ったほか京近国、伊勢・尾張・越前・能登等の旅があり、天文十三年（一五四四）終焉の旅にたち駿河で越年、翌年筑波・白河を巡り佐野に至って九月二十二日没している。享年不詳。『東国紀行』は京都から江戸に下ったときの紀行で没する直前のものである。その冒頭に「結句筑紫へは再度下りけむ」と述べ、文中に、

先年九州下向の時、逍遥院殿野の宮のかたを書かせられて、さらぬだに秋の別れは悲

きにと、彼物語の歌を遊ばしつけられたる[3]

と記している。「先年九州下向」というのは二度目の享禄二年（一五二九）の九州下向を指している。宗牧の九州再度の下向の状況については『実隆公記』『再昌草』に次のようにみえる。『再昌草』享禄二年七月十七日条に「陽明(関白近衛稙家)よりす〻め給し　路薄　題雅綱卿　宗牧送行云々」とあり、関白近衛稙家が中心になり宗牧の九州送行歌を諸方につのっている。宗牧が宗利を伴い、九州へ向けて京都を出発したのは享禄二年九月十三日である。この間、宗碩が鹿子木三河守親員の申請による肥後国藤崎八幡宮造営の綸旨下付を三条西実隆に請うており、八月二日に勅許されている。綸旨を申請した鹿子木親員が実隆所持の『源氏物語』を所望していることを宗碩が実隆にしきりにいうので、実隆は二千疋でこれを与え「無力遣、可惜々々」（八月八日）といっている。[4]『実隆公記』八月廿四日条には、それに加えた奥書が次のように記されている。

奥書桐壺巻愚筆、書之、

此源氏物語全部五十四帖、麁荒之愚本雖有憚、藤原親員鹿子木参川守、数奇深切所望之間、

不獲止付与之、不可令外見者也、

享禄二年八月下澣　　　　逍遥散人堯空印

実隆は地方国人の数寄深切と富力の前に、やむをえず秘蔵本を付与せざるをえなかったのである。宗碩は、こうして宗牧の九州下向に間に合わせて鹿子木親員依頼の二件を片付けたのである。実隆は宗牧の出発に際して歌を書いた扇や短冊百首を与えているが、これらが中国・九州で種々活用されたであろうことは想像に難くない。宗牧の九州下向は宗碩の代理であった感が深い。京都をたった宗牧は大内氏の城下山口に着き、享禄二年（一五二九）をここで越年したらしい。木藤才蔵氏は「早春の頃文字関に至り、春から夏にかけて筑前国を南下して、肥後国に着いたのは夏の盛りではなかったか」として、この間に詠んだ句を京都大学国語国文学研究室蔵「宗牧発句」の中から次のように紹介している。(5)

文字関近きわたりの会に
うすくこき霞のもじの外山かな
筑前博多大興寺にて
花いづくにほひは袖の湊かな
香椎宮法楽とて杉本坊興行
あや杉の葉がへぬ色や夏衣
鹿子木三河守興行
村雨や声の玉ちるほとゝぎす

阿蘇山にて

朝霜の村雲さむきみ山かな

『実隆公記』には享禄三年二月九日条の補筆に「宗牧返事、筆十管遣之」とある。丁度このころ大内義隆は周防国松崎天満宮造営の綸旨を、実隆を通じて申請し勅許を得ていた(6)。『実隆公記』享禄四年二月八日条には「宗牧書状到来」とあり、同年五月廿七日条には「宗碩来、肥後国鹿子木書状(去年六月状)、宗牧状等商人持来、用脚進之」とあり、同年閏五月廿三日条には「大内返事(筆百管色々筆)、納箱、返事同入中、御注孝経本(宗牧以状申遣子細)、沼間備前(敦定)返事(筆十管)」とある。享禄三年から同四年にかけて九州各地を巡り、享禄四年閏五月頃には山口の大内氏のもとにいたことが知られる。同年六月には宗碩が門人の周桂・等運・養松らとともに山口に向けて京都を出発しているから、宗牧は山口で宗碩らと一緒になっていたかもしれない。『大内氏実録土代』巻十には享禄四年かと推定される十月十三日大内左京大夫義隆宛某書状があり、宗碩が大内義隆に古今伝授を行っていたようである(7)。宗牧は同年十一月二十五日帰洛し、大友氏(義鑑ヵ)から託された黄金を持参して近衛尚通邸に参上している。

宗牧の九州下向は、宗碩の代理として、肥後の鹿子木親員のもとに赴き、藤崎八幡宮造営勅許の連絡と親員所望の実隆本『源氏物語』を届けることを主内容としていた。宗牧は山口を拠点として大内義隆の保護下に豊前・筑前を歴巡り、肥後に赴き、豊後の大友氏の所へも赴いているようである。木藤才蔵氏は例句二十五句をあげて付合の解説をした京都大学付属図書館所蔵平松本の「胸中抄」の次の奥書を紹介し、肥後下向中の著作であろうとしている。(8)

此廿五句、宗牧好士肥州隈本逗留刻、鹿子木三河入道寂心息親俊、牧公自筆ニ書進之私伝也、

「もののこまかになりたるは宗牧からなり」(『耳底記』)といわれた宗牧の連歌が、右にあげた諸地域の連歌好士にどのように摂取されたか、こまかなことは分からない。大内義隆の保護を背景とする九州巡歴が、宗牧の詩嚢をこやしたことは確かであろう。

『再昌草』享禄五年(一五三二)の条に「周桂法師、博多よりおこせし文、秋のはじめつかた、み侍て」と詞書した歌が掲げられている。(9)師の宗碩に従って周防に下っていた周桂が博多から京都の三条西実隆のもとに手紙を送っているのである。さらに、宇佐八幡宮に詣でて法楽の和歌連歌を詠んでいる。(10)周桂が山口を拠点に大内義隆の保護を背景に北九州を巡歴していたことが知られる。(11)師の宗碩も、享禄五年の春から夏にかけて北九州の諸地方を巡歴していた可能性も考えられるのである。(12)周桂は三条西実隆・宗碩に古典歌学を学び、宗碩没後は宗牧と併称され、紹巴の師として知られるが、天文十三年(一五四四)二月九日に没している。享年は不明。『実隆公記』をみると、周桂は宗碩・宗牧とともに三

条西家の家産関係その他、物心両面にわたって同家を支えており、かつ、それらのことを通じて自らの生活の資としていた面が看取される。宗碩・宗牧・周桂らの中国・九州巡歴[13]が単なる歌枕探訪に終るものでないことは、宗牧の例に徴しても明らかである。

宗祇門下の宗碩・宗牧・周桂らの九州巡歴が、宗祇に続いて九州の連歌好士に刺激を与えたことは、残存史料で推定される以上のものがあったに違いない。宗牧が赴いた肥後における連歌の盛行は、相良家文書・八代日記・米田文書等を一見しただけでも十分に想望しうるところである。大内氏支配下の豊前における文芸享受は、清末氏など名主層において広くみられるところであった[14]。ここでは宗碩に関連して、太宰府天満宮の上座坊文書に収める次の杉興道書状を紹介しよう。

又宇佐羅漢可有御一見候、然者於水城可散潤霧候、愚詠発句備高覧候、恥入存候〳〵、

肇年吉兆多喜候ニ、抑爾来中隔候、慮外候、有貴書之事候間、御遊歴忝存候、御句御床敷候、宗碩如此候間、一句之望弥断絶候、次豊前国鈴環寺御祈願所、為貴方経歴下向候、可然儀憑存候、連歌執心候事候、期後喜候、恐々謹言、

孟春中澣　　（杉勘解由左衛門尉）興道（花押）

上座御坊

御同宿中

大内義隆の被官杉勘解由左衛門尉興道が大宰府天満宮安楽寺の上座坊に送った書状である。前後の事情が不明なので、文意がとり難いが、杉興道―上座坊の連歌執心と、山口―大宰府―豊前の連歌交流を伝える史料として貴重である。杉興道は石清水文書之二―五二五・享禄三、六月十九日箱田飛驒入道宛八幡奉行人書状案に大内氏奉行人として杉興重・飯田興秀とともに裏を封じており、豊前に関係していたことは、乙咩文書天文弐年（一五三三）九月廿六日乙咩右京進公康宛杉興道官途実名書出や到津文書（天文三年）正月廿一日杉勘解由左衛門尉興道宛興重等連署状・佐田文書（天文三年）十月十一日杉勘解由左衛門尉興道宛相良武任奉書案・成恒文書天文四年十二月八日杉勘解由左衛門尉興道宛大内氏奉行人連署奉書案などで知られる。宗碩が再度山口に下向した享禄四年の八月十六日、善福寺における連歌会に宗碩と同席し、宗碩発句の年月日未詳百韻を張行している。[15]宗碩の山口下向は大内連歌に大きな影響を与えたが、大内連歌を支えている大内義隆の被官に与えた影響はとくに大きかったと思われる。杉興道はその代表的人物であった。三条西実隆は杉興道に直接手紙や和歌を送り、[16]白居易（白楽天）の琵琶行や長恨歌を送っている。[17]このような人物が大宰府天満宮安楽寺の文事にかかわっていたのである。

本書状の年次は必ずしも明らかではないが、「宗碩如此候、一句之望弥断絶候」とあり、宗碩の死かそれに類するものを感じさせるような表現である。そのことを含み込んで、天文元年（一五三二）から同三年正月中旬までが本書状の年次の目安になろう。ともあれ、本書状から、山口はもとより、筑前・豊前の連歌好士に与えた宗碩の影響の大きさを推しはかることは許されるだろう。

二　月次祈禱連歌

ところで、大宰府天満宮安楽寺は、前代に引続いて九州文芸の淵叢的役割を果たしていた。大内義隆の同宮寺に対する文芸的関係をみてみよう。

満盛院文書に享禄二年（一五二九）頃かと思われる十月廿日満盛院宮師宛鬼村長直書状がある。鬼村長直は大内義隆の筑前守護代杉興長の被官である。同書状の内容は、鬼村長直が満盛院に対して天満宮領筑前国三笠郡下片野の安堵を約し、月次祈禱連歌を執行するように申し送り、「山口への吹挙事、何時も可被進候」と述べたものである。大宰府天満宮安楽寺における月次連歌執行と大内氏との関係がこれ以前にさかのぼることを示しているが、この関係を具体的に示しているのは次の史料である。

(1)定月次連歌人数注文任先結次第

正月　当郡代

二月　当国役

三月　秋月伊予守

四月　千手治部少輔

五月　原田五郎

六月　麻生近江守

七月　吉賀江弾正忠

八月　殿

九月　麻生与次郎

十月　碓井駿河守

十一月　武藤松寿

十二月　土師宮内丞

天文四年十月七日　石見守（飯田興秀）（花押）

(2)（端裏書）「月次奉書案□」

太宰府天満□（宮月次連歌事）、結番注文遂披露□（候、彼人数銘々被申）触、如前々、厳密ニ執□（沙汰可為肝要候、八月）□分事者、可被仰付之旨□（候、成其心得可）□調之由候、恐々謹言、

二月四日　□（頼郷）

飯田石見守（興秀）殿

(3)天満宮月次連歌事、各□（厳密ニ被申触）可被遂其節之由、先度被仰出候、□（若）於不懃方者、可
有注進之候、事々恐々謹言、（裏花押）（飯田興秀）

八月二日　（吉見）頼郷
（弘中）興勝
（杉）興重

飯田石見守（興秀）殿

(1)は小鳥居文書、(2)(3)は太宰府天満宮文書、欠字を福岡市立歴史資料館所蔵青柳種信資料で補ったものである。(1)は筑前守護大内義隆が大宰府天満宮安楽寺における月次連歌興行負担者を定めたものである。(2)は八月分の執行の過程を具体的に示しており、(3)は大内氏奉行人から月次連歌執行の完遂を命じたものである。大内義隆の命を奉じている飯田興秀は弘秀の子、初め大炊助、のち石見守、『大内氏実録』所収の「大内殿有名衆」によると大内義隆のとき小座敷衆であったという。陶隆房に与して大内義長に仕えたため、『大内氏実録』は飯田興秀を反逆の列伝に入れている。弘秀は小笠原流の弓馬故実に通じ、飯田氏は大内氏きっての故実家であった。興秀が大内義興の代から奉行人として活躍してい

たことは「大内氏掟書」によって知られ、「興」の字も義興から与えられたものであろう。故実家としてとくに顕著な事績を残しており、米原正義『戦国武士と文芸の研究』第五章第四節四に詳述されている。同書で飯田興秀の武家故実が籠手田定経を中心にして肥前に伝播する経過がくわしく辿られているが、天文四年（一五三五）七月十七日、飯田興秀が大宰府岩屋城において「矢開の事」七十二ヶ条を籠手田定経に伝授していることは注目される。[18](1)は飯田興秀が大宰府岩屋城にいて執行したものであろう。太宰府天満宮文書永禄二年（一五五九）八月角東北院信順置文に「郡役飯田石見守興秀」と記されていることと関係があるのかもしれない。しかし、飯田興秀がどういう立場で天満宮安楽寺の月次連歌人数注文を書いたのか、おそらく三笠郡代としてであろう。ちなみに大内氏の筑前支配の拠点である博多は飯田氏の被官山鹿氏の管掌下にあり、飯田氏は、大内氏中枢部において勢力を有し、博多はもとより筑前に種々の権限を有していた。これらに加うるに一流の故実家で文事に明るかったことが(1)を出さしめた一つの理由であることは確かである。

(1)にみえる各人物について若干説明を加え、天満宮安楽寺の月次連歌興行負担の実態についてみてみよう。正月の当（三笠）郡代は、[19]先の信順置文から飯田興秀自身と考えられ、佐伯弘次氏によれば、他にその徴証もある。二月の当国役は筑前守護代杉興運のことである。大内氏にあっては、「国役」は守護代を意味していた。[20]三月の秋月伊予守は、平安時代以来の筑前の大族大蔵姓秋月氏の一流である。夜須郡を根拠としていた。『大内氏実録土代』巻十五に「其境之儀、依諸篇御馳走、無為祝着至候」云々という五月四日付けの大内政弘書状案があり、その充所は麻生近江守・秋月中務大輔・原田刑部少輔・千手治部少輔・宗像大宮司である。彼等が筑前の有力国人で、(1)のうちの四氏と関連がある。代は替っているのであるが、千手・麻生は官途も同じである。秋月氏の文芸愛好についてはすでに述べている。

四月の千手治部少輔は、小鳥居文書卯月十五日大内氏奉行人連署書状にみえる千手治部少輔興国と同一人物であろう。千手氏についてもすでに述べている。筑前嘉麻郡を根拠とする有力国人である。五月の原田五郎については『北肥戦誌』十所収（天文三年〈一五三四〉）四月十二日の大内義隆感状案の充所としてみえる。秋月氏と同じく平安時代以来の筑前の大族大蔵氏でその本流的位置にあり、怡土郡を根拠としていた。『後鑑』巻百四十八（永享三年〈一四三一〉）二月廿五日原田刑部少輔宛将軍家御内書案によれば、大内盛見の「料国」筑前国経営の協力方をとくに依頼されているような存在であった。天文四年（一五三五）前後では、王丸文書（享禄四年頃ヵ）七月十五日杉興長挙状案・同文書十月十五日杉興長書状で原田隆種、福岡市青木真夫氏所蔵文書正月廿八日弘中正長書状で原田、同文書三月廿八日弘中正長・杉興重連署書状で原田弾正少弼等が知られる。

六月の麻生近江守、九月の麻生与次郎は同族であろう。麻生氏が遠賀川河口を扼し、その流域に勢力を振った有力国人で、室町幕府奉公衆で大内氏被官であったことについては別稿「室町幕府奉公衆筑前麻生氏について」(『九州史学』五七号、一九七五年七月)に詳述している。七月の吉賀江弾正忠については、ややさかのぼるが『正任記』に関連史料がある。文明十年(一四七八)十月十三日、大内政弘は吉賀江肥後守盛通に杉原次郎左衛門尉跡筑前国早良郡比井郷内檜原村五町地・松山入道跡七町六段大内同郷内五町地を宛行っている。到津文書三五五宇佐宮領不知行地給主注文案に「口原　吉賀江左馬允」とある。筑前国人とみてよかろうか。八月の「殿」は、大内義隆である。月次連歌興行負担者が三笠郡代・筑前守護代を除き、「殿」以外はすべて筑前国人であり、大内義隆自らが負担者になっているというのは、一つには、それだけ義隆が天満宮安楽寺の連歌興行に熱心であったからだといえよう。

十月の碓井駿河守は、東大寺—観世音寺領嘉麻郡碓井庄を根拠とした国人である。筑前町村書上帳によると長享元年(一四八七)八月二十七日、大内政弘が豊田雅楽允に碓井十郎盛資跡の筑前国穂波郡平塚村内七町四段大を宛行ったことがみえ、「正任記」には文明十年(一四七八)十月十三日、大内政弘が碓井駿河守資重に岡部彦五郎跡筑前国早良郡比井郷香原十町地を宛行ったことがみえる。さらに清末文書には天文十八年(一五四九)七月四日碓井左衛門大夫武資書状が収められている。資を通字にしていたことが知られる。十一月の武藤松寿は、いわゆる少弐氏の分流であろう。この頃の武藤氏としては田村大宮司家文書十月廿八日杉宗長・隆輔連署書状・同文書十二月十四日長成書状にみえる武藤日向守が知られる。武藤松寿がどこを根拠にしていたかは、不明。十二月の土師宮内丞は清末文書天文十八年（一五四九）七月四日碓井武資書状に土師庄領主としてみえる。天満宮安楽寺領穂波郡土師庄を根拠とした国人である。早く広島大学所蔵文書建武五年（一三三八）二月十六日少弐頼尚遵行状の充所に土師上総入道がみえる。

八月の大内義隆は別として、天満宮安楽寺月次連歌興行の負担者が、防長に出自する筑前守護代・三笠郡代を除き他はほとんどすべて筑前国人であったことが判明した。しかも夜須郡・嘉麻郡・遠賀郡など、大内氏郡代の史料的所見のない所の国人が多い。大内義隆の連歌興行が、義隆の大宰府天満宮崇敬によることはいうまでもないが、月次連歌は大内義隆の政治的安泰の祈願でもあったろうから、大内氏の支配を宗教的に保証する側面を併有していたことはもちろんである。筑前の郡代は防長国人に出自するものであり、ここにみられる国人は筑前国人である。彼等に神祇・文芸の面から他国人に優越していることを具象する負担つまり権威を与え、郡代などに任じていないことに対する代償的意味を含ませたとみられる。すなわちこの注文は、大内義隆による国人支配の神祇・文芸的表現であったといえよう。この背景に、北九州支配をめぐる少弐・大友との対抗関係があったことはいうまでもない。注進者飯田興秀自身が少弐・大友に備えて大宰府岩屋城に備えていたのであり、本注文の、いわば臨戦的性格を見逃すことはできない[21]。

天満宮安楽寺と大内義隆との文芸的関係について付加しておきたい一事がある。それは大宰府天満宮の小鳥居家に梅月蒔絵文台一基が伝来していることである。縦三四・三センチ、横五八・一センチ、高さ一〇・〇センチ。総体黒漆塗で、甲板表には閑雅な趣を示す梅月の図がある。技法は桃山時代に盛行した高台寺蒔絵様式に近く、その先駆例として、また室町時代の数少ない基準作として貴重であるとされている[22]。重要文化財に指定されている。裏面に「信元（花押）」の銘がある。この銘は小鳥居信元が太宰府天満宮文書（天文八年〈一五三九〉カ）五月一日信元書状・同文書十二月六日法眼信元書状で用いていた花押と同一の自筆銘である。信元の花押は大鳥居文書（天文十七年）正月十六日信元書状から変化するので、この文台は右書状以前の製作にかかるものである[23]。これは、いわゆる連歌文台で、「文和千句」とともに、小鳥居家では大切に伝持されてきたものである。なお、東京国立博物館には、大鳥居信岡の銘をもつ蒔絵の文台がある。大鳥居信岡は小鳥居信元と同時代の人物で、太宰府天満宮文書（天文十六年）十一月十三日防城（ママ）（東坊城長淳）宛法印信岡書状・同文書十二月信岡等七名連署書状案の史料が残っている。信岡銘の文台は、京都作かといわれる小鳥居氏の文台に比ぶれば、作りが劣り、在地作かといわれている。いずれにせよ、両者は、大宰府天満宮における連歌興行の遺品として貴重である。

小鳥居信元は天文年間に活躍した人物である。太宰府天満宮文書七月廿九日杉宗長・吉見興滋連署書状によると、大破した天満宮安楽寺の修造に力を尽くし橋一所を造営している。菊池氏勢力を背景とする大鳥居氏との対抗関係をもちながらも天満宮安楽寺の復興に尽力していたのである。連歌文台が信元によって造られたのか、誰かの寄進によるのか、不明である。在地作ではなかろうといわれており、時代的に、またその保護崇敬関係から大内義隆の寄進という可能性も皆無ではない。北野天満宮には大永六年（一五二六）正月、宗祇の門人である日向国の大蔵隈江によって奉納された連歌文台がある(24)。寄進の傍例に準ずるものといえよう。大内義隆による寄進の可能性を検討する一助として、天満宮安楽寺に対する大内義隆の事績を整理し、一覧表にしてみる。

大内義隆と大宰府天満宮安楽寺

年月日	事項	出典
享禄2（1529）・5・23	満盛院をして同院領赤間庄内段銭半済分より大日寺領段銭半済上納分を差し引き収納せしむ	満盛院文書

・8・16	筑前守護代杉興長、玄了をして筑前正覚寺領を進止せしむ	満盛院文書
・2・22	満盛院領を安堵す	〃
3（1530）・4・7	大宰府天満宮の請いにより同宮造営料を寄進す	太宰府天満宮文書
・8・16	筑前守護代杉興長、満盛院をして天満宮領三笠郡侍島・香薗両所を安堵す	満盛院文書
9・14	満盛院、千葉胤勝知行の同宮司領早良郡戸栗・重富両所を還付せられんことを請う。この日、これを退け、旧の如く鞍手郡段銭を収納せしむ	〃
天文2（1533）・12・3	河津某をして満盛院領段銭の未進を皆済せしむべきを同院に報ず	〃
3（1534）・11・15	天満宮に筑前志麻郡板持庄の地を寄進す	小鳥居文書
・12・23	大内義隆の臣沼間興国、天満宮領河津収納未進分等のことにつき、満盛院に報ず	満盛院文書
4（1535）・4・18	天満宮小鳥居氏をして、同宮留守職のことにつき参決せしむ	太宰府天満宮文書
天文4（1535）・8・14	天満宮安楽寺留守職についての小鳥居信潤と大鳥居信渠との相論は長者家の沙汰を待ちて裁許すべきことを報ず	〃
・10・7	天満宮月次連歌結番を定む	小鳥居文書 太宰府天満宮文書
6（1537）・12・13	天満宮正税社納の地を飯田兵部丞秀範に宛行う	保坂潤治氏所蔵文書

7（1538）・2・6	小鳥居信元に筑前桂昌院領六町地・大浦寺分田地一段二丈畠地一段半を還付す	小鳥居文書
8（1539）・3・20	大内義隆奉行人、筑前国三笠郡代多賀美作守高永に、満盛院領同郡長岡村二十四町内五町地について報ず	福岡市立歴史資料館青柳資料
・3・26	筑前国老松社に太刀・馬を寄進す	小鳥居文書
・5・20	満盛院領筑前国三笠郡長岡村を同院に還付す。この日、三笠郡代多賀高家、下地を同院に打渡す	満盛院文書
・6・12	満盛院をして天満宮神輿修造につきて下せる奉書を提出せしめ、またその費用を注進せしむ	〃
・6・19	天満宮常修坊快喜を同社官に補す	太宰府天満宮文書
・7・17	満盛院領筑前国早良郡戸栗・重富の地を同院に還付す	満盛院文書
・9・15	天満宮領三笠郡柴村下作職を陶隆房の被官帆足新兵衛尉の押妨するを止めしむ	太宰府天満宮文書 御供屋文書
・11・17	天満宮に太刀・馬等を献じ、少弐冬尚撃破を報賽す	太宰府天満宮文書 観世音寺文書
・12・6	武長・興豊、天満宮常修坊領筑前国那珂郡内対馬公廨八町について杉豊後守に書を致す	満盛院文書
9（1540）・6・15	鎧を天満宮に寄進す	太宰府天満宮文書 上座坊文書

・9・8	長門住吉社、筑前安楽寺及び霊鷲寺・承天寺をして後奈良天皇の病気平癒を祈らしむ	山田貴実氏所蔵文書 児玉韞採集文書 大内氏実録土代 承天寺文書
10(1541)・4・9	満盛院領筑前国早良郡戸栗の地等を郡司不入となす	満盛院文書
・4・11	安楽寺満盛院快闇、周防山口に至り、同院領筑前国早良郡戸栗・重富のことなどを訴う	〃
15(1546)・4・27	満盛院領筑前国早良郡戸栗・重富の年貢借用の替りとして御牧郡の年貢の内を同院に勘渡す	〃
・5・2	御料所筑前国野坂・赤馬土貢百石を満盛院に勘渡せしむ	〃
天文16(1547)・4・15	満盛院領筑前国早良郡戸栗・重富守護不入諸役免除のことなどを下知す	〃
・閏7・14	天満宮満盛院、同院領筑前国早良郡戸栗・重富半済のことを愁訴す	〃
・9・20	満盛院、絵莚二枚を献ず	〃
・9・25	竜造寺胤栄に充行いし満盛院領筑前国早良郡戸栗・重富の半済分を同院に還付す、この日、貞方筑後守をして、下地等を同院に打渡さしむ	〃
17(1548)・9・24	安楽寺祠官御供屋別当信興乗車のことを五条前大納言に申達す	太宰府天満宮文書

18（1549）・3・21	大内義隆奉行人、天満宮安楽寺所属の車誘の番匠が御供屋別当坊信興の乗車作りを難渋するならば博多津番匠に申し付くることを令す	福岡市立歴史資料館青柳資料
19（1550）・4・15	天満宮馬場頓宮等を再建せしむ（是歳、天満宮炎上）	小鳥居文書
・5・13	快舜をして筑前国粕屋郡小中庄三町の地を安堵せしむ	満盛院文書
・10・26	太刀・馬を天満宮に献ず	小鳥居文書
・12・22	満盛院快闇をして同院脇坊常修坊を裁判せしむ	満盛院文書
20（1551）・7・1	大内義隆の臣高山種重、書を満盛院に致す	〃

大内義隆は大宰府天満宮安楽寺に対して、所領の安堵・還付・寄進、馬・太刀・鎧等の寄進など、その事績の多くは保護行為である。しかし社官の補任、社納地の配下武士への宛行いなど、支配的・統制的な側面を併有していることも見逃せない。保護と支配が巧みに補い合っていることはいうまでもない。保護行為を含めて、その事績は天文年間前半に多い[25]。天文三年（一五三四）大友氏の臣吉岡長増が大鳥居信渠に書を送った[26]のを始めとして、とくに天文十六年十一月二十六日、筑後守護大友義鑑が天満宮領段銭を免除して以来大友氏の天満宮安楽寺に対する関係が密接になってくるのと無関係ではない。なお、天文五年五月、大内義隆が大宰大弐に任ぜられたことの天満宮安楽寺に対する意味も忘れられ

ない。それまでの大内義隆の同宮寺に対するかかわり合いは筑前守護としてであった。任大弐以後、実体としては筑前守護としてであるが、名目的には大宰大弐として、「大宰府」に代位する天満宮安楽寺にかかわったとみられる。先の文台の製作・天満宮安楽寺における伝来に大内義隆が直接関与していなかったにせよ、大内氏ゆかりの京都―山口と同宮寺との関連のなかでそれは考えられるのであり、広い意味での大内文化の所産であったといえよう。

京都―山口―大宰府天満宮安楽寺の関係で、触れておきたい一人物がいる。東坊城長淳である。長淳は永正三年（一五〇六）和長の次男として生まれ、大内記・少納言・左大弁・権中納言等を経て天文十三年（一五四四）五月大蔵卿に任じ翌年正月従二位に叙している。[27]『言継卿記』天文元年七月五日条に「東坊城長淳朝臣、今日下向豊後国」とあり、同二年十一月八日条に「東坊城今日豊後へ下向云々、予愚見抄被借候間遣了」とある。長淳がなぜ豊後へ下ったのか、理由を明らかにしえない。長淳の九州下向で注目すべきは天文十七年の天満宮安楽寺参詣である。太宰府天満宮文書（天文十六年）十一月十三日大鳥居法印信岡の長淳宛書状に「来春当社御参詣之由被仰下候、尤目出存候」とある。『言継卿記』天文十七年四月廿七日条によると、同年三月二十一日周防を立ち大宰府に赴いている。大内義隆の山口に寄っていたようである。北九州市立歴史資料館所蔵（天文十七年）三月十七日広橋大納言宛大内義隆請文によると、大内義隆は大蔵卿東坊城長淳の安楽寺参詣を扶補すべき由の勅書をうけている。三月十七日、菅氏長者菅原（東坊城）長淳は小鳥居信元を天満宮留守職に補している。[28]長淳の天満宮安楽寺参詣の目的の一つは、天満宮留守職をめぐる大鳥居氏と小鳥居氏との争いに菅氏長者として結着をつけることにあったのであろう。『言継卿記』天文十七年四月廿七日条は、

東坊城大蔵卿長淳卿、三月廿一日立防州、宰府に被越、路次於博多同廿三日酔死之由雑談、言語道断之儀也、筑前国箱崎別当五智輪院児方より注進云々、

とあって、三月二十三日、博多において酔死したと伝えている。『尊卑分脈』菅原氏東坊城は「天文十七三廿三於長州赤間関頓死」と伝えており、死去の場所が博多なのか赤間関なのかははっきりしない。

大学頭・文章博士の東坊城長淳が大内義隆と交わりがあったことは確かで、義隆の学問研鑽や文芸享受に一定の影響を及ぼしていたことも推察に難くない。大内義隆が長淳の天満宮安楽寺参詣に手厚い扶助を加えたことは請文の通りであったろう。菅氏長者が天満宮安楽寺に直接参詣することは珍しいが、戦国乱世になって、大内氏を媒介に京都の菅氏と同宮寺との交渉は、むしろ緊密化した面があったろう。京都文化の同宮寺に対する影響を考える場合、東坊城長淳の事例は一つの典型であるといえよう。

三　筥崎宮の奉納和歌

大内義隆が九州で直接文芸関係の作品を残しているのは筑前の筥崎宮だけである。天文六年（一五三七）十月十日の大内義隆の奉納和歌懐紙がそれである。早く『大内氏実録土代』巻十四に収められており、現在一巻に仕立てられて同宮に所蔵されている。昭和三十六年（一九六二）十月二十一日、福岡県文化財に指定。『筥崎宮史料』（筥崎宮、一九七〇年一〇月）三三二に、次のように翻刻されている。

冬日同詠松久友

和　哥

大宰大弐従四位上兼左兵衛権佐多々良（大内）朝臣義隆

苔のむす松の下枝によるなみのよるともつかず玉ぞみだるゝ

冬日陪箱崎宮宝前

同詠松久友和歌

正四位下行右中弁藤原（万里小路）朝臣惟房

跡とめしそのかみよりや松が枝の常盤をともと神も見るらし

冬日陪箱崎宮宝前同詠
松久友和歌
参議正三位藤原(持明院)朝臣基規
箱ざきや神代のむかししる人はおなじみどりの松にぞありける

冬日陪箱崎宮神前
同詠松久友和謌
従五位下行左衛門少尉多々良(冷泉)朝臣隆豊
箱ざきや松に千年をちぎり置て名をものゝふのかずに祈らむ
詠松久友和歌
権僧正法印堯淵
ちぎれなをとしをかさねておひそふも神代のたねのはこざきの松

冬日陪箱崎宮宝前
同詠松久友和歌
従四位下行前安芸守大神朝臣景範
神代よりともにふりぬる影ぞとはみどりにしるし箱ざきの松
詠松久友和歌

権少僧都法眼胤秀

うらなみのかけていく代ぞ松の葉のちりうせぬ名を神のしるしに

冬日同侍筥崎社宝前詠

松久友和謌

平朝臣隆宗(平賀)

代々をふる神のしるしもあらはれて霜にかはらぬはこざきのまつ

詠松久友和歌

大法師祐信

よとゝもに神やおさめし箱ざきのしるしひさしき松かげのみや

(端裏書)「天文六年十月十日箱崎宮」

冬日陪筥崎社宝前同詠

松久友和歌

源朝臣興宗

よろづ代の神ときみとのあひ生にさかゆく松やしるしなるらん

それぞれの作者については米原正義氏の詳細な叙述がある。(29) それを参照すると、冷泉隆豊・平賀隆宗・源興宗は大内氏の被官人。惟房は万里小路季房の子で天文六年(一五三七）には京都から山口に下っていた。季房の女は大内義隆の室で、天文十八年に離別している。権少僧都法眼胤秀は惟房の弟玉泉院権僧正のことで天文十四年九月には周防にいた。持明院基規は儒学・和歌・書・蹴鞠・郢曲・笙等各分野に秀で、大内義隆に広範な影響を与えている。権僧正法印堯淵は下冷泉為政の子、仁和寺塔頭の皆明寺に住し、冷泉派の歌人、飛鳥井雅俊とともに大内義隆の歌道の師であり、天文二年八月頃周防に下っていた。大神（山井）景範は笛の家―楽人で天文六年には周防に下っていた。大法師祐信は後世にいう大内殿内連歌師である。以上のように筥崎宮奉納和歌の作者は、大内義隆と交渉深い京都貴族及びその親縁者、京都の楽人、それに大内氏被官人・義隆側近の専門歌人等であった。天文六年十月にはこれら九名はすべて大内義隆の許にあり、筥崎宮に詣でて和歌を奉納したものと考えられる。

筥崎宮は古来多くの文芸関係の書に言及され、勅撰集その他多くの和歌が詠まれ、大江匡房が康和二年（一一〇〇）『筥崎宮記』を作るなど、文芸的素材として著名な神社である。文人の参詣は数知れない。筥崎宮所在の周辺の地は名勝の松原として『海東諸国紀』『武備志』など朝鮮・中国の書にも紹介されている。しかし筥崎宮そのものには文芸作品はあまり残っていない。度々の回禄にも由っていよう。中世関係では、大内義隆らの和歌懐紙以外では「天正十五年六月十六日於箱崎松原御当座」とする、豊臣秀吉・小寺休夢・頼澄・山名禅高・大村由己・津田宗及六人の和歌短冊が残っているぐらいである、天正十五年（一五八七）筥崎宮における豊臣秀吉の事績は『筑前国続風土記』巻之十八粕屋郡表の箱崎八幡宮の条が簡潔に伝えている。近世に入って、田村大宮司家に伝える連歌資料中の西山宗因自筆の百韻一巻は棚町知彌氏により「筥崎宮連歌（上）―宗因自筆百韻「手向には」―」（『語文研究』一九、一九六五年一二月）として紹介されている。

　筥崎宮の中世文芸資料としては、直接には前記二資料ぐらいしか残っていないが、田村大宮司家文書文禄元年（一五九二）十二月廿一日山口宗永筥崎宮領配分状に惣高千石配分のうち「三石　御誕日連歌」、同文書同日山口宗永筥崎宮領配分状に「三石　正月十二日 十二月十四日 御誕生会連歌」とあり、同宮で神事連歌が執行されていたことが知られる。

　大内義隆は筑前・豊前の寺社に対して支配の主要政策として保護―統制を加えているが、その事績は筑前の大宰府天満宮・筥崎宮、豊前の宇佐宮に集中している。筥崎宮に対する事績は一々は挙示してないが、所領の安堵・還付、社領への守護使不入、段銭免除等を行い、銭・馬・太刀等の寄進はことに頻繁である。とくに同宮が享禄年中に炎上していたのを再建した功績は大きい。同時に社法を旧規に拠らしめたり(30)、筥崎大宮司采女正に弘の一字を与えたり(31)、統制的な側面があることはいうまでもない。大内義隆にとって、大宰府天満宮は大宰管内政教の中心として、尊重し保護を加え、かつ統制すべきものであった。それは大内義隆の尚古的気分にも合致した。とくに任大宰大弐以後、その傾向は強まったことと思われる。博多は大内氏の筑前支配の要であり対外交渉の拠点として重要である。大内義隆が博多東辺の筥崎宮の保護—統制に意を用いたのは当然である。同宮は文芸面でも古来著名な神社であり、その尊重—保護はおのずから文芸資料を現在に残す結果となったのである。なお、豊前の宇佐宮に対して大内義隆は、一々史料を挙げることは省くが、所領の保護、反銭免除等の保護を行っているけれども、寄進行為は大宰府天満宮・筥崎宮と異なりほんの一、二例しか知られないし、文芸関係の直接史料も残っていない。

注

（1）文政十年刊、松平定信『閑なるあまり』。

（2）米原正義『戦国武士と文芸の研究』七二八頁。

（3）『群書類従』十一—一三二〇頁。

（4）『実隆公記』享禄三年（一五三〇）十二月廿四日条には「宗碩来、鹿子木（親員）源氏本祝着之田書状到来、千疋進之云々、自愛々々」と記している。

（5）木藤才蔵『連歌史論考』下七一二頁（一九七三年、明治書院）。

（6）『実隆公記』享禄三年正月十八日、同二月九日、上司家文草（享禄三年）正月廿七日大内周防介（義隆）宛三条西実隆書状、同二月廿八日得富雅楽允・上司主殿允宛弘中正長書状。

（7）注(2)所掲書六四八頁は、本状を永正十三年（一五一六）、近衛尚通のものかとし、井上宗雄『中世歌壇史の研究室町後期』（一九七二年一二月、明治書院）三二四頁は享禄四年（一五三一）、三条西実隆のものかとする。今はしばらく後者に従う。
（8）注(5)所掲書七一三頁。
（9）『実隆公記』天文元年（一五三二）十一月二日条に「宗碩返事、遣周桂書状等送遣宗碩留守了」とある。
（10）『実隆公記』天文元年十一月三日。
（11）享禄五年（一五三二）「正月十九日、富田別所ト云所於竹林坊興行」「於富田（都濃郡）南湘院御会　享禄五二月廿三日」というように連歌活動をしている（注(2)所掲書六八五頁・六八二頁）。
（12）注(5)所掲書六一二頁。
（13）『実隆公記』天文元年（一五三二）十一月三日条によると、周桂は宇佐八幡に法楽をしている。なお、周桂と肥前との関係については注(5)所掲書七三〇頁。
（14）三木俊秋・桑波田興校訂『清末文書』三四・六三・七八、一九六〇年二月、豊日史学会。
（15）注(2)所掲書六八四―六八六頁。なお、杉武道の子かと推定（同上六九三頁）。
（16）『再昌草』享禄五年（一五三二）二月廿四日。
（17）『実隆公記』天文二年（一五三三）正月廿四日、同二月十七日。
（18）尊経閣所蔵「聞書秘説」一奥書、注(2)所掲書七六九頁。

(19) 筑前国三笠郡五町地を末久雅楽允に打渡した末久文書天文六年五月十三日飯田興秀遵行状など。

(20) 佐伯弘次「大内氏の筑前国守護代」(川添昭二編『九州中世史研究』第二輯、一九八〇年一二月、文献出版)。

(21) 大鳥居文書の天文三―五年頃かと思われる六月十三日大友義鑑年寄連署書状によると、大友氏は大宰府天満宮大鳥居氏の「御覚悟未断」の態度を問責し、大鳥居氏は大友氏方へ使僧を遣わし「於向後不可有疎略之由」を起請文をもって誓っている。具体的内容は知られないが、この関係が大内氏に緊張を与えるものであったことは確かであろう。田北学『増補訂正編年大友史料』一六―三四一号参照。

(22) 『月刊文化財』二〇一号、一九八〇年六月に紹介。

(23) 田鍋美智子氏の教示。

(24) 竹内秀雄『天満宮』六二頁(一九六八年三月、吉川弘文館)。

(25) 太宰府天満宮文書天文三年(一五三四)大鳥居宛吉岡長増書状。

(26) 太宰府天満宮文書天文十六年十一月廿六日豊饒大蔵少輔宛大友義鑑書状。なお、太宰府天満宮所蔵文書における天満宮の対大内・大友関係については竹内理三「太宰府天満宮の古文書―特に中世以前―」(『菅原道真と太宰府天満宮』下巻、一九七五年二月、吉川弘文館)。

(27) 『公卿補任』後奈良天皇。

(28) 太宰府天満宮文書天文十七年三月十六日小鳥居宛滝口貞国・三上兼照連署書状、小鳥居文書三月十七日小鳥居留守法眼宛左衛門尉清尚書状、太宰府天満宮文書三月十八日大鳥居宛慶存・兼照連署書状。大鳥居文書正月十六日大鳥居宛小鳥居信元書状。

(29) 注(2)所掲書七二五―七二六頁。

(30) 田村大宮司家文書九七、天文七年四月廿一日大宮司宛平隆宗奉書。

(31) 田村大宮司家文書一四、天文十八年七月廿七日筥崎大宮司采女正宛大内義隆名字宛行状。

あとがき

心戒上人つねに蹲居し給ふ、或人其故を問ひければ、三界六道には、心やすくしりさしすゑて居るべき所なきゆゑなり、

太平洋戦争末期、二十と何歳まで生きられるのだろう、と、死を指折り数えていた。『徒然草』に導かれて読んだ『一言芳談抄』中の右の文は、そんな気持ちをわずかに慰撫するものであった。一瞬を完全に生きる、そう思い切るよりほかに道はなかった。そのような方向で心敬に惹かれていき、そのような傾向で他の中世文芸作品に接していった。説話作品のユーモラスな話柄の底にもその深淵がほのみえた。昭和十年代の末、中学生のころである。私にとって中世文芸は、だから一種の解毒剤であった。石田吉貞氏の『中世草庵の文学』を携えて軍隊の営門に入る者も多かったというが、しかし私は、そこまで中世文芸を読み込んではいなかった。戦争という「毒」が無くなったあと、中世の文芸作品に対する私の接し方は、やや嗜好的になり、歴史研究を専門とするようになってからは、文

芸作品を史料としていかに利用するか、という実利的な傾向が強くなった。しかし前述の思いは、さきざきまでも消えることはなかろう。

九州探題研究の最初に手がけた今川了俊は、調べていくに従って、中世文芸の一つのプールのように思えてきた。少なくとも政治と文芸における「中央」と「地方」の問題を考える上の好個の素材である。さらに、いつとはなしに、同じような関心で宗祇をみるようになった。そして一九七三年十月、ＮＨＫの教育テレビで島津忠夫氏と宗祇の〝歴参の旅〟の実態について話をした前後から、中世九州における文芸の展開について、意図的・集中的に史料を集めるようになった。

いっぽう蒙古襲来研究の過程で、蒙古襲来を広い意味での文芸史の中で考えてみた。また別に、古代・中世九州文芸の淵叢としての大宰府天満宮安楽寺の役割について調査を進めていった。『大宰府・太宰府天満宮史料』の公刊にそなえての調査、太宰府天満宮文書目録の整理などと雁行し、棚町知彌氏にさそわれて島津忠夫氏とともに三人で太宰府天満宮の文芸資料についての調査・研究を進める過程で、中世九州文芸史に関するこれまでの既発表論文を合わせ、一書にまとめてみようと思い立った。そして、一九八一年六月二十七日の日本古文書学会における講演（「中世文芸史における太宰府天満宮」）を機として、原稿を整理しおえた。中世九州文芸について意識的な関心をもちはじめてから、はや四半世紀を超えている。

もともと中世九州における仏教の展開と合わせ、「中世文化の地方的展開」という形でまとめてみたいと思っていたのであるが、現状ではそこまでゆけず、文芸関係だけの一応の見通しめいたものが立ったので、分量の点もあわせ考え、まず文芸関係だけをまとめておおやけにすることとした。日本中世史における「政治」と不可分な形での「地方」文化展開の究明が、その意図するところである。「序章」では、本書の概要とともに、その方法論めいたようなことを述べている。

本書は、右のような経緯で発表してきた論文に新稿を加え一書の形にととのえたものである。既発表論文と本書各章との関係は次のとおりである。

第一章は一九七五年二月『菅原道真と太宰府天満宮』（吉川弘文館）所収の「大宰府官人と太宰府天満宮」。

第三章は一九七三年七月『日本歴史』三〇二号所収の「蒙古襲来と中世文学」。

第四章・第五章は一九六三年十月『九州文化史研究所紀要』一〇号所収の「九州探題今川了俊の文学活動―中世文化論のための一素材として―」に、一九六四年六月刊の拙著『今川了俊』（吉川弘文館、人物叢書）を参考にしながら大幅な増訂を施し、二章に分けたものである。

第六章は一九七五年三月『史淵』一一二輯所収の「北山文化への一試論―朝山梵灯（師綱）を例として―」。

第二章・第七章〜第十章は一応新稿であるが、それらのうち大宰府天満宮に関する部分は、一九八一年三月『太宰府天満宮連歌史資料と研究』Ⅱ（太宰府天満宮文化研究所）中に書いており、補筆して本書に加えた。

本書は、大内義隆期までを扱い、永禄・天正期は扱わなかった。後日を期したい。

一九八一年十一月二十日

川添　昭二

解説

佐伯弘次

まず著者川添昭二氏の略歴を紹介しよう。氏は、一九二七年(昭和二)三月十日、佐賀県唐津市の生まれ。幼少より日蓮宗寺院に育った。一九五二年、九州大学文学部史学科(国史学専攻)を卒業する。在学中は、森克己・竹内理三両教授の指導を受け、卒業論文は『日蓮の宗教形成に関する史的考察』であった。卒業後、福岡県の県立高校教員となる。一九六二年、九州大学文学部講師となり、『九州大学五十年史』の編纂に専従した。単著『九州大学五十年史　通史編』(九州大学創立五十周年記念会、一九六七年)は、大学史のスタンダードとして知られる。一九六九年、九州大学文学部助教授となり、日本中世史を担当。一九七五年、同教授となる。一九九〇年三月、九州大学を定年退官(同五月、名誉教授)。同年四月より福岡大学人文学部教授となり、一九九七年三月、同大学を定年退職する。二〇一八年三月二十二日逝去、享年九十一歳。

川添氏には多数の研究業績がある。氏の研究は、日蓮の宗教形成の研究に始まる。とくに思想史・宗教史と政治史が融合した点に特色があり、それはその後の氏の文化史研究の基調となった。日蓮研究は、多くの著書にまとめられた。

その後、氏の研究は、今川了俊・九州探題・鎮西探題・少弐氏といった中世九州政治史の根幹をなした人物・機関の研究に移った。『今川了俊』（吉川弘文館、一九六四年）以下、多くの著書がある。

一九七〇年前後から、福岡市による元寇防塁の調査に関係し、『注解元寇防塁編年史料——異国警固番役史料の研究』（福岡市教育委員会、一九七一年）や『蒙古襲来研究史論』（雄山閣、一九七七年）を刊行した。前者は、蒙古襲来に関する史料集として基本的なもので、後者は、近世から戦後における蒙古襲来研究の歴史を詳述したものである。こうした蒙古襲来研究は、「他国侵逼難（たこくしんぴつなん）」＝外国からの侵略を予言した日蓮に関する研究の延長線上にある。

思想史・宗教史以外の中世文化史の研究も、政治史・対外関係史の研究と並行して進められた。鎌倉文化・中世九州の文芸・太宰府天満宮の連歌史・近世福岡藩の文化史等々、多岐にわたっている。

氏は、史料の翻刻も精力的に行った。『禰寝文書』全三巻（九州史料叢書、九州史料刊行会、一九五八〜五九年）がその嚆矢であり、以降多くの史料集を編纂した。また、共編として『大宰府・太宰府天満宮史料』全十九巻（第十二巻から竹内理三氏と共編、太宰府天満宮、一九六四〜二〇〇九年）、『宗像大社文書』全三巻（宗像大社復興期成会、一九九三〜二〇〇九年）等がある。こうした史料集の編纂・刊行が、川添氏の実証的な研究の基礎となっている。とくに『禰寝文書』の校訂は、その中に今川了俊文書が多数含まれていたため、九州探題研究の契機ともなった。この他、多くの地域史編纂や文化財保護に関わった。

以上のように、今日の九州中世史研究の端緒は、川添氏によって開かれたといえよう。氏はまさに、当分野の碩学と呼ぶにふさわしい存在であった。

次に、本書『中世文芸の地方史』の内容について、章ごとに紹介したい。

序章「政治・宗教・文芸」では、「九州を単位に、中世文芸の史的展開を、歴史研究の立場から考察」したとある（九頁）。国文学のジャンルからの文芸研究ではなく、それを認識した上での歴史学からの研究という位置づけである。本書はまた、歴史の正確な理解の中に作家・作品を定置する試みであることが示される。そして、対象とする時代と階層は、平安時代から戦国時代までの大宰府天満宮（太宰府天満宮）安楽寺を主要な素材としながら、平安時代では大宰府官人、鎌倉時代では鎮西探題、南北朝時代では九州探題、室町・戦国時代では大内氏が主題であることが示される。

本書が指向する文芸と政治の密接な関係については、「広い意味での「政治」の文芸に与える規定性がどのようなものであるかを具体的に追究してみた」と説明される（一〇〜一一頁）。さらに、文芸は宗教へ昇華すべきものであるという中世文芸の理念は、九州探題や筑前守護大内氏の支配の維持・拡充のための法楽となり、宗教性を媒介とする文芸と政治の一体化がみられるとする。すでに結論がここで明示されている。

第一章「**大宰府の宮廷文化**」は、平安期の大宰府官人と大宰府天満宮の関係が主題である。菅原氏の私寺として出発した天満宮安楽寺は、のちに官寺的な性格を帯びるようになった。天神信仰の隆盛に伴って、中央貴族や朝廷による堂塔の整備・建立、庄園寄進等の保護が活発になされ、安楽寺領庄園は九州全域にわたった。さらに大宰府官人たちによって中央（宮廷）の年中行事が移入され、大宰権帥大江匡房によって菅原道真の神格化が図られたとする。

第二章「**神祇文芸と鎮西探題歌壇**」では、鎌倉時代の九州の文芸資料の大半が大宰府天満宮安楽寺関係であること、鎌倉後期には、鎮西探題とその関係者＝九州の守護・御家人によって鎮西探題歌壇が形成され、九州における文芸の自生的展開がみられたとする。

第三章「**蒙古襲来と中世文芸**」では、蒙古襲来に取材した文芸作品から、蒙古襲来と中世文芸の関係を考える場合、八幡神などの神仏を媒介として考える必要があるとする。異国降伏祈禱は、社寺を通して、中世人の意識・信仰を規定したことが示される。蒙古襲来を素材にした『八幡愚童訓』は、異国降伏祈禱の報賽を期待したところに成立した宗教文芸であり、「軍忠状」であったとされる。

第四章「今川了俊の教養形成」では、父今川範国の文芸から説き起こし、卜部兼好・和歌の師冷泉為秀・連歌の師二条良基と了俊との交流が示され、冷泉派の武家歌人・今川了俊の誕生する経緯が記される。

第五章「九州探題今川了俊の文芸活動」では、鎮西管領（九州探題）や九州の国人たちによる天満宮安楽寺和歌所の保護行為＝所領寄進について言及する。この時期に救済・周阿といった中央の歌人・連歌師たちが、文道の神を祀る大宰府天満宮安楽寺に参詣したことを指摘し、九州下向後の了俊の文芸活動は、京都文化の九州への移入であり、九州文化の地域的展開をもたらしたとする。今川了俊は、著者が長年追究してきた人物だけに、本章はとくに力が入っている。

第六章「連歌師朝山梵灯の政治活動」では、足利義満の近習朝山梵灯（師綱）は冷泉派の武家歌人であり、明徳三年（一三九二）か同四年ごろ、今川了俊を援助するため九州に派遣され、さらに応永十一年（一四〇四）にも九州に派遣されたこと、九州での見聞が梵灯の連歌論を形成するとともに、九州の和歌・連歌界に影響を与えたことが指摘される。

本章冒頭の「この文学・史学二者の研究志向を総合的な理解に進めることによって、より豊かな中世史像が構築できる」（二四九〜二五〇頁）という言葉に著者の基本的な姿勢が示されている。

第七章「巡歴の歌人正広と受容層」では、大内教弘も、前代同様に、筑前守護として大宰府天満宮安楽寺を保護したこと、さらに薩摩の島津忠国が安楽寺法楽に一万句連歌を興行したことが述べられる。また、歌人・連歌師忍誓に続いて、正広が寛正五年（一四六四）、大内教弘の招きで山口に下向し、豊前・筑前を巡歴したこと、その目的は大宰府天満宮参詣にあったことが指摘される。

第八章「宗祇の見た九州」では、応仁の乱の終結後、博多に滞在した大内政弘の文化的活動や国人層の文芸享受のさまが示される。文明十二年（一四八〇）、大内政弘の招きにより、飯尾宗祇が山口に下向し、長門・豊前から筑前に入り、目的地の大宰府天満宮に参詣した。宗祇は、大内氏の守護代・郡代・国人や神官・僧侶らと交流し、社寺や歌枕を訪問した。彼の『筑紫道記』は、大内氏に対する支配領国の政情報告でもあり、大内氏の領国支配の文芸的保証の役割を果たしたとされる。また、連歌師猪苗代兼載も延徳二年（一四九〇）に九州に下向した。宗祇や兼載の九州巡歴は、九州の文芸にとって、下向の旅を通して国人クラスに文芸面での影響を与えるという「下向型」の典型であるとする。

第九章「九州文芸の展開」では、大内義興が天満宮安楽寺を保護したことが示される。

永正十三年（一五一六）から翌年にかけての連歌師宗碩の九州下向があり、各地で社寺関係者や国人たちと連歌興行を行ったこと、国人たちの文芸享受の背景には、永正期に中央貴族と国人との文化的交渉が高まったことがあると指摘する。戦国時代の九州の文芸享受は地域的にも階層的にも一段と拡大し、多様化しており、とくに南九州でそれは顕著であったという。

第十章「大宰大弐大内義隆」では、享禄三年（一五三〇）から同四年にかけて、連歌師宗牧が九州に下向し、大内氏の保護のもと九州を巡歴し、同じ頃、周桂が同様に北部九州を廻っている。こうして九州の連歌は一層の盛行をみた。天文四年（一五三五）の「定月次連歌人数注文」は、大宰府天満宮の月次連歌の月ごとの担当者を大内氏が定めたものである。これには多くの筑前の有力国人の名が見える。この月次連歌は、大内義隆の政治的安泰の祈願でもあり、この注文は大内氏による国人支配の神祇・文芸的な表現でもあると位置づけている。

本書の大きな特色は、文芸資料や関係する古文書・古記録等の史料の博捜＝網羅性と堅実な論証＝実証性にある。人物・年代の比定や論証が丁寧かつ慎重に行われている。先行研究も丁寧に紹介されており、注を総覧すると、文献目録の観を呈している。著者は、論文や著書の刊行に際し、事前に大学の講義で話すことを通例とした。本書も同様である。

全体的に見ると、思想史的な言及の部分も印象的である。例えば、第三章の「神戦」の項では、文芸史からやや離れて、思想史的な叙述が多くなされている。博捜した史料から蒙古襲来における「神戦」の意味が的確に記されている。

本書の内容をさらに増補・修正することが今後の課題であるが、紙幅の関係で戦国時代後期（永禄・天正期）の地方文化に関する叙述が除外されたことが惜しまれる。戦国社会が深まり、武士や民衆の自立が進むこの時代の地方文芸に関する研究が待たれる。

本書は、若い頃から文芸を愛好し、中央と地方、中世の九州というものに拘った著者の労作である。なお、本書を増補したものが『中世九州の政治・文化史』（海鳥社、二〇〇三年）として刊行されている。あわせて参照していただきたい。

（九州大学名誉教授）

川添昭二　（かわぞえ　しょうじ）

1927年佐賀県に生まれる。九州大学文学部教授、福岡大学人文学部教授を歴任。九州大学名誉教授。専門は日本中世史。2018年没。著書に『今川了俊』『北条時宗』（以上、吉川弘文館）、『注解元寇防塁編年史料――異国警固番役史料の研究』（福岡県教育委員会）、『蒙古襲来研究史論』（雄山閣）、『中世九州の政治と文化』『対外関係の史的展開』（以上、文献出版）、『中世九州地域史料の研究』（法政大学出版局）、『日蓮と鎌倉文化』（平楽寺書店）、『菊池武光』（戎光祥出版）など多数。

中世文芸の地方史（ちゅうせいぶんげいのちほうし）

二〇二四年九月一五日　初版第一刷発行

著　者　川添昭二
発行者　西村明高
発行所　株式会社 法藏館
京都市下京区正面通烏丸東入
郵便番号　六〇〇-八一五三
電話　〇七五-三四三-〇〇三〇（編集）
〇七五-三四三-五六五六（営業）

装幀者　熊谷博人
印刷・製本　中村印刷株式会社

ISBN 978-4-8318-2677-0 C1121

法藏館文庫既刊より

価格税別

と-1-1

文物に現れた北朝隋唐の仏教

礪波護著

隋唐時代、政治・社会は仏教に対していかに関わり、仏教はどのように変容したのか。文物を含む多彩な史料を用いスリリングに展開される諸論は隋唐時代のイメージを刷新する。

1200円

こ-1-1

神々の精神史

小松和彦著

カミを語ることは日本人の精神の歴史を語ること。竈神や座敷ワラシ。酒呑童子、ものくさ太郎に、山中の隠れ里伝承など、日本文化の深層に迫った妖怪学第一人者の処女論文集。

1400円

み-1-1

江戸のはやり神

宮田登著

お稲荷さん、七福神、エエジャナイカ――民衆の関心で爆発的に流行し、不要になれば棄てられた神仏。多様な事例から特徴を解明し、背景にある日本人の心理や宗教意識に迫る。

1200円

う-1-1

日蓮の女性観

植木雅俊著

仏教は女性蔑視の宗教なのか？　仏教史における男性観、女性観の変遷、『法華経』における提婆達多と龍女の即身成仏を通して検証し、また男性原理と女性原理について考える。

1300円

お-1-1

寺檀の思想

大桑斉著

近世に生まれた寺檀の関係を近代以降にまで存続せしめたものとは何か？　家を基本構造とする幕藩制下の仏教思想を明らかにし、近世社会の本質をも解明する。解説＝松金直美

1200円

や-3-1

藤原道長

山中裕著

道長の生涯を史料から叙述すると共に、人間関係を詳しく説き起こして人物像を浮かびあがらせる。既存の図式的な権力者のイメージをしりぞけ史実の姿に迫る。解説＝大津透

1200円

た-5-1

安倍晴明の一千年

「晴明現象」を読む

田中貴子著

スーパー陰陽師・安倍晴明はいかにして誕生したのか。平安時代に生きた晴明が、時代と世相にあわせて変貌し続ける「晴明現象」を追い、晴明に託された人々の思いを探る好著。

1200円

ふ-1-1

江戸時代の官僚制

藤井讓治著

一次史料にもとづく堅実な分析と考察から、幕藩官僚＝「職」の創出過程とその実態・特質を解明。幕藩官僚制の内実を、明瞭かつコンパクトに論じた日本近世史の快著。

1100円

た-6-1

宗教民俗学

高取正男著

民俗学の見地から日本宗教史へとアプローチし、日本的信仰の淵源をたずねる。高取正男の真骨頂ともいうべき民間信仰史に関する論考12篇を精選。解説＝柴田實／村上紀夫

1400円

み-2-1

天狗と修験者

山岳信仰とその周辺

宮本袈裟雄著

修験道の通史にはじまり、天狗や怪異伝承、修験者の特性と実態、恐山信仰などを考察。入手困難な記録や多様な事例から修験者の固有信仰を幅広く論じる。解説＝鈴木正崇

1200円

た-7-1

法然とその時代

田村圓澄著

法然はいかにして専修念仏へ帰入するに至ったのか。否定を媒介とする法然の廻心を基軸に、歴史研究の成果を「人間」理解一般にまで昇華させた意欲的労作。解説＝坪井剛

1200円

み-3-1

風水講義

三浦國雄著

龍穴を探し当て、その上に墓、家、村、都市を営むと都市や村落は繁栄し、墓主の子孫、家の住人に幸運が訪れる――。原典を通して「風水」の思想と原理を解明する案内書。

1200円

さ-6-1

祭儀と注釈

中世における古代神話

桜井好朗著

神話はいかに変容したのか。注釈が中世神話を創出し、王権‐国家の起源を新たに形成。中世芸能世界の成立をも読解した、記念碑的一冊。解説＝星優也

1400円

た-6-2

民俗の日本史

高取正男著

文明化による恩恵とともに、それによって生じた土着側の危機をも捉えることで、文化史学の抜本的な見直しを志した野心的論考12本を収録。解説＝谷川健一・林淳

1400円

ま-1-1

中世の都市と非人

武家の都鎌倉・寺社の都奈良

松尾剛次著

非人はなぜ都市に集まったのか。独自の論理で彼らを救済した仏教教団とは。中世都市の代表・鎌倉と奈良、中世都市民の代表・非人を素材に、都市に見る中世を読み解く。

1200円

た-8-1

維新期天皇祭祀の研究

武田秀章著

幕末維新期における天皇親祭祭祀の展開過程を文久山陵修補事業に端を発する山陵・皇霊祭祀の形成と展開に着目しつつ検討、天皇を基軸とした近代日本国家形成の特質をも探る。

1600円

う-2-1

〈小さき社〉の列島史

牛山佳幸著

「村の鎮守」はいかに成立し、変遷を辿ったのか。各地の同名神社群「印鑰社」「ソウドウ社」「女体社」「ウナネ社」に着目し、現地調査・文献を鍵に考察を試みる意欲作。

1300円

い-3-1

日本の神社と「神道」

井上寛司著

日本固有の宗教および宗教施設とされる神社と、神社祭祀・神祇信仰の問題を「神道」との関わりに視点を据えて、古代から現代までをトータルなかたちで再検討する画期的論考。

1500円

お-2-1

来迎芸術

大串純夫著

阿弥陀来迎図や六道図等の美と信仰のあり方を、浄土教美術に影響を与えた『往生要集』の思想や迎講・仏名会等の宗教行事から考証。解説＝須藤弘敏

1200円

に-1-1

仏教文化の原郷
インドからガンダーラまで

西川幸治著

伽藍、仏塔、仏像、都市、東西文化交流……近代以降、埋もれた聖跡を求めて数多行われた学術探検隊による調査の歴史をたどりつつ、仏教聖地の往事の繁栄の姿をたずねる。

1400円

と-1-2

馮道
乱世の宰相

礪波護著

五代十国時代において、五王朝、十一人の皇帝に仕え、二十年余りも宰相をつとめた希代の政治家・馮道。乱世においてベストを尽くしたその生の軌跡を鮮やかに描きあげる。

1200円

お-3-1

忘れられた仏教天文学
一九世紀の日本における仏教世界像

岡田正彦著

江戸後期から明治初、仏教僧普門円通によって体系化された仏教天文学「梵暦」。西洋天文学の手法を用い、須弥界という円盤状の世界像の実在を実証しようとした思想活動に迫る。

1300円

お-4-1

増補 ゆるやかなカースト社会・中世日本

大山喬平著

第一部では日本中世の農村が位置した歴史的位相を国内外の事例から解明。第二部では日本中世史研究の泰斗・戸田芳實、黒田俊雄、三浦圭一らの業績を論じた研究者必読の書。

1700円

ふ-2-1

増補
戦国史をみる目　藤木久志著

斬新な戦国時代像を描き、後進に多大な影響を与えた歴史家・藤木久志。その歴史観と学問・思想の精髄を明快に示す論考群を収録した好著の増補完全版。解説＝稲葉継陽

1500円

い-4-1

仏教者の戦争責任　市川白弦著

仏教者の戦争責任を粘り強く追及し続けた禅研究者・市川白弦の抵抗と挫折、煩悶と憤怒の記録。今なお多くの刺激と示唆に満ちた現代の仏法と王法考察の名著。解説＝石井公成

1300円

ほ-2-1

中世寺院の風景　中世民衆の生活と心性　細川涼一著

中世寺院を舞台に、人々は何を願いどのように生きたのか。小野小町伝説の寺、建礼門院の尼寺、法隆寺の裁判権、橋勧進等の史料に色濃く残る人々の生活・心情を解き明かす。

1300円

さ-5-2

死者の結婚　慰霊のフォークロア　櫻井義秀著

人間社会は結婚をどのようなものとして考え、儀礼化してきたのか。東アジアの死者に対する結婚儀礼の種々の類型を事例に、その社会構造や文化動態の観点から考察する。

1300円

ほ-3-1

ラクダの文化誌　アラブ家畜文化考　堀内勝著

アラブ遊牧民はラクダをどう扱い、共に生きてきたのか。砂漠の民が使うラクダに関する様々な言葉、伝説や文献等の資料、現地調査から、ラクダとアラブ文化の実態を描き出す。

1850円

か-7-1

中世文芸の地方史　川添昭二著

中世九州を素材に地方文芸の展開を中央との政治関係に即して解読。中世文芸を史学の俎上に載せ、政治・宗教・文芸が一体をなす中世社会の様相を明らかにする。解説＝佐伯弘次

1700円